KB125246

인간에 대한 희망으로 창조한 생텍쥐페리의 세계

어린 왕자, 영원이 된 순간

인간에 대한 희망으로 창조한 생텍쥐페리의 세계

어린 왕자, 영원이 된 순간

앙투안 드 생텍쥐페리, 갈리마르 출판사 지음 · 이세진 옮김

위즈덤하우스

일러두기

- 이 책은 2022년 2월 17일부터 6월 26일까지 파리 장식미술관에서 개최된 특별 전시 '어린 왕자를 만나다(À la rencontre du Petit Prince)'의 기념 도서를 한국어로 옮기고 편집한 것이다.
- 본문의 외래어 인명, 지명 등은 국립국어원의 외래어 표기법 및 용례를 따랐다. 단, 표기가 불분명한 일부는 원어의 발음을 충실하게 따라 썼다.
- 본문에 있는 주석은 모두 원서의 주이고, 옮긴이의 주는 따로 표기했다.
- 본문 중 대괄호 안에 들어간 내용은 실제 자료에는 없지만 독자의 이해를 돕기 위해 갈리마르 출판사 편집부가 추가한 것이다.

열 장과 그 뒷장들:

〈인생의 시간들〉, 앙투안 드 생텍쥐페리는 1942년 뉴욕에서 만난 여자친구 실비아 해밀턴을 위해 이 열한 장으로 구성된 원안을 만들었다. 《어린 왕자》를 쓰던 시기에 작성된 이 글과 그림에는 향수, 불안, 우울의 흔적이 남아 있다. 인물들을 통해서 드러나는 인생의 여러 시기와 동화적 모티프는 작품의 실존적, 자서전적, 우의적 차원을 다시금 확인해준다.
우리는 여기서 한 사람의 의식이
세계 속에서 거치는 여정을 본다.

잉크, 뉴욕, 1942~1943, 개인 소장.

0. 이건 태어나기 전.

I. 이건 태어나 처음 내딛는 걸음.
: 멀리 보이는 성은 어린 시절의 추억이 깃든 라몰성을 연상시킨다.

IIbis. 이건 처음 품은 환상들의 감미로움.
: 한쪽에는 꽃들이 많이 피어 있는데 반대쪽에는 한 송이뿐이다…. 환상이 길 양쪽으로 자리 잡고 있는 걸까?

III. 이건 인생의 첫 번째 난관. / 나 자신을 잃었나 봐. 더 이상 나의 침대를 찾지 못해!
: 사하라의 두 고원과 신비한 운석에 대한 암시.

IIIbis. 이건 미래에 대한 최초의 계획들.
: 낙관주의와 비탄 사이. 《어린 왕자》 19장 삽화의 변형.

IV. 이건 인생에 대한 환멸.
"괜히 돌아다녔던 거야, 그건 내 실수였어!"
: 어린 왕자는 나이를 먹었다. 그는 사막을 겪었고 그 사막이 그에게는 세계였다.

V. 이것이 (아주 간략하게 요약된) 인생. / 이것이 나.
: 실현 불가능한 생의 이미지. 낭떠러지로 통하는 길과 뱀장어를 닮은 괴물.

V^{bis}. 인생도 그런 게지.

VI. 이것이 지혜.
: 아이러니한 표현. 일종의 반어법일까, 아니면 진심으로 차분해질 수 있었음을 이러한 이미지로 나타낸 걸까?

아무도 없네…. 내가 약속을 잘못 알았나 봐!
: 이 봉우리에서 저 봉우리까지는 보이지 않는다…. 어린 왕자는 저 멀리서 동요한다.

이건 토라진 어떤 사람.

0/ ça c'est avant la vie

I Ca c'est les premiers pas dans la vie.

I

II bis Ca c'est la douceur des premieres illusions.

III Ca c'est les premières difficultés dans la vie.

III bis

Ca c'est les premiers projets d'avenir

"... j'ai eu tort de me déranger !..."

IV ça c'est les déceptions dans la vie.

Ca c'est moi.
V ~~IV~~ ça c'est la vie (trés résumée)

Vois la vie aussi.

VI Ca c'est la sagesse.

Personne... j'ai dû me
tromper de rendez vous !

Ca c'est quelqu'un qui
boude.

| 추천사 1 |

사적인 것에서 보편적인 것으로

앙투안 갈리마르(갈리마르 출판사 대표)

꾸밈없는 글쓰기는 말에 마음을 움직이는 힘을 더하는 것이다. 앙투안 드 생텍쥐페리의《어린 왕자》는 우리에게 인간의 진실과 기만을 보여주었다. 바위틈에서 솟아오른 샘물처럼 순수한 대사와 선이 뚜렷한 수채화는 우리에게 가장 본질적인 것을 보게끔 촉구한다. 작가는 모두에게 말을 걸되 한 사람 한 사람과 말하기를 포기하지 않고 사적인 영역과 보편적인 영역을 하나의 우화로 교묘하게 엮는다. 이 동화 속 장면마다 상상은 진실과 조우한다. "인간은 별들 속에서 자신의 진실을 찾는다"라고《인간의 대지》의 저자는 썼다. 그건 남의 이야기가 아니었다. 생텍쥐페리는 상상으로 지어낸 이야기를 실제처럼 하는 작가가 아니었으니까. 그는 자신이 몸소 체험하고 생각하고 꿈꾸었던 인간과 세상을《어린 왕자》에 깊이 있게 담아내려 했다. "우리는 동화가 생의 유일한 진실이라는 것을 안다."

이 책에는 특별한 자료가 모여 있다. 뉴욕에서 파리로 마침내 돌아온(얼마나 대단한 사건인가!)《어린 왕자》 친필 원고와 그의 수채화 원화들은 독자들이 생텍쥐페리를 읽고 또 읽으면서 짐작만 했던 의미에 빛을 던져줄 것이다. 이 책 속 그림들은 그가 글을 쓰던 당시의 기념물들이다. 그리고 이 우화 전체는 아득한 어린 시절과 치열했던 삶에서 온 감정으로, 마치 영원히 꺼지지 않고 식지도 않기를 바라는 아궁이의 불처럼 남아 있다. 너무 짧은 나날을 넘어, 언제까지나 소환할 수 있는 감정. 작가는 그래서 불안했다. 감정이란 원래 금방 사라지는 것 아닌가? 자신이 죽은 후에도 이 어린 왕자가 살아남을 수 있을까? 이 왕자의 이야기를 사람들이 읽고, 이해하고, 좋아할까? 이 물음은 미국에서 《어린 왕자》가 출간되던 날 조종사가 군에 복귀하기 위해 이미 북아프리카로 떠났기 때문에 더욱더 중요하다. 작가는 이제 자기 삶이 자칫 어떻게 될지 모른다는 것을 알고 있었다. 어떻게 자기 사람들을 위로하지도 않고 목숨을 바치러 간단 말인가?

가스통 갈리마르(《어린 왕자》를 출간한 갈리마르 출판사의 창립자)는 그의 벗 토니오(생텍쥐페리의 애칭)를 진정시킬 수 있기를 바랐을 것이다. 하지만 토니오는 어린 왕자가 마흔네 번째 노을을 바라보듯 그의 책이 끊임없이 빛나는 모습을 보지 못하고 너무 일찍 떠났다. 프랑스어로 쓰인 작품 가운데 이렇게 전 세계에 널리 퍼진 책, 이토록 오랫동안 사랑받은 책은 없었다. 1943년 4월 뉴욕에서 처음 출간된 《어린 왕자》가 탄생 80주년을 맞는다! 그리고 앙투안 드 생텍쥐페리의 이 걸작은 여전히 어른 아이 할 것 없는 수많은 독자의 마음에 다가가 삶의 보이지 않는 부분을 드러내고 있다. 이런 책은 극히 드물다. 프랑스 문학의 거장 미셸 투르니에는 《어린 왕자》를 20세기의 가장 중요한 걸작 중 하나로 꼽았다. 그는 우리에게 동화가 "철학 이론이나 매우 야심 찬 철학적 문제에 대한 논증을 감추고 있는 단순한 이야기"임을 일깨워준다. 하지만 그는 마땅한 경고를 잊지 않는다. "여러분이 열쇠를 찾게 될 거라 믿어선 안 된다. 그런 열쇠는 없다. 그리고 바로 그 점이 경탄스럽다." 이것은 탁자 아래 깊이 숨어 들어간 철학, '불법으로 들여온' 철학이다. 이제 그 철학으로 나아가는 것은, 그로부터 해석 가능한 힘찬 진실들을 판단과 삶 자체로 끌어올리는 것은 각자의 몫이다. 이야기라는 만국 공통의 보물은 그러한 풍부함을 제공한다. 그리고 어린 왕자는 아직도 할 일이 많은 그의 작은 행성으로부터 자신의 자리를 지키고 있다.

| 추천사 2 |

파리의 어린 왕자

올리비에 가베(파리 장식미술관 관장)

아무리 퍼내도 마르지 않는 인물과 생애가 있다. 기념비적인 영웅담에서 사소한 디테일까지, 그들에게 경의를 표하는 책과 저작은 쌓여만 간다. 그들에게 으레 붙는 단어들은 남발되다 못해 그 본래의 의미를 잃을 지경이다. '아이콘', '탁월한', '예외적인', '신화적인'…. 어린 왕자 앙투안 드 생텍쥐페리. 우리는 앞에서 언급한 단어들과 그 밖의 여러 단어로 이 인물을 끝도 없이 묘사하고 규정할 수 있을 것이다. 소설과 산문, 편지, 그리고 필연적으로 등장하는 전기와 논평은 즐거운 박식, 절대적 정확성, 그리고 수천 페이지의 분량으로 하나의 운명을 환히 드러내고 1943년 뉴욕에서의 첫 출간 이후 전 세계인 모두의 작품이 된 텍스트에 주석을 단다. 역사의 가장 어두운 나날의 고통 속에서 생텍쥐페리는 시대를 초월하는 철학 동화를 내놓았다. 그렇지만 아동 문학으로 딱 떨어지게 분류하기가 어려운 이 작품은 독자 한 사람 한 사람에게 흐르는 세월 속에서 내밀하게 말을 건다. 그래서 《어린왕자》는 읽을 때마다 나이, 시기, 때로는 장소에 따라 다른 울림이 있다.

《어린 왕자, 영원이 된 순간》은 이미 풍성한 생텍쥐페리 서가에 그냥 더해진 평범한 책이 아니다. 최초 공개되는 저자의 친필 원고와 그 사이사이 들어간 그림과 채색 삽화를 선보이기 위해 제작되었기 때문이다. 파리 장식미술관은 콜린 베일리 관장과 다른 두 수호자 필립 팔머와 크리스틴 넬슨의 책임하에 이 소중한 원고를 소장해온 뉴욕 모건도서관·박물관의 신뢰 덕분에 크나큰 영광을 누리게 되었다. 이 책에서는 특별히 귀중한 친필 원고를 공개할 뿐 아니라, 이 비행기 조종사 작가의 생애를 돌아보고, 텍스트의 출처와 그의 방황을 조사하며, 여러 기관과 수집자 들이 너그러이 대여해준 그 밖의 소중한 자료와 그림을 함께 선보인다. 갈리마르 출판사의 편집자 알방 스리지에와 안 모니에 반리브가 이 프로젝트를 문학계와 예술계의 중대한 순간으로 만들기 위해 애정과 존경을 담아 끈기 있게 전개한 작업은 치하하지 않을 수 없다. 이는 창작 속으로 들어가, 모험과 '친필 원고' 사이의 보기 드문 결합에 대한 기념비적인 작업이다.

어린 왕자와 장미. 앙투안 드 생텍쥐페리와 콘수엘로 드 생텍쥐페리. 이 책은 부부가 1930년부터 1944년까지 주고받은 편지 등을 바탕으로 온전한 예술가이자 아내였고, 영감의 제공자이자 반향이었으며, 자극제이자 공모자였던 그 여인을 생생하게 되살려낸다. 미술관이라는 공간 속에서 역사는 페이지를 최대한 가득 메우지만 여백에도 작용하며 주석들을 텍스트의 본문 속으로 돌려보낸다. 콘수엘로가 그 안에서 제자리를 차지했다. 올리비에 다게와 생텍쥐페리-다게재단, 마르틴 마르티네스 프룩투오소 부인과 콘수엘로 드 생텍쥐페리 재단이 함께 지지해준 덕분에 이토록 많은 작품을 모을 수 있었다. 이 프로젝트가 성사된 것은 그들 덕이다. 그리고 이 걸작을 내놓은 역사적 출판사 갈리마르의 앙투안 갈리마르도 너그러운 호의로 이 야심 찬 프로젝트의 실현을 허락해주었다.

"나를 이토록 슬퍼하게 내버려두지 말고 그가 돌아왔다고 빨리 편지해주기를…." 이것이 《어린 왕자》의 마지막 문장이다. 귀환과도 같은 이 등장을 함께 즐거워하자.

| 차례 |

추천사 | 사적인 것에서 보편적인 것으로 _앙투안 갈리마르 _016

파리의 어린 왕자 _올리비에 가베 _018

동화 같은 어린 시절 _023

"어떤 사람들은 늙지 않고 시인으로 남는 법을 안다."

비행기 조종사 작가 _057

"비행기에 대한 이야기를 쓸 거야."

인물의 탄생 _117

"나는 너무 당황했다!"

뉴욕의 어린 왕자 _137

"《어린 왕자》는 베빈하우스의 커다란 불에서 태어났습니다."

원고에서 출판으로 _189

"그렇게 꽃 한 송이가 태어났다…."

어린 왕자 속 작가의 초상 _297

"이것은 저자 자신이 그린 초상이다."

《어린 왕자》 깊이 읽기 |

앙투안 드 생텍쥐페리와 그의 어린 왕자 _안 모니에 반리브 _328

본질적인 것을 보이게 만들다 _알방 스리지에 _342

감사의 글 _366 **주요 참고 문헌** _368 **사진 출처** _370

동화 같은 어린 시절

"어떤 사람들은 늙지 않고 시인으로 남는 법을 안다."

"나는 어디에서 왔는가? 나의 어린 시절에서 왔다. 사람들이 어느 고장의 출신이라고 말하는 것처럼 나는 내 어린 시절 출신이다." 앙투안 드 생텍쥐페리는 1940년 프랑스 패전을 다룬 놀라운 소설《전시조종사》에서 이렇게 썼다. 그의 모든 작품은 이 어린 시절이라는 조국의 영원한 면, 그 시절에서 시간의 공격과 사람들이 너무 쉽게 저지르는 망각을 피해 살아남은 부분을 기념한다. 《어린 왕자》도 이 규칙에서 예외가 아니다. 이 책은 아이들이 세상을 바라보는 창의적 시선과 관습과 기존의 말에 종속된 '어른들'의 시선을 비교하여 독자를 어떤 명상으로 이끈다. 이 우화는 서로 말이 통하는 두 인물을 내세워, 여러 면에서 우리의 어린 시절(어린 왕자)과 어른으로서의 의식(조종사) 사이의 대화처럼 구성되어 있다. 이 때문에 우리는 이 책이 진짜 아이를 위한 책인지, 어른을 대상으로 하는 성숙한 책인지 좀체 알 수가 없다. 이 책은 작가 자신이 (구성으로 보나 작가의 의도로 보나) 양쪽 모두를 위해서 썼다!

하지만 아이와 어른의 경계에 있는 두 존재 모두 진지한 일에 몰두해 있는 어른 생텍쥐페리 자신을 표상한다. 그는 자신이 몸과 마음을 바쳤고 앞으로 바칠 전쟁의 한가운데서 어린이들을 위한 책을 쓰기로 결심했다. 더욱이 이 책은 그의 친구 레옹 베르트가 아니라, "어린 소년이었을 때의" 레옹 베르트에게 바친 것이다. 그는 어린 독자들을 언짢게 하지 않으려고 "어린이들을 위한 책까지도 이해할 수 있는" 어른에게 이 책을 바쳤다고 말한다. 위엄 있는 조종사는 아이를 이해하고 아이에게 말을 거는 능력을 간직하고 있었고 아이들을 독자로서 우선시하기로 결심했다.

앙투안 드 생텍쥐페리는 1900년 6월 29일 리옹에서 태어났다. 그를 포함한 다섯 남매는 어려서 아버지를 여의었다. 그는 어린 시절의 보물창고에서 이야기들의 보편적 보물을 끌어왔다.《어린 왕자》의 글쓰기는 이 황금시대에 빚을 많이 졌다. 비록 가슴 아픈 사별로 점철되어 있지만(한 아이의 죽음을 진지하게 말하는 이 책에서도 당시의 상처를 느낄 수 있다) 경이로운 자연과 주위 사람들의 애정, 처음으로 감지한 모험의 부름(다락방의 대들보를 끼우는 구멍에서 전율하던 별)까지 단순한 기쁨이 넘쳐나던 시절이었다. 정서적 밀도가 높은 그 세계를 조종사-작가는 삶에서나 작품에서나 (글과 그림 모두로) 한시도 저버리지 않았다. 그가 보기에는 그 세계가 각 사람의 가장 인간적인 모든 것을 담고 있었기 때문이다. "내가 아마 꿈을 꾸나 보다"라는 문장으로 시작하는 조종사의 책《전시조종사》의 화자는 이렇게 외친다. "나는 고이 보호받던 그 어린 시절에 기꺼이 틀어박힌다!"

그러나 앙투안 드 생텍쥐페리라는 젊은 백작은 어린 시절을 이상화하지 않는다. 세상에 불쌍하고 학대받는 사람들이 널렸다는 것을, 자기 안에 살해된 모차르트를 위해 눈물 흘렸던 이가 어떻게 모를 수 있겠는가? "모두의 고향인 그 너른 땅"을 너무 쉽게 잊는 사람들의 적대적 국가에서 그는 그 어린 시절의 대사大使였다. 그는 항상 그 땅에 가장 강력한 진정성, 가장 순도 높은 진실성을 부여했다. "나한테는 우리가 어릴 적 지어낸 말과 놀이의 세상, 아이들의 추억으로 가득한 세상이 다른 세상보다 한없이 진실해 보였습니다."(어머니에게 보낸 편지, 부에노스아이레스, 1930년 1월)

그렇지만 의지가 있는 사람들에게는 그 두 세계의 경계가 사실상 없다. 민간기와 군용기 조종사, 취재기자, 창의성이 풍부한 엔지니어, 그리고 우리의 좋은 친구 생텍쥐페리처럼 자기 시대의 세상사에 누구보다 깊이 가담한 사람은 어린 시절을 버리지 않고, 자신을 그 시절에 매어놓는 아리아드네의 실을 꼭 잡고 있을 수 있다. 그의 스케치 다수에서 어린 왕자가 언제나 실을 꼭 잡고 있는 것처럼 말이다. 그 이유는《어린 왕자》의 저자에게 실제로 체험한 모험만큼, 출발의 전망만큼, 여행과 고립의 시련만큼 어린 시절의 감정에 가까운 것은 없기 때문이다. 그러한 경험은 고통스럽지만 어린 시절의 활력을 각 사람 안에서 다시 끌어올리고 그 강력하고도 위로가 되는 내면으로 세상을 사로잡는다. 이렇듯 어떤 사람들은 보편적 동화를 쓰면서 "늙지 않고 시인으로 남는 법을 안다".

그의 일생의 모든 요소가 어린 시절에서 얼마나 많이 싹을 틔웠는지 우리는 보게 될 것이다. 때 이른 시인의 소명, 창공의 세례, 동생과 이것저것 만들고 놀던 경험, 가족 정원, 어머니와의 관계뿐 아니라 청소년기에 이미 제1차 세계대전의 공중 전투에 각별한 관심을 기울이게 했던 애국심까지도. 그는 어린 시절을 보낸 장소에서 자주 멀리 떠났지만 늘 가족과 가까웠고 긴밀하게 연락을 주고받았다. 그는 편지 없이는 못 살았고 1920년대에는 늘 위험에 노출되는 조종사로서 편지를 우편 수송기에 고이 싣고 날랐다.

어린 시절과 여행

"어떤 사람들은 늙지 않고 시인으로 남는 법을 안다." 앙투안 드 생텍쥐페리는 작성 시기를 정확히 알 수 없는 글에서 이렇게 썼다. 하지만 여기서는 1930년대에 그 글이 작성된 정황을 분명히 아는 것보다는 발언 자체가 중요하다. 작가와 작품을 이해하는 데 그 발언이 결정적 중요성을 띠기 때문이다. 생텍쥐페리가 다음의 글에서 펼치는 여행론은 명시적 언급은 없지만 몽테뉴 이후 전통적으로 이어져왔던 여행관을 뒤엎는다. "여행을 한다는 것이 내게는 유익한 수련 같다. … 수많은 다양한 인생을 끊임없이 보고 다니는 것보다 더 나은 인생 학교는 없다."(《에세》 3, 9장) 《어린 왕자》의 저자에게 여행은 어린 시절의 수련이 아니라(정확히 말하자면 그러한 교육적 이익을 우선적으로 기대해서는 안 되며) 우리를 어린 시절로 돌아가게 하는 것이다. 그게 여행의 탁월한 점이었다. 여행은 사람을 자기 내면으로 떠미는 한편, 자신을 세상의 부름에 열려 있는 의식으로 재정립하도록 돕는다. 달리 말하자면, 출발의 기대와 여행 자체, 다시 말해 여정으로 체험되는 여행의 시간("네가 너의 장미를 위해 쓴 시간")은 사람을 어린 시절과 비슷한 상태에 몰아넣고, 그 내면의 영토에 드리웠던 베일을 걷어내며, 일상의 찌꺼기와 사물의 지배에 묻혀 있던 것을 드러낸다. 어린 시절은 장차 일어날 일에 대한 경탄 어린 기대다. 온 세상은 꿈조차도 아직 들어서지 않은 자유롭고 새로운 의식을 부르고 자극한다. 우리는 이러한 생각이 생텍쥐페리라는 인간에게 어떤 영향을 미쳤는지 안다.

그래서 숱한 여행이 그에게는 어린 시절 자체보다 그 시절 특유의 감성으로 끊임없이 돌아가는 방법이었을 뿐이라고 말한다 해도 아주 틀린 말은 아닐 것이다. 그에게 있어 여행과 모험은 지속된 어린 시절이요, 노스탤지어가 아니었다. 생텍쥐페리는 그 감성을 결코 버리지 못했고 오히려 생의 극단에서조차 사람들에게서, 혹은 출발의 고통("칼"과 같은 고통) 속에서 그 감성을 찾으려 했다. 그러한 적극적 열정이 결코 가시지 않았기 때문에 사람들과 평온하게 더불어 살기는 힘들었다. 그는 철새들의 이동을 그냥 보아 넘기지 못했다.

소박해 보이지만 무한히 연장되어 풍부해진 다음의 글에서 생텍쥐페리는 좀 더 멀리 나아간다. 그는 여행과 임박한 출발이 되살려내는 어린 시절의 정신이 시와 다르지 않다고 본다. 문학적 창작은 세계에 대한 이 순수한 감성, 어떤 확실성에도 매여 있지 않고 주체성의 자연스러운 표현으로 세상을 매혹하는 의식의 감성을 원천으로 삼는다. 모든 것이 보물이 되고, 수수께끼가 되며, 기호가 된다.

그렇기 때문에 조종사로서의 참여와 작가로서의 소명은 결코 분리되지 않는다. 그 둘은 어린 시절의 표현을 통해 하나로 묶여 있다. 어린 왕자라는 인물은 그 시절의 화신이고,《어린 왕자》라는 책은 어린 시절의 신화를 전해준다.

"어떤 사람들은 늙지 않고 시인으로 남는 법을 안다." 생텍쥐페리는 그런 사람 중 하나가 되었다.

'여행', 자필 원고, 생텍쥐페리다게 재단 소장품.

여행

바다가 보이는 창과
별이 보이는 창과
꺾이는 바람이 보이는 창으로.

이제 다시 한번 짐 가방의 고리를 채우고 나를 마리냔 쪽으로 데려갈 차를 기다린다. 나는 여행 직전의 이 하릴없는 시간을 음미한다.

여기서 계획할 것은 없다. 세상 자체가 바뀌기 때문이다. 한 시간 후면 그의 근심, 그의 습관은 지금은 알지 못하는 새로운 근심, 경탄, 후회에 밀려날 것이다. 마음가짐 자체가 바뀌기 때문이다. 그래서 모든 이는 여행의 문턱에서 자신이 잊고 있던 어린 시절 깊숙한 곳의 그 무엇이 떠오르는 것을 느낀다.

그 이유는 과거 그의 모습이었던 아이가 언제나 위대한 여행자이기 때문이다. 그는 다락방에서 물속에 가라앉은 배를 탐사하듯 거기 좌초된 무거운 철제 트렁크들 사이를 여행했다. 그는 정원을, 신기한 동물이 가득한 공원을, 개미와 꿀벌의 제국을 여행했다. 그는 법이 불분명하고 금지된 것과 잠긴 벽장과 들어가면 안 되는 방이 잔뜩 있는 나라를 여행했다. 아이에게는 모든 것이 푸른 수염의 성이었다. 그가 우연히 포착한 대화, 그가 옆에 있을 때 오가는 암시 (그리고 침묵), 수수께끼 같은 중요한 말, 아이에게는 모든 것이 고통을 불러일으켰고 모든 것이 장차의 약속으로 환하게 빛났다. 아이는 크면서 그 여행을 계속했다. 다락방에서, 그 후에는 책들을 통해, 그 후에는 삶에서. 처음 사귄 친구, 처음 만난 사랑, 처음 느낀 아픔.

어떤 사람들은 늙지 않고 시인으로 남는 법을 안다. 원자의 비밀을 밝혀낼 계산법을 개발한 물리학자는 이 어렴풋한 욕망을 안다[…]. 작곡가는 아직도 화음이 우르르 자기 안에서 솟아오를 때의 그 조바심을 느낄 수 있다. 그들은 여전히 보물을 들고 찾아온 사신들을 영접한다. 그러나 대부분은 어른이 되면 더 이상의 발견은 없다. 저마다 자기 삶, 자기 생각, 자기 집의 질서를 수립한다. 이제 메시지를 받지 못한다. 사물은 그냥 존재하는 그대로의 사물이다. 삶은 더 이상 그에게 신호를 보내지 않는다.

그러나 긴 여행을 꿈꾸며 다시 한번 가방을 쌀 때, 자신을 그리 잘 알지 못한다는 사실에 놀라는 이가 얼마나 많은가. 그들은 자기 안의 불분명한 영토를 짐작한 것이다. 출발의 꿈 속에서 미처 탐험하지 못했던 자기 자신을, 수많은 정념에 열려 있고 매서운 바람이 쌩쌩 지나가는 중국 같은 땅을 발견한다. 그들 안에는 아이 때처럼 미완으로 남은 부분이 있다. 그래서 어린 시절의 경이와도 같은 감각을 되찾는다. 내가 보기에는 인간이 청춘의 샘에 몸을 담그듯 여행에 다시 빠져드는 이유가 여기에 있다. 사람들은 여행이 그들을 다시 젊게 해주길 바란다.

나 또한 지금 이 시간 나도 모르게 페르시아와 인도를 어린 시절의 보물상자처럼 생각하고 있다. […] 여행에는 만남 말고도 다른 것이 있다. 여행 그 자체와 출발이 있다. 나는 […] 고장 전체를 둘러보든, 혹은 언제나 비슷비슷한 바다만 보여주는 여객선에서조차도, 그 여행을 자기만의 것으로 음미할 수 있다. 세이렌의 마지막 경고 후에, 도시와 여객선 사이를 마지막으로 파도가 훑고 간 후에, 사람들의 작별 인사와 웃음과 눈물과 탑승이 지나간 후에, 트랩을 배로 거둬들이면 부두와 배 사이에 보일 듯 말 듯 단절이 일어난다.

나는 이 완벽한 공유의 첫 신호보다 장엄한 것을 알지 못한다. 다시 아연실색한 연인들은 헤어지고 이민자들은 그들의 그루터기에서 잘려 나간다. 그 두 집단은 모두 변한다. 인간의 힘으로는, 어떤 외침, 어떤 사랑[의 빛]으로도 그 상처를 치유할 수 없다. 물은 칼처럼 갈라놓고 미끄러지듯 부두에서 막 떨어져나온 선박의 움직임은 이제 숙명이다.

정원의 다섯 아이

마리마들렌, 가브리엘, 프랑수아, 앙투안, 시몬이 제네바 출신 사진가 프레데리크 부아소나스의 카메라 앞에 모였다. 이 사진가는 1902년에 매형 샤를 마냉과 함께 리옹에 사진관을 열었던 것 같다. 이 아이들에게는 아버지가 없었다. 장 드 생텍쥐페리는 1904년 3월 14일 바르 지방 라푸에서 급성 뇌출혈로 사망했다. 가족은 그때까지 리옹 페이라 거리(지금의 생텍쥐페리 거리) 8번지에 살았다. 마리 드 생텍쥐페리의 친척이자 벨쿠르 광장의 아파트와 앵 지방 생모리스드레망성의 소유주였던 레스트랑주 가문 출신 가브리엘 드 트리코 백작 부인의 도움이 너무 일찍 큰 시련을 겪은 이 가정을 구했다. 시몬 드 생텍쥐페리는《정원의 다섯 아이》에서 그들 가족이 리옹과 르망에서, 특히 프로방스의 라몰성과 생모리스드레망성에서 어떻게 일상을 보냈는지 이야기한다. 그 일상에서 자연과의 관계와 상상 놀이는 중요한 기반이었다.《어린 왕자》의 작가는 어린 시절 숱이 많아 부스스하게 뜨는 금발 때문에 '태양왕'이라는 별명으로 불렸다. 그의 큰누나 마리마들렌은 이렇게 쓴다. "앙투안은 그의 누이 모노(시몬의 애칭)처럼 바깥세상과 독립적인가? 그 세상을 즐길 수 있을까? 그 세상 때문에 괴로워할까? 그 애의 감수성은 분명히 극단적이었다. 하지만 그는 많은 것을 받은 반면, 더 많은 것을 내어주었다. 그 아이는 한없이 너그러웠다. '그는 모두에게 줄 보석을 가지고 있었다.'(레옹폴 파르그Léon-Paul Fargue의 글 중에서)"

생텍쥐페리가의 아이들,
프레데리크 부아소나스 사진관,
리옹, 1907년경, 당시의 은판 사진.

(위)
어머니(서 있는 성인 중 가장 오른쪽),
트리코 이모, 시녀와 함께
생모리스드레망성(앵) 정원에 서 있는
생텍쥐페리가의 아이들,
1906, 당시의 은판 사진.

(아래)
생모리스드레망성(앵), 우편 엽서.

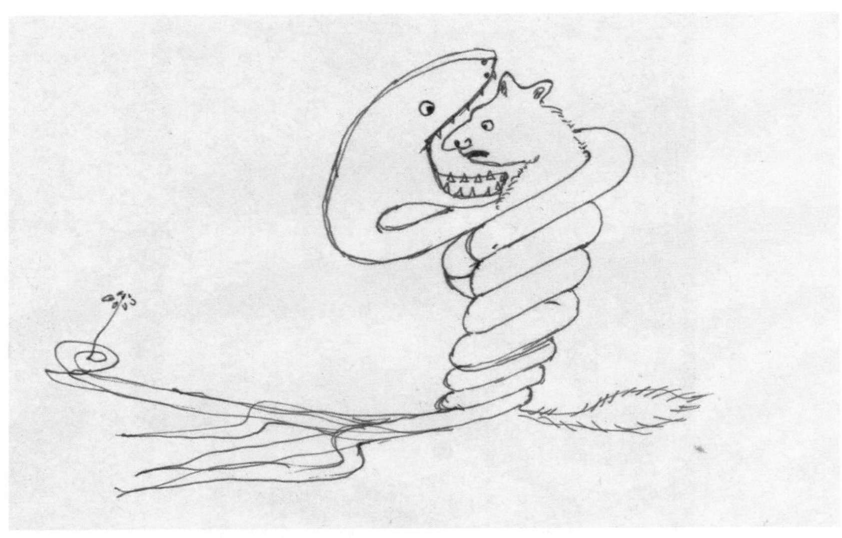

뱀과 맹수: 하나의 그림에서 본 어린 시절

"여섯 살 적에 나는《실제로 겪은 이야기》라고 하는, 원시림에 관한 어떤 책에서 멋들어진 그림 하나를 보았다. 맹수를 꿀꺽 집어삼키는 보아뱀 그림이었다. 위의 그림은 그걸 옮겨 그려본 것이다. 그 책에는 이렇게 쓰여 있었다. '보아뱀은 먹이를 씹지도 않고 통째로 집어삼킨다. 그러고는 더 이상 꼼짝도 하지 않은 채 여섯 달 동안 잠만 자며 먹이를 소화한다.'"

《어린 왕자》의 첫머리를 장식하는 이 그림은 화자가 어린 왕자와의 만남 이야기를 털어놓는 계기가 된다. 화자는 이미 어렸을 때부터 어른들에게 이해받기를 포기했다. 이 그림은 아마도 생텍쥐페리가 어린 시절 읽었던 책에서 나왔을 것이다. 실제로 국립자연사박물관 소속 곤충학자 샤를 브롱니아르Charles Brongniart(1859~1899)의《대중을 위한 자연사Histoire naturelle populaire》782쪽에는, 물에 사는 보아뱀(브라질 그린아나콘다)의 먹이를 잡아먹는 잔인한 방식이 박물관에서 가엾은 새끼 염소를 써서 관찰한 그대로 상세하게 묘사되어 있다. "뱀의 식사를 지켜보는 것은 흥미로운 일이다. 나는 몇 번이나 관찰했기 때문에 내가 본 것을 이야기할 것이다. … 괴물 같은 뱀이 서서히 나아가다가 먹잇감

맹수를 삼키는 보아뱀,
《어린 왕자》 1장을 위한 스케치,
종이에 잉크, 개인 소장.

을 포착한다. 끝이 갈라진 혀를 내민 모습이 먹이의 맛을 음미하려는 듯하다. 하지만 뱀은 갑자기 움찔 물러선다. 잠시 멈춰 섰던 뱀이 불현듯 번개처럼 달려들어 아가리를 쩍 벌리고 새끼 염소를 제 몸으로 칭칭 감더니 강력한 힘으로 조인다. … 이때부터는 삼키는 과정이다. 이 뱀이 큰 편이긴 하지만 어떻게 자기보다 더 큰 먹이를 삼킬 수 있는지 의아할 것이다. 이런 유의 파충류는 턱이 엄청나게 늘어나기 때문에 그럴 수 있다. … 사실, 새끼 염소는 자리에서 꿈쩍도 하지 않았고 뱀이 먹이를 향해 이동한 것이다. … 뱀은 새끼 염소를 집어삼켰다. 털가죽과 뿔까지 온통 뱀의 배 속으로 들어간다. 소화는 아주 느리게 이루어지기 때문에 뱀은 며칠 동안 무감각 상태로 꼼짝도 하지 않는다." 세 쪽 뒤에는 전설적 삽화 〈파카를 질식시키는 브라질 그린아나콘다〉가 과학 관찰에 이국적 색조를 더한다(파카는 남아메리카 열대지방의 거대 설치류다). 이 저작의 제작 자료에도 비슷한 장면을 보여주는 수채화가 포함되어 있다.

약 35년 후, 생텍쥐페리는 기억에 의존해 이 삽화를 그렸고 어린 시절의 독서에 직접적으로 비추어 자신의 이야기를 끌어낸다. 《어린 왕자》 집필에서 채택되지 않은 원고 판본에는 이런 문장이 있다. "이 그림들은 기념물이다."

샤를 브롱니아르의 《대중을 위한 자연사》 (파리, 마르퐁-플라마리옹, '카미유 플라마리옹 총서', 1880)의 삽화 두 점. 종이에 판화와 수채화. 파리, 갈리마르 출판사 자료 보존처.

비행의 개척자들

앙투안 드 생텍쥐페리는 그 시대 아이답게 비행의 역사 초기에 탄생한 신화들에 민감했다. 그가 일곱 살 때 신문《르 프티 파리지앵》문학 특별판은 이 영광스러운 기원의 알레고리를 이카로스의 추락과 비행의 개척자 앙리 파르망Henri Farman(1874~1958)의 비상이라는 극적 연출의 삽화로 게재했다. 인간의 오랜 꿈은 마침내 그의 발을 땅에 가차 없이 붙잡아놓는 중력에서 벗어난 현대의 영웅, '하늘을 나는 인간들'을 통해 실현되었다. 앙리 파르망이 1907년 10월 25일에 그의 파르망 부아쟁 복엽기biplane로 파리 이시레물리노에서 시속 50킬로미터의 벽을 무너뜨린 지 얼마 안 된 때였다. 1908년 1월 13일에 그는 같은 코스의 초반 1킬로미터를 1분 28초 만에 주파했다.

이러한 위업에 매혹된 아이들은 모험을 꿈꾸기 시작했다. 대중 문학은 그 기회를 놓치지 않았고 '하늘의 로빈슨크루소' 유의 소설들을 쏟아냈다. 당리 선장(불랑제 장군의 사위였던 에밀 드리앙의 필명)이 쓰고 조르주 뒤트리아크가 그림으로 표현했던 소설들이 그렇다. 1년 뒤에는 같은 출판사에서《태평양의 비행사L'Aviateur du Pacifique》도 나왔다. 당리는 이 책에서 공중전이 중요한 역할을 하는 미국과 일본의 전쟁 상황을 상상했다. 주인공 모리스 랭보는 난파되었다가 미국에 가까스로 합류하여 초보적 성능의 비행기를 조종하게 된다. 하지만 이처럼 반은 군사주의적이고 반은 미래적인(식민주의적이거나 인종차별적이기까지 한) 대중 소설만 쏟아져 나온 게 아니다. 기욤 아폴리네르나 마르셀 프루스트 같은 위대한 작가들도 머지않아 새로운 하늘길과 희한한 기계에 민감한 반응을 보일 터였다. 그 시대의 인간들은 그 기계에 몸을 싣고 힘차고 가볍게 하늘을 가르며 현대의 신화를 쓸 것이었다.

조종사이자 작가 생텍쥐페리는 이카로스와 그의 아버지 다이달로스의 신화가 주는 교훈을 결코 잊지 않을 것이다. 그들은 인간의 광기, 조물주적 권능에 대한 건방진 경쟁심이 어떤 말로에 이르는지 보여주는 본보기다. 생텍쥐페리는 비행의 도취, 하늘이 끌어당기는 힘을 경험으로 받아들일 테지만 추억과 자기 사람들에 대한 신의를 지키기 위한 아리아드네의 실을 결코 놓지 않을 것이다. 비행의 기쁨에 취해서 태양에 너무 가까이 다가가 날개가 타버리지 않도록. 이카로스의 날개는 무절제의 날개다. 어린 왕자의 (지워진) 날개는 하늘과 땅 사이, 물질과 정신 사이에 꼭 필요한 균형이라는 지혜를 떠받치고 있다.

그렇지만 이카로스의 운명을 시인의 운명과 비교하지 않기란 어렵다…. 다이달로스의 아들 이카로스의 날개가 녹아서 추락한 바다에 대한 전설이 전해오듯이 장차 생텍쥐페리의 바다가 있을 것이다. 작가가 1944년 여름에 그의 라이트닝과 함께 추락한 마르세유의 난바다가 그렇게 기억될 것이다. 이카로스와 생텍쥐페리는 둘 다 인간 조건을 초월할 수 있다는 착각과 파괴적 광기를 몰아내기 위한 희생의 본보기다.

《어린 왕자》는 어린 시절에 배운 위대한 신화들에 그 뿌리를 둔다. 승승장구하며 진보에 취한 현대는 그러한 신화들을 업데이트했다. 생텍쥐페리의 천재성은 그러한 보물을 바탕으로, 우리의 의식과 행위에 가장 진실하고 유효한 것을 그 보물에 부여함으로써, 전통과 현대를 조화시키는 새로운 그림을 그린 데 있다.

조르주 뒤트리아크,
당리 선장의 《태평양의 비행사》를 위한
삽화, 파리, 플라마리옹,
1909, 종이에 연필과 잉크,
파리, 갈리마르 출판사 자료 보존처.

Huit pages : CINQ centimes

Le Petit Parisien

SUPPLÉMENT LITTÉRAIRE ILLUSTRÉ

LES HOMMES VOLANTS

Les Ailes d'Icare et l'Aéroplane d'Henri Farman

(위)
조르주 뒤트리아크,
당리 선장의 《태평양의 비행사》를 위한
삽화, 파리, 플라마리옹, 1909.

(아래)
캄메, '하늘을 나는 인간들',
《르 프티 파리지앵》 문학 특별판 1면 삽화,
1907년 12월 8일,
파리, 갈리마르 출판사 자료 보존처.

세례

앙투안은 열두 살이 된 지 얼마 안 된 1912년 7월 7일에 직업 조종사였던 가브리엘 로블르스키(일명 살베스)를 졸라서 그의 단엽기에 처음으로 탑승했다! 모친은 장남의 비행기 탑승을 결코 허락하지 않았다. 그녀는 가족이 늘 여름을 보내는 트리코 부인의 생모리스드레망성 인근의 앙베리외앙뷔게 지역을 매우 잘 알았다. 하지만 모친의 반대가 무슨 소용 있으랴. 유혹은 너무 컸고 소명의 부름은 거역할 수 없었다!

비행기 사진이 들어 있는 이 엽서의 수신인 알프레드 테노즈는 앙베리외 비행장의 지상직 엔지니어였다. 이 비행장에서는 새로운 기종의 비행기들, 특히 리옹의 기업인 베르토와 로블르스키 형제가 구상한 프로토타입들을 테스트했다. 앙투안이 탄 비행기는 (세 대만 시범 제작되었는데) 무거운 금속제였고 70마력 레이버 엔진을 장착했다. 조종사와 탑승자는 비행장을 두 바퀴 돌았다.

이 기억할 만한 하루가 10년 후의 조종사 생텍쥐페리와 영원한 아이 앙투안의 뗄 수 없는 관계를 만들 것이다. 조종사와 금빛 머리의 어린 왕자의 만남으로《어린 왕자》속에 길이 남을 관계를.

베르토–로블르스키 단엽기.
1937년에 앙투안 드 생텍쥐페리가 알프레드 테노즈에게 보낸 우편엽서.
"나와 함께 이 비행기에서 세례를 받은 테노즈에게.",
자필 원고, 파리, 에어프랑스 박물관.

만년필

어린 앙투안 드 생텍쥐페리가 어머니에게 쓴 첫 번째 편지는 비록 글씨와 맞춤법이 아직 자리 잡지 못했을지언정 이미 글쓰기의 문제를 다룬다. 여기서 어떤 조짐이 보인다. 손재주가 능했던 아이는 당시로서는 혁신적 도구였던 만년필을 만들었다. 그렇게 일찌감치 확인된 시인의 소명이 열렸다. 그는 1914년까지 동생 프랑수아와 함께 친가의 근거지인 르망의 노트르담드생트크루아 예수회 기숙학교에 통학했다. 누나들은 리옹에서 트리코 백작부인과 함께 지냈고 모친 마리 드 생텍쥐페리는 두 도시를 오가며 자식들을 건사했다. 이 편지에서 언급되는 삼촌 에마뉘엘 드 퐁스콜롱브는 마리 드 생텍쥐페리와 동기애가 각별했고 생텍쥐페리가의 아이들이 오랜 시간을 보낸 또 다른 곳 프로방스 라몰성의 소유자이기도 했다. 그는 1907년 2월에 부친이 타계한 이후로 가문의 영지를 관리했다.

르망에 사는 사촌 처칠의 집에서
앙투안 드 생텍쥐페리
(사진에서 오른쪽에 앉아 있는 소년).
1910년 3월 20일 자 엽서, 개인 소장.

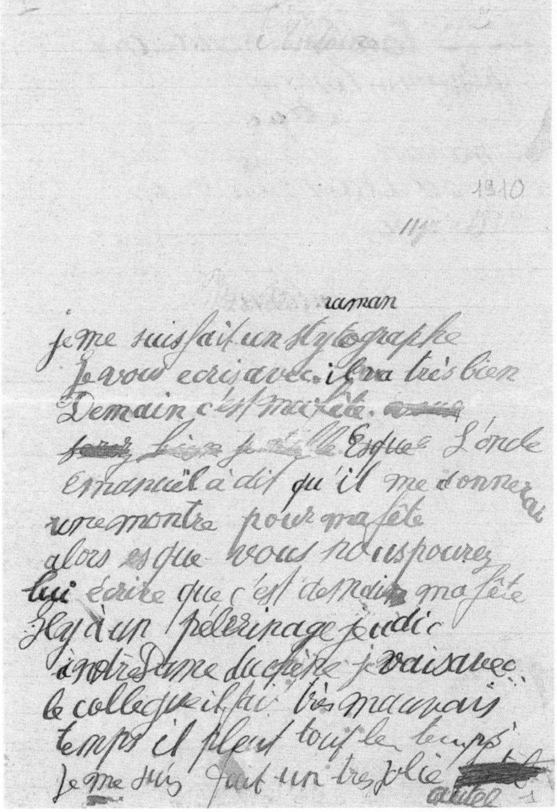

maman
je me suis fait un stylographe
je vous écris avec il va très bien
Demain c'est ma fête
... L'oncle
emmanuel a dit qu'il me donnerai
une montre pour ma fête
alors est-ce que vous ne pourrez
lui écrire que c'est demain ma fête
Il y a un pèlerinage jeudi
à notre Dame du ... je vais avec
le collège il fait très mauvais
temps il pleut tout le temps
je me suis fait un très joli autel

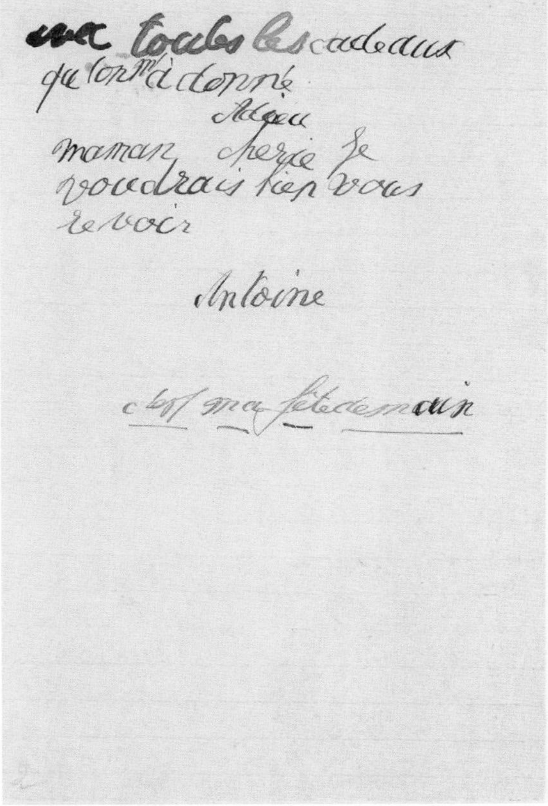

avec toutes les cadeaux
qu'on m'a donné
Adieu
maman chérie je
voudrais bien vous
revoir

Antoine

c'est ma fête demain

사랑하는 엄마께,

내가 만년필을 만들었어요. 그걸로 편지 쓰는 거예요. 아주 잘 써져요. 내일은 내 생일 파티를 해요. 에마뉘엘 삼촌이 생일 선물로 시계를 준다고 했어요. 그러니까 내일이 생일이라고 엄마가 알려주세요. 목요일에는 노트르담뒤셴 순례가 있어요. 기숙학교 전체가 가요. 날씨가 아주 안 좋아요. 계속 비만 와요. 내가 받은 선물들을 전부 쌓아서 근사한 제단을 만들 거예요.

안녕히 계세요, 사랑하는 엄마. 보고 싶어요.

앙투안

내일은 내 생일이에요.

앙투안 드 생텍쥐페리가 어머니에게 쓴 편지,
르망, 1910년 6월 11일, 자필 원고,
파리, 국립문서보관소.

Je vous quitte maman chérie écrivez moi, de grâce!

Ma petite maman

Comment pouvez vous me laisser si longtemps sans nouvelles, vous qui savez si bien quelle torture c'est — Je n'ai pas une lettre depuis quinze jours! maman!

Je passe mon temps à m'imaginer des choses sinistres et suis malheureux. Maman la lettre est tout! Ici, Didi, ni personne ne m'écrit plus — Ici où j'ai plus le temps de penser à vous je

Dernière heure.
Je viens de revenir de mon voyage à Kasbah-Tadla. pas une ratée de moteur, pas un accroc. Il m'a enchanté je vous écrirai cela en détail —

Pouvez vous aussi m'envoyer un mandat télégraphique si possible de 600 pour ce mois ci seulement à cause des déplacements. Mes deniers vous passent dans le timbre. J'emprunterai pour demain et après demain quelques sous si je les trouve —

Je vous embrasse aussi tendrement que quand j'étais un petit garçon de-rien du tout qui traînait une petite chaise verte!... maman!

(위)
앙투안 드 생텍쥐페리가 어머니에게 쓴 편지,
카사블랑카, 1921년, 자필 원고,
파리, 국립문서보관소.

(아래)
생모리스드레망성 정원에
어머니와 함께 있는
생텍쥐페리가의 아이들
(프랑수아, 앙투안, 시몬, 마리마들렌, 가브리엘),
개인 소장.

자기 소행성에서
석양을 바라보는 어린 왕자,
《어린 왕자》 준비 수채화, 6장,
1942, 잉크와 수채,
뉴욕, 모건도서관·박물관.

작은 의자

《어린 왕자》는 행복했던 어린 시절에 대한 암시로 점철되어 있다. 앙투안 드 생텍쥐페리가 카사블랑카 복무를 마치고 쓴 편지는 다음과 같이 끝난다. "작은 초록색 의자를 끌고 다니던 보잘것없는 아이였을 때와 똑같이 엄마에게 키스를 보내요, 엄마!" 아마도 소행성 B612에서 그 작은 의자를 다시 발견할 수 있을 것이다. "그러나 너의 조그만 별에서는 의자를 몇 발짝 뒤로 물려놓기만 하면 되었어. 그렇게만 하면 마음 내킬 때마다 저녁놀을 볼 수 있었던 거야…."

예술가 어머니

마리 드 생텍쥐페리는 모든 종류의 예술과 사상에 개방적이고 예술가와 지식인을 많이 배출한 부아예 드 퐁스콜롱브 가문 출신이었다. 그녀의 아버지와 할아버지는 작곡가였다. 다른 가족들도 마찬가지였지만 특히 이 두 사람의 여행 수첩에는 풍경 스케치가 넘쳐났다. 하지만 마리는 진짜 화가가 되었고 파스텔화를 특기로 삼았다. 그녀는 초상화와 풍경화를 많이 남겼고 파리, 리옹, 프로방스에서 전시회도 열었다. 1929년에 리옹미술관이 그녀의 작품(생모리스드레망성 풍경화)을 한 점 구매했을 때, 이제 막 첫 소설을 출간한 아들은 무척 기뻐했다. "출판 정보지에서 어머니 기사가 실린 신문들을 전부 보내줬어요. 나의 유명하고 사랑스러운 어머니의 그림을 리옹시가 사들였다니, 얼마나 기쁘고 행복한지 모르겠어요! 우리 참 멋진 집안이네요! 어머니도 어머니 자신과 아들이 뿌듯하리라 생각해요!" (어머니에게 보낸 편지)

마리는 자녀들에게 미술과 음악을 열심히 가르쳤다. 하지만 데생과 그림에 취미를 붙인 자식은 앙투안과 가브리엘뿐이었다. 앙투안은 그랑제콜 준비반을 거쳐서 파리 미술학교에 진학하기까지 했다. '디디'라는 애칭으로 통했던 막내딸 가브리엘은 평생 꽃과 풍경을 즐겨 그리는 파스텔 화가가 되었다.

마리는 습작 화첩에 친구들, 아이들, 나중에는 손자들도 그리곤 했다. 그들은 동작 연구와 해부학적 정확성을 위해 장시간 포즈를 취해야 했으므로 모델 서기를 꺼렸다. 마리는 아름다움과 진실성의 추구에 몰두했다. 그녀는 아이들의 그림 공책을 수정해주었다. 여행 스케치 같은 것은 남기지 않았다. 그녀는 화실에서 작업하는 화가였지만 진정한 화실은 정원이었다. 가족 사진첩의 한 페이지에서 친구 마틸드 드 세브(결혼 전 성은 낭스라구아, 1893~1938)의 초상을 파스텔로 그리는 그녀의 모습을 볼 수 있다. 그 앞에는 마틸드의 딸 미레유(1922년생), 그리고 마리의 딸 시몬, 마리마들렌, 그리고 얼마 전 피에르 드 지로다게와 약혼한 가브리엘이 있다.

1929년에는 마리 드 생텍쥐페리의 작품 〈아게의 석양〉을 교육부와 국립미술학교가 매입해서 여성화가 살롱전에 전시한 후 1932년 6월 27일에 리옹미술관에 위탁했다. 1941년 10월 15일에는 리옹 추계 살롱전에 전시되었던 분홍색 배경의 검은 비너스도 시에서 매입했다. 검은 비너스들은 앙투안이 항공사 아에로포스탈 재직 시절 촬영한 세네갈 여인들의 사진을 참고해서 그린 것이다.

작가의 어머니는 팔십 대부터 서서히 시력을 잃는 아픔을 겪었지만, 죽는 날까지 명랑한 기분을 잃지 않았다. 신에 대한 사랑, 타고난 본성, 육체적 수고를 멀리하지 않는 일상이 그러한 삶의 자세에 힘이 되었다.

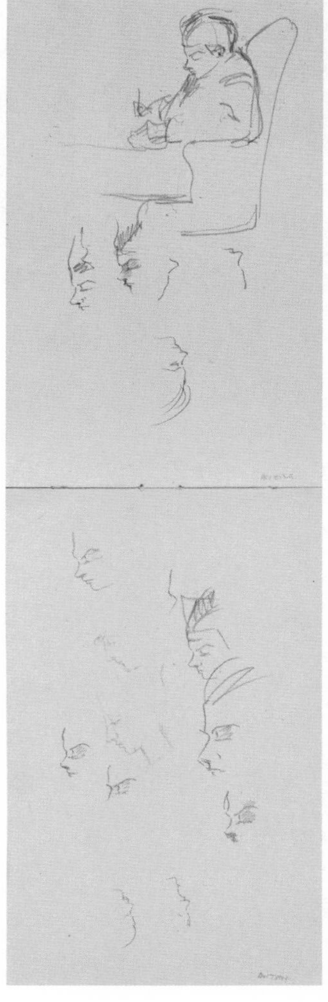

마리 드 생텍쥐페리, 화첩, 1920년대, 연필과 수채, 개인 소장.

생모리스드레망성에서 보낸 하루, 1923년 여름,
가족 사진첩, 당시의 은판 사진, 개인 소장.

어린 시절을 기리다

삼십 대에 접어든 조종사가 부에노스아이레스에서 쓴 다음의 편지는 어머니에 대한 사랑과 어린 시절에 대한 결코 줄어들지 않은 헌신을 잘 보여준다. 그는 아프리카 임무를 마치고 아르헨티나 아에로포스타 노선 영업부장으로 임명된 참이었다. 그가 당시 작업 중이었던《야간 비행》의 몇몇 페이지는 삶의 첫 시간들, 생모리스드레망성의 비밀들과 르망에서의 일상생활을 기린다. 이 책은 그가 아르헨티나에서 돌아온 후 1931년에 파리에서 출간되었다. 그 흔적은 당연히《어린 왕자》에도 남아 있다. 삶에 푹 빠져 있는 아이들의 자발적이고 창의적인 의식은 어른들 세계의 무기력과 대비된다.《어린 왕자》(추상적이지 않은 관계적 시간)는 물론, 유작《성채》에도 나타나는 시공간의 정서적 성격에 대한 성찰이 15년 전에는 이 한 문장으로 포착되었다. "나에게 광대함을 가르쳐준 것은 은하수나 비행이나 바다가 아니라 엄마 방의 보조 침대였지요." 휴대용 우주 기원론이 우리 눈앞에 써진다. 그로써 탐험 가능한 세계는(생텍쥐페리의 경우, 탐험해보았던 세계는!) 각자 안의 은밀한 것과 밀접하게 연결된다. 무한히 작은 것은 무한히 큰 것과 연결되다 못해 작가의 시적 산문 안에서 한 덩어리가 된다.

생모리스드레망성 정원의
마리 드 생텍쥐페리,
1907년경, 당시의 은판 사진.

앙투안 드 생텍쥐페리가 어머니에게 보낸 편지,
부에노스아이레스(아르헨티나), [1930년 1월],
자필 원고, 파리, 국립문서보관소.

나의 엄마,

[…] 나한테는 우리가 어릴 적 지어낸 말과 놀이의 세상, 아이들의 추억으로 가득한 세상이 다른 세상보다 한없이 진실해 보였습니다.

오늘 저녁 왜 생모리스의 썰렁한 입구가 생각나는지 모르겠네요. 우리는 저녁을 먹고 나서 궤짝 위나 가죽 의자에 앉아 잠자리에 들 시간이 되기를 기다렸지요. 삼촌들은 복도를 따라 왔다 갔다 했습니다. 조명은 어두웠고 토막토막 들리는 문장은 신비로웠어요. 아프리카 깊은 곳처럼 신비로웠지요. 그 후엔 거실에서 브리지 게임판이 벌어졌어요. 브리지의 신비. 우리는 자러 갔어요. 르망에서 우리가 자는 동안 어른들은 밑에서 노래를 부르곤 했지요. 가끔 성대한 축제의 메아리처럼 그 노랫소리가 들렸어요. 나에게는 그렇게 느껴졌어요.

내가 아는 가장 '좋고' 가장 평화롭고 가장 친근한 것은 생모리스 위층 방의 작은 스토브였어요. 살면서 그 스토브처럼 안심되는 물건이 없었어요. 밤에 자다가 깨면 스토브가 털털대는 소리가 코골이처럼 들리고 벽에는 멋진 그림자가 드리워졌어요. […]

나에게 광대함을 가르쳐준 것은 은하수나 비행이나 바다가 아니라 엄마 방의 보조 침대였어요. 병이 난다는 게 근사한 기회 같았어요. 우리는 돌아가면서 병에 걸리고 싶었어요. 유행성 감기에 걸리면 끝없는 대양을 누릴 권리가 생기는 것 같았지요. 거기엔 살아 숨 쉬는 벽난로도 있었지요. 나에게 영원성을 가르쳐준 사람은 마드무아젤 마르그리트예요.

어린 시절 이후로 쭉 살아왔는지 확신이 없어요.

지금 나는 '야간 비행'에 대한 책을 쓰고 있어요. 하지만 이 책은 은밀한 의미로 보자면 밤에 대한 책입니다. (나는 늘 저녁 9시 이후만 살거든요.) 그 시초, 밤에 대한 최초의 추억은 이래요.

"밤이 내려앉을 때 우리는 현관에서 꿈을 꾸었다. 우리는 등불이 지나가는 것을 염탐했다. 등불을 화분 받침대처럼 들고 다녔고 그때마다 벽에 종려나무처럼 근사한 그림자가 어른거렸다. 그 후 신기루가 한 바퀴 돌고 우리는 그 빛과 종려나무 그림자의 숲을 응접실에 가두었다.

그러면 우리로서는 하루가 끝난 셈이었다. 어른들은 우리를 아이 침대에 싣고 새로운 날로 떠나보냈다.

내 어머니, 당신은 이 여행이 무탈하도록, 그 무엇도 우리의 꿈을 어지럽히지 않도록, 천사들의 출발을 살펴보고 그 주름, 그 그림자, 그 파도를 침대 시트로 지워버렸다….

신의 손가락이 바다를 잔잔하게 하듯 잠자리를 잔잔하게 한 것이다." […]

어머니는 내가 느끼는 이 먹먹한 감사의 마음도, 어머니가 내게 어떤 추억들의 집을 만들어주었는지도 아주 잘 알지는 못할 거예요. 나도 아무 느낌 없는 척했어요. 나는 단지 나 자신을 변호한다고만 생각했어요.

글을 거의 안 써요. 내 잘못은 아니에요. 나는 주어진 시간의 절반은 입을 닫고 살아요.

내 의지로 어찌할 수 있는 일이 아니에요.

동생과의 사별

프랑수아 드 생텍쥐페리는 열다섯 살에 관절 류머티즘의 합병증인 심질환으로 사망했다. 1917년 7월 11일 생모리스드레망성에서 프랑수아가 눈을 감을 때 앙투안은 동생의 임종을 지켰다. 형은 이제 막 대입 자격 철학 구술시험을 통과한 터였다. 어릴 때부터 늘 같이 놀았고, 르망에서 같은 학교에 다녔고, 삼촌 로제 드 생텍쥐페리가 전쟁에서 입은 부상의 후유증으로 사망한 후에는 빌프랑슈쉬르손과 프리부르에서도 함께 학교를 다녔던 터라 형제의 우애 어린 공모 의식은 특별했다.

이 새로운 사별은 작가에게 가슴 찢어지는 고통이었다. 그는 25년 후에《전시조종사》의 가슴 아픈 장면에서, 그리고《어린 왕자》에서는 간접적으로 아이의 죽음을 환기한다.

"'겁내지 마…. 나는 괴롭지 않아. 아프지 않아. 아픈 건 내 몸인데 그건 어쩔 수 없네.' 그의 몸은 이미 낯선 영토, 이미 그와 하나가 아니었다. 그러나 이

프랑수아 드 생텍쥐페리의 부고, 1917, 개인 소장.

제 20분 후면 세상을 뜨고 말 이 어린 동생은 자신의 유산에 그 자신을 더 맡기고 싶은 마음이 다급하게 일어난다. 동생은 내게 말한다. '유언을 남기고 싶어.' … 동생이 만약 전투기 조종사였다면 나에게 비행 일지를 맡겼을 텐데. 하지만 그는 어린아이에 지나지 않았다. 동생이 내게 줄 것이라고는 증기 엔진, 자전거, 공기총 따위밖에 없다. 우리는 죽지 않는다. 자기가 죽음을 두려워한다고 생각할 뿐이다. 우리는 예기치 못한 것, 폭발 같은 것이 두렵다. 자기 자신이 두렵다. 죽음? 아니, 죽음은 그것을 만나는 순간 더 이상 죽음이 아니다. 동생은 내게 말했다. '잊지 말고 이걸 다 글로 써….' 육신이 분해되면 중요한 것이 드러난다. 인간은 관계로 매듭지어진 존재에 불과하다. 인간에게 중요한 것은 오직 관계뿐이다."

《전시조종사》 21장의 이 대목과 《어린 왕자》 26장을 연결 지어 생각하지 않기란 힘들다. 둘 다 유배의 책, 뉴욕에서 죽음에 대한 생각을 뇌리에서 떨치지 못하던 시기에 쓴 책이다.

137

Mais il désire être sérieux,ce jeune frère qui succombera dans vingt minutes. Il éprouve le besoin pressant de se déléguer dans son héritage. Il me dit "Je voudrais faire mon testament ..." Il rougit, il est fier, bien sûr, d'agir en homme. S'il était constructeur de tours, il me confierait sa tour à bâtir. S'il était père, il me confierait ses fils à instruire. S'il était pilote d'avion de guerre, il me confierait les papiers de bord. Mais il n'est qu'un enfant. Il ne confie qu'un moteur à vapeur, une bicyclette et une carabine.

On ne meurt pas. On s'imaginait craindre la mort : on craint l'inattendu, l'explosion, on se craint soi-meme. La mort ? Non. Il n'est plus de mort quand on la rencontre. Mon frère m'a dit : "N'oublie pas d'écrire tout ça ..." Quand le corps se défait, l'essentiel se montre. L'homme n'est qu'un noeud de relations. Les relations comptent seules pour l'homme.

Le corps, vieux cheval, on l'abandonne. Qui songe à soi-même dans la mort ? Celui-là, je ne l'ai jamais rencontré...

- Capitaine !
- Quoi ?
- Formidable !
- Mitrailleur ...
- Heu ... oui ...
- Quel ...

Ma question a sauté dans le choc.

- Dutertre !
- ... taine ?
- Touché ?
- Non.
- Mitrailleur ...

《전시조종사》 21장 타자기 정서본, 뉴욕, 1941, 자필 원고, 어니언스킨지, 구 서한 및 친필 원고 박물관 소장.

잘 쓰고 잘 그리기

생루이 고등학교 그랑제콜 입시 준비반 학생이었던 그는 어머니와 누이들에게 보내는 편지에 그림을 즐겨 그려 넣었고 다분히 고등학생다운 발상으로 가까운 이들의 캐리커처도 스스럼없이 그리곤 했다. 에콜 상트랄 입시 필기시험을 만족스럽게 치르지 못한 앙투안은 바로 구술시험 준비에 들어갔다. 그는 르망으로 쉬러 가기 전에 파리 말라케 부두에 사는 친척 이본 드 레스트랑주, 일명 트레비즈 백작부인 집에 들렀다. 백작부인은 마리 드 생텍쥐페리와 조부모가 같은 사촌지간이었다. 그녀가 어린 피후견인을 위해 마련한 방은 나폴레옹 초상화들로 도배가 되어 있었다. 그 초상화들은 더러 좀 뚱뚱해 보이거나 지나치게 쾌활해 보이거나 하는 차이가 있을 뿐 전부 비슷비슷했다. 앙투안은 그 초상화들을 보고 크로키를 즐겨 그렸다. 화가였던 어머니는 생모리스드레망성에서 지낼 때 아들이 이토록 그림 그리기를 즐거워하는 모습을 눈여겨보지 않을 수 없었다. 앙투안 자신도 어머니에게 그녀의 예술에 대해 상기시키는

에콜 보쉬에의 쉬두르 사제의 그랑제콜 입시 준비반 (앙투안 드 생텍쥐페리는 왼쪽 첫 번째에 앉아 있다), 파리, 1919, 개인 소장.

것을 잊지 않는다. “언젠가 어머니의 전쟁 회고록을 읽게 된다면 참 좋겠어요. 한번 해보세요, 어머니. 하지만 어머니에게는 회화라는 예술이 있는데 굳이 그 예술을 제쳐놓고 문자를 붙잡고 진을 뺄 필요가 어디 있겠어요? 저에게는 문자가 수학보다 훨씬 더 불가사의하게 보입니다.” 그는 언어에 대한 경계심을 평생 떨치지 못했다. 자기 자신의 문학적 탐구도 예외는 아니었다. 더욱이 이러한 감정은 당대 여러 작가가 공유하는 그 세대 특유의 표지이기도 했다.

그렇지만 ‘잘 쓰기’가 그의 유일한 목표는 아니었다. 이 어린 청년에게는 데생 공부도 무척 중요했다. 그래서 캐리커처와 크로키를 포함한 데생 일반에서 실제와 충분히 닮게 그리지 못한다는 좌절도 있었다. “난 그림을 그릴 줄 몰라…, 쳇!” 그는 그림 그리기를 결코 포기하지 않았지만 이러한 좌절 때문에 사실적인 표현을 차차 멀리하고 우의적이고 정서적이며 연상에 호소하는 그림을, 어른들에게 이해받지 못할 위험을 무릅쓰고, 즐겨 그리게 되었다.

앙투안 드 생텍쥐페리가 어머니에게 보낸 편지, 1919년 6월 30일과 1919년 여름, 자필 원고, 파리, 국립문서보관소.

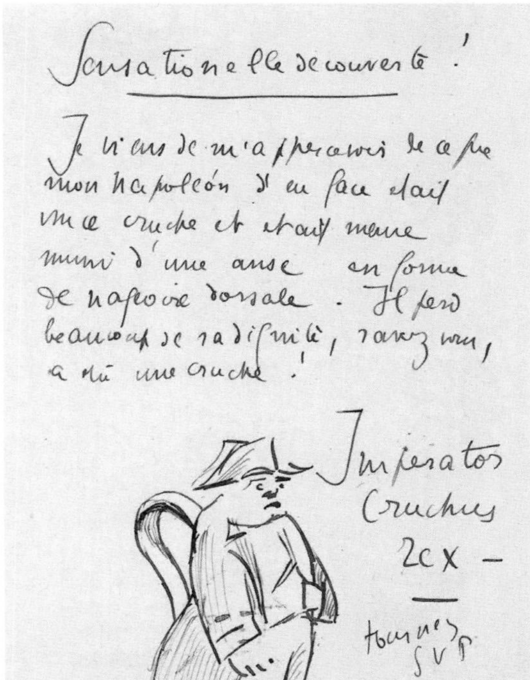

Sensationelle découverte!

Je viens de m'apercevoir de ce que mon Napoléon d'en face était une cruche et était même muni d'une anse en forme de nageoire dorsale. Il perd beaucoup de sa dignité, savez vous, a été une cruche!

Imperator Cruchus Rex —

tournez SVP

6

C'est assez cocasse!

Je ne sais plus guère quoi vous dire.

7

Je ne sais pas dessiner — Zut!

Alors je vous quitte

충격적인 발견!

내 맞은편 나폴레옹 조각상이 사실은 단지였고 등지느러미 모양의 손잡이까지 붙어 있다는 걸 이제 막 알았어요! 나폴레옹은 단지가 되면서 위엄이 영 떨어지고 말았네요!

임페라토르 크루슈스 렉스(황제이자 국왕 단지).

고별

이별과 망각에 대한 감상적 성찰을 담은 이 작은 시화는 그 시대의 관습적 문학에 영감을 받은 청년의 문체 연습에 지나지 않는다. 그렇지만 지나친 과장은 없는 아름다운 표현("기나긴 밤의 길을 따라 / 장미는 한 송이 한 송이 꺼지고"), 시에 곁들인 예쁜 장식 그림은 텍스트와 이미지를 결합하기 좋아하는 이 작가 지망생의 취향을(아마도 이 시화집을 받아보았을) 화가 어머니의 눈앞에 뚜렷이 보여주었다. 하지만 이 단계에서는 아직 추억도 사물도 없는 텅 빈 지평뿐이었다. 그 텅 빈 지평이 《어린 왕자》에서는 부재하는 자의 존재감으로 환히 빛나고 전율하리라….

어린 시절의 이해

앙투안 드 생텍쥐페리에게 《어린 왕자》의 집필을 제안한 사람들은 《전시조종사》의 영어판 출판업자 유진 레이날과 커티스 히치콕(그리고 그들의 아내들)이었는데, 그들은 작가가 삽화까지 직접 그린다는 결정을 곧장 내렸다. 그 미국인들은 이 프랑스인 친구가 아무 생각 없이 쪽지나 식당 냅킨에 끄적끄적 그리는 우수 어린 인물들과 짧은 희극에 매혹되었기 때문에 그런 제안을 했다. 출간되지 않은 타자기 정서 원고(54쪽)는 책에 넣으려던 것인지(자기 비하 식으로) 보도자료로 쓰려던 것인지 알 수 없지만 생텍쥐페리가 자기 책에 대해서, 그 책의 출간 정황에 대해서 뭔가를 이야기하는 아주 보기 드문 자료다. 일단, 작가가 "어린이책"을 썼다고 말한다는 점이 인상적이다. 물론 오로지 어린이들만 보는 책이라는 의미는 아니다. 그가 레옹 베르트에게 바치는 헌사에서 명시하듯이 어떤 어른은 평생 아이로 산다. 하지만 그가 우선시한 독자는 어린이들이 맞고, 어린이들에게 직접적으로 접근 가능한 장르의 글을 쓰기로 한 것이 맞다.

그에게는 성공 수단이 있었다. 그의 그림 말이다! 그는 진지한 얼굴로 조약돌을 줄 세우는 소년에 대해서 이야기한다. "이 돌은 무엇에 쓰는 거니?"라고 묻는 말에 소년은 그 돌들이 전쟁에 나가는 배라고 말한다. 이 '조약돌의 비유'에서 다시 한번 고백하듯이 그는 그림을 잘 그리지 못하지만(정확히 맞는 말은 아니다. 비록 그가 앵그르나 달리 같은 그림의 대가는 아니었다고 해도 말이다), 그 불완전성이 마침 상서롭게 작용했다. 모습이 어른이든 아이든 영혼이 어린 사람들에게 말을 걸 수 있는, 아카데믹하고 사실적인 화풍에 얽매이지 않는 작가! 그는 생애의 마지막 몇 달 동안도 자기만의 그림을 이용하여 주위에서 만날 수 있는 어린이들과의 행복한 공모 의식을 쌓기를 삼가지 않았을 것이다. 미국에 망명 중이던 친구 앙리 클로델의 집에서 시인의 손녀 마리시뉴 클로델도 그런 아이 중 하나였다. 작가가 미국을 떠나기 얼마 전에 그 아이에게 주었던 어린 왕자 그림은 새를 잡으려는 듯 채집망을 들고 구름 위에 서 있는 인물의 아이다운 모습을 강조한다. 당시 네 살이었던 마리시뉴에게 이 그림을 보내준 장난기 어린 애정, 수채화의 가볍고 앳된 분위기가 눈에 들어온다.

고별, 시화집.
작가의 캘리그래피와 삽화, [1919].
잉크, 소책자, 자필 원고.
파리, 국립문서보관소.

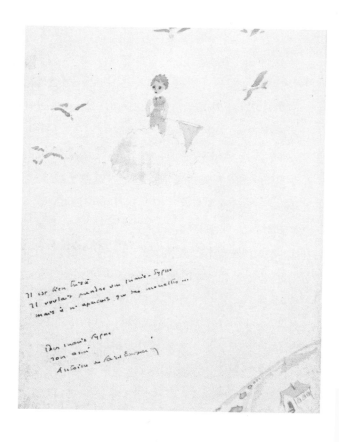

Si j'ai illu tré moi-même ce livre pour enfants, bien que je ne sache pas dessiner (et ne me fais là-dessus aucune illusion) c'est que j'ai rencontré, à l'époque où j'écrivais, un petit garçon de sept ans qui avait aligné quelques cailloux sur le trottoir. Comme il les déplaçait avec gravité, je lui ai dit :

- A quoi te servent ces cailloux ?

- Tu ne vois pas ? m'a-t-il répondu. C'est des bateaux de guerre ! Celui-là brûle. Celui-là a déjà coulé !

- Ah ! Bon

Alors j'ai eu confiance dans mes dessins.

(위)
마리시뉴 클로델을 위한 그림,
뉴욕, 1942~1943,
수채와 잉크, 개인 소장.

(아래)
"내가 만약 이 책에 나 자신을 그린다면….",
1942~1943, 타자기 정서본,
개인 소장.

자화상

앙투안 드 생텍쥐페리가 우의적 자화상으로 어린 왕자의 모습을 취하기 전, 이 그림은 1930년대에 그의 친한 출판업자 가스통 갈리마르의 집에서 그린 것이다. 포동포동한 얼굴(그렇지만 이목구비와 눈빛은 특유의 모습 그대로다)과 그와 동생이 어릴 적 학교 다닐 때 입고 다녔던 세일러복 칼라가 눈에 띈다. 그가 몇 번이고 "나는 나의 어린 시절에서 왔다"고 거듭 말하는 것처럼 보인다.

아이 모습의 자화상, 파리, 1930년대, 연필, 개인 소장.

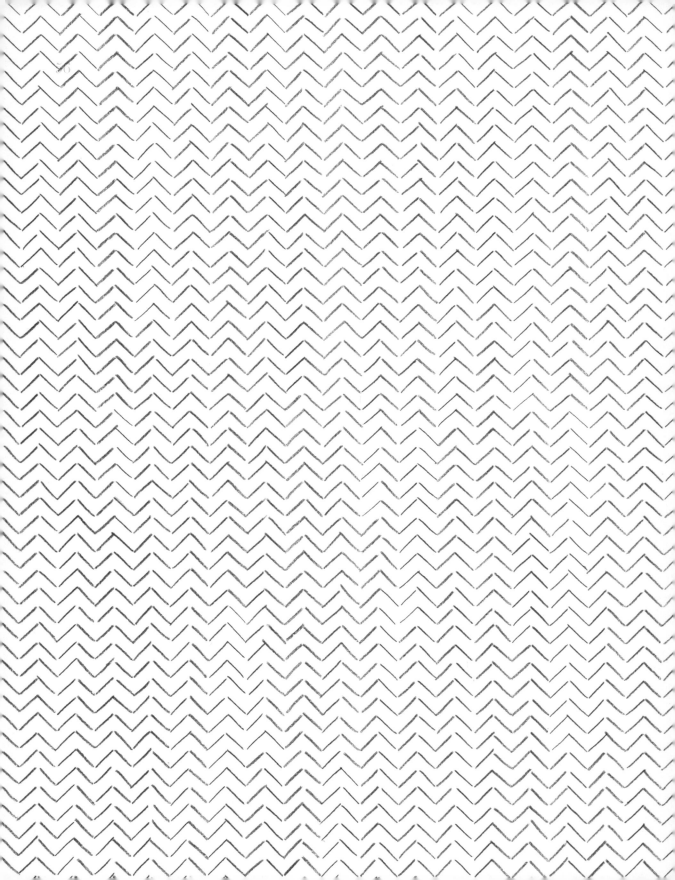

비행기 조종사 작가

"비행기에 대한 이야기를 쓸 거야."

작가 생텍쥐페리는 조종사 생텍쥐페리보다 더 오랫동안 자신을 찾아다녔다. 옛 약혼녀 루이즈 드 빌모랭에게 1926년에 쓴 편지를 기점으로 그는 우의적 동화와 현실에 뿌리내린 (대부분에게는 아직 생소한 비행 경험이 투사된 것으로 읽히는) 상상의 이야기라는 두 장르 사이에서 고뇌한다. 당시 그는 민간기와 군용기 조종사 자격증을 취득하고 툴루즈의 라테코에르사가 개척한 항공 우편 노선 운항에 돌입할 채비를 하고 있었다. 문학 장르들 사이에서 느낀 주저함은 그 여파가 없지 않았다. 서로 다른 두 성향 사이에서의 균형 잡기는 그가 앞으로 쓰게 될 작품에 흔적을 남겼다. 《어린 왕자》는 결국 《인간의 대지》와 《전시 조종사》에 근접하게 될 것이다. 비록 그는 아직 어떤 책도 쓰지 않았고 과연 작가가 될 수 있을까 절망하고 있었지만(공주와 성이 등장하는 이야기들의 결말도 쓰지 못한 터라) 이 미래의 총체는 빛나는 한 문장으로 고착되었다. "나는 비행기에 대한 이야기를 쓸 거야." (미래의) 직업으로 돌아가다! 그는 감각, 경험, 실제로 일어난 일을 거쳐 마침내 자기가 주위를 빙빙 돌고 있던 그 진실들에 다다를 것이다. 초현실주의자들의 몽환적 문학과 의미의 혼란은 그에게 어울리지 않을 것이다. 그는 비행기 조종석에서 책을 쓸 것이다. 그는 조종사-작가가 될 것이다. 1929년에 《남방 우편기》가 출간되었을 때, 그리고 1931년에 《야간 비행》으로 페미나상을 받을 때 작가는 그렇게 소개될 것이다. 그것이 그의 작업 방식이 될 것이다.

하지만 우리가 오늘날 그의 '비행' 소설이라고 부르는 작품들(《남방 우편기》 《야간 비행》《인간의 대지》《전시조종사》)은 주로 아에로포스탈 재직 당시의 극단적 경험에서, 그리고 민간 공습과 군용기 조종 경험에서 거둬들인 것이다. 그는 이 소설들을 예측으로, 그리고 이야기로 보았다. 상상의 결실이라기보다는 실제 경험의 연장에 점점 가까워졌던 소설들을 그렇게 명명하다니 희한하지 않은가. 물론 작가 지망생 시절의 생텍쥐페리는 가장 묘사적인 문학, 심지어 직업, 행위, 감정에 가장 충실한 문학도 결국은 이야기의 영역에 속한다고 보았다. 문학은 또 다른 자신, 더욱 내면적이고 몽환적이며 반성적인 자신을 체험하는 영역이다. 앙투안 드 생텍쥐페리가 글을 쓸 때는 모든 것이 다소 우의적이고 앞으로도 항상 그럴 것이다. 답답하고 무거운 조종복을 입고 비행기에 처박혀 갈증, 극한의 추위, 혹은 산소 결핍에 시달리는 조종사는 언제나 그가 경험한 것 이상을 보았다. 그는 자기가 경험한 것이 다른 것을 보게 하는 그 순간, 자기 경험의 모든 소재로부터 자신을 구별했다. 그 경험이 그에게는 모든 동화보다 가치 있었다. 경험은 언제나 너그럽게 풍부함을 더해주었다. 생텍쥐페리에게, 그리고 두 번의 세계대전 사이 20여 년 동안 일어난 일에서, 경험은 꿈의 열쇠이자(사막에서 죽어가든가, 독일 정찰기의 포격으로 죽어가기 전에 다시금 경험하는 어린 시절) 인간 안의 가치 있는 것에 대한 날카로운 의식의 중심, 작가의 휴머니즘이 (《인간의 대지》, 그리고 《전시조종사》를 통해서) 표명되는 장소였다.

모험의 세월이 있었다. 출발, 원정, 구조, 사고의 세월이. 그러나 이제 막 라테코에르사에서 임무를 명받은 젊은 조종사는 그 세월을 "규정할 수 없는 새로운 지성"의 시간으로 지칭한다(1926년 12월, 르네 드 소신에게 보낸 편지). "하늘에서" 혹은 "사람이 사는 지역에서 수만 리 떨어진 곳에서" 거둬들인 진실들을 그 세월이 제공했다. 죽을 위험에 노출되게 마련인 그런 곳에서, 그는 살아 있다는 느낌에 사로잡혔다. 비행기가 경로에서 벗어나 위험에 처할 때 의식은 소스

라치게 깨어났다. "나는 잠시 그 하루의 눈부신 평온을 충만하게 느꼈다." 그것은 앞으로 쓰게 될 작품 전체에 자양분이 될 결정적 계시였다.

어린 왕자는 이 경험의 끝이 아니라 한가운데서 태어날 것이다. 우리는 여기서 이 인물의 모습이 차츰 뚜렷해지는 양상을 보게 될 것이다. 상상에 바탕을 둔 진짜 동화 쓰기 프로젝트가 태어나기도 전인 1930년대에, 마치 비밀리에 태어나야만 했던 것처럼 말이다. 동화를 쓸 수 있으려면 경험의 열매들을 수확해야만 했다. 결국 생텍쥐페리는 어린 왕자의 이야기를 지어내기 전에 그 자신이 어린 왕자를 만나야 했다…. 1942년에 그가 썼던 대로다. "6년 전 사하라 사막에서 사고를 당했다. … 그렇게 해서 나는 어린 왕자를 알게 되었다."

동화를 쓰지 말아야 해

앙투안 드 생텍쥐페리는 파리에서 대학 시절을 충만하게 보냈다. 학업과 교양에 힘쓰는 세련된 분위기에서 지냈지만(르네 드 소신Renée de Saussine에게 보낸 편지들을 모은《만들어낸 여자 친구에게 보내는 편지Letters à l'amie inventée》만 봐도 그 점은 알 수 있다) 언제나 그랬듯이 익살스럽고 치기 어린 면을 잃지 않았다. 그가 어울리던 친구들 무리에서 빌모랭 가문의 막내딸 루이즈, 일명 루루를 알게 되었고 그녀와 뚜렷한 문학적 취향을, 독서와 글쓰기를 공유했다. 두 사람은 처음에는 몽환적이고 감상적인 성격의 시와 산문을 시도했다. 그들은 1923년 초에 약혼을 선언했다. 당시 루루는 심각한 고관절통으로 몇 달을 침대에만 누워 지내야 했다. 앙투안은 군 복무를 마치고 베리에르르뷔송성(훗날 앙드레 말로가 살게 될 곳)을 자주 찾아가 요양 중인 루이즈를 만났다. 그사이 작가가 된 루이즈 드 빌모랭은 다소 서툴고 공상적이지만 너그럽고 헌신적인 이 약혼자, 그녀의 표현을 빌리자면 "우리 시대의 마법사"의 감동적 기질과 행복한 시기를 이야기할 기회를 갖게 된다.

앙투안은 조종사 자격증을 가지고 부르제 비행장에서 활동하다가 1923년 1월에 큰 사고를 당한다. 이 때문에 빌모랭의 집안에서는 이 골치 아프고 돈도 없는 사윗감에게 좀 더 확실한 직장을 구하라고 요구한다! 자기 성격에 맞지 않은 역할을 맡은 적 없는 생텍쥐페리가 트럭과 기와 공장 세일즈맨 노릇을 하게 된 것이다! 하지만 그 시간은 오래가지 않았다. 1923년 가을, 젊은 조종사의 환상은 깨지고 만다. 루이즈는 잠시 생각할 시간을 갖자고 하더니 그와 거리를 두기 시작했다. 그녀는 결코 토니오(생텍쥐페리의 애칭)의 아내가 되지 않을 것이다. 그렇지만 이 청춘의 연애는 작가의 마음속에서 영원히 끝나지 않는다. 그는 나중에도 루이즈를 만날 기회를 결코 놓치지 않는다. 두 사람 모두 다른 사람과 결혼을 한 후에도.

다음의 편지는 특별한 관계와 영원히 사로잡힌 마음을 증명한다. 그러나 주된 내용은 그의 문학적 계획에 대한 것이며, 이 점에서 (아직 출간된 작품이 없을지언정) 하나의 전환점을 보여준다. 동화는 장차 비행 이야기에 자리를 내어

줄 것이다.《남방 우편기》가 나온 것은 3년 뒤지만 편지에는 이미 "참으로 잘생기고", "날개를 접을 줄 몰라서 절대로 완전히 땅에 내려오지는 않는" 대천사(비행사를 우의적으로 암시하는 존재, 혹은 그 반대일 수도 있다)가 등장한다는 것에 주목해야 한다. 20년 후, 날개가 떨어져 나간 순수한 얼굴의 어린 왕자가 땅에 내려와 머물 것이다…. 그가 지구에서 할 일이 아무것도, 혹은 거의 없다는 것을 깨닫기 전까지.

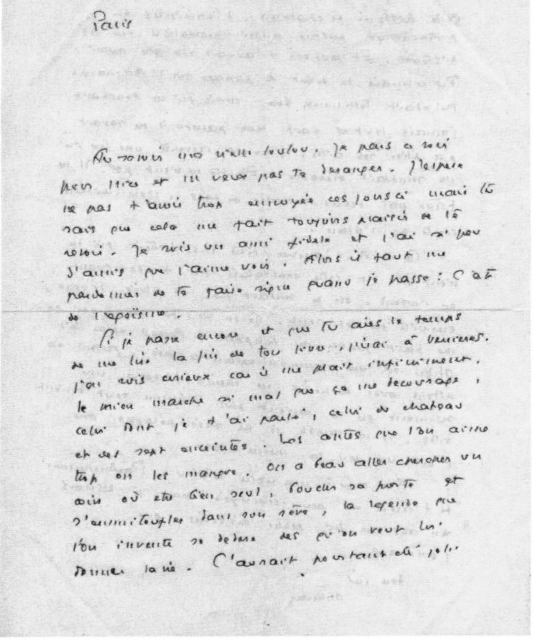

Paris

Au revoir mon vieux loulou, je pars ce soir pour Nice et ne veux pas te déranger. J'espère ne pas t'avoir trop ennuyée ces jours-ci mais tu sais que cela me fait toujours plaisir de te revoir. Je suis un ami fidèle et j'ai si peu d'amis que j'aime voir. Alors il faut me pardonner de te faire signe quand je passe : c'est de l'égoïsme.

Si je passe encore et que tu aies le temps de me lire la fin de ton livre, j'irai à Verrières. J'en suis curieux car il me plait infiniment. Le mien marche si mal que ça me décourage, le mien, celui dont je t'ai parlé, celui du château et des sept enceintes. Les contes que l'on aime trop on les manque. On a beau aller chercher un coin où être bien seul, boucler sa porte et s'emmitoufler dans son rêve, la légende que l'on invente se défait dès qu'on veut lui donner la vie. C'aurait pourtant été joli.

앙투안 드 생텍쥐페리가
루이즈 드 빌모랭에게 보낸 편지,
파리, 1926, 자필 원고,
생텍쥐페리-다게 재단.

파리

잘 있어, 내 오랜 친구 루루. 나는 오늘 저녁 니스로 떠나는데 널 번거롭게 하고 싶지 않았어.

네가 요 며칠 너무 지루하지 않았기를 바라. 하지만 널 만나는 건 나에게 늘 커다란 기쁨이지. 나는 신의 있는 친구이고, 내가 보고 싶어 하는 친구는 몇 명 안 돼. 그러니까 내가 들를 때마다 나 좋자고 너에게 연락하는 걸 용서해줘야 해.

내가 또 들를 수 있다면, 그리고 네가 너의 책 결말을 읽어줄 시간이 있다면 내가 베리에르로 갈게. 나는 네 책이 궁금해. 네 책이 정말 좋거든. 내 책은 좀체 풀리지 않아서 좌절하고 있어. 너한테도 말했던, 성과 일곱 개 울타리 이야기 말이야. 우리가 너무나도 사랑하는 동화들, 그게 그리워. 혼자가 될 수 있는 구석 자리를 찾아봐야 소용없어. 문을 잠그고 꿈속에 틀어박혀도 소용없지. 우리가 지어낸 전설은 거기에 생명을 불어넣으려 하는 순간부터 도금 벗겨지듯 빛을 잃는단 말이야. 그래도 그 성과 울타리와 대천사 이야기는 거의 네 이야기만큼 초현실주의적이고 멋있을 거야. 너도 대천사가 나오는 부분은 알지, 참으로 잘생기고 날개를 접을 줄 몰라서 절대로 완전히 땅에 내려오지 않는 대천사 말이야. 내 생각에 꽤 괜찮은 결말도 생각해뒀어. 그런데 잘 안 돼. 동화를 쓰지 말아야 해, 나는 비행기에 대한 이야기를 쓸 거야.

너에게도 영감이 통 일어나지 않고 기대하는 순간 흥분이 확 떨어진 때가 분명 있었을 테지. 우리는 비바람을 느끼지 못했는데 이제는 느끼고 있지. 나는 왜 전화가 생각나는지 모르겠어. 통화가 끊어진 전화기에 대고 혼잣말로 작별 인사를 할 때, 더 이상 오지 않을 전화에 대한 기대조차 점점 희미해질 때, 모든 것이 공허해져버려. 왠지 모르지만 비슷한 상황 같아.

잘 있어, 내 오랜 친구 루루. 내가 널 지루하게 했다면 용서해. 하지만 내가 쓰는 이야기를 네가 어떻게 생각하는지 알고 싶었어.

너의 오랜 친구, 앙투안.

열심히 조종하고 그림 그리기

어머니에게 보낸 편지들, 그리고 가끔 누이들에게 보낸 편지들은 그가 처음 공군기를 탈 때의 정황을 알려준다. 처음에는 포격수였고 나중에 수습 조종사가 된 그는 스트라스부르전투 비행단 제2연대 소속으로 1921년 7월 9일에 처음 단독 비행을 한다. 기억할 만한 날이었다! 그는 바로 그 달로 민간 조종사 자격증을 가지고 카사블랑카 근처 공군 제37연대 정찰비행단에 합류한다. 12월에는 카사블랑카에서 군용기 조종 면허까지 취득한다. 그는 모든 교육 과정을 밟고 사관생도로서 이스트르, 아보르, 부르제 기지를 두루 거치면서 자신의 독립적인 성격이 군인으로 살기에는 적합치 않다는 것을 깨닫는다. 그래서 1923년 6월 5일 군을 떠나 가족들이 있는 생모리스드레망으로 돌아간다.

수습 조종사 시절 편지들이 글쓰기 연습이라는 점에서 의의가 있었다면 이 전환기에 쓰인 편지들은 따분한 병영의 일상에서 그림이 그에게 차지했던 위상을 보여준다.

《남방 우편기》 시나리오에서
발췌한 그림,
1935년경, 개인 소장.

(왼쪽)
스트라스부르군 복무 시절, 1921년 여름.

(오른쪽)
아보르 공군기지 사관생도 시절,
1922년 가을.

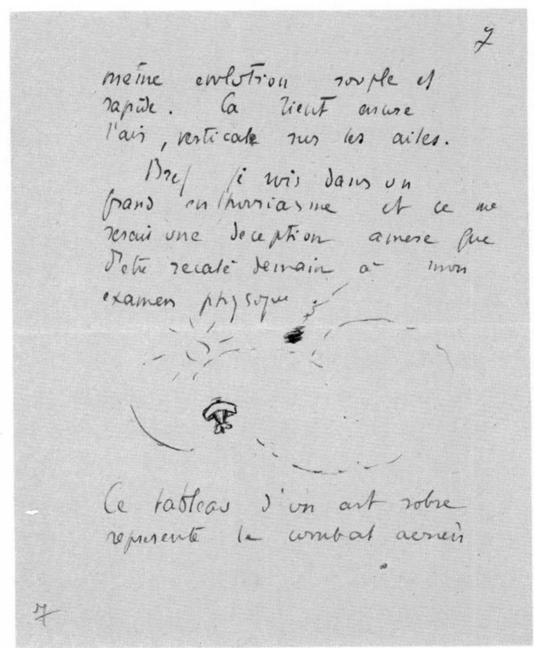

7

même évolution souple et rapide. Ça tient encore l'air, verticale sur les ailes.

Bref je suis dans un grand enthousiasme et ce ne serait une déception amère que d'être recalé demain à mon examen physique

Ce tableau d'un art sobre représente le combat aérien

7

앙투안 드 생텍쥐페리가
어머니에게 보낸 편지,
스트라스부르, 1921년 5월,
잉크, 자필 원고,
파리, 국립문서보관소.

[…]

완전히 뒤집힌 스패드-에르베몽기에서 내렸어요. 나의 비행 시간, 간격, 방향 평가는 완전히 일관성 없이 흐트러지고 말았지요. 땅을 찾는데 어떤 때는 아래를 보고 어떤 때는 위를 보고, 오른쪽을 봤다가 왼쪽을 봤다가 엉망이었어요. 고도에 올랐다고 생각했는데 갑자기 빙글빙글 돌면서 수직으로 끌려 내려갔어요. 아직 올라가지도 않았다고 생각했는데 300마력 엔진의 힘으로 2분 만에 1000미터 위로 솟아오르기도 했고요. 공중에서 춤추고 옆질하고 구르고…. 아! 난리도 아니었어요!

내일도 그 비행기를 타고 해발 5000미터까지 올라가 구름의 바다를 내려다볼 겁니다. 다른 친구가 모는 비행기와 모의 공중전을 해보려 해요. 선회 강화, 공중 회전, 전복에 시달리다 보면 올해 먹은 점심이 속에서 다 올라오겠지요. […]

어제는 전투기 점검이 있었습니다.

스패드 단좌기는 작고 광이 나지요. 격납고에 신형 기관총들과 함께 일렬로 쭉 세워져 있었어요. 앙리오 단좌기는 가운데가 불룩한 운석 같아요. 그리고 현재 최고라고 할 수 있는 스패드-에르베몽기는 측면에서 보면 날개가 찌푸린 눈썹 같아서 인상이 심술궂어 보이지요. 어머니는 스패드-에르베몽기가 얼마나 포악하고 못되게 생겼는지 모르실 겁니다. 이 비행기는 엄청나요. 내가 열심히 조종해보고 싶은 놈이기도 하고요. 물속의 상어 같은 놈이에요. 아니, 진짜 상어를 닮았다니까요! 희한하게 매끈한 기체도 그렇고 유연하면서도 속도가 빠르지요. 날개에 수직으로 바람을 받아도 잘 버텨요.

요컨대, 크나큰 흥분 속에서 지내고 있습니다. 혹시 내일 체력 검사에서 떨어지기라도 하면 실망이 이만저만 아닐 거예요.

내일 모의 전투가 있는 현장을 대충 그려봅니다.

전투기들이 쭉 늘어선 모습을 보면 엔진 소리가 들리고 기름 냄새가 나는 것 같습니다. 그럴 때 우리는 생각하지요. '독일 놈들, 본때를 보여주마.'

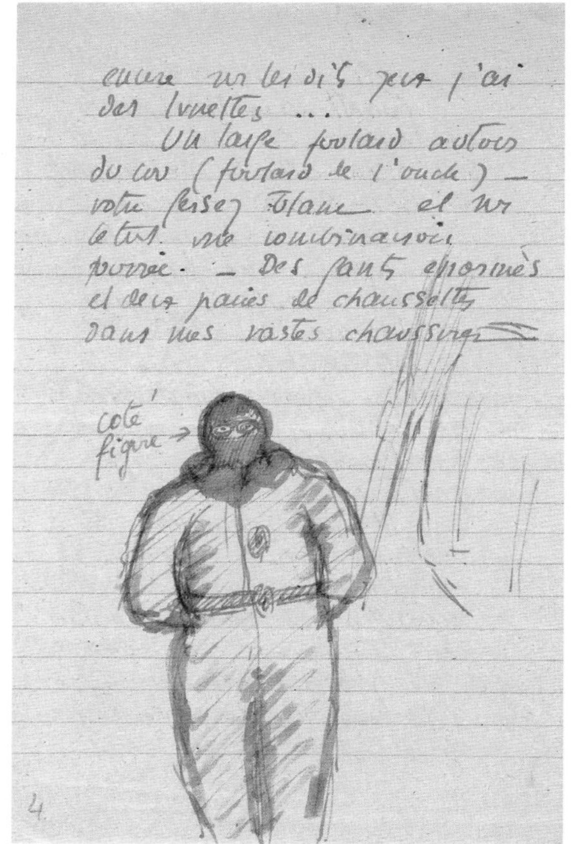

encore sur les deux yeux j'ai des lunettes ...
Un large foulard autour du cou (foulard de l'oncle) — votre jersey blanc et sur le tout ma combinaison fourrée — Des gants énormes et deux paires de chaussettes dans mes vastes chaussures

côté figure →

4.

앙투안 드 생텍쥐페리가
어머니에게 보낸 편지,
뒷면의 자화상 포함, 카사블랑카, 1922년 초,
잉크, 자필 원고, 파리, 국립문서보관소.

[…]

운문, 데생, 그런 건 전부 여행용 트렁크 깊숙이 잠들어 있습니다. 대단치도 않은 그런 것들이 무슨 가치가 있었을까요. 나는 나를 믿지 못하겠습니다.

불행의 나라. 친구 하나 없습니다. 말할 상대 하나 없습니다. 내가 좋아하는 대화는 열 마디도 나누지 못했네요. 딱 한 번 라바트에 갔을 때 사브랑과 칵테일 파티를 했어요.

그곳으로 돌아갈까요? 불가능합니다. 돈이 너무 많이 들어요. 자동차 이용에 60프랑, 숙박도 1박에 최소 20프랑, 식사 포함이면 20프랑이 추가되니 사흘만 체류해도 120프랑이지요. 특별 지출은 포함하지도 않은 거예요. 사흘 여행으로 200프랑을 족히 잡아먹다니요. 모든 게 너무 비싸요.

브로 부부가 있던 때에 페스에 정말 가고 싶었어요. 이제는 가봤자 바보 같은 짓이 될 테지만요.

삼각 비행은 중요하지 않아요. 베레시드, 라바트, 혹은 다른 장소에도 십 분쯤 착륙하는 게 전부입니다. 서류에 사인하고, 한숨 돌리고, 연료를 보충하죠. 그러고는 다시 난기류와 싸우기 위해 동체에 홀로 몸을 실어요.

이제 곧 떠날 거예요.

사랑하는 어머니, 아침마다 에스키모처럼 꽁꽁 싸매고 코끼리만큼 무거워진 내 모습을 어머니가 본다면 배를 잡고 웃을걸요.

나는 눈만 뚫려 있는 발라클라바를 쓰지요(일종의 복면이에요). 그리고 눈 부분에 다시 고글을 착용해요.

목에는 아주 넓은 머플러를 두르고(삼촌의 머플러 맞아요) 어머니가 마련해주신 흰색 저지를 입고 안에 털이 있는 조종복을 그 위에 입습니다. 거대한 장갑을 끼고 양말을 두 겹으로 신은 후 큼지막한 신발을 신어요.

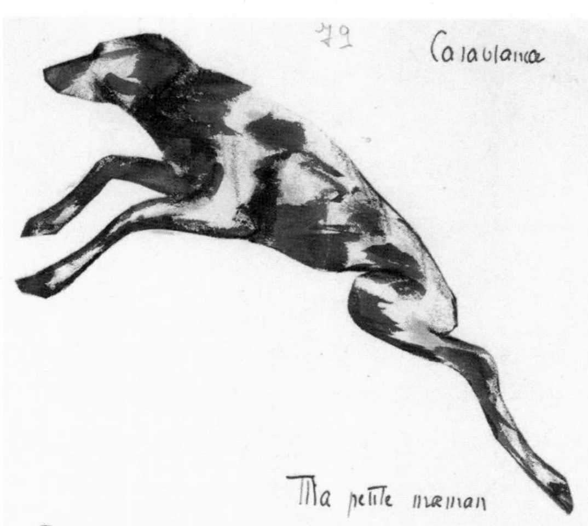

79 Casablanca

Ma petite maman

Vous êtes une adorable maman. J'ai eu un plaisir de gosse à ouvrir votre paquet. J'en ai sorti des trésors...

Seulement les journaux nous disent qu'il fait froid là bas! Comment vivez vous? — Ici un

앙투안 드 생텍쥐페리가
어머니에게 보낸 편지,
그림 포함, 카사블랑카,
1922년 1월, 잉크, 자필 원고,
파리, 국립문서보관소.

카사블랑카 [1922년 1월]

사랑하는 엄마,

엄마는 정말 사랑스러운 분이에요. 꾸러미를 풀어보면서 어린애처럼 기뻐했답니다. 그 안에서 보물들을 꺼냈지요….

나는 크리스마스 선물로 내 사진과 크로키를 보냈는데 엄마는 그 얘기를 한마디도 안 하셨어요. 설마 어디서 분실된 건 아니겠지요? 부디 잘 받았다고 말해주세요! 그리고 내 크로키가 어떤지도 말해주세요!

어제는 개 한 마리를 실물로 보고 그렸는데 괜찮게 그려진 것 같아요. 그 그림을 잘라서 붙입니다. 어떤가요?

요즘은 놀라운 비행을 많이 했어요. 특히 오늘 아침이 그랬죠. 하지만 여행은 더 이상 없네요.

보름 전에는 카스바 타들라에 갔었어요. 내 비행기를 타고 혼자 다녀왔는데 너무 추워서 울었어요, 진짜 눈물을 흘렸다고요! 높은 산이 많아서 비행 고도를 높여야 했고 털을 댄 조종복과 장갑을 착용했는데도 너무 추웠어요. 그 상태가 좀 더 오래 지속됐다면 아무데나 착륙하고 말았을 거예요. 어느 순간에는 내가 잘 안다고 생각해 조종석 안에 펼쳐놓지도 않았던 지도를 주머니에 손을 넣어 꺼내는 데만 20분이 걸렸어요. 손가락이 시리다 못해 너무 아파서 깨물어봤어요. 발도 마찬가지였고요….

반사 감각마저 사라졌을 때 비행기도 아무렇게나 착륙시키고 말았어요. 나는 초라하고 불쌍하고 아득한 존재였어요.

Casablanca 70 171

Dernière heure

Éblouis de mon degré d'instruction on veut me mettre élève officier d'office (surtout à cause d'admissible à l'école Navale) je serai peut-être envoyé à Bron (Lyon) comme élève officier observateur et élève officier pilote.
Je ne sais encore —
tout ça va très bien.

[카사블랑카, 1922년 초]

마지막 시간.

이곳에선 내 고과가 우수하다는 이유로 사관생도로 삼고 싶어 합니다(특히 해군사관학교 1차 합격자였다는 이유로요). 아마도 참관 사관생도 혹은 조종사 사관생도 자격으로 브롱(리옹)으로 가게 될 것 같습니다. 아직 확실한 건 잘 모르겠어요.

아주 잘 지내고 있습니다.

앙투안 드 생텍쥐페리가 어머니에게 보낸 편지, 뒷면의 그림 포함, 카사블랑카, 1922년 1월, 잉크, 자필 원고, 파리, 국립문서보관소.

내가 무엇을 위해 태어났는지 알았어요

"내가 무엇을 위해 태어났는지 알았어요. 콩테 연필화예요. 크로키 화첩을 샀어요. 그 화첩에 하루 동안 관찰한 사실과 동작, 동지들의 미소, 내가 그린 것을 보려고 뒷발로 일어서는 개 블랙을 그릴 수 있는 대로 그리고 있지요. … 화첩 한 권을 다 그리면 어머니께 보낼게요. 하지만, 오, 어머니, 내게 다시 보내준다는 조건으로요." 어머니에게 보낸 편지에서 언급한 이 화첩은 2006년에 어느 개인의 소장품으로 발견되었다. 우리는 여기서 군대 동료들을 실물과 닮게 그린 초상화들, 사람들의 실제 삶을 환기하는 소박한 설명들을 볼 수 있다.

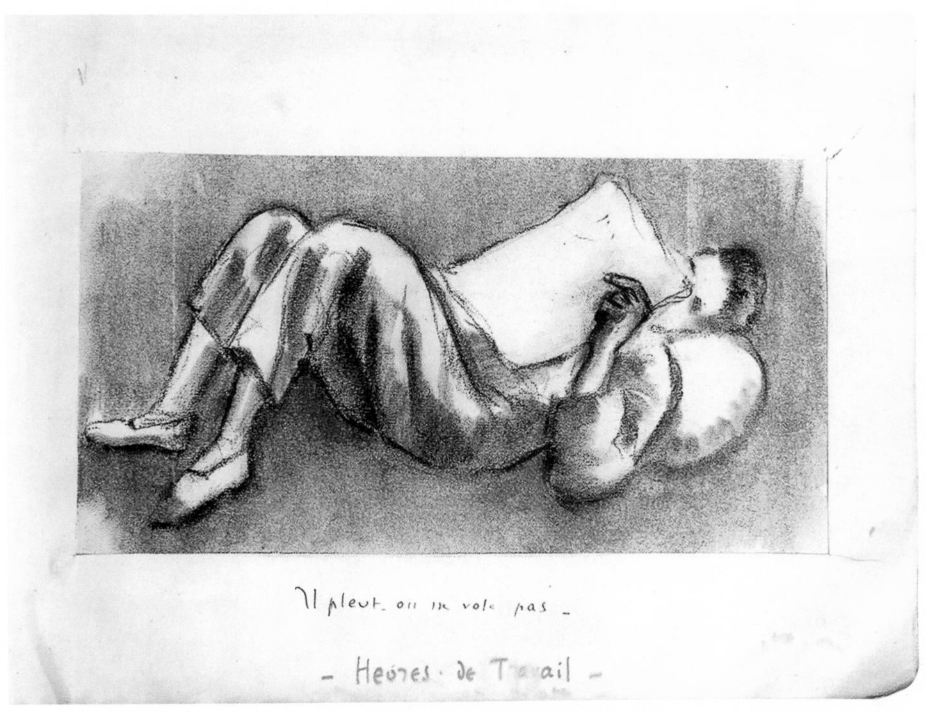

(69~70쪽)
'친구들',
카사블랑카 화첩,
카사블랑카, 1921년 11월,
화첩, 연필과 잉크, 개인 소장.

le caporal Sepala
pilote

Il reve à sa
prochaine
chute...

루루를 위해 처음 쓴 글

〈비행〉과 〈사고〉는 앙투안 드 생텍쥐페리가 비행에 대해서 처음 쓴 산문들로 알려져 있다. 그는 1923년 5월 1일 부르제에서 앙리오 HD-14 조종 중에 일어난 사고에서 영감을 받아 이 산문들을 썼다. 며칠 입원을 해야 할 정도의 사고는 그에게 커다란 공포를 불러일으켰다. 앙투안은 잠시 동안이지만 이 짧은 글이 앙드레 지드, 자크 리비에르, 가스통 갈리마르가 운영하는《라 누벨 르뷔 프랑세즈NRF》에 실릴 수 있다고 기대했다. "내가 쓴 〈비행〉이 NRF에 실릴 수도 있는 거 아세요? 또 다른 이야기도 열심히 쓰는 중입니다." 하지만 NRF 필진은 그의 글을 채택하지 않았다. 그가《남방 우편기》선출간으로 현대적 고전주의의 문단을 뚫고 들어가기까지는 5년을 더 기다려야 했다.

이 단계에서 수습 조종사는 방향과 전망을 전복시키는 방식을 통하여 주로 비행의 감각과 인상, 그리고 비행 중인 조종사를 땅과 연결하는 관계를 재구성하는 데 신경 썼다. 비행기가 땅으로 추락해 박살 나는 것이 아니라 양력에 배신당한 조종사를 땅이 빨아들이고 소화하는 식이다. 사고는 비행의 역전된 이미지다. 사고는 불가능한 이륙, 중력은 숙명이다.

I

28-6-3
Pour ma loulou
Antoine

UN VOL.

Le pilote ayant assuré ses lunettes et ayant viré vent debout,en roulant,se trouva face avec le ciel. Il tira la manette des gaz et le moteur lui répondit ainsi qu'une décharge de poudre. L'avion happé par l'hélice fonça. Le sol fila sous lui comme une courroie,les bonds secs d'abord à cause des bosses,s'amortirent dès que l'air épousa le profil des ailes,et le pilote sentit aux commandes qui déjà agissaient,sa puissance grandir.

Il maintint l'appareil au sol par une pression de la main sur le manche,comme un ressort,puis quand il sentit l'air d'abord impalpable,puis fluide devenir maintenant solide,quand il sentit sur celui-ci comme sur une épaule les ailes s'appuyer,il décolla.

Les hangards qui bordaient la piste,les arbres puis les collines livrèrent l'horizon et s'aplanirent. La Seine à mesure qu'il montait se plissa. La campagne se cat[illegible]la à la façon d'une Europe d'Atlas. Les jardins,les champs,les domaines,les terres jaunes de blé ou rouges de trèfle,qui sont l'orgueil des hommes et leur souci, se juxtaposèrent hostiles. Ridicule,borné,envieux,en des limites géométriques,s'avoua parqué le bonheur des hommes.

V

d'eau s'étale,mais trop loin en avant,le pilote pour l'atteindre freine imprudemment sa descente,l'avion baigne dans un milieu sans consistance,oscille,s'enlise,.

Et brusquement à cent mètres du sol il se dérobe: l'air pourri a cédé sous les ailes,l'avion,foreuse, plonge en vrille. Un grand remou happe alors le torrent des choses: entrainant ses maisons,ses arbres,ses clochers,carrousel ivre la terre tourne. Un repli de terrain s'arrondit comme un bol,le pilote voit passer encore,lancée par une fronde,une villa,puis la terre jaillit vers lui comme la mer vers le plongeur et le broie.

Antoine de Saint Exupéry

〈비행〉, 자필 및 타자기 정서본.
생텍쥐페리-다게재단,
알렉산드라 리헌트 재단 기증.

하늘에서 보는 지구는 가르침을 준다. 지구는 기차역들에 침식당한 병든 도시들, 석재 공장에 물어뜯긴 푸른 강으로 인간이 지구의 얼굴을 "전선戰線"으로 만들었다는 것을 보여준다. 젊은 날의 이 글에 이미 사회 비판이 들어 있다(《어린 왕자》에도 '안티모더니즘'이 한몫을 차지하듯이). 하지만 그 세대의 시적 정서의 표현 역시 장차 쓸 작품의 밑거름이 될 것이다. "그는 전설의 시대가 끝났음을 알았다. … 기분 좋게 흔들면서 빈혈을 일으키는 꿈에 더 이상 도취를 요구해서는 안 된다. 온 힘을 다해 그 꿈을 끌어내야 한다."

앙투안 드 생텍쥐페리는 그의 첫 인쇄물을 쓸 때도 여전히 이 말을 염두에 두고 있었다(《르 나비르 다르장》에 실린 〈조종사〉). 1928년에 출간된 《남방 우편기》의 원고도 〈비행〉의 마지막 이미지를 그대로 가져갔다. "땅의 기복이 사발처럼 둥그레지고 조종사의 눈에는 아직도 새총으로 쏜 듯 튀어나온 집 한 채가 보인다. 그러고는 바다가 잠수부에게 튀어오르듯 흙이 그에게 튀어 오르고 그를 으깨어버린다."

작가가 1921년에서 1923년까지 썼던 시와 산문에 첨부된 이 글들은 생텍쥐페리가 원고를 맡긴 루이즈 드 빌모랭의 개인 소장 문서들에서 한참 뒤에야 발견되었다(74쪽에 〈여행〉 초안과 최종본이 수록되어 있다). 그중 몇 편은 사랑의 감정을 담아 그녀에게 헌정한 것이다. "이 불안정한 삶을 크나큰 사랑으로 다시 만들어준 너를 위해. 사랑해. 앙투안." (〈최초의 욕망〉)

루이즈 드 빌모랭.

Un accident

-

On courut vers l'avion effondré. Il y avait là des mécanos, heureux de la distraction imprévue et qui rominaient des lettres magiques à leurs amies, des adjudants trop zélés, des officiers indifférents, il y avait Baston qui n'ayant rien vu expliquait tout, il y avait le colonel blasé, il y avait aussi le pilote et l'observateur ~~laids à tout~~ fort laids et qui étaient peut être morts.

On tourna autour de l'épave, atavisme barbare, comme si c'était une proie. Ces messieurs escomptaient une émotion violente — elle ~~ne vint~~ beaucoup pas, car les disciplines et la vie militaire ont fait de nos âmes des rouages méthodiques que ne mènent plus les passions barbares.

Ils n'éprouvèrent qu'une pitié décente. Quand on dégagea les victimes, Baston prodigua ses conseils et le colonel s'inclina trop, comme si son cœur de père se fendait.

Jusque là aucune joie réelle ne se peignait sur les visages, il n'y avait que des satisfactions obscures celle ~~de celui~~ du monsieur qui a passé une nuit blanche et que les bâillements rendent féroce, celle de celui que l'accident flatte parce qu'en entrant au café ce soir on lui dira pour ~~…~~ votre métier est dangereux et qu'il répondra "oh moi n'est ce pas…,"

〈사고〉, 1923, 자필 원고,
생텍쥐페리-다게재단,
알렉산드라 리헌트 재단 기증.

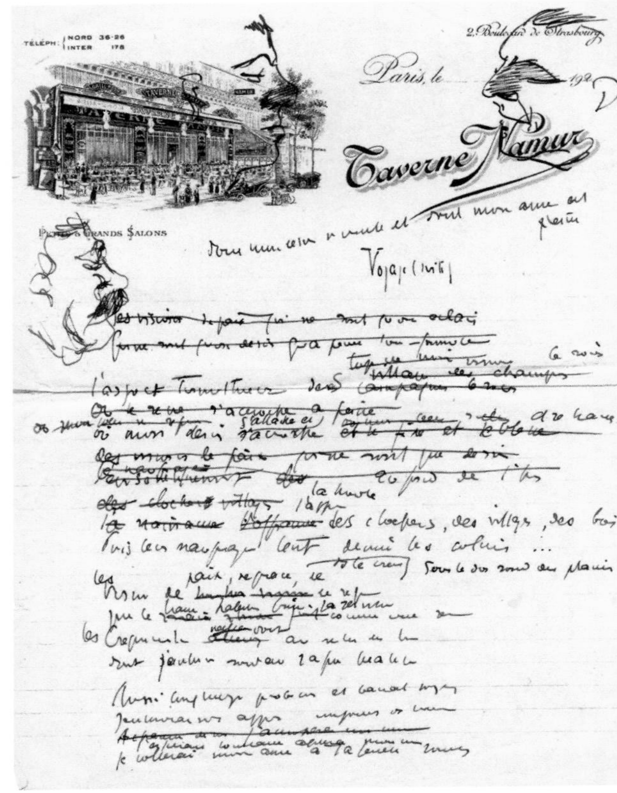

TÉLÉPH: NORD 36-26
INTER 178

2, Boulevard de Strasbourg

Paris, le 192

Taverne Namur

& GRANDS SALONS

〈여행〉, 1923, 자필 원고,
생텍쥐페리-다게재단,
알렉산드라 리헌트 재단 기증.

여행

[…]

나는 이렇게 경이롭고 돌연한 애정으로 사랑하네.
평범한 차분함이나 푸르스름한 어둠이 아닌.
멀리 보이는 신호기와 강철 팔,
그리고 저녁의 평원과 근교의 열차들.
내 안에서 비명을 자아내는 영원한 욕망,
불현듯 환영이 급류처럼 흘러가네.
높은 건물, 종탑, 숲이 흔들리고
평원의 둥근 등에 천천히 쓰러지네.
평화, 기쁨, 휴식의 환영.
열차는 그 환영의 뜨거운 예속을 날카롭게 도망치네.
양 떼가 돌아올 때의 감미로운 석양.
나는 거기서 너무 늦게 씁쓸한 지복을 엿보았네.
내 꿈이 매달리는 풍경들.
골짜기 한가운데 비집고 자리 잡은 마을들.
밤이 토로하는 이름 없는 이 평화.
늙은 영혼이 그 평화로 인하여 새로워질 수 있도록.
오랫동안 평범하고 정체 모를 여행자였던
나는 어둠 속에서 엄중한 부름을 들으리.
먼 곳의 소망이 내 마음을 뒤흔들겠지.
나는 내 볼을 어두운 창에 대고 식히리.

길을 들인 여우

앙투안 드 생텍쥐페리는 루이즈 드 빌모랭과 파혼한 후 군대의 일과 세일즈맨을 모두 그만두었다. 그가 할 일은 비행과 글쓰기였다. 이제 그 무엇도 그를 비행기와 글쓰기에서 떼어놓지 못할 것이다. 항공 우편 노선이 신설됨으로써 그 둘을 조화시킬 기회가 생겼다.

그는 1926년 10월 2일에 라테코에르사에 취업을 했고 툴루즈와 스페인-아프리카 노선에서 속성 교육을 받은 후 1927년 10월 19일에 툴루즈-다카르 구간 사이의 스페인 요새 옆에 설치된 주비곶 비행장의 책임자로 발령을 받았다. 대서양 연안 사하라의 고립된 근무소에서 그는 우편물이 오가는 것을 지켜보거나 비행기로 좌초된 동료들을 구조하기 위해 힘쓰면서 단조로운 나날을 보냈다. 그는 특별한 감정과 생각으로 충만한 한 해를 보냈고, 그 경험은 작품의 밑거름이 되었다. 다음의 편지에서 언급하는 당시 집필 중이었던 170쪽짜리 소설(《남방 우편기》)은 물론, 이후에 쓰게 될《인간의 대지》《어린 왕자》《성채》에도.

여동생에게 쓴 편지에서 생텍쥐페리는 1928년 6월 29일 사막에 기기 고장으로 불시착하여 몇 달간 인질로 살아야 했던 조종사 마르셀 렌과 에두아르 세르를 구조하려던 시도를 언급한다. 이 위험천만했던 일화는《인간의 대지》두 번째 장에서 충만하고 보편적인 인류애를 기념하는 크리스마스이브에 비유하여 서술된다. "위험한 시간이다. 그래서 어깨동무를 한다. 우리가 같은 인류 공동체에 속해 있음을 발견한다." 인간의 삶이 이따금 마련해놓은 것 같은, 세월이 지나간 후에 다시금 느끼는 기적 같은, 밀도 높은 순간들이다.

그리고《어린 왕자》의 독자들에게는 아마도 친숙한 실루엣이 무려 공식 등장보다 14년이나 앞서 모습을 드러낸다. 여우! 우리는 여기서 여우가 실제로 존재했음을, 앙투안이 가젤과 친해지면서 그랬듯이 이 사막의 작은 동물에게도 섬세한 길들이기 매뉴얼을 따랐음을 알 수 있다. "인간 관계라는 사치"의 농밀하고도 중대한 시간들이다.

《어린 왕자》준비 작업에서 나온 소묘(p. 79)는 21장 삽화의 변형이다. 생텍쥐페리가 꽃이 만발한 산에서 여우와 만나는 장면을 이미 책 속의 상황으로 상정하고 있다는 점은 주목할 만하다. 하지만 아프리카여우의 "거대한 귀"는 이 여우가 사하라 사막 출신임을 보여준다. "그는 모든 것을 말하지 않았다." 개의 동작들에 대한 습작(p. 78)은 아마도 미국인 친구 실비아 해밀턴이 기르던 강아지를 보고 영감을 받았을 것이다. 이 습작들은…, 그 옆에 얼핏 그린 동화 속 여우의 자세를 잡기 위한 것이었을지도 모르겠다.

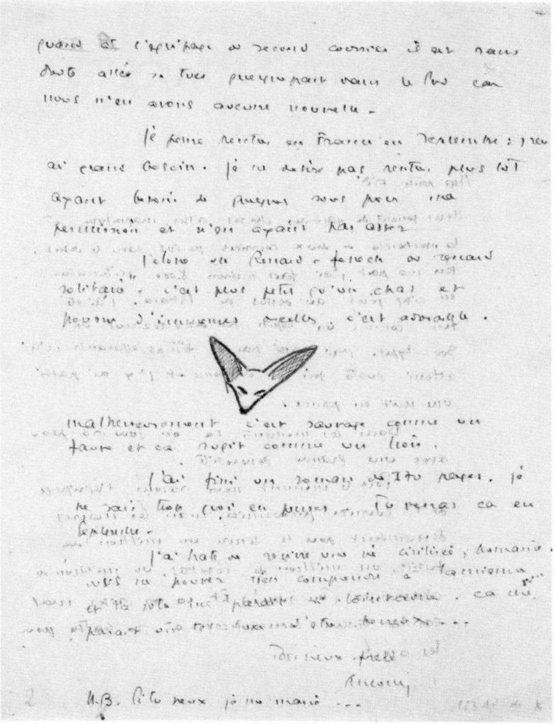

나의 귀여운 디디,

우리는 얼마 전까지 사막에서 잃어버린 두 명의 우편 수송인들을 찾기 위해 대단한 일을 했어. 내 경우에는 닷새 동안 사하라 사막 상공을 거의 8000킬로미터를 비행했지. 300명은 되는 도적놈들이 토끼를 사냥하듯 총을 쏘아댔어. 나는 무시무시한 시간을 보냈지. 네 번이나 코스에서 벗어나 착륙을 했고 기기 고장 상태로 하룻밤을 보냈지.

그럴 때는 참으로 너그러이 자기 목숨을 걸게 돼. 지금은 첫 번째 우편 수송기의 승무원에 포로로 잡혀 있다는 사실을 알게 됐어. 하지만 무어인들이 포로 송환 대가로 엄청난 양의 총기, 돈, 낙타를 요구하고 있어. (아무것도 아니지!) 그 부족들이 서로 그들을 차지하려고 싸우기 시작했기 때문에 상황은 점점 나빠질 듯해.

두 번째 수송기의 승무원으로 말하자면, 우리가 어떤 소식도 입수하지 못한 걸로 보아 남부 어딘가로 죽으러 간 게 아닌가 싶어.

9월에 프랑스로 돌아갈 생각이야. 간절히 그러고 싶어. 허가를 받으려면 돈이 좀 있어야 하는데 지금 그럴 형편이 안 되기 때문에 더 일찍 돌아가고 싶진 않아.

나는 아프리카여우인가 사막여우인가를 키우고 있어. 몸집이 고양이보다 더 작고 거대한 귀가 달렸지. 아주 사랑스러워.

안타깝게도 맹수 같은 야생 동물이라서 사자처럼 사납게 울어.

170쪽짜리 소설을 끝냈는데 이 책에 대해서 어떻게 생각해야 할지 잘 모르겠어.

9월에 너도 그 원고를 보게 될 거야.

빨리 인간적이고 문명화된 삶으로 돌아가고 싶어. 너는 내가 어떻게 살고 있는지 전혀 모를 거야. 그리고 너의 삶도 내게는 너무 멀게만 느껴져. 행복하게 산다는 것도 사치 같아….

너의 오빠

앙투안.

주의-네가 바란다면 나 결혼할 수도….

앙투안 드 생텍쥐페리가
동생 가브리엘 다게에게 보낸 편지,
주비곶, 1928년 6월 말에서 7월 초,
자필 원고, 파리, 국립문서보관소.

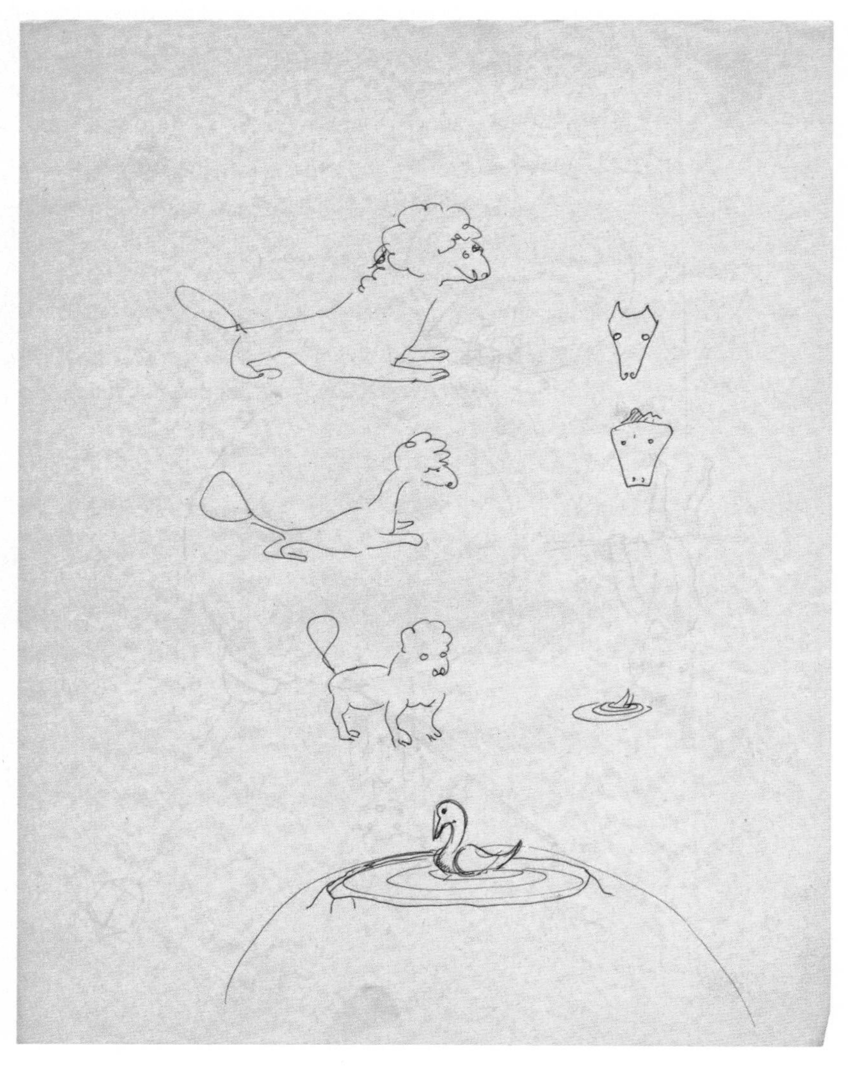

개의 태도, 여우 머리, 행성 위의 오리,
《어린 왕자》를 위한 습작.
뉴욕, 1942, 연필, 개인 소장.

(오른쪽)
어린 왕자와 여우,
《어린 왕자》를 위한 소묘,
뉴욕, 1942, 연필, 개인 소장.

Il n'a pas tout dit !

도망친 아이

주비곶에서 1928년 7월에 집필을 끝내고 생텍쥐페리가 직접 잉크와 연필로 소묘를 더한《남방 우편기》원고는 1929년 6월 출간된 최종본보다 결말이 좀 더 열려 있고 서정적이다. 이전에 발표한 초안(1926년 4월《르 나비르 다르장》에 발표된 짧은 이야기 〈비행사〉)과 연속선상에 있는, 사막에 떨어진 비행사 이야기다. 그의 비행기는 고장을 일으킨 게 아니라 무어인들의 총격으로 조종 케이블이 망가져서 사막에 추락했다. 조종사는 사흘간 별들을 지붕 삼아 단말마에 시달린다. 이러한 설정이 〈조종사〉와 일치할 뿐 아니라 주인공 자크 베르니스의 안타까운 최후 부분에 대한 묘사 역시 3년 전에 썼던 표현과 거의 흡사하다. "적으로 오인당한 베르니스는 확 밀려 넘어지는 것 같은 기분이 든다. 공기가 날개 아래서 힘이 빠지고 비행기는 구멍 난 것처럼 선회강하한다. 지평선이 그의 머리 위로 침대 시트처럼 펼쳐진다. 땅이 그를 감싸고 회전목마를 탄 것처럼 바다, 사막, 해변이 빙글빙글 돌아간다. 베르니스의 눈앞으로 새총으로 쏘아 올린 듯 불쑥 하얀 집이 떠오른다…. 피습당한 조종사에게, 잠수부에게 바닷물이 튀듯 흙이 튀어 오른다." '하얀 집'이 '하얀 모래 언덕'으로 바뀌었을 뿐이다. 주비곶에서는 모래 언덕일 수밖에 없었을 것이다…. 이 부분은《남방 우편기》최종본에서 서정적인 한 문장으로 처리되었다. "이 모래 언덕 위에서, 양팔을 십자 모양으로 벌리고 얼굴은 저 짙푸른 만을 향한 채 있는 자네, 그날 밤 자네는 어찌나 가볍던지…." 그리고 소설은 간략한 다음 전신으로 끝을 맺는다. "조종사 피살, 비행기 파손, 우편물 무사함." 때때로 작품은 생략과 함축을 통하여 위대함에 이른다.

하지만 이 이야기가 확장됨을 알 수 있는 것은 아름다운 그림이 들어 있는 두 장의 자필 원고를 통해서다. 이 자필 원고는 작가의 그림체(단순한 배경, 포괄적 선)가 일찍부터 확립되었음을 보여주는 동시에 그의 창작 행위에서 그림이 차지하는 중요성을 알려준다. 이러한 작업 방식은《어린 왕자》에서 경지에 다다를 것이다. 그림을 그리는 것만이 사하라 사막에서 여가를 보내는 유일한 방법이었으리라 상상할 수 있다. 또한 작가가 지나친 서정성이나 명상으로 이끌

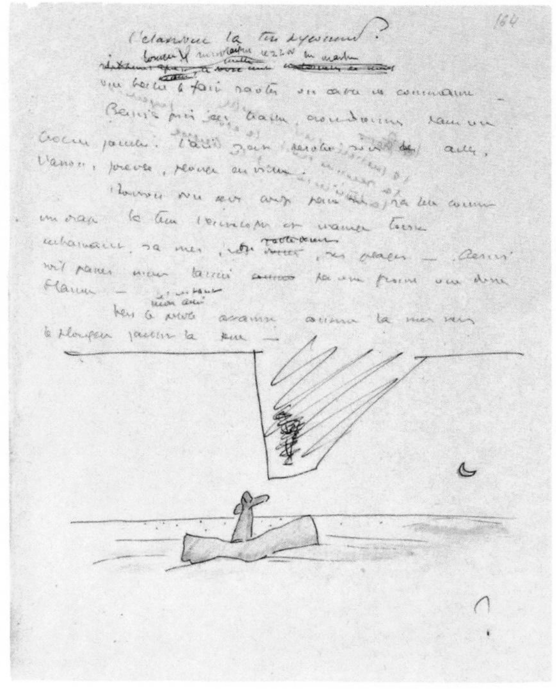

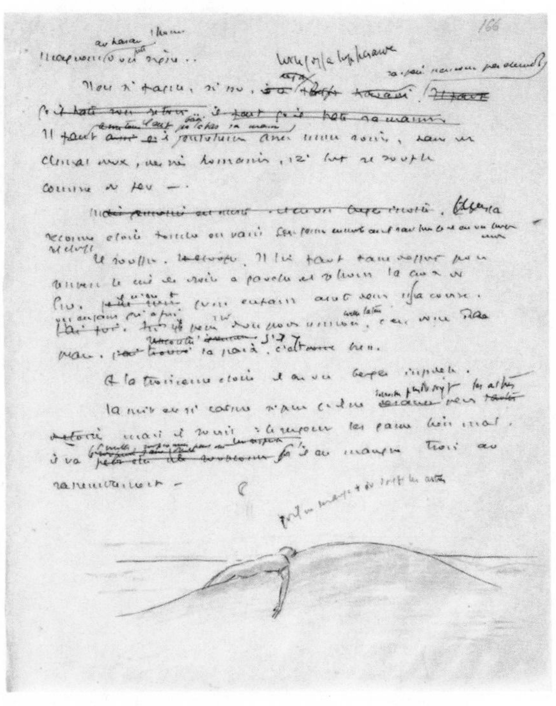

그러니까 그게 너의 비둘기집이었을까?

전진 중인 무어인 무리 위를 날아서 지나가는데 조종 케이블 하나가 총탄을 맞고 날아갔다.

적으로 오인당한 베르니스는 홱 밀려 넘어진다. 공기가 날개 아래서 힘이 빠지고 비행기는 구멍 난 것처럼 선회강하한다.

지평선이 단박에 그의 머리 위로 침대 시트처럼 펼쳐진다. 땅이 그를 감싸고 회전목마를 탄 것처럼 바다, 사막, 해변이 주위에서 빙글빙글 돌아간다. 베르니스의 눈앞으로 새총으로 쏘아 올린 듯 불쑥 하얀 모래 언덕이 스쳐 지나간다. 피습당한 조종사에게 [그 아이에게: 지워진 부분] 바다에 잠수부가 뛰어들 때처럼 흙이 사방으로 튀어 오른다.

그는 너무 연약하고 헐벗었다. 거기, 온화한 기후에서는 그의 손이 조심스럽게 인간의 삶을 다루어야 했다. 여기는 모든 것이 불 같다.

두 번째 별이 헛되이 떨어진다.

그는 고통스럽다. 숨이 막힌다. 그는 남십자성을 찾으려고 안간힘을 다해 하늘을 오른쪽 왼쪽 살펴본다. 그는 달리기를 하다가 넘어진 아이에 불과하다. 도망쳤던 아이. 나는 평화를 만났다. 이걸로 좋다.

세 번째 별에게 그는 신의 없는 양치기다.

밤이 너무나 적막하고 순수해서, 그는 이제 손가락으로 별을 딸 수 없지만 미소 짓는다. 중사는 그들을 지켜주지 못했다. 그는 그를 비난하고 전체가 집합할 때 셋이 모자라는 것 같다고 하겠지.

《남방 우편기》 자필 원고, 1928,
원고 중 두 장, 콜로니(스위스),
마르탱 보드메 재단.

려는 성향을 견제하고 이야기를 안정적으로 구성하는 데에도 그림이 도움이 되었을 것이다. 하지만 어린아이의 낙서 같은 이 그림들을 가벼이 보아서는 안 된다! 그것들은 아주 단순하지만 작가가 '생생하게' 재구성하려는 강렬한 체험의 표현이다. 또한 당시로서는 매우 드문 경험의 자료이자(우편 수송기 조종은 매우 위험한 일이었고 실제로 동료들이 실종되거나 사망하는 일이 적지 않았다) 치열한 내면 세계의 원천이었다. 《남방 우편기》에 이미 나타나는 은유 놀이는(특히 별은 때로는 위협적이고 때로는 구원자처럼 나타난다. 별은 아득히 먼 곳에서 그것이 불러일으키는 생각을 통해 사람들 사이를 연결해준다) 작가의 영원한 특징으로 남을 것이다. 이미지로 구성된(비유적인 의미에서나, 본래 의미에서나) 산문 덕분에 그는 충실한 독자들과 그들 못지않게 충실하면서 별들의 신비한 언어에 민감한 아내 콘수엘로를 얻는다.

그렇지만 콘수엘로 드 생텍쥐페리 이전에 루이즈 드 빌모랭도 일찍이 시인의 독특한 세계를 민감하게 알아차렸다. 루이즈 드 빌모랭이 옛 약혼자에게 《남방 우편기》의 자필 원고, 교정쇄, 그리고 맨 처음 찍은 인쇄본을 받았던 데에는 그럴 만한 이유가 있다. 이 소설은 그들의 이야기와 밀접하게 이어져 있다. 실연을 경험한 앙투안 드 생텍쥐페리가 자신이 겪은 방식대로 그 이야기를 문학으로 옮겼다고 할까. 그가 1929년에 책이 나오고 고작 두 달 후에 다른 남자의 아내이자 딸을 둔 엄마가 된 루루에게 쓴 편지를 보면 이론의 여지가 없다. "내 유일한 사랑 / 나와 사는 건 불가능하다는 걸 잘 알아. 나는 집, 나무, 단단히 떠받쳐 있는 모든 것처럼 강하지 못해. 나는 잘 알아. 그래서 나의 베르니스를 그 모든 것에서 아주 멀리 데려갔지. 참으로 현명한 처사였어. 그에게 그보다 더 나은 무슨 일이 일어날 수 있겠어? 별에 부딪히는 것. 나는 사하라 고원에서 그 연약한 아이의 소리를 들었어, 사람들은 모르지. 별들 아래로 거대한 식탁이 차려진 것 같았어. 별들에서 수직으로 바로 아래에. / … 너는 나를 '연약한 아이'라고 불렀지. 나는 내가 다른 존재인지 모르겠어. 나는 뭔가를 세우거나 소유할 줄 몰라. 나는 내 집을 찾지 못할까 봐 걱정돼. / 이제 마음 쓰지 않기를. 그건 다 내가 나를 위해 한 이야기니까. 나에게는 버겁도록 크나큰 사랑이었어. 나 자신에게 그 이야기를 해야만 했어."

사하라 고원의 연약한 아이…. 20년 후 어린 왕자의 마지막 이미지, 생이 저물어가면서 중력에서 벗어나는 인물의 이미지가 떠오른다. 그것은 이 세상에서 잃어버린 사랑의 가느다란 끈이 아니면 자기를 이 세상에 붙잡아두는 것이 아무것도 없다고 생각하는 작가 자신의 이미지이기도 하다. "벌써 공기처럼 가벼워진 베르니스, 자네는 오직 친구 하나만을 남겨두었지. 거미줄 한 가닥이 겨우 그대를 붙잡고 있었으니 말일세." 《남방 우편기》와 《어린 왕자》는 현실이 아주 드물게만 제공하는 것을 상상으로 고정했다는 공통점이 있다. 상상 속에서 부재를 존재감으로 상쇄하면서 다시 균형을 잡고, 다시 인간다움을 불어 넣은 것이다. "나에게는 버겁도록 크나큰 사랑이었어. 나 자신에게 그 이야기를 해야만 했어." 문학의 절망적인 위대함이란.

베르니스에서 어린 왕자까지는 확실히 하나로 이어진다. 앙투안 드 생텍쥐페리는 그 사실을 확인해주듯 스스로 텍스트에 단서를 끼워 넣는다. "피살된 조종사"의 비행기와 뱀에 물린 아이의 소행성은 똑같은 번호를 달고 있다. 612이라는 번호를.

사막에 좌초된 사람들

비행기가 사막에 추락한 후 구조를 기다리는 세 사람이 보인다. 세 명이 함께 있다는 게 놀라울 법도 하지만 말이다. 옆에는 마르세유 명물 피에파케(양의 발과 내장으로 만드는 요리) 통조림이 놓여 있다. 한 명은 더위에 진이 빠진 건지 아니면 더 큰 불행을 걱정하는지 두 손으로 머리를 감싸고 있다.

생텍쥐페리가 1927년 다카르에서 친척이자 마음을 터놓는 상대 이본 드 레스트랑주에게 보낸 편지에서 이 사고를 떠올리지 않기란 어렵다. 당시 그는 아에로포스탈사의 아프리카 노선 조종사였다. "모래 언덕에 착륙할 때 크랭크축이 망가지고 비행기가 완전히 찌그러지는 사고로 입문식을 치렀습니다. 천만다행으로 부상은 입지 않았어요. 우리는 모래에 앉아서 리볼버 권총을 든 채 같은 팀(다른 두 대의 비행기)이 오기를 기다렸습니다. 웃기다면 웃겼지요. 먹을 거라고는 통조림 세 개뿐…." 조난당한 사람들은 밤을 보내기 위해 요새로 피신했다. 그곳의 중사는 산 사람을 몇 달 만에 처음 본다고 했다…. 《남방 우편기》의 중사가 바로 그 사람일 것이다.

앙투안 드 생텍쥐페리가 이 사고에서 얻은 것은 고통과 두려움이 아니라 탈주의 도취와 영원히 떠나지 않을 놀라움이었다. "그 밤은 나에게 아주 특별했습니다. 모든 것에서 아주 멀어진 밤. 나의 벗이여, 내 삶은 경이롭습니다. … 아무리 퍼내도 마르지 않을 보물이 내게 주어진 것 같습니다."

사막에서의 경험은 결정적이었다. 그 경험은 어린 시절의 감미로운 경이감을 연장시켰다. 그리고 문학과 모험적 삶에 아주 특별한 배경 중 하나를 제공해주었다.

사막의 팀, 그림, 연필, 개인 소장.

카나리아제도 맞은편 주비곶,
1928년 앙투안 드 생텍쥐페리는
하늘과 사막과 바다 사이
이곳에서 《남방 우편기》를 썼다.

우울한 아이와 장미

콘수엘로와 앙투안. 그들은 아마도 1930년대 초에 만났을 것이다. 그는 부에노스아이레스에 있는 아에로포스타 아르헨티나에서 근무한 지 1년이 채 안 됐을 때였고, 그녀는 이리고옌 대통령의 초청을 받아 고인이 된 남편(과테말라 출신의 작가이자 기자인 엔리케 고메즈 카리요)의 일을 처리하기 위해 아르헨티나에 와 있었다.

부에노스아이레스에 순회 강연을 하러 온《라 누벨 르뷔 프랑세즈》의 벵자맹 크레미외가 두 사람을 서로 인사시켰다. 그들은 둘 다 삼십 대였고, 각자의 차이를 뛰어넘어 금세 서로를 이해하고 운명을 함께하게 됐다. 그들은 정신적으로 닮아 있었고, 같은 언어로 별에게 말을 걸었다. 이 서로에 대한 확신은 1931년 4월에 니스와 다게에서 그들을 부부로 만들어주었지만, 그들의 여생에 평안까지 보장해주지는 않았다.

부에노스아이레스에서 (거의 몰래) 살림을 차린 때부터 그들은 서로 '인연'임을 분명히 알았다. 이 신비로운 인연은 결혼으로 이어졌으나, 그들이 함께 살 수도 없고 함께 살지 않을 수도 없는 이유이기도 했다. 그들이 주고받은 편지는 별거, 부재, 불평, 비열한 짓거리에도 불구하고 "죽고 싶어 하지 않는 이 사랑"에 그들 자신도 놀랐음을 보여준다. 부부의 일상은 불규칙하고 종잡을 수 없었지만 사실상 그들의 관계를 해체하지는 못할 터였다. 그 관계는 불가능한 현존보다 부재의 약속에 기반해 있었다. 달리 말하자면 이렇다. 사랑이 그냥 지나가 떠나지 않았던 이유는 단번에 주어지지 않는 것, 시선으로부터 보호받는 것을 상대에게서 찾으려 했기 때문이다. 외지고 은밀한 곳이라고 할까, 보물이라고 할까, 하여간 위험을 무릅쓰고 찾아야 할 그 무엇을 찾으려 했다. "언제인가 당신에게서 눈물을 보았기에, 그리고 그 눈물은 당신이 잠드는 아주 먼 곳, 당신이 괴로워하는 곳, 당신이 숨는 곳에서 온 것이었기에, 나는 사랑을 알았습니다." 1941년에 콘수엘로는 신혼 시절 부에노스아이레스 타글레 집 테라스에 보낸 시간을 추억하면서 남편에게 그렇게 썼다. 앙투안도 같은 감정을 느끼고 있었다. 그는 15년간 아내가 고마워할 줄 모른다, 집을 너무 자주 비운다,

자기를 편안하게 해주려고 노력하지 않는다, 지나치게 자유분방하다 등등 불평을 늘어놓겠지만 그녀에게 감명받은 은총의 드문 순간들을 잊지 않고 기념할 것이다. "당신 안에는 내가 사랑하는 사람, 4월의 알팔파속처럼 싱싱한 기쁨을 지닌 사람이 있습니다. 당신의 어떤 순간들이 내게는 새벽과도 같았습니다."

영원히 길을 찾지 못할 사랑이었을까? 앙투안은 연애 초기부터 예감했던 것 같다. 1930년 말, 장차 아내가 될 그녀에게 보낸 편지를 보면 그렇다. 그녀는 이 편지를 받고 얼마 후 프랑스로 돌아갔고 앙투안도 남아메리카의 직장을 그만두고 그녀에게 갔다. 그는 자신을, 사랑받는다는 사실, 그 무한한 보물을 포용하려고 노력하지만 결코 그 보물에게 기쁨을 줄 수 없다는 것을 알기에 우울해하는 아이로 묘사한다. 작가는 죽는 날까지 그러한 감정을 떨치지 못할 것이다. 그의 우울은 세상 전체에 대한 것으로, 세상의 불투명성과 건조함과 광기를 마주하면서 언제나 느끼는 당혹감으로 확대된다. 그 당혹감은 어린 왕자의 것이다. 어린 왕자는 우울한 아이였고 여우의 가르침만이 그러한 우울감을 덜어줄 수 있었다.

옛날에 어린 왕자와 장미가 살았다…. 책에 대한 구상이 실제로 떠오른 것은 13년 후지만 앙투안 드 생텍쥐페리는 이미 이즈음에 이야기를 시작한 것 같다. 실제 삶과 허구의 혼연일체, 그들 부부는 조종사가 실종될 때까지 그 속에서 살아갈 것이다. 그리고 그 혼연일체가 아마도 그들을 구원하리라.

(왼쪽)
로저 패리, 앙투안 드 생텍쥐페리가
아내에게 보낸 사진, 1931,
마분지에 붙인 당시의 은판 사진,
작가의 자필 서명, 개인 소장.

(오른쪽)
코수엘로 드 생텍쥐페리가
남편에게 준 사진.
“나의 토니오를 위해,
그를 한없이 사랑하는 콘수엘로, 1935.”,
파리, 1935, 당시의 은판 사진,
자필 서명, 개인 소장.

(아래)
앙투안과 콘수엘로, 부에노스아이레스,
1930, 당시의 은판 사진, 개인 소장.

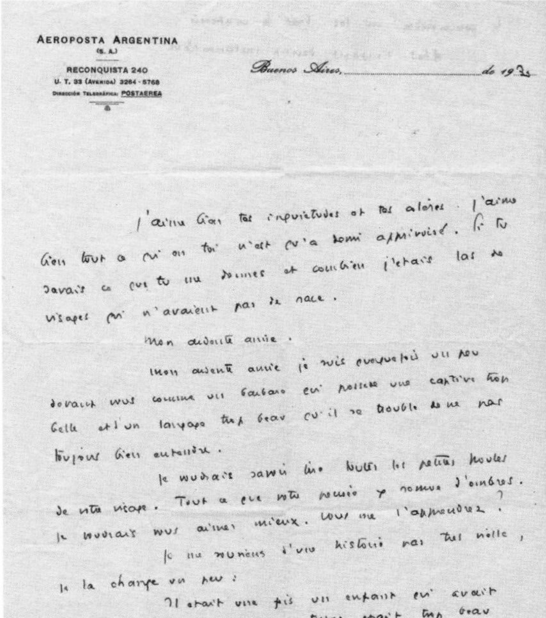
AEROPOSTA ARGENTINA
(S. A.)
RECONQUISTA 240
U. T. 33 (AVENIDA) 3264-5768
DIRECCIÓN TELEGRÁFICA: POSTAEREA

Buenos Aires, ______ de 193_

J'aime bien tes inquiétudes et tes colères. J'aime bien tout ce qui en toi n'est qu'à demi apprivoisé. Si tu savais ce que tu me donnes et combien j'étais las de visages qui n'avaient pas de race.

Mon ardente amie.

Mon ardente amie je suis quelquefois un peu devant vous comme un barbare qui possède une captive trop belle et un langage trop beau qu'il se trouble de ne pas toujours bien entendre.

Je voudrais savoir lire toutes les petites houles de votre visage. Tout ce que votre pensée y remue d'ombres. Je voudrais vous aimer mieux. Vous me l'apprendrez ?

Je me souviens d'une histoire pas très vieille, je la change un peu :

Il était une fois un enfant qui avait découvert un trésor. Mais ce trésor était trop beau pour un enfant dont les yeux ne savaient pas bien

앙투안 드 생텍쥐페리가
고메즈 카리요와 사별한
콘수엘로에게 보낸 편지,
부에노스아이레스, 1930,
잉크, 개인 소장.

(왼쪽)
B612 소행성의 어린 왕자와 장미,
《어린 왕자》를 위한 습작, 뉴욕,
1942, 개인 소장.

[부에노스아이레스, 1930년]

나는 당신의 걱정과 분노를 정말 사랑합니다. 당신 안에서 절반밖에 길들여지지 않은 모든 것을 사랑합니다. 당신이 내게 준 것이 무엇인지, 내가 얼마나 기품 없는 얼굴들에 싫증이 났는지 당신이 안다면.

나의 열정적인 친구,

나의 열정적인 친구, 이따금 나는 너무 아름다운 포로와 언제나 잘 들리지는 않게 동요하는 근사한 언어를 소유한 야만인처럼 보일 테지요.

당신 얼굴에 일어나는 모든 너울을 읽고 싶습니다. 당신의 생각이 그늘 드리우는 모든 것을. 당신을 더 사랑하고 싶습니다. 이해하지요?

아주 오래된 어떤 이야기를 기억합니다. 내가 그 이야기를 조금 바꾸겠습니다. 옛날에 한 아이가 보물을 발견했습니다. 하지만 그 보물은 아이에겐 너무 아름다운 것이었습니다. 아이에겐 그걸 알아볼 눈도, 그걸 끌어안을 넉넉한 품도 없었습니다.

그래서 아이는 우울해졌습니다.

앙투안.

콘수엘로가
앙투안 드 생텍쥐페리에게 보낸 편지,
니스, 1941년 9월, 잉크, 개인 소장.

[니스, 1941년 9월]

우리가 정말로 리듬을 만들게 된다면, 토니오 콘수엘로…, 콘수엘로 토니오, 이 위험한 광란의 춤 속에서 균형을 잡기 위해서, 세상의 심연으로 떨어지지 않기 위해서. 어쩌면요! 나는 마음의 준비가 끝났어요. […]

나의 별, 나의 친구 별에 기대어 소망해봅니다. 그 별이 타글레에서 우리가 살았던 작은 집 테라스에서 내게 말해주었어요. 당신이 말을 하고 싶어 하지 않을 때, 당신이 비행 중에 길을 잃었을 때, 당신이 당신 안에서 길을 잃었을 때. 그 별이 빛은, 나를 향한 우정은 당신의 마음과 같아서 사랑해야만 가질 수 있다고 말해주었어요.

토니오, 그럴 수 있을까요?

기적 같은 일이에요. 나는 머지않아 핌프르넬이 될 거예요. 세상은 잔인하고 양들은 어리석지만, 예쁘고 바보 같고 못된 핌프르넬은 지고 말았어요…. 그녀는 죽었어요. 아름다운 핌프르넬을 풀밭으로 데려가 꽃과 노래로 치장했어요. 이제 아무도 그녀에게 상처 주지 않을 거예요. 그녀는 피로 쓴 교황님의 시가 될 거예요!

말해주세요, 나의 남편이여, 나는 당신에게 나쁜 일이 일어나는 걸 바라지 않아요. 비록 앞으로 내가 희생을 해야만 할지라도요. 하지만 나는 당신이 진실하기를 바라요. 당신 때문에 나는 진실을 바라는 것을 좋아하게 됐어요. 부디 표현을 조심해줘요. 나는 당신의 오랜 여인, 당신의 우군이고 지구에 토니오는 한 사람밖에 없어요. 내게 그런 사람은 하나뿐이에요. 그 사람을 지켜야지요.

다정한 키스를 보내며.

콘수엘로.

앙투안 드 생텍쥐페리가 1942~1943년에 어린 왕자의 세계에서 영감을 받아 그린 그림. 이 그림은 화산과 꽃의 나라에 사는 콘수엘로-핌프르넬('오이풀'이라는 뜻으로 생텍쥐페리가 콘수엘로에게 붙여준 별명, 옆면 편지 참조)의 우의적 이미지에 해당하는 것으로 보인다. "핌프르넬, 그 이름은 나에게 꽤 의미가 있습니다. 우리 집 근처 풀밭에서 숨어 자라는 향긋하고 싱그러운 풀 이름이에요. 내가 어릴 때 그 풀을 유독 잘 찾는 재주가 있었나 봅니다. 부산스럽고 연극적인 콘수엘로의 지리멸렬함 아래서 진정한 콘수엘로를 찾아낸 것처럼요. 눈에 보이는 콘수엘로는 가짜일 뿐이지요." (콘수엘로에게 보낸 편지, 카사블랑카, 1943)

잉크, 뉴욕/아샤로켄(롱아일랜드),
1942~1943, 뉴욕,
모건도서관·박물관.

밤의 유혹

앙투안 드 생텍쥐페리는 1930년 부에노스아이레스에서 《야간 비행》을 쓴다. 하지만 본인의 야간 비행 실습과 남아메리카 노선 개척 책임자로서 일했던 경험에서 우러난 이 소설 원고는 그가 1931년에 콘수엘로를 만나 결혼하기 위해 프랑스로 돌아올 때까지도 완성되지 않았다. 그는 친구 벵자맹 크레미외의 조언을 따라 이야기에 소설적 색채를 더하고 리비에르 소장이라는 인물에 인간미를 좀 더 불어넣는다. 프랑스 국립도서관은 조종사 파비앵의 불안해하는 아내와 리비에르 소장이 만나는 장면의 초안 원고를 소장하고 있다. 이 원고는 니스의 한 식당에서 쓴 것이다. 콘수엘로는 이 도시의 저택을 고인이 된 남편에게서 상속받았고, 이 도시에서 1931년 4월에 앙투안과 결혼했다.

작가는 이 장면을 다소 사실적으로 공들인 그림으로도 남겼다. 그림 속 조종사의 아내는 콘수엘로를 연상시킨다. "그 부인은 매우 아름다웠다." 소설가가 최종본에 남긴 문장이다. "그녀는 남자들에게 행복의 은밀한 세계를 보여주고 있었다. 그녀는 사람들이 부지불식간에 파괴하는 평화를 보여주고 있었다." 리비에르로 말하자면, "깊은 연민을 감추었다". 자기 일을 좀 더 잘 해내는 것만이 그러한 연민을 덜어줄 것이다. "힘들어, 로비노, 너무 힘들어. 그런 사고를 피하기 위해 더욱 노력해야 할걸세. 우리는 두 배 더 열심히 일해야 해, 로비노." 그리고 소설은 리비에르의 편을 들어주면서 끝난다.

작가는 이 소설의 의미를 자기 어머니에게 보낸 편지에 잘 요약해두었다. 그는 이 책이 야간 비행 자체가 아니라, 밤(엄마의 뽀뽀에 마음이 편해진 아이의 밤)의 평화와 밤의 위험에 대한 책이라고 말한다. "구멍으로 별 세 개가 보인다. 우리는 별들을 향해 오르고 그다음에는 내려갈 수 없다. 우리는 거기 머물러 별을 물어뜯는다…." 조종사 파비앵이 굴복한 유혹, 인간 생텍쥐페리 역시 모르지 않았던 유혹. 그는 책을 씀으로써 우리를 그 유혹으로부터 지킬 수 있기를 바랐다.

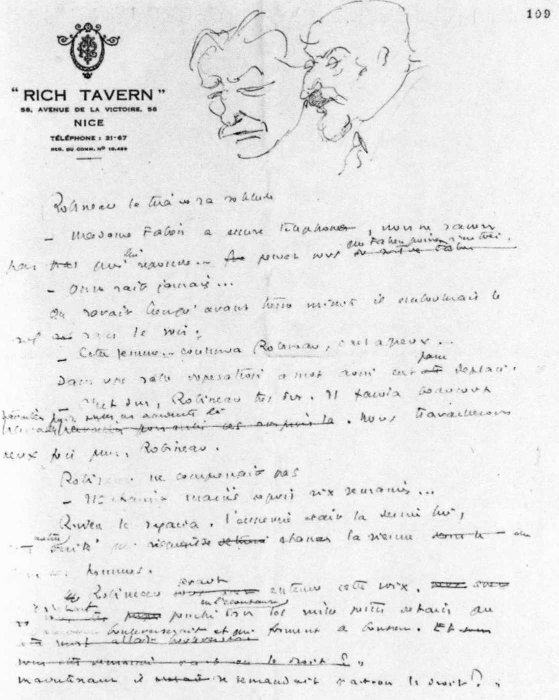

(왼쪽 위)
리비에르의 사무실에 찾아온
조종사의 아내.
《야간 비행》 19장의 한 장면,
연필, 개인 소장.

(왼쪽 아래)
《야간 비행》의 서점용 포스터,
1931년 6월.

(오른쪽)
《야간 비행》 19장 원고,
리슈 타베른(니스) 마크가 찍힌 종이,
1931년 2월, 자필 원고,
파리, 프랑스 국립도서관.

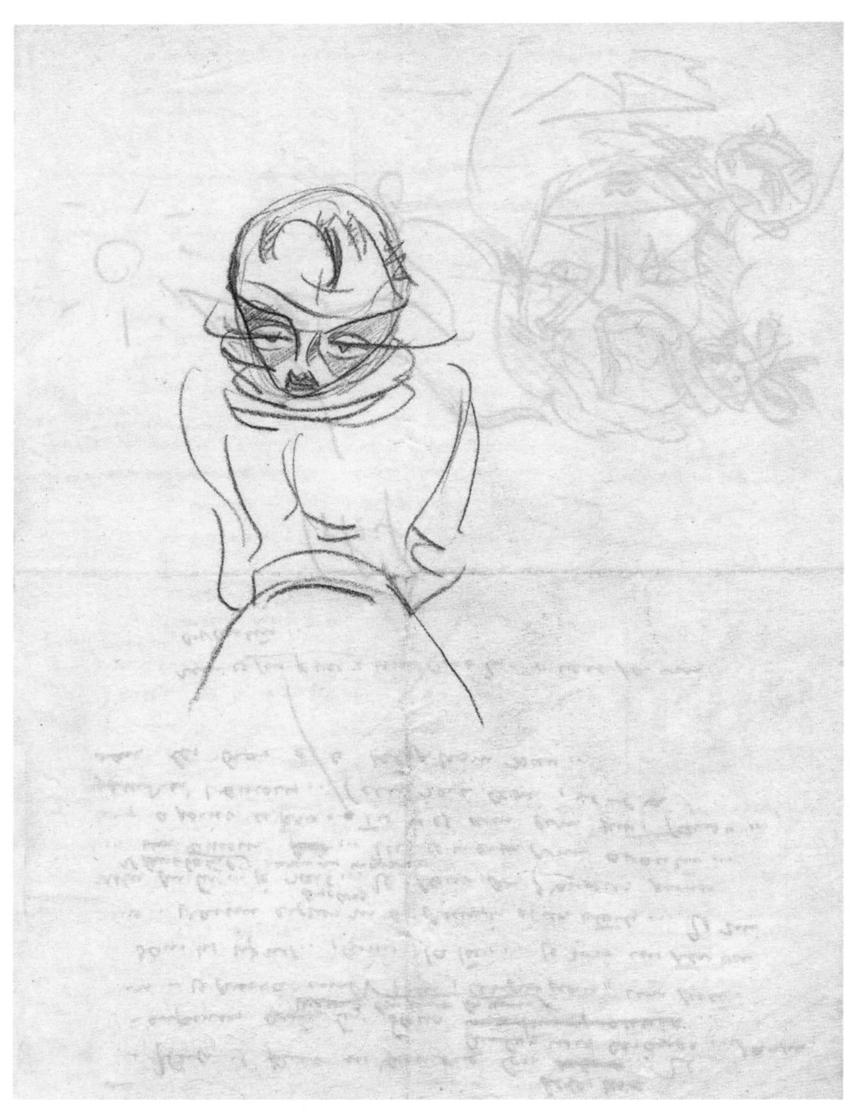

(96~99쪽)
《남방 우편기》의 영화 대본에
그려 넣은 그림들,
1935년경, 연필, 개인 소장.

작품의 여백에 남긴 그림들

그림은 1930년대 생텍쥐페리의 문학 활동에 늘 함께했다. 특히 사막에 추락하거나 남반구의 밤이 지닌 자연의 힘에 고초를 겪은 조종사 이야기를 스크린으로 어떻게 옮길지 상상하는 과정에서 그림이 한몫했다. 이 영화는 때로는 사실주의적 양상을 띠고(가령, 리비에르가 실종된 조종사의 아내를 만나는 장면) 때로는 연상과 암시가 두드러진다. 생텍쥐페리의 그림은 1930년대에 많이 달라졌다. 실물과 닮게 그리는 것을 점점 등한시하고 표현에 중점을 두게 된 것이다. 실루엣은 옆으로 퍼지고 선은 점점 날쌔게 양식화된다. 눈썹과 속눈썹이 다른 곳에서 온 것 같은 중성적인 얼굴을 구조화한다. 아몬드 모양 혹은 불룩한 눈, 그리고 이마 주름을 나타내는 작은 십자가. 나비넥타이와 목도리도 보인다. 거듭된 크로키에서 인물은 빚어졌다.

55
Il;ne pouvait pas
Le

책임의 탄생

1926년부터 1931년까지 아에로포스탈사에서의 한 시기를 마친 앙투안 드 생텍쥐페리는 그 경험의 의미와 아름다움을 표현하고 전달하기에 힘쓰며 (앙리 고다르의 아름다운 표현을 빌리자면) "경험이 준 것들"에서 다른 데로 시선을 돌리지 않을 것이다. 그는 이러한 가르침을 조종사 생활과 동료들의 삶에서 끌어낼 것이다. 그 동료들 중에는 민간기 조종술의 영웅이었던 앙리 기요메Henri Guillaumet와 장 메르모즈Jean Mermoz도 있었다. 앙투안은 툴루즈에서, 그리고 회사 노선 개척자로 아프리카와 남아메리카에서 근무할 때도 그들과 자주 연락을 주고받았다. 이러한 추억은 그의 두 전작에 영감을 주었고 1932년에서 1938년 사이에 《파리수아르》와 《마리안》에 기고한 글들에도 영향을 미쳤다. 이 기고문들의 핵심은 섬세한 구조의 문학적 르포르타주 《인간의 대지》(갈리마르, 1939) 첫 두 장에 삽입되어 있다.

기요메와 관련된 글은 《인간의 대지》 1장 '항공 노선'이다. 그는 앙투안 드 생텍쥐페리가 회사에 들어와 첫 번째 공식 비행에 나가기 전날, 소중한 지리학적 정보를 제공한다. 또 그는 젊은 조종사가 합승 버스를 타고 육로로 이동하는 동안 장차 맞서게 될 기상 조건에 대해서 느끼는 불안과도 관련이 있다. "오스피탈레에서 서풍이 몰고 오는 비는 폭풍우야. 자네는 아마 해수면에 닿을 듯 말 듯 3000마일을 내려가게 될 거야. 어쩌면 조종실이 부서지는 소리를 듣게 될 거야. 우리는 들어봤거든. 때때로 엄청난 회전에 휘둘리게 될 거야. 브레게 14(아에로포스탈사의 비행기)는 버텨내지 못하거든. 그럴 때 어떻게 할 거야?"

나중에 작가는 그 인생에서의 새로운 출발이 자기 안에 책임을 낳은 것 같다고 생각한다. 그는 《인간의 대지》와 《전시조종사》에서 이 책임의 의미를 설명하고 심화하는 것은 물론, 《어린 왕자》에서도 여우의 입을 빌려 말한다. "너는 네가 길들인 것에 대해 언제나 책임이 있어. 너에겐 너의 장미에 대한 책임이 있어…." 생텍쥐페리에게는 사적인 영역과 집단 생활 사이에 경계가 없다. 사랑의 형성에 결정적으로 중요한 이 책임감은 행동(우편물 수송), 직업, 사회적 삶에서도 그 근거를 찾았다. 책임감은 집단성의 열렬하고도 겸허한 탄생이다.

기요메에 대한 추억을 쓴 다음의 원고에 특이한 무늬가 보인다. 별 모양의 꽃, 비례가 잘 맞지 않는 줄기는 하늘과 땅 사이를 아슬아슬하게 연결한다. 별꽃의 변형으로 보이는 별나무도 그려져 있다. 이 꽃과 나무는 관계에 대한 작가의 철학을, 앙투안 드 생텍쥐페리의 글에 촘촘한 짜임새를 부여하고 세계에 대한 작가의 태도를 정의하는 철학을 상징하는 것일까? 《인간의 대지》에서 그는 어느 소시민 사내에 대해서 이렇게 쓴다. "너는 빛으로 향한 모든 출구를 시멘트로 꽁꽁 틀어막은 덕에 너의 평온을 일구었다. 너는 소시민의 안온함 속에 몸을 둥글게 말고, … 바람과 파도와 별에 맞서 그 초라한 성벽을 쌓았다." 별꽃은 부식토와 천체를, 진흙과 정신을 연결하는 바로 그것, 땅에 뿌리를 내렸지만 위로 향하는 '인간 조건'의 이미지 자체다. 자기 자신을 까맣게 잊고 사는 인류에게 호소하려는 듯, 시인은 본을 보이고 글을 씀으로써 그 이미지를 다시 정초하고자 한다. "아직 시간이 있었을 때 아무도 너의 어깨를 붙잡지 않았다. 이제 너를 이루고 있는 진흙은 말라붙어 굳어졌고, 앞으로 그 무엇도 네 안에 잠들어 있는 음악가나 시인 혹은 이전에 네 안에 살고 있었던 천문학자를 깨우지 못하리라." (《인간의 대지》, 1장) 이 직업들에는 정원사도 보탤 수 있을 것이다.

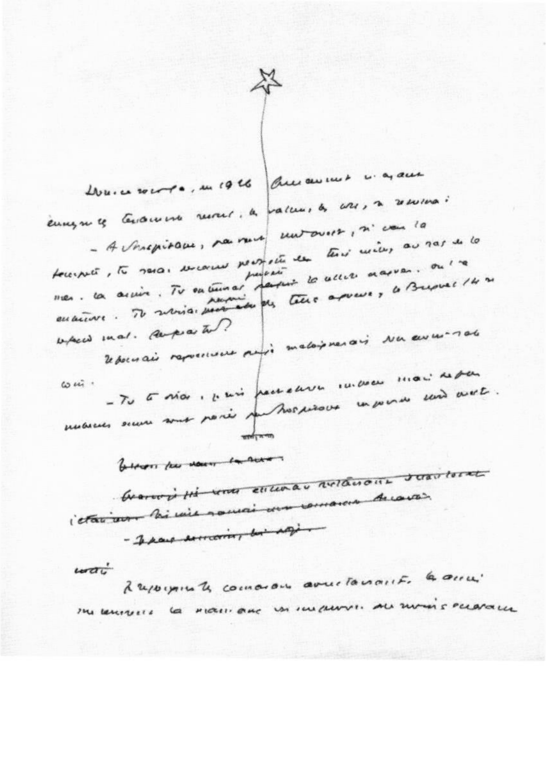

1926년의 그날 저녁, 기요메는 나에게 구조 지점, 골짜기, 고개에 대해서 가르쳐주고는 나를 돌아보았다.

"오스피탈레에서 서풍이 몰고 오는 비는 폭풍우야. 자네는 아마 해수면에 닿을 듯 말 듯 3000마일을 내려가게 될 거야. 그런 사태가 일어날 수 있어.

어쩌면 조종실이 부서지는 소리를 듣게 될 거야. 우리는 들어봤거든. 때로는 엄청난 회전에 휘둘리게 될 거야. 브레게 14는 버텨내지 못하거든. 그럴 때 어떻게 할 거야?"

나는 막연히 내가 아주 고약한 곳에서 멀어지겠거니 생각했다.

"내가 바보라고 생각하겠지만 북서쪽에서 하루에 오스피탈레로 들어오는 우편물이 어마어마하다고."

나는 식당에 있던 동료들에게 합류했고 친구들과 악수를 나누었다….

나는 떠났다. 그리고 곰곰이 생각했다. 처음으로, 책임을 진다는 희한한 기쁨을 느꼈다. 나는 정말로 좋은 선물을 받았다. 나는 그 비슷한 선물들을 기억한다. 인간에게 사회 생활의 문을 열어준다는 것. 갑자기 당신의 운명이 손에 잡힌다. 그리고 다른 사람들의 운명도. 아이의 삶에서 어른의 삶으로 넘어간다. 신비한 성사의 새벽에 당신에게 '숫자'가 붙여진다. 그때부터 당신은 정찰병이 되어 다른 정찰병들의 뒤를 잇고, 인간들의 잠이 달려 있는 비밀을 알게 된다. 그때부터 당신의 소박한 영역에서, 당신은 목자가 된다. 모두가 모두에게 책임이 있다. 그리고 [···] 산허리에 양 떼가 있다.

'기요메와 아에로포스탈에 대한 추억',
그림이 있는 원고, 1930년대,
자필 원고, 생텍쥐페리–다게재단.

위의 사진

조종사 생텍쥐페리가 친구 앙리 기요메에게 보낸 이 익살스러운 그림 편지는 책상에서 편지를 쓰는 작가, 조종사, 선량한 동료의 모습을 보여준다. 조종사는 이 유머러스한 자화상들을 '사진'이라고 칭하는 것도 주저하지 않는다. 그냥 농담으로 하는 말이 아니다. 곧 작가 특유의 그림은 자신을 타인들에게 보여주는 특별한 수단이 될 것이다. 그리고 10년 후에는 어린 왕자가, 작가의 말에 따르면, 그의 마음의 정체성을 그대로 찍은 사진이 될 것이다.

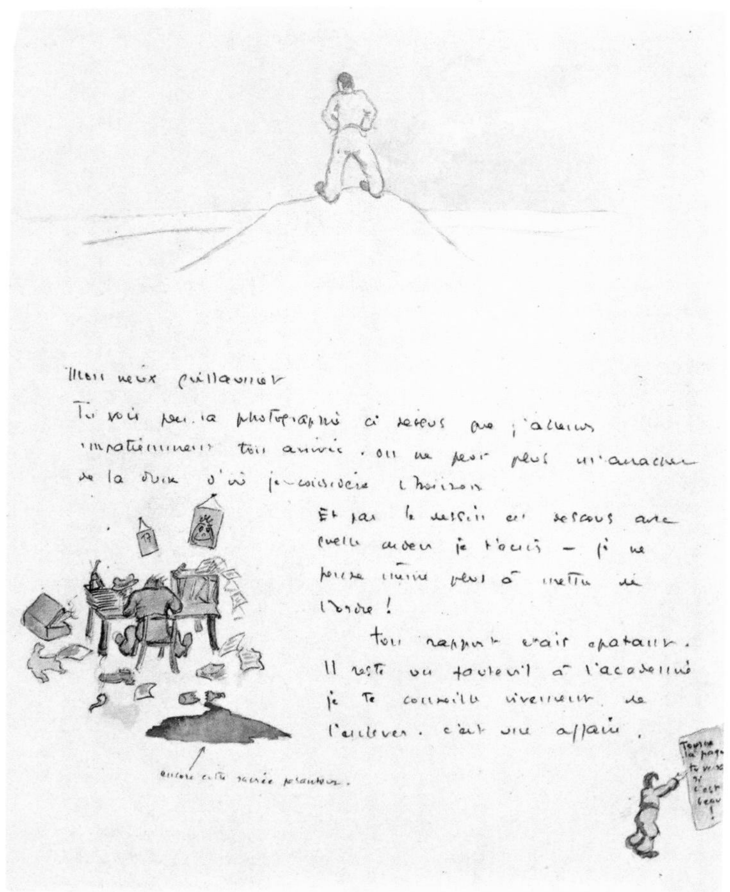

Mon vieux Guillaumet

Tu vois par la photographie ci dessus que j'attends impatiemment ton arrivée. On ne peut plus m'arracher de la dune d'où je considère l'horizon

Et par le dessin ci dessous avec quelle ardeur je t'écris – je ne puis même plus y mettre de l'ordre !

Ton rapport était épatant. Il reste un fauteuil à l'académie je te conseille vivement de l'enlever. C'est une affaire.

앙투안 드 생텍쥐페리가 앙리 기요메에게 보낸 그림 편지, 자필 서명, 개인 소장.

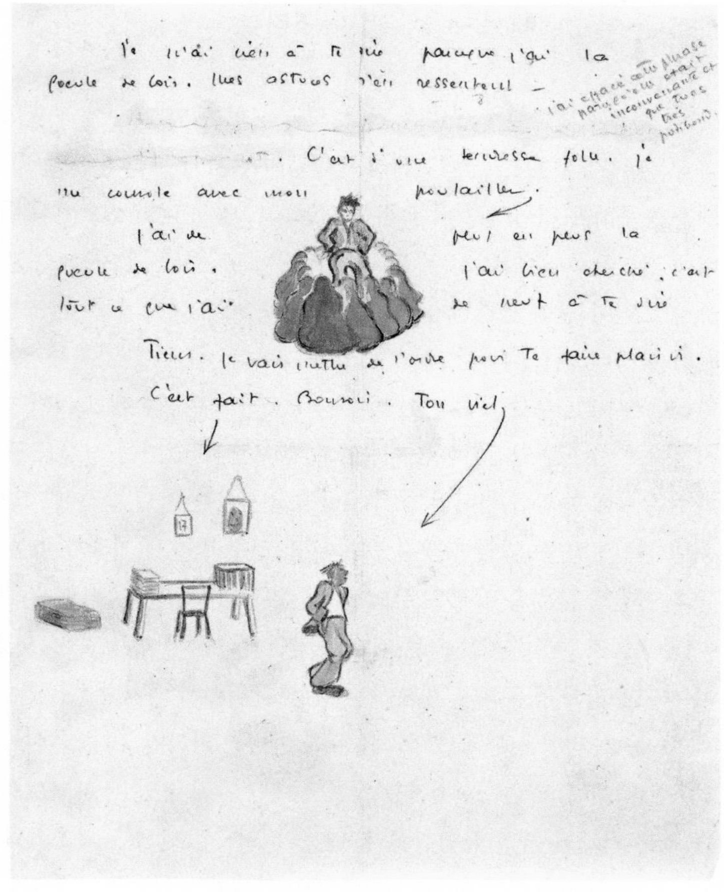
Je n'ai rien à te dire parce que j'ai la gueule de bois.

C'est d'une tendresse folle. Je me console avec mon poulailler.

J'ai de plus en plus la gueule de bois. J'ai bien cherché : c'est tout ce que j'ai de neuf à te dire.

Tiens. Je vais mettre de l'ordre pour te faire plaisir.

C'est fait. Bonsoir. Ton vieil

[그림]

내 오랜 벗 기요메,

위의 사진을 보면 내가 얼마나 애타게 그대의 도착을 기다리는지 알 거야.

그리고 아래 그림을 보면 내가 얼마나 열심히 편지를 쓰는지 알겠지. 방 정리를 할 생각조차 못하고 있다고!

[그림의 설명] 또 이놈의 중력이란.

그대의 보고서에 깜짝 놀랐어. 학술원에 자리가 하나 있을 거야. 그대가 꼭 그 자리를 차지하길 열렬히 바래! 이건 사건이야. [오른쪽 그림의 설명] 종이를 넘겨봐, 얼마나 멋진지 보게 될 거야!

숙취가 심해서 할 말이 없네. 내 방법은 효과가 없는 듯.

[지워진 문장] 순서에 안 맞는 말이기도 하고, 그대는 새침한 사람이기도 해서 한 문장을 썼다가 지웠어. 미친 애정이야. 나는 닭고기로 마음을 달래야지.

숙취가 점점 더 심해지는군. 할 말을 찾아봤는데 이것밖에 없네.

자, 이제 그대에게 잘 보이려면 방 정리를 해야지.

다 했어.

[그림]

좋은 저녁 보내길, 그대의 벗.

[그림]

별들 가운데에서 내 길을 읽어내리라

조종사는 별들에게 올라간 인간, 하늘을 나는 인간, 날개가 돋아난 인간이다. 어째서 앙투안 드 생텍쥐페리는 비행기를 차차 그리지 않게 되었을까? 비행을 풍부하게 경험하고 비행에 대한 글도 그렇게 많이 썼으면서 어째서 정작 비행 장면은 거의 그리지 않았을까? 유작이 된《어린 왕자》에는 비행기와 조종사 그림이 전혀 등장하지 않기에 이른다. 아마도 그가 노선 조종사 생활의 의미를 생각하면서부터 그렇게 되었을 것이다. 아에로포스탈에서 영광스러운 나날을 보내고 나서 그는 어떤 직업이나 도구의 위대함은 그것이 전달하고 계시하며 드러내는 인간다움을 기준으로 평가할 수 있다는 생각을 품었다. 비행기는 수단에 불과한 것이다. 그렇지만 조종사라는 직업 덕분에 그러한 경험을 풍부하게 누릴 수 있었던 것은 사실이고, 임무의 수행 자체가 그를 다른 인간들과 연결해주었다. 비행은 사람들에게서 조종사를 일시적으로 떼어놓을 뿐이다. 오히려 하늘에서는 모든 것이 사람들과 그를 이어주고 모든 것이 화합을 이룬다. 우리가 공유하는 "방황하는 행성"을 위에서 내려다보고 있으면 세상은 "문화, 문명, 직업을 통해서 바라볼 때가 아니면 의미가 없다"고 이해하게 된다. 진흙은 정신이 그것으로 뭔가를 빚어낼 때만 가치가 있다. 그러므로 하늘을 나는 것은 기계가 아니라 인간이다. 인간의 물질성 전체가 재조립되어, 온전한 인간으로서 나는 것이다. 앙투안 드 생텍쥐페리는 사람들이 동료인 메르모즈를 "대천사"라고 부르는 것을 별로 좋아하지 않았다. 비행은 "강렬한 삶"이고 메르모즈는 "나무처럼 그를 단단히 붙잡아주는 몸집 전체로 … 세상에 붙어 있었다"고 말한다.

별들 속의 길은 항공 지식과 야간 비행의 "씁쓸한 맛"의 길이다. 그 길은 양면적이다. 때로는 조종사가 길을 찾도록 돕지만 때로는 아찔한 검은 밤으로 빨아들이고 실종시킨다(이것이《야간 비행》의 줄거리다). 그러나 역설적이게도 별은 인간들과의 연결고리이기도 하다. 누구나 그러한 감정의 투사에 한몫하여 잃어버린 존재, 멀리 있는 친구, 인간들의 공동체가 현존하는 것처럼 느낄 수 있다. 별들에게 올라간 인간의 아름다운 이미지가 인식하는 것은 이 존재감이다. 아마 그 인간은 더 이상 그렇게까지 외롭지 않을 것이다.《인간의 대지》를 다시 읽어보기만 해도 그 빛나는 영향이《어린 왕자》에까지 미친다는 것을 알 수 있다. "나는 이제 몰아치는 빗줄기에 불평하지 않는다. 내 직업이 지닌 마법이 내게 하나의 세상을 열어주었고, 나는 두 시간 후면 그 세계에서 검은 용들과 시퍼런 번갯불을 머리카락처럼 날리는 산봉우리들과 맞설 것이다. 밤이 되면 거기서 풀려나와 별들 가운데서 내 길을 읽어내리라." 조금 더 뒤에는 이런 문장이 나온다. "인간은 약속의 땅을 기다리듯 기항지를 기다리고 별들 속에서 자신의 진리를 찾는다."

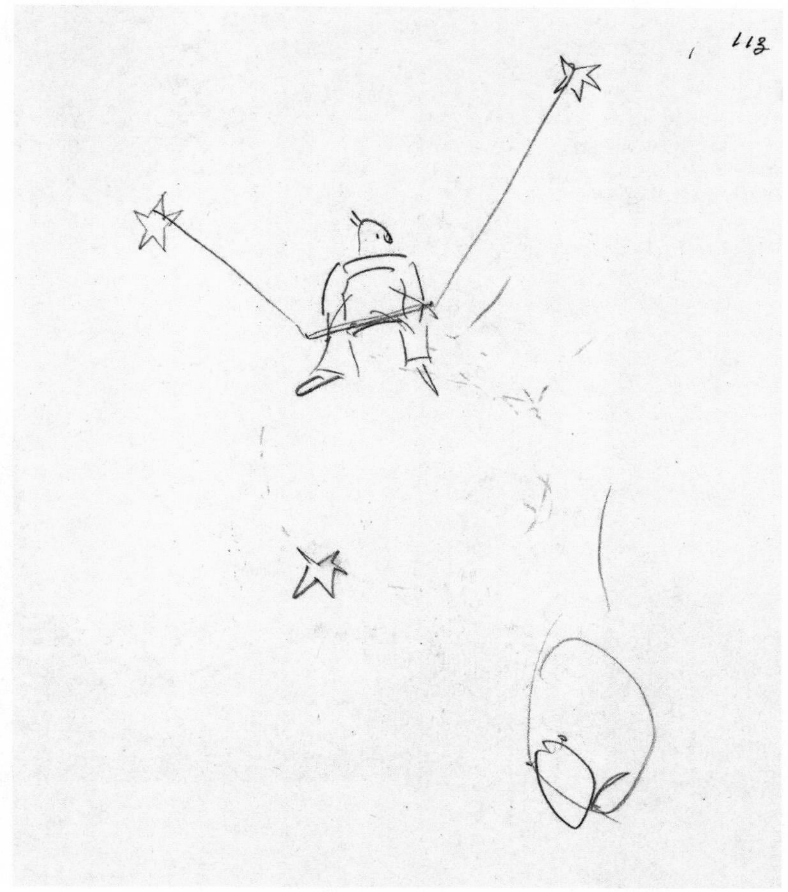

별들에 매달린 인물,
종이에 연필,
개인 소장.

(왼쪽)
사고당한 시문 F-ANXY기의 파편.
좌현의 얇아지는 날개, 1935, 메엉쉬르예브르,
샤를 7세 박물관, 앙드레프레보 재단.

(오른쪽)
파리-사이공 시험 비행 당시
앙드레 프레보가 사용한 보온병,
1935, 메엉쉬르예브르,
샤를 7세 박물관, 앙드레프레보 재단.

6년 전, 사하라 사막에서

"그렇게 나는 진심으로 대화를 나눌 사람 없이 홀로 지냈다. 그러다가 6년 전 사하라 사막에서 사고를 당했다."

이것은《어린 왕자》2장에서 조종사가 하는 말이다. 앙투안 드 생텍쥐페리는 동화에서 자기 생애와 직접적 관련이 있는 언급을 삼가기 위해, 화자인 조종사가 어떻게 살아왔는지 자세한 정보를 주지 않는다. 그래서 '6년'이라는 구체적 언급은 더욱더 독자의 호기심을 자극한다. 작가-조종사의 생애에서 거기에 딱 맞는 시기가 있기 때문이다. 1935년 말에서 1936년 초까지, 파리-사이공 시험 비행에 참여했던 생텍쥐페리는 사고를 당해 벵가지에서 카이로 사이, 리비아 사막의 이집트령에 추락한다. 그는 친구이자 정비사 앙드레 프레보와 함께 물도 없이 사막을 사흘간 헤매다가 1936년 1월 1일 베두인 사람에게 구조된다. 그는 강렬한 기억으로 남은 이 일화에서《인간의 대지》6장의 이야기를 끌어냈다. '사막 한가운데서'라는 이 장은 원래 일간지《파리수아르》에 1월 30일부터 2월 4일까지 짧게 연재되었다. "사막? 어느 날 마음으로 사막에 다가가는 것이 내게 허용되었다." 마음으로 사막에 다가간다는 게 무슨 뜻일까?

《인간의 대지》의 한 장은 이 문장의 의미를 밝혀준다. 두 남자는 허덕대면서 사막을 건너간다. 갈증으로 그들의 목은 점점 말라붙는다("사막, 그건 나다."). "열아홉 시간 만에 인간을 말려 죽일 수 있는 서풍"에 시달리면서 사막을 걸었던 작가는 그 일을 육체적 경험이자 영적 경험으로 기억한다. 그는 아에로포스탈 근무 시절에 사하라 사막을 잘 알았고 그곳을 좋아했다. 그때는 "바람이 바다에서처럼 너울을 만드는 그 금빛 벌판" 한가운데서 자기 비행기 날개를 지붕 삼아 밤을 보내기도 했다. 그렇지만 1935년의 사고는 그러한 경험들과 비교가 되지 않았다. 사실, 그때만큼 앙투안 드 생텍쥐페리가 죽음에 가까이 다가간 적은 없었다. 그는 단말마에 시달리면서 시시각각 자기 안에서 어둠이 올라오는 것을 지켜보았다. 그러나 이 극한 상황에서 육신의 패주는 얼마 가지 않아 계시로 다가온다. "어떻게 보자면 죽음보다는 결혼 같았습니다. 리비아의 마지막 밤에, 나는 내가 사랑했던 모든 것을 '이해할 수 있었습니다.'" 1944년에 작

(왼쪽)
앙투안 드 생텍쥐페리의 추락한 비행기, 리비아 사막, 1936년 1월 초, 당시의 은판 사진, 메엉쉬르예브르, 샤를 7세 박물관, 앙드레프레보 재단.

가는 친구 넬리 드 보귀에에게 이렇게 털어놓으면서 덧붙여 말한다. "리비아의 마지막 밤, 그 평화의 기적을 잊을 수 없습니다. 내게 말해주세요, 내가 삶을 사랑하게 해주세요."

이것이 작가이자 조종사 생텍쥐페리가 자기 개인의 한계에서, 죽음의 낭떠러지 끝에서 다시 한번 찾은 진실이다. 이 진실은《어린 왕자》의 토대가 되었다. 작품의 배경뿐 아니라, 우리가 들을 수 있는 울림까지(작가는 자기를 구해준 베두인에 대해 "그는 마치 바다를 걷는 신처럼 모래를 밟고 우리에게 다가왔다"라고 썼다), 무엇보다 작품이 담고 있는 영적 경험을 통해 그것을 알 수 있다. 의식의 어둠 속에서, 인간은 자기 사람들을 다시 만나고 눈으로 볼 수 없는 존재가 사막을 살아 숨 쉬게 한다. 그런 건 마음으로만 볼 수 있다.

호기심을 끌어당기는 부분이 하나 있다.《어린 왕자》미국판(레이날앤드히치콕, 1943)과 프랑스판(갈리마르, 1946) 책 뒤표지에는 2장(어린 왕자와의 만남) 요약이 들어 있다. "6년 전, 나는 기기 고장으로 사하라 사막에 불시착했다. 엔진에서 뭔가가 망가졌다. … 그렇게 해서 나는 어린 왕자를 알게 되었다." 이 글은 1940년에 쓴 것이라는데 그 이유를 도무지 알 수가 없다.

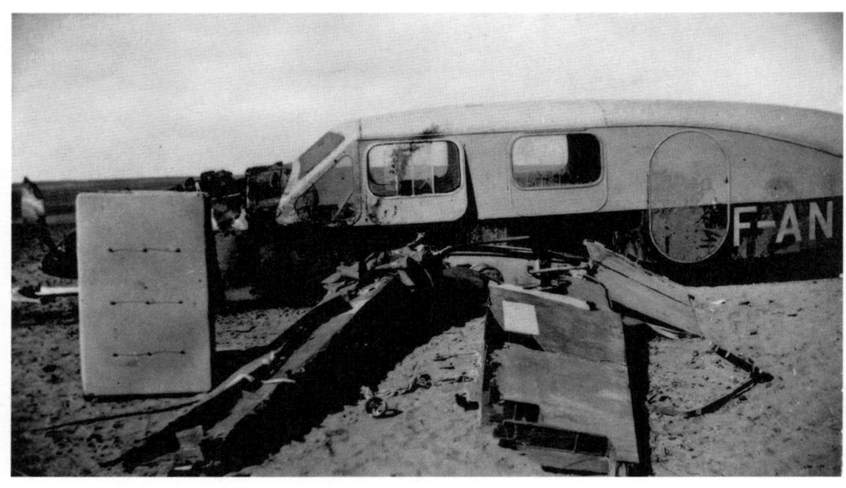

앙투안 드 생텍쥐페리의 추락한 비행기,
리비아 사막, 1936년 1월 초,
당시의 은판 사진, 메엉쉬르예브르,
샤를 7세 박물관, 앙드레프레보 재단.

실망하지는 않았다. 오히려 나는 궁금했다. 도대체 저 짐승들은 사막에서 무얼 먹고 산단 말인가? 그것들은 아마 토끼처럼 귀가 큰 육식동물인 페넥여우나 사막여우일 것이다. 나는 내 욕심을 참지 못하고 한 녀석의 발자취를 따라간다. 발자취를 따라가다 보니 모래로 된 좁은 강 같은 것이 나오고 거기에 모든 발자국이 선명하게 찍혀 있었다. 나는 부채꼴로 퍼진 세 개의 발가락이 만들어놓은 예쁜 종려나무 잎 모양에 감탄한다. 그리고 이 친구가 새벽에 조용히 종종거리면서 돌 위의 이슬을 핥아먹는 모습을 상상한다. 여기서부터 발자국이 띄엄띄엄해졌다. 페넥여우가 뛰어간 모양이다. 또 여기서부터는 친구 하나를 만나서 나란히 걸었다. 이처럼 나는 야릇한 즐거움을 느끼면서 녀석들의 아침 산책에 동참한다. 나는 이 생명의 표시들을 사랑한다. 그리하여 갈증도 조금은 잊는다….

마침내 여우들의 식품 저장고에 도착한다. 여기 모래 바닥에는 100미터 간격을 두고 수프 그릇 크기의 작고 메마른 관목들이 있는데 그 가지에 작은 금빛 달팽이들이 매달려 있다. 페넥여우는 새벽에 먹이를 구하러 가는 것이다. 나는 여기서 자연의 커다란 신비를 접했다.

나의 페넥여우는 관목마다 멈춰 서지 않았다. 달팽이가 매달려 있어도 녀석이 눈길을 주지 않는 관목들이 있다. 또한 눈에 띄게 신중하게 돌아가는 관목들도 있다. 다가가긴 하지만 달팽이를 모조리 먹어 치우지 않는 관목들도 있다. 두세 마리는 남겨두고 다른 식당으로 옮겨가는 것이다.

〈중단된 비행. 모래 감옥〉
(《파리수아르》 1월 30일~2월 4일),
《인간의 대지》(7장 '사막 한가운데서')를
위한 필사와 수정,
1936년 1월, 자필 원고,
생텍쥐페리-다게재단.

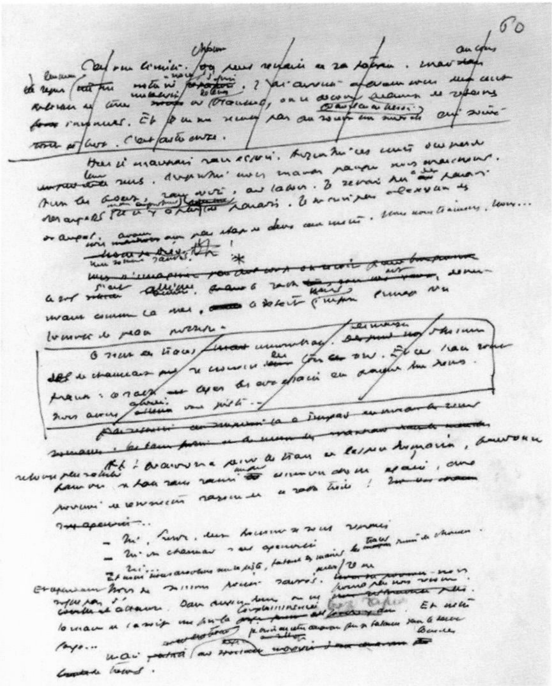

〈중단된 비행. 모래 감옥〉
(《파리수아르》 1월 30일~2월 4일),
《인간의 대지》(7장 '사막 한가운데서')를
위한 필사와 수정,
1936년 1월, 자필 원고,
생텍쥐페리-다게재단.

[두 남자가 갈증에 시달리며 탈진한 채 사막을 헤맨다. 그들은 쓰러지기 일보 직전으로, 희망은 버렸고 고통이나 슬픔의 감각도 없다. 그런데 얼마 지나지 않아 신비로운 존재감이…. 우리는 《인간의 대지》에서 이 대목의 확장된 버전을 볼 수 있다.]

[원고]

땅이 생기를 띠었다. 모래가 바다처럼 살아 움직였다. 사막은 우리에게 광장의 소요 같은 이미지로 다가왔다.

[《인간의 대지》 7장]

태양은 나의 내면에서 눈물의 샘을 말려버렸다.

그런데 내가 무엇을 보았던가? 마치 바다 위로 돌풍이 스치고 지나가듯 내게 한 줄기 희망이 스쳤다. 나의 본능에 경계심을 불러일으킨 저 신호는 무엇인가? 아무것도 변한 것은 없지만 모든 것이 변했다. 평평한 모래밭, 저 언덕들, 엷은 초록 반점들은 경치가 아니라 하나의 무대를 이루고 있었다. 아직은 비어 있지만 준비가 다 끝난 무대, 나는 프레보를 쳐다본다. 그도 나처럼 똑같이 놀라 충격을 받았다. 하지만 그는 자신이 겪고 있는 일이 무엇인지 이해하지 못한다.

장담컨대, 무슨 일이 일어나려 한다….

장담컨대, 사막이 생기를 띠었다. 장담컨대, 이 부재, 이 침묵은 갑자기 광장의 소요보다 더욱 감동적으로 다가왔다….

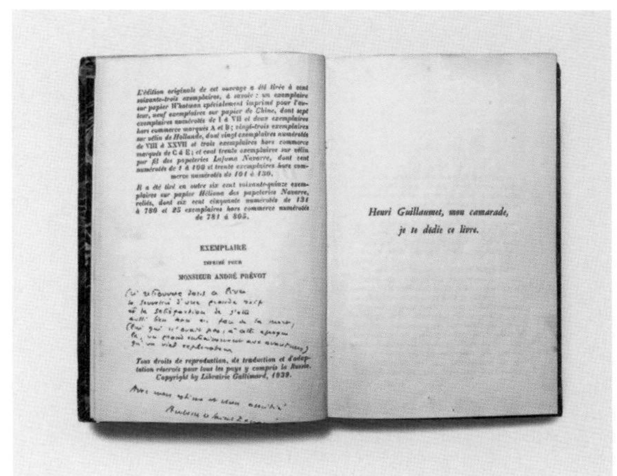

[앙드레 프레보를 위한 증정본에 쓴 글]

이 책에서 엄청난 갈증과 오랜 탐험가보다도(당시만 해도 모험에 익숙하게 훈련되어 있지 않았음에도) 죽음 앞에서 잘 버텼다는 만족감의 추억을 되찾을 이에게.

존중과 우애를 담아.

앙투안 드 생텍쥐페리

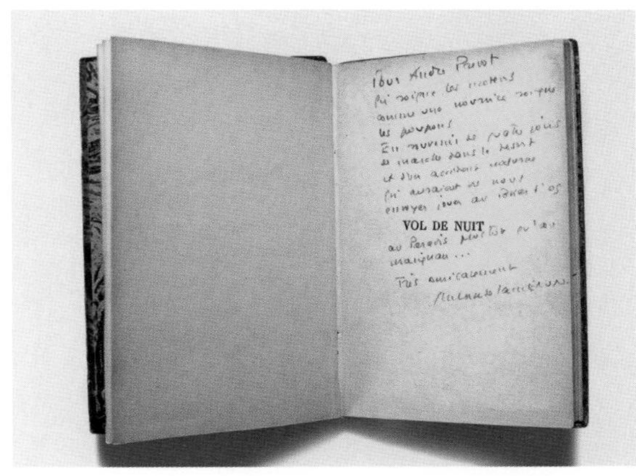

유모가 갓난아기들을 돌보듯 엔진을 잘 돌보아준

앙드레 프레보에게.

나흘의 사막 행군과 우리를 마리냥이 아니라 천국으로 싹 쓸어 보내버릴 수도 있었을 한밤의 사고를 추억하면서….

우정을 담아

앙투안 드 생텍쥐페리

(위)
《인간의 대지》, 파리, 갈리마르, 1939,
앙드레 프레보에게 보낸 작가 증정본,
증정을 위해 따로 뽑은 초판, 메엉쉬르예브르,
샤를 7세 박물관, 앙드레프레보 재단.

(아래)
《야간 비행》, 파리, 갈리마르(1931), 1933,
앙드레 프레보에게 보낸 작가 증정본,
1933년 재판본, 메엉쉬르예브르,
샤를 7세 박물관, 앙드레프레보 재단.

(위)
사막의 조종사,
《어린 왕자》 2장
삽화 준비를 위한 습작,
뉴욕/아샤로켄(롱아일랜드),
잉크와 수채, 1942,
생텍쥐페리-다게재단.

(아래)
어린 왕자와 조종사의 만남,
《어린 왕자》 2장 혹은 7장
삽화로 준비했으나
채택되지 않은 수채화,
뉴욕/아샤로켄(롱아일랜드),
잉크와 수채, 1942, 뉴욕,
모건도서관·박물관.

조종사와 모래 언덕에 추락한 비행기, 《어린 왕자》 2장 삽화로 준비했으나 채택되지 않은 수채화, 뉴욕/아샤로켄(롱아일랜드), 잉크와 수채, 1942, 뉴욕, 모건도서관·박물관.

나는 그래서 사막에서 잠이 들었다

앙투안 드 생텍쥐페리는 《어린 왕자》에서 화자의 모습을(그림으로는) 드러내지 않기로 한다. 삽화 여백에 실루엣이나 팔을 그리지 않음으로써 내적 집중 효과를 떠받치려 했을 수도 있다. 하지만 그게 아니다. 조종사는 지구에 넘쳐나는 다른 인간들과 마찬가지로 얼굴이 등장하지 않고 모습이 지워져 있다. 삽화로 채택되지 않은 이 두 장의 그림 중 아마도 한 장은 "첫날 밤 나는 사람들이 사는 땅에서 천 마일이나 떨어진 모래 위에서 잠들었다", 다른 한 장은 "그러자 진지한 표정으로 나를 보고 있는 정말로 이상한 남자아이가 보였다"에 해당할 것이다.

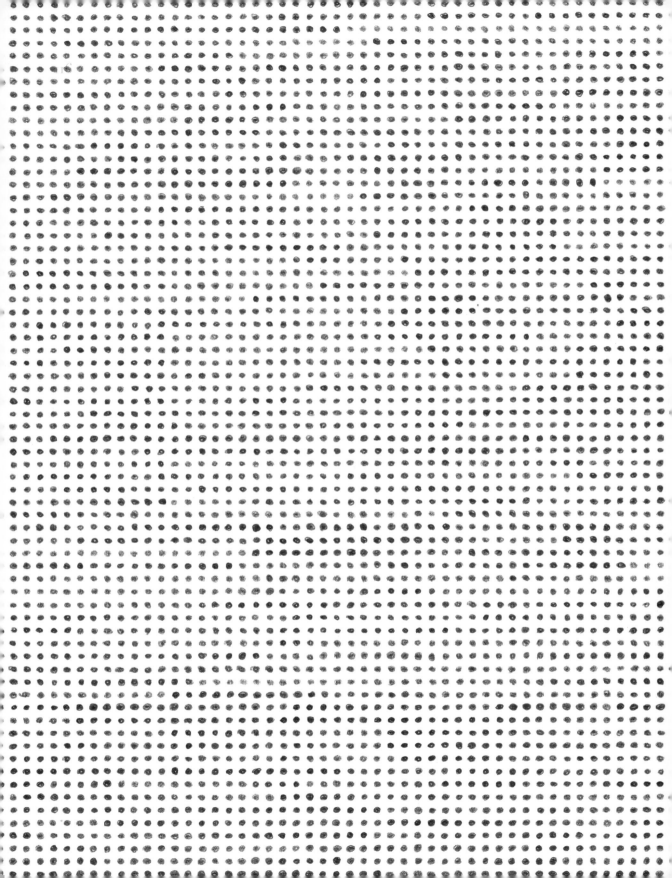

인물의 탄생

"나는 너무 당황했다!"

생명계는 새롭게 창조된 존재가 처음부터 그것을 낳은 자들의 눈에 노출되기를 원치 않는다. 그래서 수태의 시간이 있는 것이다. 상상의 세계는 좀 더 타협적이다. 적어도 《어린 왕자》의 탄생에서 엿볼 수 있는 바로는, 보이지 않는 것에서 이 인물이 나온 것 같지는 않기 때문이다. 앙투안 드 생텍쥐페리는 사실적인 표현을 차차 멀리하고 암시적인 그림, 무엇보다 자기 고유의 그림을 그리면서 이 아이의 모습을 몇 년 동안 다듬어갔다. 그 아이는 아직 특징과 속성을 다 갖추지 못했지만 장차 세계 문학사에서 가장 유명한 주인공 중 하나가 될 터였다. 또한 그 아이는 작가의 가장 충실한 벗, 나아가 얼마 남지 않은 생애의 분신이 될 터였다.

그는 1930년대부터 아이 캐릭터들을 펜이나 연필로 그리곤 했다. 그 캐릭터들은 그의 불안한 영혼을 종이 위에 투사한 결과다. 또한 자기를 둘러싼 인간들의 천태만상에 대한 비판 정신을, 거의 유머 수준까지 거리를 두고, 표현한 결과이기도 하다. 희극을 방불케 하는 사회상, 연애, 일상의 부조리…. 그림은 인간들의 우스꽝스러움과 비루함은 물론, 그들의 따뜻한 인간미도 드러낼 수 있었다. 선 하나로도 세상을 충분히 표현할 수 있다. 그림의 그릇이 훨씬 더 클 수도 있다.

이 아이 캐릭터들은 생텍쥐페리의 삶에서, 원고의 여백에서, 편지에서, 시나리오 프로젝트에서(영화로 각색된《남방 우편기》의 장면들은 사실주의적이고 사이코드라마적인 인물극처럼 보이기도 한다) 혹은 아무 맥락 없이 친구들에게 낙서를 그려준 종이에서 한 자리를 차지한다. 물론 여기에는 문학 창작과 성찰의 노고에서 오는 긴장을 풀고 (대학생 시절 마음 맞는 친구들에게 편지를 쓰면서 낙서를 그려 넣었던 것처럼) 즐거움을 누리려는 목적도 일부 있었다. 이 그림들은 몽상, 대충 그린 꿈, 정신의 기분 전환, 여흥의 표현일 수밖에 없었다. 하지만 거기서 뭔가가 잉태되고 형성된 것도 분명한 사실이다. 수태의 미완과 불완전성 속에서, 때로는 기묘할 정도로, 어떤 인물이 태어나기를 갈망한다. 인물이 작가를 찾는다. 앙투안 드 생텍쥐페리는 그 인물을 뉴욕에서 미국 출판업자들의 도움으로 찾게 될 것이다. 그 출판업자들은 그의 그림 속에서 뭔가가 일어나고 있음을, 그것이 작가 본인에게나 1942년 크리스마스에 어린 왕자를 만나게 될 미국의 어린이 독자들에게나 유익을 줄 수 있음을 잘 파악했다.

턱시도를 입은 인물들,
연필, 개인 소장.

사회 희극

앙투안 드 생텍쥐페리는 1930년대부터 턱시도를 입은 인물들과 남녀 사이의 연애 놀음을 그리곤 했다. 작가의 작품에서, 특히 《어린 왕자》에서도 빠지지 않는 사회 비판을 상기할 만하다. 《어린 왕자》는 첫 장부터 어른들의 헛된 활동과 정서적 결함을 지적한다. 이러한 비판은 어린 왕자가 여러 소행성을 돌아보고 거기 사는 비루한 어른들을 만나면서 더욱 확고해진다. 여기 실린 그림들에서 작가는 좀 더 가벼운 태도로 팔자 좋은 사교계 생활을 조소하는 것 같다. 비록 이 캐릭터들의 시선도 때때로 당혹감을 드러내는 것 같지만 말이다.

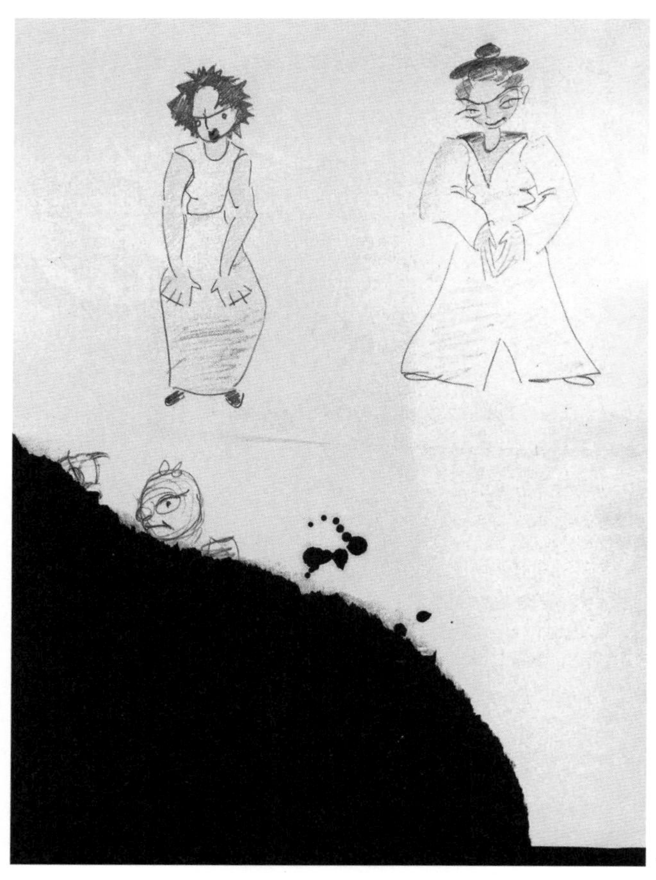

유혹 장면:
선원과 여자, 연필,
생텍쥐페리-다게 재단.

(위)
턱시도를 입은 인물,
연필, 개인 소장.

(아래)
유혹 장면:
야회복을 차려 입은 커플,
연필, 개인 소장.

인물 연구, 잉크,
같은 종이의 앞면과 뒷면,
개인 소장.

인물들로 가득 찬 세상

슥슥 빠르게 그린 작은 인물들이 한데 그려진 이 종이들은 언제 것인지 판별하기가 어렵다. 1930년대에 그린 것일 수도 있고 1940년대 들어서 그린 것일 수도 있다.《어린 왕자》에 들어갈 수채화를 준비하는 습작은 아닌 것 같지만 그 세계의 인물들로 가득 찬 안뜰 정도는 되는 듯하다. 앞으로 등장할 작품의 워밍업 장소라고나 할까. 생텍쥐페리는 여기서 매우 즐겁게 자신의 표현 레퍼토리를 연습한다. 그는 자신이 곧 자유자재로 표현할 수 있게 된 이 친절한 캐릭터에서 지나치게 풍부한 내면의 감정을, 언제나 다소 취해 있는 마음을 조금은 풀어놓을 만한 여지를 발견하고 행복해한다. 어린 왕자는 이 인물들로 가득 찬 세상의 결정체처럼 등장할 것이다.

두 인물, 잉크,
생텍쥐페리–다게재단.

'여행의 출발',
잉크와 연필, 개인 소장.

(위)
'비오는 날의 내 영혼. A.',
레옹 베르트를 위한 데생,
1940, 같은 종이의 앞면과 뒷면,
레옹베르트 재단 소장품,
이수덩, 알베르카뮈 미디어테크.

(아래)
'나는 얼마나 불안한지.',
잉크, 생텍쥐페리–다게재단.

'나는 너무나 당황했다!',
잉크, 개인 소장.

영혼의 거울

눈은 영혼의 거울이라는 말이 있다. 앙투안 드 생텍쥐페리의 그림들에서도, 그것도 너무나 분명하게, 그 말은 옳다. 서로 다른 출처에서 나온 이 세 장의 그림만 봐도 알 수 있다. 불안, 당황, 우울…. 독특한 이목구비의 대표 캐릭터는 기분에 따라 눈만 달라진다. 작가의 그림체를 시간 순서대로 구분하기는 쉽지 않지만, 어쨌든 그림의 스타일은 시기에 따라 달라진다. 하지만 작가가 종이 위의 선 몇 개로 심리 상태를 표현하고 전달하는 방식은 변하지 않을 것이다. 그리고 그 방식은 작가의 생애 마지막 2년 동안 어린 왕자의 얼굴에서 확고하게 정착될 것이다. 아무렇게나 그리다가 탄생한 게 아니다. 인간의 힘으로 영혼을 정의할 순 없지만 영혼이 어떠하다고 표현하는 것은 인간의 소관이 맞다. 생텍쥐페리는 타인의 왜곡된 시선보다는 언제나 자기를 이해할 수 있는 이 작은 캐릭터들을 더 신뢰하며 자신의 길에 거울을 세운다.

낯섦과 캐리커처

2006년 첫 번째 모음집으로 출간된 생텍쥐페리의《그림들Dessins》(갈리마르)은《어린 왕자》작가의 그래픽적 영감의 몇 가지 갈래, 특히 낯섦, 양성성, 캐리커처에 대한 관심을 보여주었다. 반면, 그러한 취향이 그의 문학에서는 거의 나타나지 않는다. 어린 왕자는 그 취향을 직접적으로 계승하지 않지만 작품 속의 조연들은 어느 정도 맥이 닿아 있다. 특히 비율이 맞지 않거나 그로테스크하거나 인상을 쓰는 얼굴의 캐릭터가 그렇다. 하지만 작가는 목과 다리를 늘리고 코의 모양을 찌그러뜨리고 눈썹을 길게 빼면서 현실의 법칙들을 조롱하고, 소묘를 훈련하며, 닮음의 기준이 허용하는 한도 이상으로 표현을 추구했다. 이런 비현실적 스타일의 연습은 헛되지만은 않을 것이다.

이 연작 중 첫 번째 그림에서 친숙한 머리 모양이 눈에 띈다. 이 머리 모양이 어린 왕자로 변모할 캐릭터의 덥수룩한 머리로 이어질 것이다.

터틀넥을 입은 인물,
연필, 개인 소장.

(오른쪽)
파란색 튜닉을 입은 인물,
연필, 개인 소장.

나비넥타이를 한 목이 긴 인물,
색연필, 개인 소장.

중세식 반바지를 입은 인물,
잉크와 연필, 개인 소장.

'열심',
연필과 잉크,
개인 소장.

큰 걸음

가볍게 훌쩍! 불안과 진중함, 혼란과 당황만으로는 시인의 영혼을 규정하기에 충분치 않다…. 축복도 그의 정신 세계에 한 자리를 차지하고 있었다. 시간에서 다소 벗어나 있는 듯한 유예의 순간들을 앙투안 드 생텍쥐페리는 그의 산문에서 가장 아름다운 순간들로 노래했다. 손강 변에서 친구들과의 술 한 잔, 사막의 밤의 희열과 염려, 사랑의 번득임, 함께하는 모험의 무사태평함. 이 그림들은 나이가 들수록 점점 희박해지는 순간들의 증언이다. 그토록 무거운 생이 놀이가 된다. 인간은 중력에서 벗어나 (비행기의 다른 이름인) '한번에 7리를 갈 수 있는 마법 장화'를 신고서 골짜기를 뛰어넘고 산봉우리를 건넌다.

큰 걸음을 내딛는 인물,
연필, 개인 소장.

구름에서 내려다본 전쟁

예비역 대위 생텍쥐페리는 1939년 9월, 뉴욕에서 돌아오자마자 군에 동원되었다. 프랑스가 독일과 전쟁에 돌입했기 때문이다. 작가는 12월부터 고공 촬영 정찰을 맡은 2/33 중대에 배속되어 마른주의 오르콩트 숙영지에 주둔했다. 그곳에서 독일 메서슈미트 전투기의 위협 속에서 포테즈 23기와 블로흐 174기를 조종하면서 프랑스와 인근 국가 정찰 임무를 수행했다. 그는 지인들에게 이 위험천만한 비행을 보고하면서 비행기가 아니라 날개 달린 인물, 때로는 구름을 타고서 지구의 불타는 집, 양, 나무, 구불구불한 길을 내려다보는 인물을 그려 보내곤 했다. 그 구름에서, 이미 어린 왕자를 꽤 닮은 인물의 눈으로, 그는 1940년 5~6월 프랑스군의 패주를 목격했을 것이다. 당시 사망한 조종사만 567명이었다.

구름을 타고 지구 위를 나는 날개 달린 인물, 파리, 1939~1940, 잉크, 생텍쥐페리-다게 재단.

(오른쪽)
레옹 베르트에게 그림과 함께 보낸 편지, 1940년 6월 1일, 연필, 레옹 베르트 재단, 이수뎅, 알베르카뮈 미디어테크.

Cher Léon Werth

J'aurais bien voulu vous embrasser mais Consuelo va venir me prendre et je lui ai promis de déjeuner avec elle.

Je tâcherai de vous revoir avant de repartir.

NB : la forêt Soissons [illegible] tient très bien. La Seine c'est plus [illegible] mais pas désespéré.

Tonio

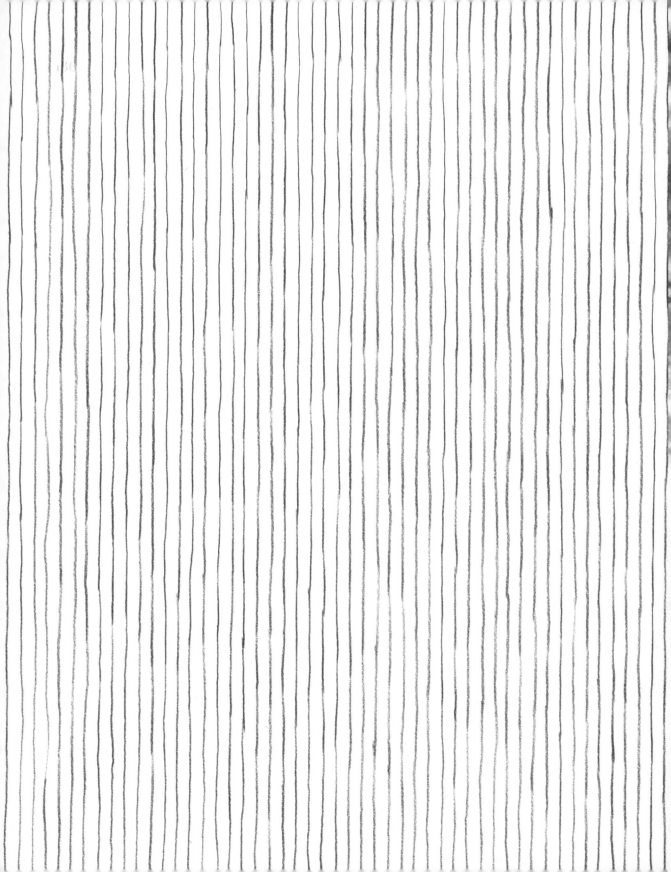

뉴욕의 어린 왕자

“《어린 왕자》는 베빈하우스의 커다란 불에서 태어났습니다.”

1940년 6월, 프랑스는 참패했다. 전쟁에서 진 것이다. 나치 독일이 유럽 대륙을 장악하고 정부와 민간인에게 자기네 법을 강요했다. 앙투안 드 생텍쥐페리가 보기에 민주주의의 이상을 중심으로 구성된 서방 권력은 모두 이 패배에 책임이 있었다. 패자의 진영에 잘못을 묻자는 뜻은 아니었다. 그런 건 작가의 관심사가 아니었다. 전쟁 초반부터 함께한 공군 조종사로서 자기 시대의 문제가 무엇인지, 프랑스 군대가 얼마나 준비되어 있지 않았는지 알고 있었지만 말이다. 앞에서 보았듯이 그는 책임이 행동이나 직업으로 하는 일 속에서 만들어지는 것이라고 생각했다. 그리고 그 책임이라는 개념을 토대로 미국과 그 나라의 지도자들을 동원해 민주 사회들의 연대를 이루어야 한다고 생각했다.

1942년 2월 뉴욕에서 출간된 작가의 네 번째 소설《전시조종사》는 그런 면에서 명쾌하다. 독일의 볼모가 되어버린 나라들을 구한다는 것은 출신을 따지지 않고 인류를 구하는 것이자 모든 당파와 정치적 감수성을 초월해 하나의 사회 모델을, 인간의 이상을 수호하는 것이었다. 앙투안 드 생텍쥐페리는 그러한 메시지를 품고 1940년 말에 포르투갈을 경유해서 미국에 가기로 결정했다.

그의 작품은 이미 미국에 번역되어 인기를 끌고 있었다. 그는 1940년 12월 31일에 새로 사귄 친구이자 영화 감독인 장 르누아르와 함께 뉴욕에 도착했다. 28개월의 망명 생활이 시작되었다. 그 생활에 비탄만 있지는 않았다. 생텍쥐페리는 멀리 있는 가족들과 동포들의 처지를 슬퍼하고 군에 복귀할 날을 꿈꾸었지만 미국에는 유럽인 친구, 미국인 친구가 있었다. 그의 책을 출판한 유진 레이날과 커티스 히치콕(그리고 그들의 아내들은 작가의 미국 생활을 돌봐주었다), 에이전트 맥시밀리언 베커, 번역가 루이스 갈랑티에르, 여자 친구들인 실비아 해밀턴, 나다 드 브라강스, 헤다 스턴, 그리고 피에르 라자레프, 베르나르 라모트, 피에르 드 라뉙스, 라울 드 루시 드 살, 아나벨라 파워, 나디아 불랑제, 드니 드 루주몽…. 모두가 그의 불안에 마음을 쓰고 그가 부르면 밤이든 낮이든 달려와 어린 왕자의 탄생을 지켜보았다.

1937년부터 별거에 들어간 아내 콘수엘로는 프랑스 남부에서 지내고 있었다. 하지만 둘 다 재결합을 원했고 그들의 바람은 1941년 말에 성사되었다. 콘수엘로는 리스본에서 출발하는 마지막 뉴욕행 여객선을 타고 미국으로 건너가 남편이 사는 센트럴파크사우스 240번지 건물의 작은 아파트로 들어갔다. 부부의 삶은 그 후에도 안정과 거리가 멀었지만 그래도 빛나는 유예의 시간이 주어졌다. 그 시간은 1942년 늦여름 롱아일랜드 북부 해안 아샤로켄의 베빈하우스 체류로 이어졌다. 거슬리는 것 많고 번잡스러운 뉴욕 생활에서 벗어난 바로 이곳에서, 작가는 어린 왕자를 탄생시켰노라 말한다. 그 전에 미국인 출판업자 친구들이 1942년 크리스마스 출간을 목표로 동화책을 써보라고 권하긴 했지만 말이다.

인쇄에 들어갈 원고와 수채화가 정확히 언제 완성됐는지는 모른다. 편집과 기술적 난관 때문에 출간은 이듬해 봄으로 늦춰졌다. 그사이 작가는 아내와 이스트리버가 보이는 비크먼 광장의 작은 집으로 이사를 했고, 북아프리카의 전우들에게 합류하여 정찰 임무로 복귀하기 위해서 여기저기, 특히 워싱턴을 들쑤시고 다녔다. 그리고 앙투안 베투아르 장군이 힘을 써준 덕분에 UGF7 군 호송대의 일원으로 1943년 4월 2일 미 대륙을 떠날 수 있었다. 그가 탄 배는 4월 12일 지브롤터를 통과해 13일 알제리 오랑에 도착했다.

그가 대서양을 건너는 동안 미국에 있던 유럽인과 미국인은 서점에 나온 《어린 왕자》를 발견했다. 프랑스어판과 영어판이 1943년 4월 6일에 동시 출간되었다. 4월 17일 자《뉴욕타임스》에는 다음과 같은 기사가 실렸다. "이 기사가 나올 때면 앙투안 드 생텍쥐페리는 대서양을 건너 목적지에 도착해 있을 것이고 다시 한번 프랑스 공군 대위로서 복무하고 있을 것이다.《어린 왕자》의 독자들은 '생텍스'가 어린 왕자를 다시 만날 경우를 생각해 수채화 도구 상자를 챙겨갔다는 사실을 알면 행복해할 것이다…."

센트럴파크사우스

앙투안 드 생텍쥐페리는 미국에 도착해 호텔에서 며칠을 보내고 1941년 1월 22일에 센트럴파크사우스 240번지의 현대적으로 보이는 신축 건물 21층에 자리를 잡았다. 센트럴파크와 콜럼버스서클이 바로 내려다 보이는 집이었다. 그는 1942년 말에 콘수엘로와 함께 비크먼 광장 35번지의 강변 집으로 이사할 때까지 미국 출판업자들이 찾아준 이 근사한 집에서 지낸다.

센트럴파크 집 건물 로비에는 그의 구미에 맞는 프랑스 식당 카페 아놀드가 있었다. 마침 그가 이 건물에 들어온 바로 그달 개업한 식당이었다. 미국인 출판업자들은 그 식당에서 작가에게 크리스마스 동화를 써보라는 제안을 했다고 기억한다. 전시정보국Office of War Information에서 일하던 피에르 라자레프나 그 밖의 여러 프랑스인 친구도 저녁마다 그 식당에서 앙투안을 만나곤 했다. 작가는 그 집 '거실'에 몇몇 동포를 재워주기도 했다. 탐험가 폴에밀 빅토르도 그러한 영예를 누렸으리라! 솜씨 좋은 삽화가이기도 했던 폴에밀 빅토르는 《어린 왕자》에 들어갈 삽화의 기법을 아직 정하지 못하고 있던 작가에게 연필 수채화를 추천했다.

콘수엘로 드 생텍쥐페리도 남편과 같은 건물 내 다른 집에서 몇 달을 지냈다. 근접성은 두 사람의 관계를 안정시키기는커녕 지독한 불화의 장면들을 빚어냈고 결국 그들은 다시 떨어져 살아야만 했다. 그들이 주고받은 편지는 그러한 불화를 반영한다. 뉴욕은 이렇듯 사생활의 비극 무대였고 작가는 그 상황에 종지부를 찍기 위해 전쟁으로 '탈주'한 것이다…. 《어린 왕자》는 그 상황에 있어 행복한 초월이자 상상으로의 전환을 가져다주었다.

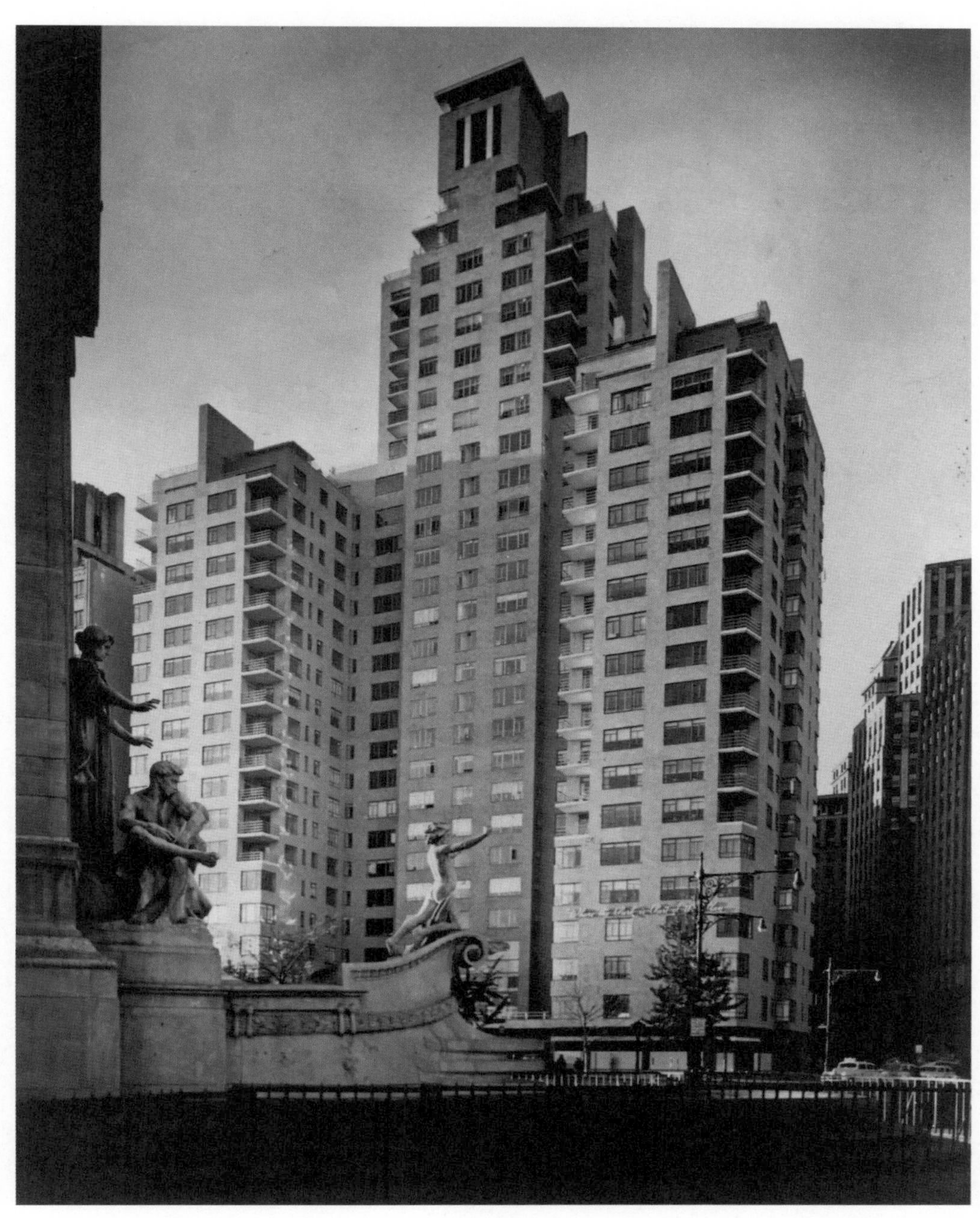

센트럴파크사우스 240번지
(건축가: 메이어와 위틀세이),
콜럼버스서클에서 본 모습,
리처드 개리슨 촬영, 1940년경.

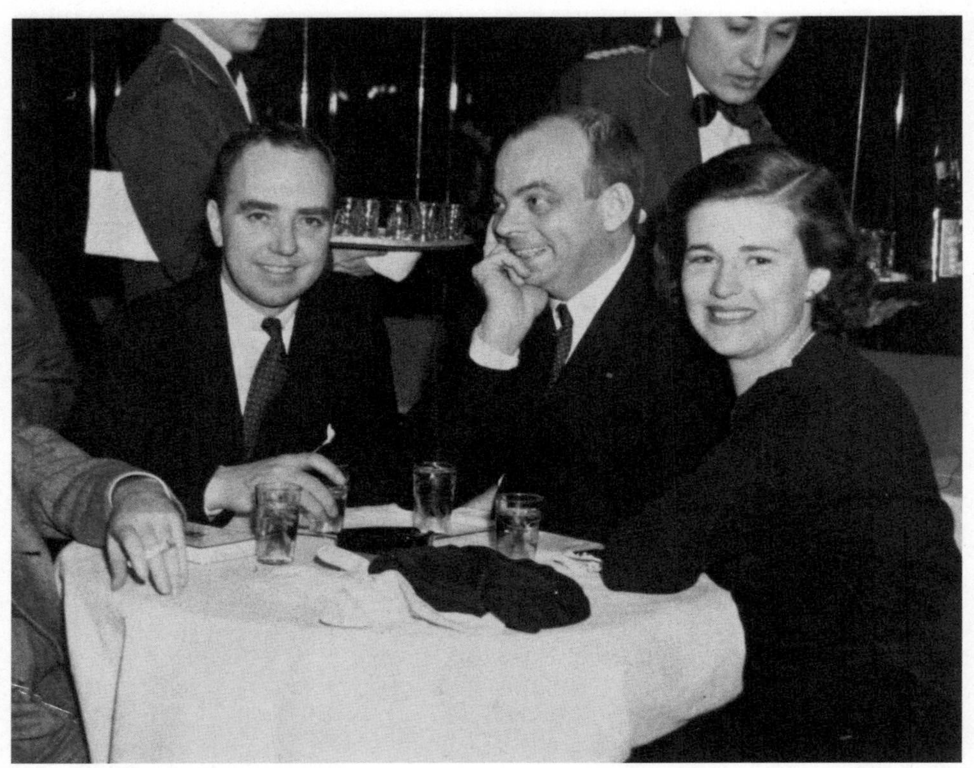

카페 아놀드에서
유진, 엘리자베스 레이날과 함께,
뉴욕, 1941~1942.

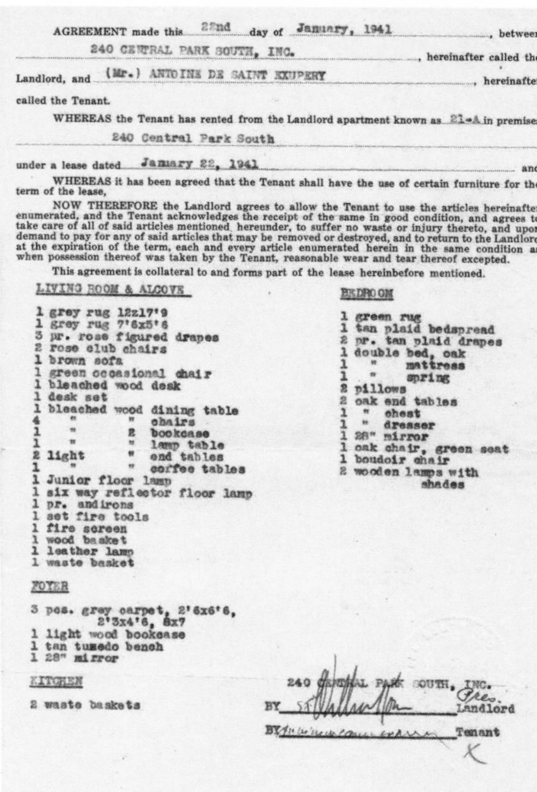

AGREEMENT made this 22nd day of January, 1941, between 240 CENTRAL PARK SOUTH, INC., hereinafter called the Landlord, and (Mr.) ANTOINE DE SAINT EXUPERY, hereinafter called the Tenant.

WHEREAS the Tenant has rented from the Landlord apartment known as 21-A in premises 240 Central Park South under a lease dated January 22, 1941 and

WHEREAS it has been agreed that the Tenant shall have the use of certain furniture for the term of the lease,

NOW THEREFORE the Landlord agrees to allow the Tenant to use the articles hereinafter enumerated, and the Tenant acknowledges the receipt of the same in good condition, and agrees to take care of all of said articles mentioned hereunder, to suffer no waste or injury thereto, and upon demand to pay for any of said articles that may be removed or destroyed, and to return to the Landlord at the expiration of the term, each and every article enumerated herein in the same condition as when possession thereof was taken by the Tenant, reasonable wear and tear thereof excepted.

This agreement is collateral to and forms part of the lease hereinbefore mentioned.

LIVING ROOM & ALCOVE

1 grey rug 12x17'9
1 grey rug 7'6x5'6
3 pr. rose figured drapes
2 rose club chairs
1 brown sofa
1 green occasional chair
1 bleached wood desk
1 desk set
1 bleached wood dining table
4 " " chairs
1 " " bookcase
1 " " lamp table
2 light " end tables
1 " " coffee tables
1 Junior floor lamp
1 six way reflector floor lamp
1 pr. andirons
1 set fire tools
1 fire screen
1 wood basket
1 leather lamp
1 waste basket

FOYER

3 pcs. grey carpet, 2'6x6'6, 2'3x4'6, 8x7
1 light wood bookcase
1 tan tuxedo bench
1 28" mirror

KITCHEN

2 waste baskets

BEDROOM

1 green rug
1 tan plaid bedspread
2 pr. tan plaid drapes
1 double bed, oak
1 " mattress
1 " spring
2 pillows
2 oak end tables
1 " chest
1 " dresser
1 28" mirror
1 oak chair, green seat
1 boudoir chair
2 wooden lamps with shades

240 CENTRAL PARK SOUTH, INC.
BY Pres. Landlord
BY Tenant

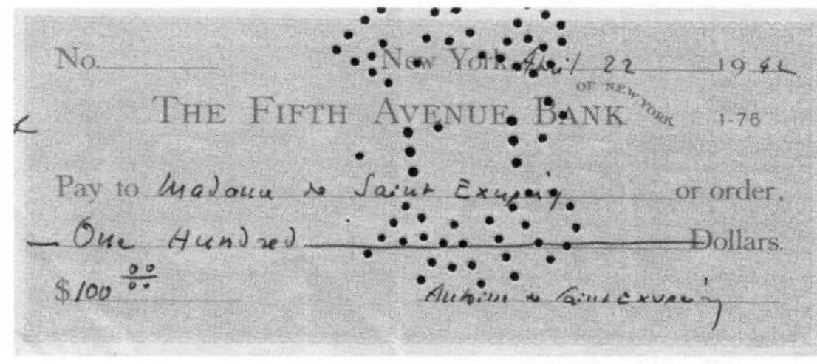

No. New York Avril 22 1942
THE FIFTH AVENUE BANK OF NEW YORK 1-76
Pay to Madame de Saint Exupéry or order
One Hundred Dollars
$100 00/00

COMTE DE SAINT EXUPERY

COMTESSE DE SAINT EXUPERY

CI 6-8958

240 CENTRAL PARK SOUTH
NEW YORK, N. Y.

Cte & Ctesse DE SAINT EXUPERY

(왼쪽 위)
앙투안 드 생텍쥐페리의
센트럴파크사우스 240번지
아파트 부동산 현황서, 뉴욕,
1941년 1월 22일,
타자 정서 양식과 서명, 개인 소장.

(왼쪽 아래)
앙투안 드 생텍쥐페리가
아내 콘수엘로에게 지급한 수표,
뉴욕, 1942년 4월, 개인 소장.

(오른쪽)
센트럴파크사우스 240번지 거주 당시의
생텍쥐페리 부부 명함 세 장,
뉴욕, 1942, 개인 소장.

보칼에서의 시와 그림, 혹은 라모트와의 우정

앙투안 드 생텍쥐페리는 뉴욕에서의 일상이나 그 도시와 거기서 만난 사람들에 대한 애착을 언급한 적이 거의 없다. 뉴욕의 거리와 빌딩, 센트럴파크의 매력, 브로드웨이의 분주한 삶은 대서양 저편에 볼모로 잡혀 있는 가족과 동포 생각에 여념이 없었던 작가의 눈에는 거의 들어오지 않았던 것 같다. 그것이 망명객의 염치이기도 했다. 실로 불편한 상황에서 자기 혼자 안락한 건 참을 수 없었다…. 작가는 비극적인 현 상황과 밀접한 관계에 있는 작품 집필에만 몰두했던 것 같다.

그는 나치즘을 열렬히 비판했지만 뉴욕의 드골주의자 프랑스인들과는 사이가 틀어졌다. 그는 자신이 표명한 반순응주의적 입장이 불러일으킨 오해와 반박에 괴로워했다(이 때문에 시인 앙드레 브르통이나 철학자 자크 마리탱과 격한 논쟁이 있었다). 그래도 프랑스인 친구 몇몇은 그에게 큰 위안이 되었다. 그중에 작가와 파리에서 미술 학교를 함께 다녔던 화가 베르나르 라모트도 있었다. 앙투안 드 생텍쥐페리는 이스트 스트리트 52-3의 매혹적인 집에 위치한 친구의

손님들의 이름이 새겨진
베르나르 라모트 집의 식탁.
앙투안 드 생텍쥐페리의 그림과
서명이 새겨져 있다. 뉴욕, 1942년경.
파리, 에어프랑스 박물관.

보칼의 테라스에서 베르나르 라모트와 생텍쥐페리, 뉴욕, 1941~1942.

화실('어항'이라는 뜻의 '보칼Bocal'이라고 불렀다)을 자주 드나들었다. 화가의 친구들이 그 집 나무 식탁에 둘러앉곤 했다(그중에는 유명인도 많았다. 라모트는 아내를 통해 미국 영화 배우들과도 친분을 쌓았기 때문이다). 그들 덕분에 그 식탁은 아주 귀한 물건이 되었다. 생텍쥐페리도 거기에 나비를 발견한 사람 캐릭터와 자기 서명을 새겨 넣었다…. '생텍쥐페리 도망치다 딸꾹 1942!'

망명 중인 작가가 화가 친구에게《전시조종사》영어판 원서의 삽화를 부탁한 것도 친구들끼리의 흥겨운 연회에서였다. 이 책은《아라스로의 비행Flight to Arras》이라는 제목으로 뉴욕 레이날앤드히치콕 출판사에서 1942년 2월 20일에 출간됐다.

베르나르 라모트, 조종복을 입은
앙투안 드 생텍쥐페리, 1940년 5월,
《아라스로의 비행》에 채택되지 않은 삽화,
뉴욕, 1941, 잉크와 담채, 개인 소장.

(오른쪽)
베르나르 라모트를 위한 시 초안, 뉴욕,
1942년경, 빈터투어, 예술문화역사재단.

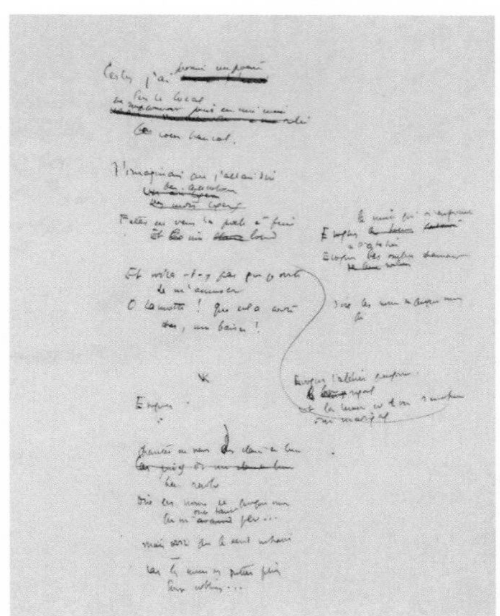

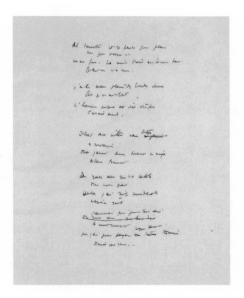

분명 나는 보칼에 대한
시 한 편을 약속했어
내 안의 엉성한 마음을
조금도 의심하지 않은 채

나는 말장난을
할 거라 생각했어.
프라이팬과 진한 술을
시로 읊게 될 줄 알았어.

조롱을 하게 될 거라곤
생각도 하지 않았는데.
오, 라모트! 너무
비싸잖아, 키스는!

한 바퀴 돌아온 달빛을
시로 읊게 될 줄 알았어.
내게 소중한 몇몇 여인의
이름을 말하게 될 줄 알았어…

하지만 후렴은 이것뿐
…
여자들의 이름을
잊어버렸거든…

아 라모트, 우리가 울 수도 있어
어느 날이 오면…
우린 끝났어. 밤은 일찍 오고
우리는 헐벗을 테니.

말하지 않은 무거운 일들이
내 마음에 가득해[원문 그대로의 표기]
인간은 제안하고 신은 마음대로 하네
그렇게 정해졌으니.

그녀들은 추억의
행렬도 없이 늙었네
[흰 눈의 아름다움과] [그네들의 미소도]
누렇게 바랬네.

게다가 내 책상 위
새겨진 이름의 여인
나 갈급함을 느끼네
…

그들에게 넌지시
말했으면 좋겠네
나 갚을 것이 있기에 …
이 시를 썼다고…

프랑스-USA : 전시조종사

“나의 문명에서는 나와 다른 것이 내 자존심을 상하게 하기는커녕 나를 더욱 풍부하게 한다.” 미국에 가 있던 생텍쥐페리는 프랑스에서 일어난 일을 이해하고 싶었다. 프랑스가 나치 독일에 패배하다니, 1940년의 그 봄은 그에게 트라우마를 남겼다. 그는 조국의 상황뿐 아니라 문명 자체의 원칙에 의문을 품었다. 그들은 무엇을 위해 싸우는가? 왜 레지스탕스에 들어가는가? 그것이 작가의 유일한 의문이었다. 그는 이 의문을 치열하게 밀고 나가 미국인들을 설득하고 싶었다. 자기 증언의 올곧은 힘으로(《아라스로의 비행》은 1940년 5월 23일 실시한 위태로운 항공 정찰 임무 이야기를 담은 전쟁과 비행사의 책이다), 지적 여정의 요구에 따라서(《아라스로의 비행》은 현대 서구 문명의 정신적 토대를 가능한 한 명쾌하게 정리하려는 휴머니스트 에세이다), 삶의 진실성을 통하여(《아라스로의 비행》은 어린 시절에 대한 책이다). 하지만 설득하고, 호소하고, 마음을 사로잡는 것이 무엇보다 중요했다. 자유, 박애, 개인과 집단의 행복이 달려 있는 이 전쟁에서 미국인들이 방관자 역할을 하게 할 수는 없었으니까. 미국도 모든 패전국과 마찬가지로 연대하고 책임을 져야 했다. 그들은 이 책임과 연대를 회복해야 했다.

1941년에 출간 예정이었던 책은 아이러니하게도 미국이 이미 참전을 결정한 다음 해인 1942년 2월에 레이날앤드히치콕 출판사에서 나왔다. 생텍쥐페리는 번역가 루이스 갈랑티에르의 재촉에도 불구하고 원고 최종본을 빨리 넘기지 못했다. 하지만 후회는 없었다. “실패작이 600만 부 팔리는 것보다 얼굴 붉힐 일 없는 책이 100부 나가는 편이 좋습니다.” 작가는《어린 왕자》를 낼 때도 이러한 요구를 견지하여 미국인 출판업자들을 애태우게 된다.

그는 나치에 점령당한 프랑스에서 자기 책이 제대로 팔릴 리 없다고 생각했지만 그래도 어릴 적 친구 앙리 드 세고뉴를 통해 프랑스 출판업자 가스통 갈리마르에게 원어판 출간을 맡겼다. 갈리마르 출판사는 3장에서 히틀러를 바보라고 비꼬는 장면을 삭제해서 검열을 통과하고 1942년 12월에 책을 출간해 2만 5000부를 팔았다. 나치에 저항하는 책이, 독일인들이 이해하지 못했기 때문에, 독일 강점기에 가장 많이 팔린 책 중 하나가 되었다! 하지만 대독 협력자들이 독일에 책 내용을 알리는 바람에, 1943년 초부터 이 책은 판매 금지되었다.

여기에 특별한 프랑스어판 두 부가 있다(아래와 151쪽 참조). 가스통 갈리마르가 1942년 7월 6일에 20부만 따로 뽑은 조판 교정쇄 중 하나(넬리 드 보귀에의 것)와 2/33 중대 장 이스라엘Jean Israël 중위가 받은 것이다. 이스라엘 중위는 1940년 5월 22일 독일군의 포로가 되어 장교포로수용소 IV-D에 4년간 수용되었다.

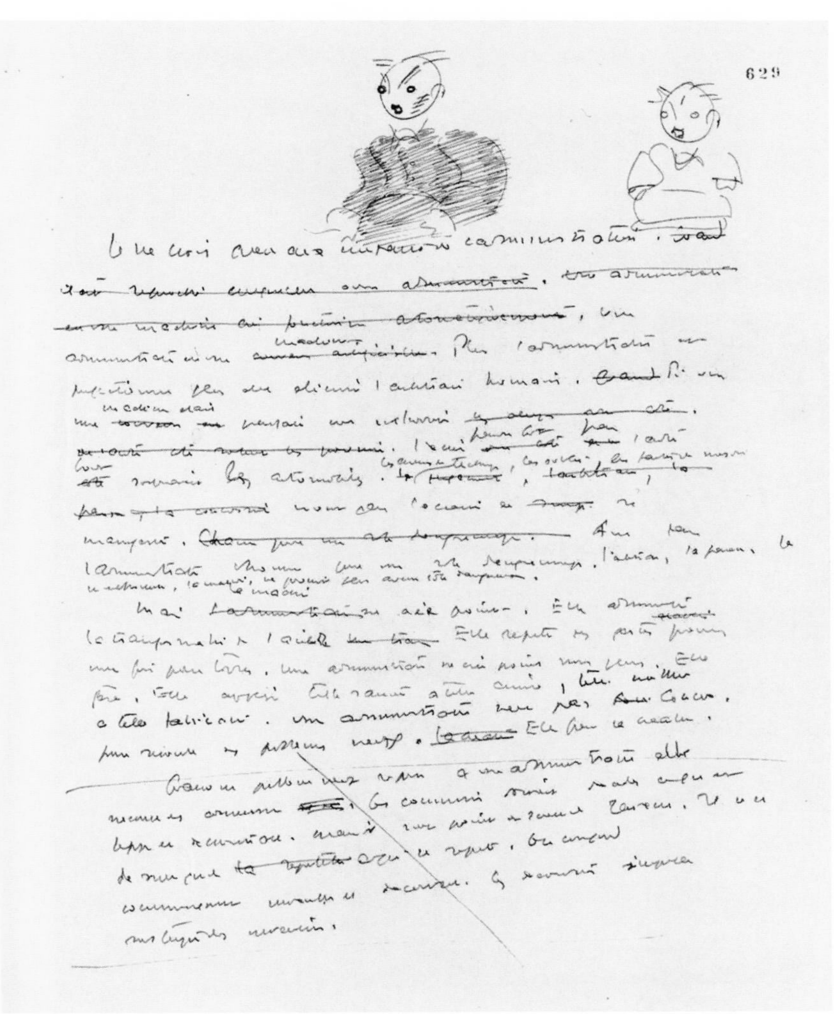

629

《전시조종사》 12장,
인물 그림이 있는 원고, 1940,
자필 원고, 파리, 프랑스 국립도서관.

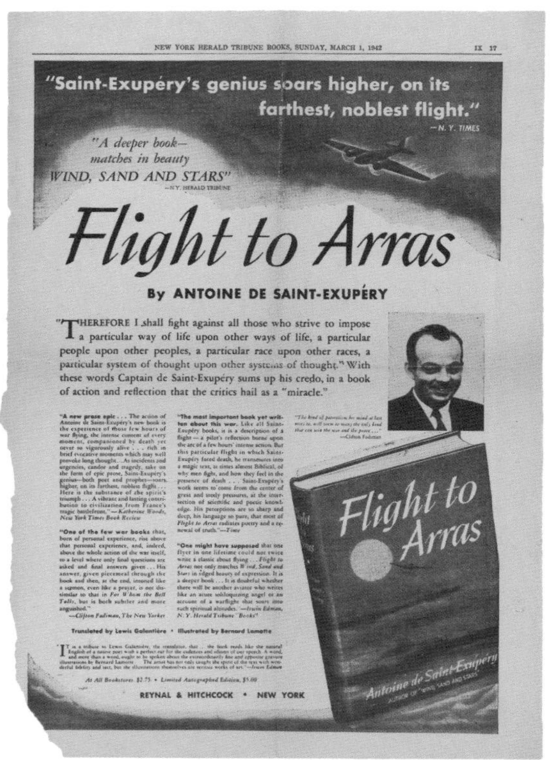

NEW YORK HERALD TRIBUNE BOOKS, SUNDAY, MARCH 1, 1942 IX 17

"Saint-Exupéry's genius soars higher, on its farthest, noblest flight." —N. Y. TIMES

"A deeper book— matches in beauty WIND, SAND AND STARS" —N.Y. HERALD TRIBUNE

Flight to Arras

By ANTOINE DE SAINT-EXUPÉRY

"THEREFORE I shall fight against all those who strive to impose a particular way of life upon other ways of life, a particular people upon other peoples, a particular race upon other races, a particular system of thought upon other systems of thought." With these words Captain de Saint-Exupéry sums up his credo, in a book of action and reflection that the critics hail as a "miracle."

"A new prose epic . . . The action of Antoine de Saint-Exupéry's new book is the experience of those few hours of war flying, the intense content of every moment, companioned by death yet never so vigorously alive . . . rich in brief evocative moments which may well provoke long thought. . . As incidents and urgencies, candor and tragedy, take on the form of epic prose, Saint-Exupéry's genius—both poet and prophet—soars higher, on its farthest, noblest flight . . . Here is the substance of the spirit's triumph . . . A vibrant and lasting contribution to civilization from France's tragic battlefront." —*Katherine Woods, New York Times Book Review*

"One of the few war books that, born of personal experience, rise above that personal experience, and, indeed, above the whole action of the war itself, to a level where only final questions are asked and final answers given . . . His answer, given piecemeal through the book and then, at the end, intoned like a sermon, even like a prayer, is not dissimilar to that in *For Whom the Bell Tolls*, but is both subtler and more anguished." —*Clifton Fadiman, The New Yorker*

"The most important book yet written about this war. Like all Saint-Exupéry books, it is a description of a flight — a pilot's reflection borne upon the arc of a few hours' intense action. But this particular flight in which Saint-Exupéry faced death, he transmutes into a magic text, at times almost Biblical, of why men fight, and how they feel in the presence of death . . . Saint-Exupéry's work seems to come from the center of great and steely pressures, at the intersection of scientific and poetic knowledge. His perceptions are so sharp and deep, his language so pure, that most of *Flight to Arras* radiates poetry and a renewal of truth." —*Time*

"One might have supposed that one flyer in one lifetime could not twice write a classic about flying . . . *Flight to Arras* not only matches *Wind, Sand and Stars* in edged beauty of expression. It is a deeper book . . . It is doubtful whether there will be another aviator who writes like an acute soliloquizing angel or an account of a warflight that soars into such spiritual altitudes." —*Irwin Edman, N. Y. Herald Tribune "Books"*

Translated by Lewis Galantière • Illustrated by Bernard Lamotte

"IT is a tribute to Lewis Galantière, the translator, that . . . the book reads like the natural English of a native poet with a perfect ear for the cadences and idioms of our speech. A word, and more than a word, ought to be spoken about the extraordinarily fine and apposite gravure illustrations by Bernard Lamotte . . . The artist has not only caught the spirit of the text with wonderful fidelity and tact, but the illustrations themselves are serious works of art." —*Irwin Edman*

At All Bookstores $2.75 • Limited Autographed Edition, $5.00

REYNAL & HITCHCOCK • NEW YORK

(위)
《전시조종사》 미국판 제목을
정하기 위한 메모, 뉴욕, 1942~1943,
자필, 개인 소장.

(아래)
《아라스로의 비행》의 신문 광고,
《뉴욕 해럴드 트리뷴 북스》
1942년 3월 1일자, 개인 소장.

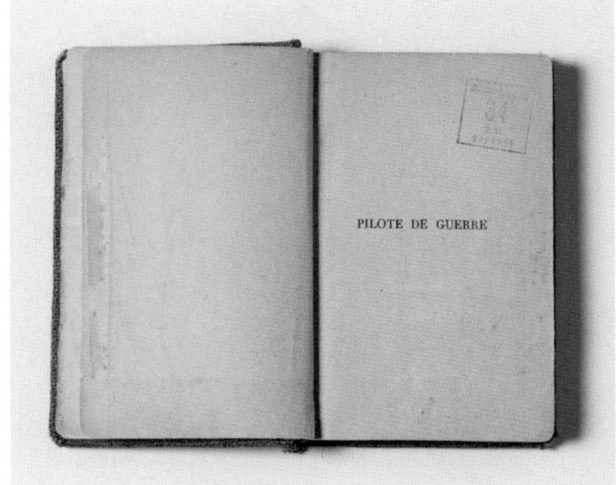

《전시조종사》, 파리, 갈리마르, 1943년 12월.
장 이스라엘 중위의 개인 소장본.
장교포로수용소 IV-D(엘스터호르스트).
'geprüft(확인)' 도장이 찍혀 있다.
개인 소장.

나의 서가 한쪽에 지저분하고 처연하고 닳아빠진 검은색 책이 한 권 있다. 거친 천 장정 아래 진회색 책장들에는 잘 씻지도 못한 손들이 많이도 거쳐간 흔적이 남아 있다. 그 손들의 주인은 1943년 포로수용소에 감금된 8000여 명의 프랑스인 장교 중 일부다. 그 책은 우리 수용소에 들어와 있는 유일한 나치 금서였다. 'geprüft(확인)'이라는 가짜 도장이 찍힌 덕분에 수용소 당국의 온갖 수색과 검사에서 살아남았다.

몇 달을 돌려 읽었더니 완전히 너덜너덜해져서 책 수선을 맡겨야 했다. 책은 튼튼한 황마 섬유 옷을 새로 입고 그 후의 수많은 다른 독자를 상대할 수 있는 상태가 되었다.

그 책이 바로 《전시조종사》, 1942년 11월 27일 몽루주에서 인쇄해 나온 프랑스 초판본이었다. 출간 당시에는 검열을 통과했지만(검열 인증번호 14327) 몇 주 후에 판매 금지 처분이 떨어졌다. 어머니가 한 부를 사서 수용소 규정에 따른 식품 소포 꾸러미에 몰래 넣어주셨는데 소포 보관소에서 몰래 빼내오는 방법으로 검사를 피해 내 손까지 들어왔다.

프랑스에서 출간 허가를 받은 책이 왜 뒤늦게 판매 금지되었을까? 그러한 절차를 촉발한 것은 피에르앙투안 쿠스토가 주간지 《주 쉬 파르투Je Suis Partout》에 기고한 '문학' 비평이었다. 그 글에서 생텍쥐페리는 별의별 소리를 다 들었고 특히 "프랑스적 용맹의 전형인 친구 이스라엘"을 찬양하는 친유대 호전론자 취급을 당했다. 게다가 더욱 격렬한 적의를 드러내는 후속편 기고문까지 나와서 《전시조종사》는 판매 금지와 폐기 처분을 당하게 됐다.

_ 장 이스라엘, 〈나의 책Mon livre〉, 1978.

Erreur fatale !
J'ai, au lieu de fraisiers,
semé des baobabs !

바오밥나무의 비유

조종사는 어린 왕자를 만난 지 사흘째 되는 날 그 아이의 작은 행성에 바오밥나무 씨앗이 잔뜩 퍼졌다는 이야기를 듣는다. 어린 왕자는 바오밥나무의 싹을 수시로 뽑아줘야만 했다. 그러지 않으면 바오밥나무가 지나치게 번성하여 나무뿌리가 땅을 뚫고 별 전체를 부숴버릴 위험이 있기 때문이다. "그건 규율의 문제야!" 그러면서 어린 왕자는 게으름뱅이가 사는 별의 예를 든다. 그 게으름뱅이는 할 일을 계속 뒤로 미루었다가 너무 거대해진 나무들이 자신의 작은 행성을 집어삼키는 꼴을 보고야 말았다. 어린 왕자는 조종사에게 어린이들이 그러한 위험을 염두에 둘 수 있도록 바오밥나무 그림을 그려달라고 요구한다. 조종사는 다급한 마음에 고무되어 열심히 그림을 그렸노라 고백한다.

작가는 이 비유의 의미를 명시적으로 밝히지 않았지만 이 글을 쓸 당시의 상황을 고려하면 그의 의도는 비교적 명백해 보인다.《어린 왕자》는 전쟁과 망명 중에 태어난 아이이다. 이 책은《전시조종사》를 출간하고 고작 1년 만에 나왔다. 당시만큼 집단적 역사의 무게가 개인의 어깨를 짓누른 적은 없었다. 역사는 타인과의 관계에 대한 성찰을 사생활의 영역에 국한하지 않고 정치적 함의까지 지니게 했다. 역사는《어린 왕자》속에서도 드러난다. 이 책은 인간 조건의 그 무엇도 간과하지 않는다.

지구를 위협하는 바오밥나무 씨앗은 구대륙 유럽에 은밀히 퍼져나간 증오와 복수의 밑거름이다. 그 나무뿌리가 기어이 지구의 한 부분을 터뜨려버리기에 이르렀다. 나치즘이 그토록 번성하고 승리할 수 있었던 것은 사람들의 부주의와 게으름 때문이었다. 서로를 잡아먹으려는 문명들의 성향을 막을 수 있는 것은 책임 정신뿐인데 바로 그 정신이 패배한 것이다. 이러한 면에서《어린 왕자》는 비록 영역은 다를지언정《전시조종사》의 연장선상에 있다.《어린 왕자》는 동화의 모습을 한 참여 문학이다. 책에 수록되지 않은 이 그림에서는 '치명적 실수'라는 표현까지 쓴다.

"치명적 실수야! 딸기 대신에 바오밥나무를 심어버리다니!", '게으름뱅이(?)와 바오밥 모종', 《어린 왕자》 5장을 위한 소묘, 뉴욕/아샤로켄(롱아일랜드), 1942, 연필, 선을 뭉개는 기법, 개인 소장.

영어

《전시조종사》와 《어린 왕자》는 미국에서 먼저 출간되었지만 생텍쥐페리는 그 작품들을 당연히 프랑스어로 썼다. 그는 영어가 유창하지 않았는데 영어를 따로 배우고서도 실력은 그리 나아지지 않았다. 다음 세 장의 종이는, 어떤 맥락에서 누구에게 쓴 것인지 알 수 없지만, 통사법을 보나 어휘를 보나 그가 영어를 그리 잘하지 못했음을 알 수 있다. 하지만 작업 중인 작가를 엿볼 수 있다는 점에서 이 자료들은 흥미롭다. 여기서 어린 왕자는 석양을 바라보는 모습으로 두 번 등장한다.

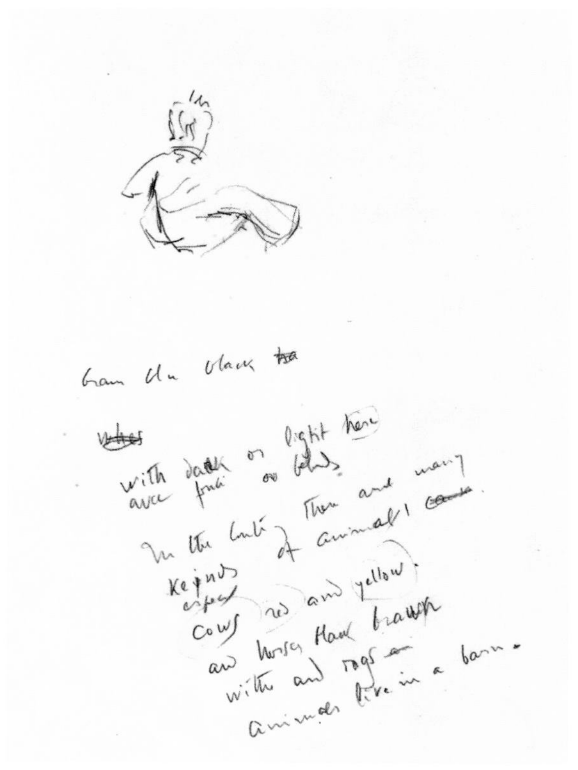

뇌 파란색 검은색
여기는 짙은 색 혹은 환한 색으로
[프랑스어: avec foncés ou blonds]
동화에는 여러 종류의[프랑스어: espèces] 동물이 있다.
빨간색과 노란색 소들.
갈색의 말과 암탉, 그리고 개들
동물들은 헛간에 산다.

영어 메모와 《어린 왕자》를 위한 연필화,
뉴욕, 1942, 자필 원고, 개인 소장.

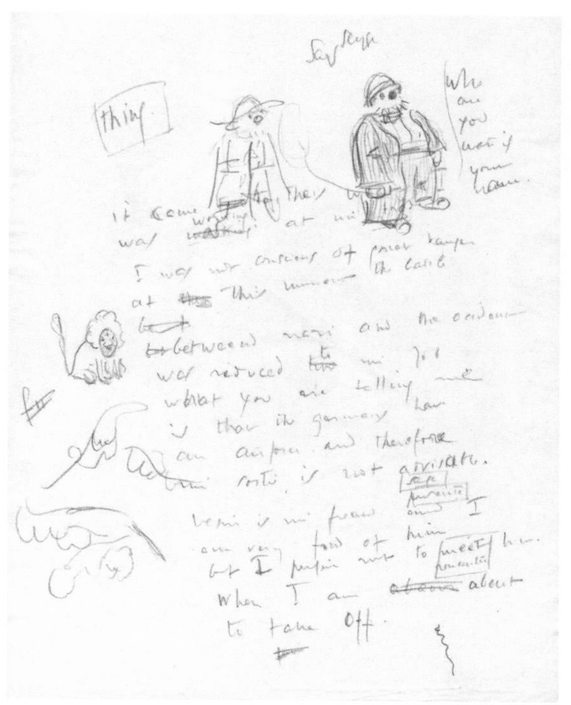

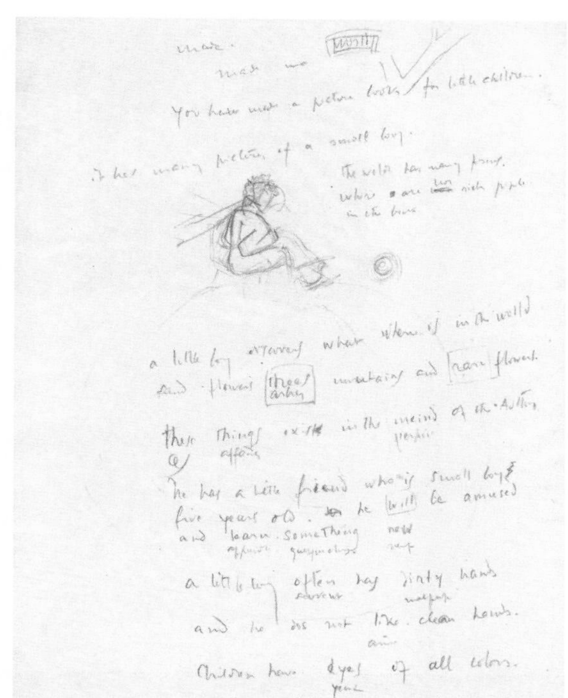

당신은 누구입니까
당신의 이름은 무엇입니까

내가 내 분야에서 일하고 있었던 이유가 그들에게 전해졌다.

나치와 서구의 싸움의 이 시점에서는 나도 그 큰 위험을 의식하지 못하고 있었다.

[나는] 나의 일로 전락했다.

여러분이 내게 하는 말은 독일에는 공군이 있고 나의 출발이 권장할 만하지(프랑스어: 현명하지sage, 신중하지prudente) 않다는 것이다.

[…는] 나의 친구이고 나를 그를 매우 좋아하지만 그를 만나지[프랑스어: rencontrer] 않는 편이 낫다. 내가 곧 떠날 때.

여러분은 어린이를 위한 그림책을 만들었다. 작은 소년 그림이 아주 많다. 세상은 부자가 아닌 여러 형태를 가지고 있다.

작은 소년은 세상에 어떤 물건들이 있는지 발견한다. 모래 꽃 나무[프랑스어: arbres] 산과 희귀한 꽃. 이런 것들이[프랑스어: ces affaires] 저자의 정신[프랑스어: l'esprit] 속에 존재한다.

그에게는 꼬마 친구가 있다. 그는 다섯 살짜리 소년이다. 그는 재미있어하고 새로운 것을 배울 것이다[프랑스어: apprendre quelque chose neuf] .

작은 소년은 자주[프랑스어: souvent] 손이 더럽고[프랑스어: malpropre] 손 씻기를 좋아하지[프랑스어: aimer] 않는다. 아이들은 온갖 색깔의 눈[프랑스어: yeux] 을 지녔다.

(왼쪽)
영어 메모, 뉴욕, 1942, 자필 서명, 개인 소장.

(오른쪽)
영어 메모와 《어린 왕자》를 위한 연필화, 뉴욕, 1942, 자필 원고, 개인 소장.

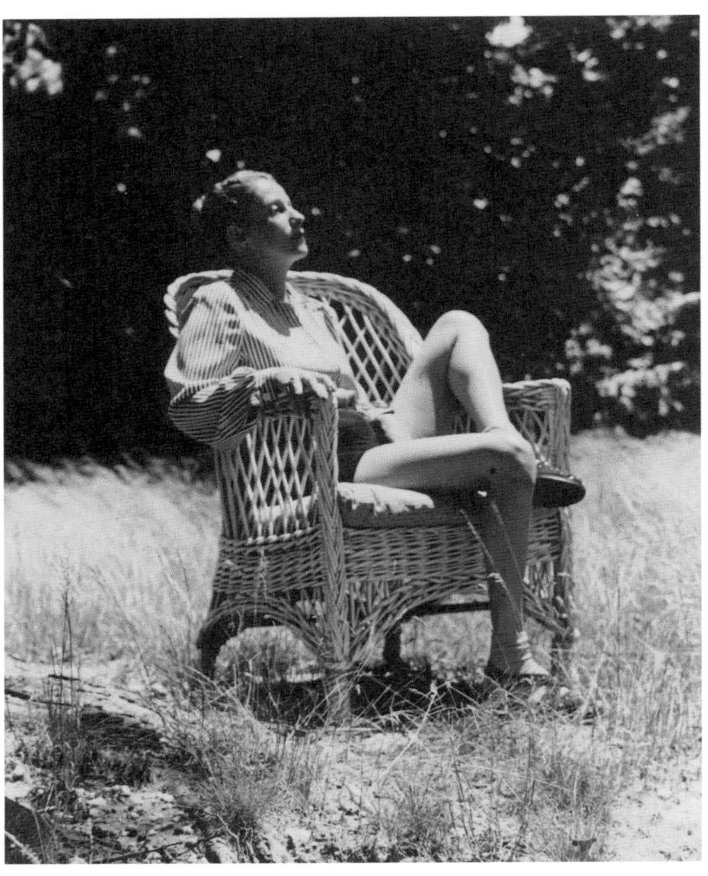

(위)
베빈하우스의 콘수엘로와 그 친구들
(사진 오른쪽은 드니 드 루주몽).

(아래)
베빈하우스(롱아일랜드) 정원의
콘수엘로 드 생텍쥐페리, 1943년 여름.

베빈하우스의 불

1942년 여름에 콘수엘로는 남편에게 맨해튼 북서부 롱아일랜드 해협으로 같이 가자고 제안했다. 그들은 코네티컷주 웨스트포트에 먼저 갔다가 9, 10월은 롱아일랜드 노스포트에 집을 빌려 지냈다. 넓은 공원과 바다가 보이는 그 아름다운 집의 이름이 베빈하우스였다. “폭우에 얽히고설킨 나무들로 장식된 곶 위의 거대한 집, 그렇지만 삼면이 구불구불한 산호초로 둘러싸여 있어서 숲과 열대 섬의 풍경에 가깝다.”(드니 드 루주몽, 《한 시대의 일기Journal d'une époque》)

생텍쥐페리는 이 웅장하고도 평화로운 배경으로 물러나 가까운 친구들만 간간이 만나면서 《어린 왕자》 작업을 계속했다. 사실 현재 뉴욕 모건도서관·박물관에 소장된 원고가 정확히 어디서 집필되었는지는 확실한 증거가 없기 때문에 알 수 없다. 당시 작가와 친밀한 관계를 유지하고 있던 실비아 해밀턴은 그가 맨해튼 아파트에서 《어린 왕자》 작업에 몰두한 모습을 자주 보았다고 했다. 실제로 작가는 그녀에게 자필 원고를 주었다. 하지만 베빈하우스에서 지낸 몇 주가 삽화와 원고의 마지막 구성에 결정적이었던 듯하다. 손님들은 생텍

콘수엘로 드 생텍쥐페리,
〈베빈하우스 정원〉, 1943년 여름,
캔버스에 유채, 개인 소장.

쥐페리가 그 집에서 그림에 몰두하고 자기들을 모델로 삼곤 했다고 증언한다. “높은 곳에 사는 새의 눈처럼 크고 둥근 눈, 정비사의 정확한 손가락을 지닌 대머리의 거인. 그는 아이들이 쓰는 작은 붓을 열심히 놀리고 ‘압도당하지’ 않으려고 혀를 내민다.”(드니 드 루주몽, 《한 시대의 일기》)

그 몇 주는 부부 생활에서 짧지만 아름다운 날들이었다. 일종의 유예와도 같은, 문학과 예술에 힘쓰기에 딱 좋은 은총의 시간. 두 사람은 맨해튼에서의 끝없는 부부 싸움과 암울한 기억을 누그러뜨리고 행복한 추억을 떠올렸을 것이다. 이 마법 같은 유예가 끝나자 갈등의 골은 다시 깊어졌고 작가는 4월에 미국 땅을 떠나게 된다. 콘수엘로는 1943년 여름에도 친구들과 함께 “어린 왕자의 집”에서 지냈고 전쟁 중인 남편을 그곳에서 한층 가깝게 느꼈다. 그녀는 그곳에서 그림을 그리고 현실이 되어버린 우화에 공감하며 “토니오”에게 절절한 편지를 보낸다. “당신을 기다려요. 나는 당신 아내이고 깨어 있을 때나 잠든 때나 영원히 당신을 기다릴 거예요. 왜인지 알아요? 당신을 사랑하고 우리 꿈의 세상을 사랑하기 때문이에요. 나는 어린 왕자의 세상을 사랑하고 그곳을 거닙니다…. 아무도 날 건드릴 수 없어요…. 네 개의 가시를 지닌 단 한 송이일지라도, 당신이 고맙게도 그 가시들을 알아봐주고 헤아려주고 기억해주었기 때문이에요….” (1943년 8월 10일 편지)

콘수엘로 드 생텍쥐페리, 노스포트, 1943년 여름, 캔버스에 유채, 개인 소장.

[카사블랑카, 1943년 여름]

[…] 인간이 뿌리를 잃어버린 거대한 무리의 시대에, 신랄하고 요란한 토론이 명상을 대체한 시대에, 모든 것이 망가진 시대에, 나의 사랑, 나의 의무, 내 마음의 조국 콘수엘로, 나는 그 어느 때보다 당신에게 매달립니다. 당신은 아마 모르겠지만 나는 당신 덕에 살아갑니다. 당신이 내 삶을 지켜주기를, 당신이 의무를 지고 우리가 가진 얼마 안 되는 것을 잘 건사하기를, 내 축음기를 잘 관리해주고 친구를 가려 사귀기를 간절히 청합니다. 오 콘수엘로, 반들반들 윤이 나는 집에서 실 잣는 여인처럼 근면하게 일하며 내가 춥지 않도록 다정함을 비축해두기를.

당신은 인내했고 아마도 당신의 인내가 나를 구원했을 겁니다. 《어린 왕자》는 베빈하우스의 커다란 불에서 태어났습니다. 지금 내가 느끼는 확신은 당신의 애정 어린 노력에서 태어났습니다. 나의 콘수엘로, 너무도 소중한 당신, 내 명예를 걸고 영원히 갚으면서 살겠노라 맹세합니다.

어쩌면 두 달 후에 여행을 떠나 당신과 재회할 수 있을 겁니다.

당신에게 속한 모든 것을, 콘수엘로, 평화로이 다스리세요. 콘수엘로, 콘수엘로. 당신을 사랑합니다.

앙투안

당신이 보내준 선물은 무척 기쁘게 받아보았습니다. 특히 그 사려 깊은 선택이 기뻤습니다. 여기선 구할 수 없는 그 안경이 무척 필요한 참이었거든요. 나의 소녀여, 다음 물품도 무척 필요합니다.

《어린 왕자》 프랑스어판 5부

《어느 인질에게 보낸 편지》 5부(브렌타노스)

《어느 인질에게 보낸 편지》 5부(콜리에스)

나는 가진 게 아무것도 없다고요, 결코!

앙투안

고맙습니다 내 사랑.

(위)
앙투안 드 생텍쥐페리가 콘수엘로에게 보낸 편지,
카사블랑카, 1943년 여름, 자필 원고, 개인 소장.

(아래)
뉴욕에서 생텍쥐페리 부부가 함께 찍은 유일한 사진,
1943년 4월 1일, 작가가 북아프리카로 떠나기 전날
비크먼 광장 35번지에서,
알버트 펜이 잡지 《라이프》를 위해 촬영.

"어째서 당신은 언제나
그토록 견딜 수 없이 구는지?",
'화단 앞에 서 있는 어린 왕자와 양',
뉴욕, 1942~1943, 연필,
자필 원고, 개인 소장.

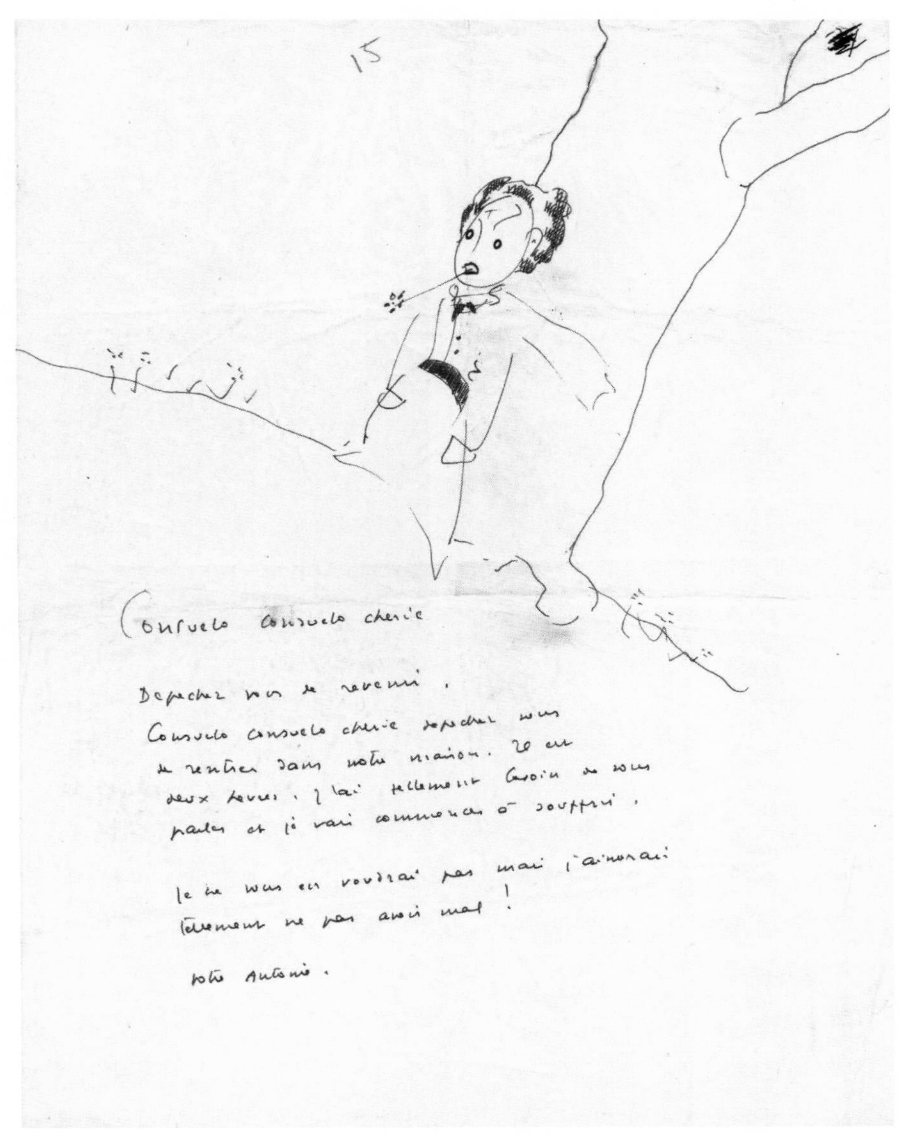

15

Consuelo Consuelo chérie

Dépêchez vous de revenir.

Consuelo consuelo chérie dépêchez vous de rentrer dans notre maison. Il est deux heures. J'ai tellement besoin de vous parler et je vais commencer à souffrir.

Je ne vous en voudrai pas mais j'aimerais tellement ne pas avoir mal!

Votre Antoine.

앙투안 드 생텍쥐페리가
콘수엘로에게 보낸 편지,
어린 왕자 그림, 뉴욕, 1943년 겨울,
잉크, 자필 원고, 개인 소장.

[뉴욕, 1943년 겨울]
콘수엘로 콘수엘로 내 사랑
속히 돌아와주오.
콘수엘로 콘수엘로 내 사랑 속히 돌아와요. 새벽 두 시예요.
당신에게 말을 하고 싶은 나머지 병이 날 것 같습니다.
당신을 원망하진 않지만 나도 괴롭지 않았으면 좋겠습니다!

당신의 앙투안

롱아일랜드의 모든 인류

2012년에 공개된《어린 왕자》원고 두 장은 18장과 19장의 또 다른 새로운 전개를 보여준다. 특히 여기에서 어린 왕자는 십자말풀이 애호가를 만나는데 그 사람은 사흘째 G로 시작하고 양치질의 정의에 해당하는 여섯 자짜리 단어를 고민한다.

이 원고는 지구의 주민을 언급하고 있기도 하다. 이 거대한 행성은 도시와 도로와 철로에 인구가 집중되어 있기 때문에 지구가 사람들로 북적거린다는 착각을 심어준다. 하지만 지구는 인구수에 비해 대단히 크다(1943년 당시 세계 인구는 23억 명이었다). 어린 왕자의 소행성과는 완전히 정반대다! 롱아일랜드에 대한 이 명시적 언급은 모건도서관·박물관 소장 원고에서도 찾아볼 수 있는데 최종 판본에는 삭제되었다. 하지만 이 언급은 분명히 어린 왕자의 탄생 장소에 대한 작가의 힌트일 것이다. 또한 동화의 중대한 진실들 중 하나를 표현한 것이기도 하다. 언뜻 보이는 바와 달리 지구는 치열한 감정으로 그곳에서 살아가지 않는 한, 인간에게 사막에 불과하다. 지구는 인간에 '대하여', '인간을' 평가한다. 최종 판본에 채택되지 않은 이 부분은 우리를 지리학적, 인구학적 착각에서 해방시키고자 한다.

1939년 록펠러센터 앞의 앙투안 드 생텍쥐페리.

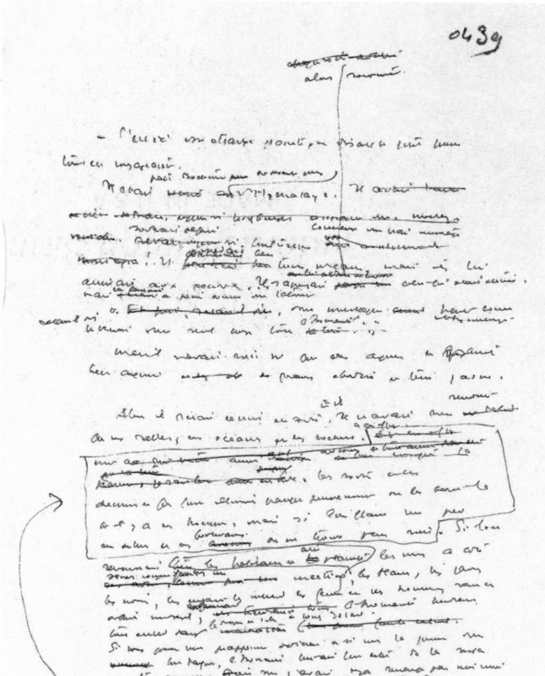

《어린 왕자》 17장과 19장 원고 중 일부,
뉴욕, 1942, 자필 원고,
개인 소장.

[…]

"이 산처럼 아주 높은 산에서 나는 온 세상 사람을 한눈에 볼 수 있을 거야"라고 그가 말했다.

하지만 그는 뾰족하게 솟은 화강암 첨봉들과 무너져 쌓인 누런 흙더미 외에는 아무것도 보지 못했다. 만약 이 행성에 사는 주민 전체의 집회를 열듯 백인, 황인, 흑인, 아이, 노인, 여자, 남자 할 것 없이 한 명도 빼놓지 않고 한데 부른다면 인류는 [열 번째] 롱아일랜드에 전부 모일 수 있을 것이다. 초등학생용 세계 지도를 펴놓고 거기에 바늘구멍을 뚫어본다면, 온 인류가 그 구멍만 한 면적에 모일 수 있다는 얘기다. 물론 나 역시 3년간 비행을 하면서 지구가 얼마나 텅텅 비어 있는지 잘 보았다….

[모건도서관·박물관 소장 원고 61번째 장]

여러분 중에서 계산을 할 줄 아는 사람은 내가 하는 말을 계산으로 검증할 수 있을 것이다. 우리 행성에는 대략 20억 명이 산다. 그들 모두를 거대한 집회에 참석시킨다면, 흑인, 백인, 황인, 아이 가릴 것 없이 수십 억을 다닥다닥 붙여놓는다면 가로 20마일, 세로 20마일 면적의 광장으로 충분하다. 인류 전체가 롱아일랜드에서 야영을 할 수도 있을 것이다. 모두가 밤에 다리 뻗고 누울 자리는 나온다. 만약 (록펠러센터 같은) 50층짜리 고층 건물을 짓는다면 한 층의 면적은 맨해튼 정도 크기면 된다. 사람들이 다닥다닥 붙어 서서 각 층을 꽉 채운다면 맨해튼에 인류 전체가 들어갈 수도 있다!

우울한 작은 그림들

풀로 뒤덮인 언덕 위에서 먼 곳을 바라보는 이 캐릭터를 알아볼 수 있을 것이다. 그는 사람이 없음을 불안해하거나 세상의 모양새에 당황해하는 것 같다. 우리는 이 캐릭터가 1930년대에, 뉴욕 망명 생활과는 전혀 다른 상황에서 등장했다는 것을 안다. 그리고 이 캐릭터는 불운 혹은 몽상의 동행으로서 오만 가지 변형으로 늘 작가 곁에 있을 것이다. 머지않아 그 언덕에 꽃 한 송이가 등장한다. 다른 모든 꽃과 달리 줄기가 하늘을 향해 쭉 뻗어 있다. 그렇게 인물과 꽃의 대면이, 말 없는 대화가 시작된다. 이 대화는《어린 왕자》에 앞서서, 일종의 시원적 장면처럼 존재했다. 이 장면은 원고 여백에, 혹은 별개의 종이에 그려졌다. 또한 그 장면은 작가가 여성들과 맺었던 복잡한 관계를 닮았다. 그 관계들은 결코 만족할 줄 모르는 어린아이의 요구를 특징으로 한다. 그 아이는 결코 충분히 위로받지 못한다. 뉴욕에서 사귄 여자 친구 실비아 해밀턴에게 이런 편지를 썼을 만큼. "나는 우울합니다. 그래서 우울한 작은 그림들을 그렸지요. … 참을 수 없이 구는 나를 용서해줘요. 걱정을 끼치는 나를 용서해줘요. 나의 침묵을 용서해줘요. 내가 이 모양인 걸 용서해줘요. 그렇다고 해서 내가 애정을 품고 뜨거운 키스를 보내지 못하란 법은 없습니다."

데생 수첩, 뉴욕, 1942,
잉크, 개인 소장.

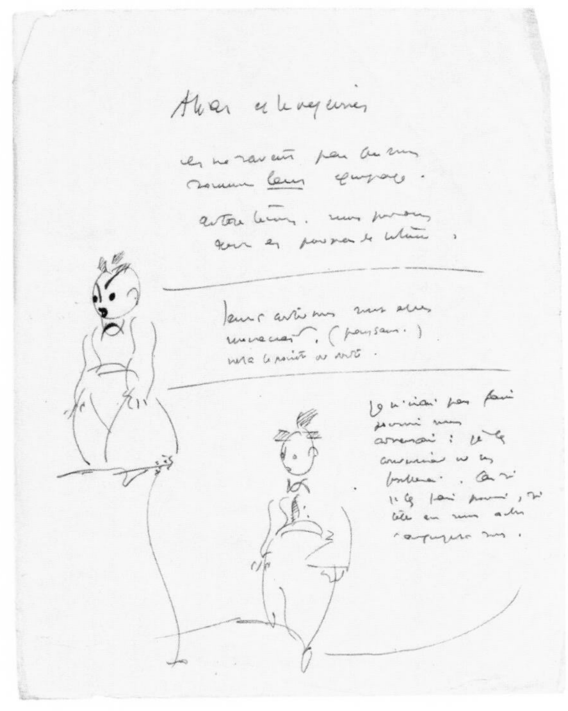

알리아스와 점심

그들은 우리가 '그들의' 팀이라는 것을 모른다. 또 다른 시간.

우리는 진열창의 인형들이 될 수도 있을 것이다.

그들의 관습은 강요되었나? (5년간). 그 점은 의문이다.

나는 나의 적들을 포로로 삼으러 가는 게 아니다. 그들을 우리 편으로 만들든가 총살하든가 할 것이다. 내가 만약 그들을 포로로 삼는다면, 그게 나의 행동이라면 [나는] 아무것도 걸지 않겠다.

(왼쪽)
꽃과 함께 있는 인물,
잉크, 개인 소장.

(오른쪽)
(한쪽은 꽃과 함께 있는) 두 인물,
자필 원고, 잉크, 개인 소장.

(위)
풀이 자라는 언덕 위의 인물,
뉴욕, 1942~1943,
잉크, 생텍쥐페리-다게재단.

(아래)
풀이 자라는 언덕 위의 인물,
뉴욕, 1942~1943,
연필, 개인 소장.

(왼쪽)
여인과 인물 들의 초상,
뉴욕, 1942,
연필, 선을 뭉개는 기법,
개인 소장.

등장

이것이야말로 어린 왕자의 진정한 출생 증명서가 아닐까 하는 생각이 든다. 개인 소장품이 되기 전에 콘수엘로 드 생텍쥐페리가 뉴욕에서 송환해 자료 보관처에 있었던 이 그림들은 장차 어린 왕자가 어떤 모습일지 처음으로 충실하게 보여준다. 얼굴도 닮았고 옷차림도 비슷하다. 늘 착용하는 허리띠나 바람에 날리는 목도리도 이미 나타나 있다.

수고의 흔적 또한 뚜렷하다. 타원형으로 일단 얼개를 잡고 가필을 해가면서 얼굴을 그렸고, 오른쪽의 그림에서는 수채화 색과 농도를 시험한 흔적도 볼 수 있다.

어린 왕자와 다른 인물,
뉴욕/아샤로켄(롱아일랜드),
1942, 연필과 수채,
개인 소장.

(오른쪽)
인물 연구,
뉴욕/아샤로켄(롱아일랜드),
1942, 잉크와 수채,
개인 소장.

[illegible]

tour la plus haute

Debout sur la [illegible], [illegible], comme [illegible] un [illegible] tour [illegible], sur [illegible], je [illegible] un [illegible] [illegible]

[illegible] avec [illegible] d'instant même, où [illegible] le travail de [illegible] la nuit, [illegible]

[illegible], nous [illegible] [illegible]

[illegible] [illegible]

[illegible]

[illegible] la chaine, [illegible]

[illegible]

[illegible]

[illegible]

[illegible]

[illegible]

[illegible] autres [illegible]

[illegible]

성채의 여백

"가장 우뚝 솟은 탑 위에 서서 두 손을 난간 대신 두툼한 돌 탁자에 내려놓고 나의 제국을 바라볼 것이다." 생텍쥐페리는 《전시조종사》와 《어린 왕자》를 집필하면서 '대작'이 될 다른 작품도 계속 쓰고 있었다. 처음에는 '카이드(북아프리카 이슬람 지역의 지방관)'라는 제목을 붙였다가 나중에 '성채'로 고쳤다. 백성을 다스리는 아랍인 영주의 방대한 사유를 담은 이 책을 그는 1930년대에 이미 쓰기 시작한 것으로 보인다. 탄생에서 죽음까지 인간 고유의 것이라면 그 무엇도 무감각할 수 없을 이 예언적 어조의 위대한 송가는 개인에게 자신보다 더 크고 더 높은 것에 뿌리를 둘 것을 촉구한다. 그런 식으로 초월을 추구한다는 것은 자기 권리의 포기나 예속이 아니며, 도덕적으로 강력한 효과가 있다. 초월은 비극적으로 외로운 인간들의 행동에 버팀목이 되어준다. 이 고결한 공동의 척도가 없으면 인간은 그저 부산스럽고 연약한 존재일 뿐이다. 성채 혹은 카이드는 이 인간 공동체를 규합하는 책임을 상징한다. "세상의 무게가 내 책임이기라도 한 것처럼 내 가슴을 짓누른다. 저녁 바람 속에 홀로, 팔짱을 끼고 나무에 기대어 내 안에서 의미를 찾아야 하는 이들을 인질로 받아들였다. 기댈 어깨를 찾을 수 없는 모든 이의 무게가 내 가슴을 짓누른다."

생텍쥐페리가 마지막으로 쓴 편지들 중 넬리 드 보귀에에게 보낸 한 통에서 작가 자신의 초상을 볼 수 있다. "나는 나 자신을 표현할 말로 '수도사' 외의 다른 단어를 찾지 못했습니다. 내 원고 '카이드'를 다시 읽으면서 그걸 깨달았습니다." 생텍쥐페리는 생의 끝까지 쉬지 않고 그 언어를 찾을 것이다. 그것은 모순을 흡수하고 독자에게 근본적인 결속의 행동을 불러일으킬 것이다. 임의적인 말과 이미지를 통해 인간들의 영혼과 운명이 하나가 되는 느낌을 줄 것이다. 《어린 왕자》의 저자는 자기 직업과 작가-조종사의 소명을 다르게 생각하지 않았다. "어린아이의 눈물에 그대는 감동하지만 그 눈물은 너른 바다로 열린 창이다. 그래서 그 눈물뿐 아니라 모든 눈물이 그대에게 반향을 일으키는 것이다."(《성채》, 32장) 좀 더 뒤에는 이런 문장도 있다. "모두가 별과 샘을 이야기했지만 아무도 별의 샘에서 순수한 젖을 마시기 위해 산을 오르라고 말하진

《성채》의 원고 여백에
그려진 두 어린 왕자,
뉴욕, 1942,
잉크와 수채,
자필 원고, 개인 소장.

않았다."(《성채》, 33장)

이 문장들을 읽다 보면 수십 페이지에 불과한 《어린 왕자》와 훨씬 더 방대한 분량의 《성채》가 연속선상에 있다는 것을 알 수 있다. 반쯤 속내를 털어놓는 분위기는 동일한 송가의 강물을 공유한다. 그리고 아마 뉴욕에서 작성했을 이 원고의 내용은 《성채》이지만 기적처럼 어린 왕자가 그려져 있다는 점에서 매우 감동적인 상징이 된다. 어린 왕자의 등장을 예고했던 이전의 모든 작품과 마찬가지로 말이다.

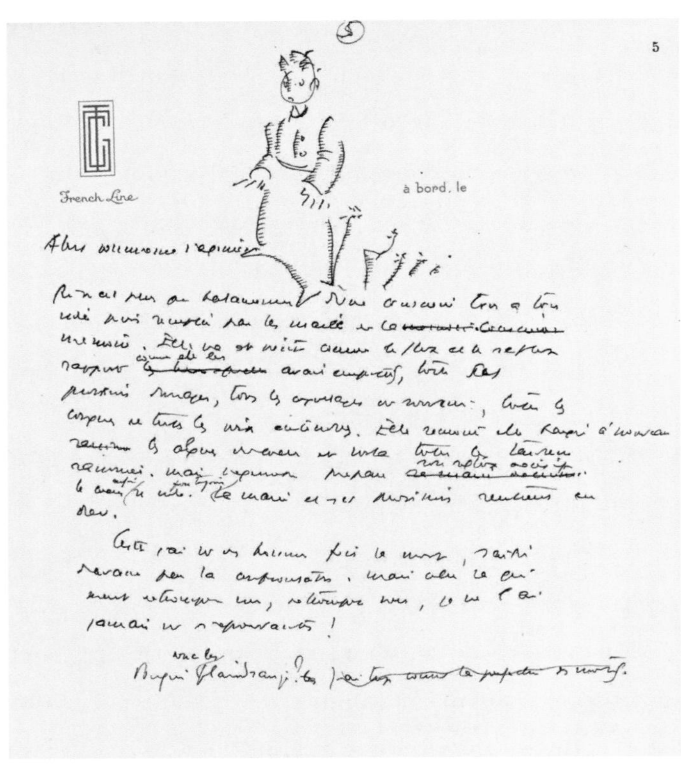

[…] 물론 나는 사람들이 미리부터 대결에 충격을 받고 죽음을 피해 도망가는 것을 보았다. 하지만 착각하지 말라, 이 사람은 죽었지만 나는 그가 두려워하는 것을 한 번도 보지 못했다. 《성채》 1장.

그림이 있는 《성채》 1장 원고,
잉크, 자필 원고,
파리, 프랑스 국립도서관.

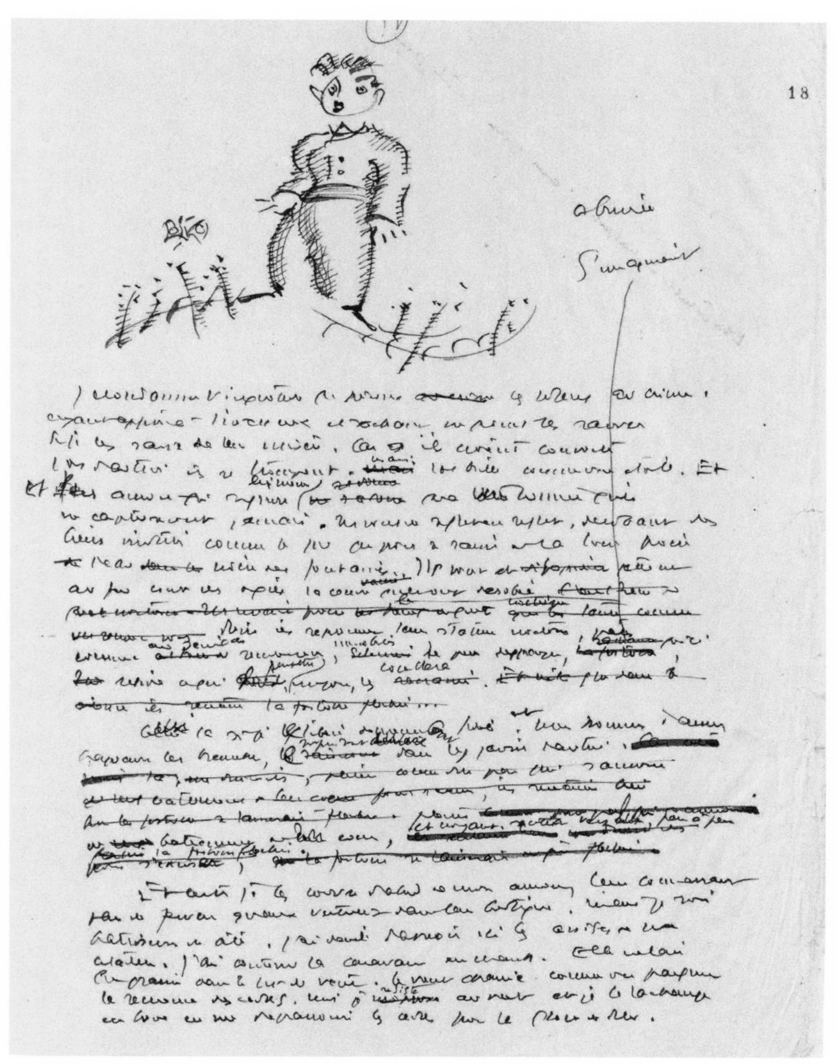

그림이 있는 《성채》 2장 원고,
잉크, 자필 원고,
파리, 프랑스 국립도서관.

“ […] 우리가 그의 추억을 기릴 때 사라진 이는 살아 있을 때보다 더 강력하게 현존하기 때문이다. 나는 인간들의 불안을 이해했고 그들을 불쌍히 여겼다. 나는 그들을 치유하기로 결심했다.” 《성채》 2장.

별꽃밭에 있는 망토 차림의 인물,
서류 봉투에 잉크와 연필,
개인 소장.

왕족의 옷

어린 왕자 초기 디자인 중 하나로 보이는, 아래에 그려진 소년은 화려한 옷차림을 하고 있다. 길게 늘어지는 왕족의 옷자락은 별 달린 견장의 고상한 외투로 바뀌게 될 것이다.

그렇지만 별꽃밭의 몽상적인 배경 속에 왕자의 망토 차림으로 서 있는 또 다른 인물 그림은 안타깝게도 언제 그린 것인지 알려져 있지 않다. 앙투안 드 생텍쥐페리는 이 그림을 넬리 드 보귀에에게 맡겼다. 이건 동화 집필과 무슨 관련이 있을까? 우리는 단지 《인간의 대지》 당시 원고 속의 별꽃 무늬는 미국 체류 기간이 아니라, 1930년대에 속한다는 것을 알 뿐이다. 그래서 어쩌면 이 그림은 《어린 왕자》 프로젝트 자체보다 훨씬 먼저 나왔을지 모른다는 추측은 할 수 있지만 확증은 없다.

왕족 망토를 입은 어린 왕자,
뉴욕, 1942, 잉크와 연필,
수채화의 흔적, 개인 소장.

(위)
파이프를 물고 있는
날개 달린 인물, 뉴욕, 1942,
연필, 선을 뭉개는 기법,
개인 소장.

(아래)
날개 달린 어린 왕자,
뉴욕, 1942, 잉크,
생텍쥐페리-다게재단.

등에 돋은 날개

생텍쥐페리는 조종사를 비행기에 탄 모습보다 날개 달린 인물이나 구름 위의 인물로 그리곤 했다. 따라서 왼쪽의 소묘가 보여주는 것처럼 자기 캐릭터에도 날개를 달아줄 생각을 당연히 했을 것이다.

파이프를 물고 하늘을 쳐다보는 의문의 인물은 순수한 상상의 결실인지 아니면 뉴욕의 지인을 모델로 삼은 것인지 알 수 없다. 이 인물은 상상력을 자극한다. 만약 어린 왕자에게 나이가 없다면? 어린 왕자가 파이프 담배를 피운다면? 그의 책에서는 인물이 아이의 얼굴과 실루엣을 취했으므로 어림도 없는 일이다. 어린 왕자를 날개 없는 인물로 설정하고 철새들의 이동을 이용해 그의 행성에서 빠져나오게 하기 위해 그는 선택을 해야 했을 것이다.

하지만 잘 생각해보면 이 연령의 혼란, 그리고 때때로 성별의 혼란도(그가 그린 캐릭터가 젊은 남자인지 여자인지 잘 구분되지 않을 때가 있다) 어린 왕자라면 그리 놀라운 일은 아니다. 어린 왕자의 연령은 세상이라는 왕국을 바라보는 시선의 연령일 뿐이다. 어린 왕자는 상징으로서의 아이다. 어느 특정 연령 집단에 속해 있어서 아이인 것이 아니다. 놀라움과 감탄을 불러일으키는 아이의 얼굴이 파이프나 담배를 물고 있는 흡연자의 얼굴보다는 우리에게 감동을 주지 않는가(365쪽 참조). 물론 흡연자의 얼굴도 매력이 없진 않지만 말이다.

어린 왕자 죽다

유독 인상적인 이 그림은 실비아 해밀턴이 소장했던 것이다. 작가는 1942년 초에 자신의 번역가 루이스 갈랑티에르를 통해서 이 여성 기자를 알게 됐고 북아프리카로 떠날 때까지 각별한 관계를 유지했다. 파크애비뉴 969번지 실비아의 집은 그가 뉴욕 망명 생활 후반기에 특히 즐겨 찾은 장소였다. 그곳에서 그의 작업에 도움이 되는 배려, 고요함, 섬세한 애정을 찾을 수 있었기 때문이다. 거기서는 모든 것이 간단했다. 생텍쥐페리는 1942년 여름에 그 집에서《어린 왕자》의 작업을, 특히 삽화를 크게 진척시켰다. 그렇지만 이 관계를 부부 생활과 조화시키면서 갈등이 없지는 않았다. 실비아는 작가가 아내에게 느끼는 굳건한 애착을 이해할 수 없었을 것이다. 작가는 이렇게 해명했다. "나는 사랑의 운명에 대해서 아무것도 모릅니다. 그저 사랑 속에서 헤매는 것이지요. 나는 거기서 실망하기도 하고 모순을 느끼기도 합니다. 애정이든 우정이든, 일단 내 안에서 싹이 트면 거기서 계속 살아가는 거예요. … 당신의 비난은 전부 마땅합니다. 그렇지만 내 애정은 극단적입니다. 나는 당신 이마에 손을 얹고 당신의 머릿속을 별들로 채우고 평화를 내려주고 싶습니다. 나는 연인처럼 마음 아파하지만 선한 목자입니다. 나는 충실한 친구입니다."(실비아 해밀턴에게 보낸 편지, 뉴욕, 1943) 이미 결심이 확고히 선 일이었다.

다음 그림에서 어린 왕자는 (그의 소행성이 아니라) 지구에서 교수대에 매달려 있다. 반면, 폭스-MGM이라고 쓰여 있는 이웃 행성에서는 어느 커플이 껴안고 있다. 이 행성 이름은 할리우드의 유명 스튜디오 이름들을 조합한 것이다. 이 그림이 파리에서 판매될 때(드루오 리브고슈, 1976년 5월 20일) 실비아 해밀턴이 직접 이 인상적인 장면을 설명했다. 작가가《야간 비행》의 영화화를 두고 MGM 스튜디오와 분쟁이 있었기 때문에 그 경험이 반영되었을 거라나. 작가는 1941년에 장 르누아르 감독의《인간의 대지》 영화화 프로젝트에서도 언짢은 경험을 했다. 심지어 그 프로젝트는 1940년 12월 말에 감독과 함께 대서양을 건너면서 구상한 것이었다. 그는 매우 열심히 작업했지만 씁쓸함밖에 돌아오지 않았다. 대릴 F. 자누크 대표의 폭스사와 장 르누아르 감독이 계약서를

매달린 어린 왕자,
뉴욕, 1942~1943,
잉크와 수채, 개인 소장.

썼으나 최종적으로 스튜디오 측에서 프로젝트를 엎었다. 할리우드 산업을 평소 그리 높게 평가하지 않았는데 이 실망은 쐐기를 박은 격이었다. "자누크 씨의 세 영화 중에서 선택하는 것보다는 수도원에서 누리는 자유가 더 클 겁니다."

그러니까 이 그림 속에서는 두 세계가 대립하고 있다. 이쪽의 교수형과 저쪽의 미국식 멜로가 극명한 대조를 이룬다. 앙투안 드 생텍쥐페리는 실망 속에서 이렇게 말하고 싶었던 걸까? 감상적 관객의 시선을 빨아들이기 위해 만들어진 할리우드의 영상 앞에서 어린 왕자가 나타내는 감수성은 미래가 없다고? 만약 그렇다면 생텍쥐페리가 잘못 생각한 거다. 《어린 왕자》는 오늘날 세계에서도 어엿하게 한 자리를 차지하고 있다! 오손 웰스와 제임스 딘도 이 작품에 깊은 감명을 받아 영화화 판권을 취득했다! 이 그림의 일상적이지 않은 근본적 대립은 좀 더 사적으로 해석할 여지를 남기지만 우리는 여기서 드러난 것 이상은 알 수 없을 것이다. 할리우드에서 키스를 하는 동안 어린 왕자는 죽어간다.

마침내 영원이 그를 그 자신으로 바꾸었다

소묘가 거듭됨에 따라 어린 왕자는 미국과 캐나다 독자들이 1943년부터 알았던 그 모습, 프랑스와 유럽 독자들은 1946년부터 알았던 그 모습이 되었다. 그의 "영원한 금빛 머플러"는 (거의) 언제까지나 함께할 것이다. 이 어린 왕자는 작가가 신경 써서 신체 비례를 조화롭게 잡고 이목구비에서 다소 이상하고 우스꽝스럽거나 그로테스크한 표현을 배제한 영원한 아이이다. 이 세계에 앞서 존재했던 어린 남자 캐릭터들과 얼른 세상에 나가고 싶지만 아직 인물이 되기엔 불완전한 아바타들의 유산이 이 인물에 응축되어 있다.

(왼쪽)
헤다 스턴에게 준 어린 왕자 그림,
뉴욕, 1942~1943, 잉크,
워싱턴 스미소니언 협회,
아카이브 오브 아메리칸 아트.

(오른쪽)
마리시뉴 클로델에게 준
어린 왕자 그림, 뉴욕, 1942~1943,
연필, 개인 소장.

어린 왕자, 뉴욕,
1943, 연필, 파리,
프랑스 국립도서관.

친구에게 그려준 그림들

《사랑과 서구 문명》(1939)을 쓴 스위스의 철학자이자 에세이스트 드니 드 루주몽은 뉴욕에서 생텍쥐페리 부부가 가장 가깝게 지낸 친구 중 한 사람이다. 그는 전시정보국에서 근무를 마치고 나면 생텍쥐페리를 만나 끝없는 체스 시합, "고차원적이고 심각한" 토론, 각자 집필 중인 작품 낭독 등으로 시간을 보냈다. 그는 1942년 여름 베빈하우스에도 오래 머물렀다. 프랑스 초현실주의자들과 가까웠던 미국의 화가 조셉 코넬도 롱아일랜드에 작가 부부를 방문했다. 그 시절에 대한 화가의 감동적인 회고가 이를 증명한다. 그는 앙투안 드 생텍쥐페리의 삽화 작업을 보여주는 소중한 그림 몇 장을 간직하게 됐다. 특히 소행성에 서 있는 날개 달린 여성 캐릭터가 눈에 띈다(185쪽 참조). 그리 호의적으로 보이지도 않고 위협적으로 보이지도 않는 이 캐릭터의 우의적 의미를 우리는 알 수 없다.

뉴욕에서 생텍쥐페리는 루마니아의 망명 예술가 헤다 스턴, 일명 '제비갈매기'와 매우 친하게 지냈고 페기 구겐하임, 막스 에른스트와도 가까웠다. 마르셀 뒤샹과 앙드레 브르통도 전쟁 중에 뉴욕에서 전시회를 열 때마다 그를 초대했다. 그는 헤다 스턴에게 《어느 인질에게 보낸 편지》 준비 원고와 교정쇄 들을 맡겼다. 우정, 박애, 망명에 대한 이 중요한 원고는 작가의 친구 레옹 베르트를 위해 쓴 것으로, 뉴욕에서 《어린 왕자》가 출간되고 두 달 후인 1943년 6월에 출간되었다. 헤다 스턴의 작업실(이스트 50번가 410)은 생텍쥐페리가 그의 대작 '카이드'를 큰 소리로 읽으면서 마음 편히 글을 쓰기 위해 선택한 장소이기도 했다. 그는 이미 몇 년째 그 책에 매달리고 있었다.

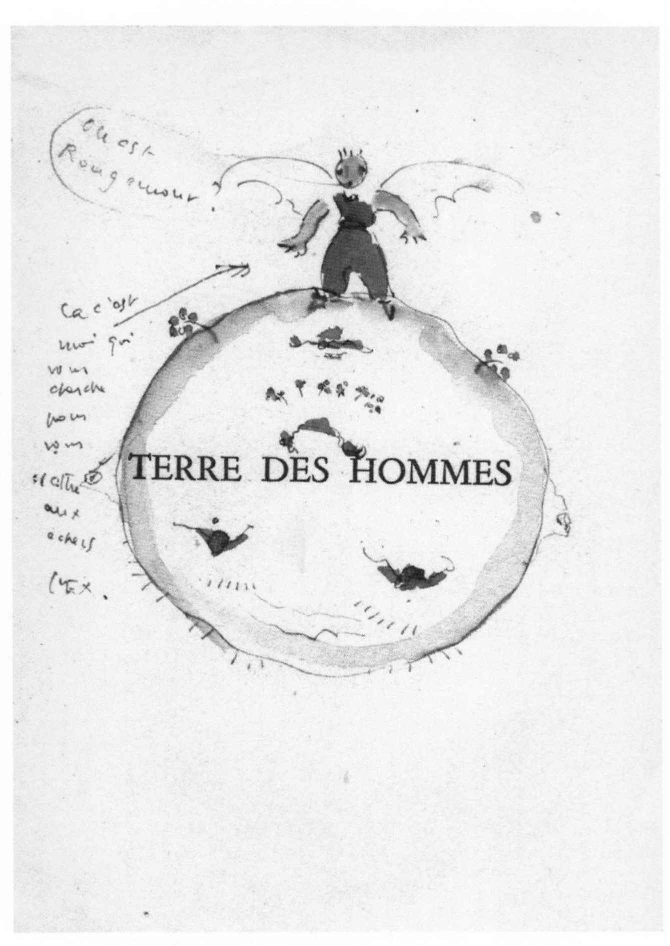

(위)
인간의 대지, 1939,
드니 드 루주몽에게
그림을 그려 보낸 판본,
뉴욕, 1942~1943, 잉크와 수채,
자필 서명과 그림,
뇌샤텔, 공공대학도서관.

(아래)
사막의 드니 드 루주몽 초상,
노스포트(롱아일랜드),
1942년 10월 1일,
잉크와 연필, 빈터투어,
예술문화역사재단.

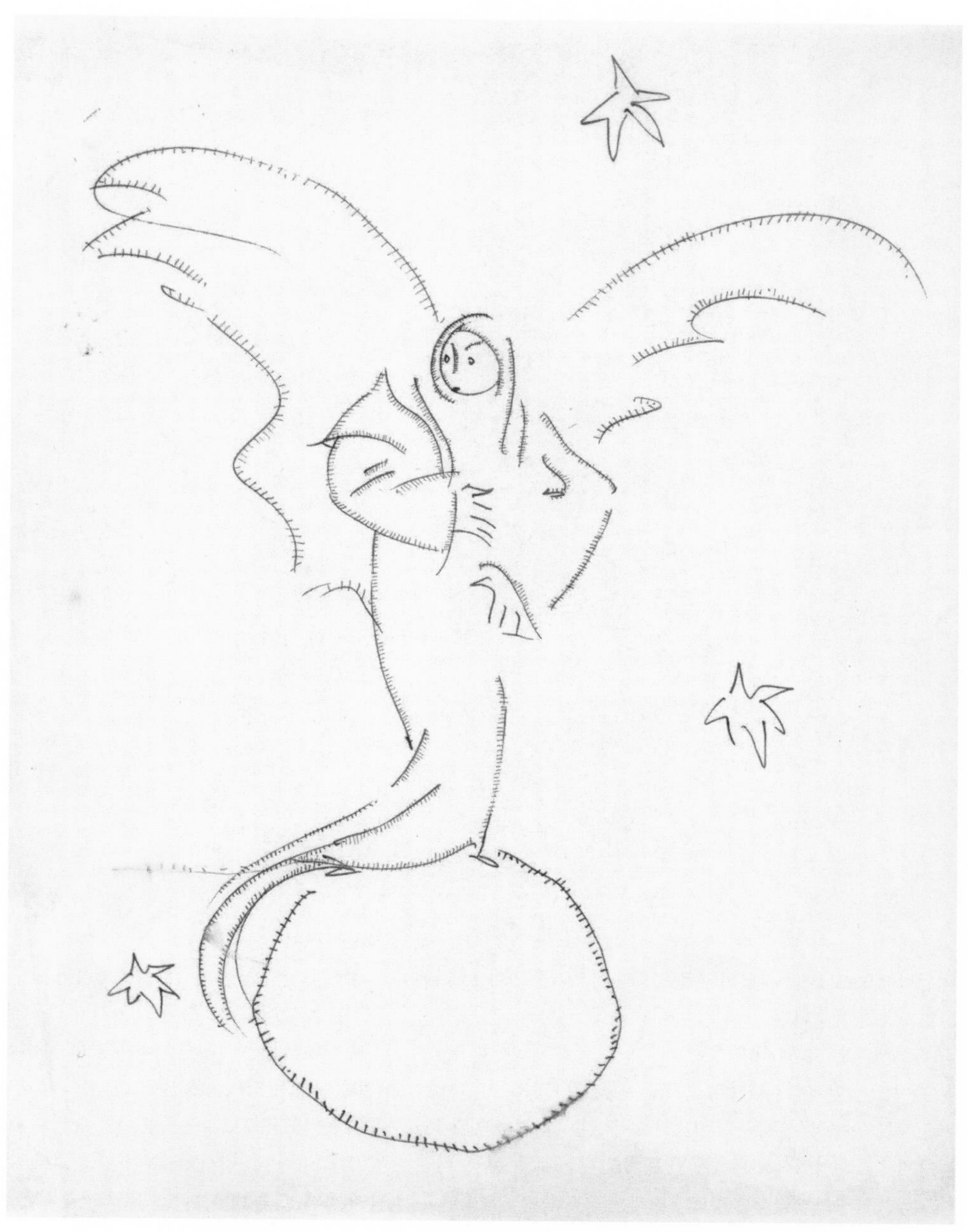

소행성 위의 날개 달린 인물,
뉴욕/아샤로켄(롱아일랜드),
1942~1943, 잉크, 뉴욕,
모건도서관·박물관.

(왼쪽)
절벽 위의 어린 왕자, 3장,
뉴욕/아샤로켄(롱아일랜드),
1942~1943, 잉크, 뉴욕,
모건도서관·박물관.

완벽해요. 오후 내내 당신이 집으로 돌아오기를 기다리며 (전화기에) 대기했습니다.

못 봐서 정말 서운하네요.

'카이드' 집필에 정신적으로 큰 도움 준 것 고마워요.

편지를 쓸 줄 알면 장문의 편지를 보내겠는데 4년 전인가 5년 전에 바보가 되어버려서 그게 잘 안 되네요. 나도 내가 싫습니다.

당신은 당신이 생각하는 것보다 내게 더 큰 도움이 되었습니다.

고마워요.

당신의 벗

앙투안.

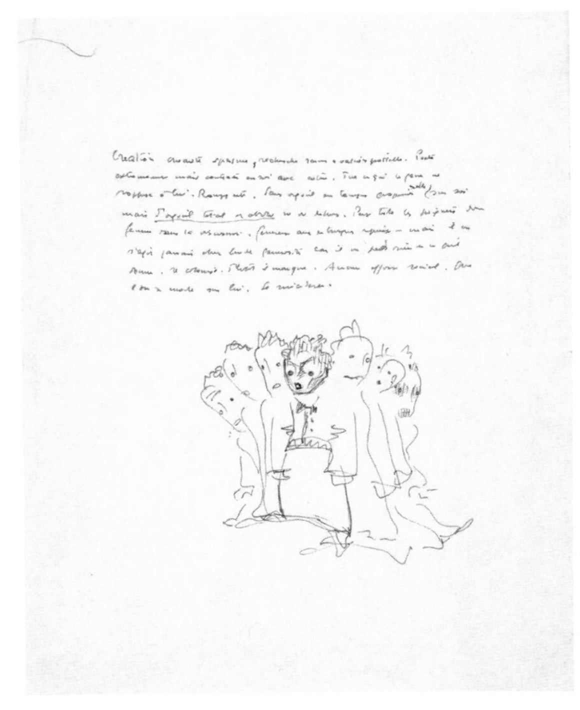

창작은 잔인한 경련, 탈주가 불가능한 탐구.

극한을 견디되 분노를 품고 자기 속으로 억누르기. 거치적거리거나 방해가 되는 것은 죽여라. 분연히 끊어라. 안으로나 밖으로나 [읽을 수 없는 단어] 자기에 대한 전적인 교만 없이. 어느 여인의 뜻을 돌리고자 그녀의 손목을 비틀 수 있다. 돌발적인 재개에 관대하게, 그러나 자기가 준 것을 하나도 잃지 않는데 관대함이라 할 수 있을까. 그는 점령한다, 아니, 표시를 남긴다. 사회적 노력은 없다. 사람들이 부디 그를 본받기를. [그는] 자살하리라.

헤다 스턴에게 보낸 세 통의 편지,
뉴욕, 1942~1943, 잉크,
워싱턴, 스미소니언 협회,
아카이브 오브 아메리칸 아트.

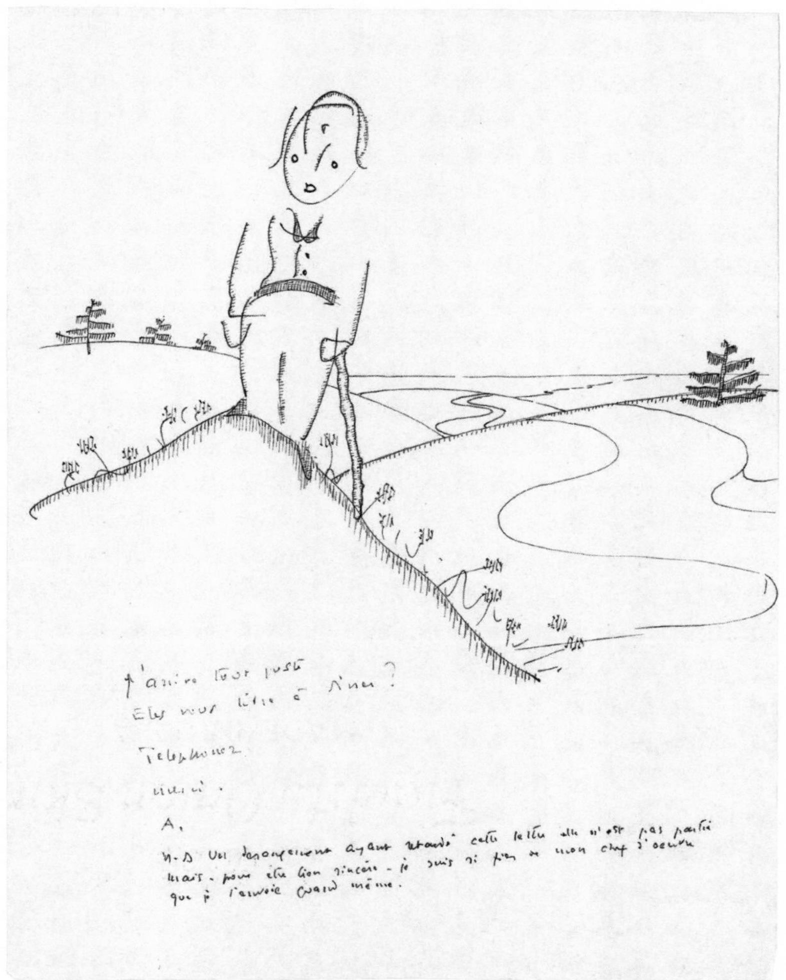

이제 막 도착했습니다.

저녁 같이 먹을 수 있어요? 전화해주세요.

고맙습니다.

A.

추신: 차질이 좀 생겨서 이 편지가 늦어졌어요. 솔직히 말해서 아직 보내지도 못했지만 여기 함께 보내는 나의 걸작이 무척 자랑스럽습니다.

원고에서 출판으로

"그렇게 꽃 한 송이가 태어났다…."

《어린 왕자》 원고는 현재 뉴욕 매디슨애비뉴 모건도서관·박물관이 소장 중이다. 작가 본인이 1943년 4월 2일 뉴욕에서 알제리로 떠나기 몇 시간 전에 미국인 친구 실비아 해밀턴에게 파크애비뉴 969번지에 있는 그녀의 아파트에서 이 원고를 맡겼다. 나흘 후, 서점가에는 레이날앤드히치콕 출판사에서 처음으로 찍은《어린 왕자》의 영어판과 프랑스어판이 쫙 깔렸다. 이 두 판본과 캐나다에서 출간된 것만이 작가 살아 생전에 출간된《어린 왕자》다.

이 원고는 귀중하고 상하기 쉬운 어니언스킨지 141매로 이루어져 있고, 잉크와 연필로 작성되었으며, 삽화 준비 그림 35점이 첨부되어 있는데 대부분은 수채화다. 책으로 출간된 버전과 비교했을 때 흥미로운 지점들이 눈에 띄긴 하지만 비교적 깔끔하고 수정한 흔적이 그리 많지 않다. 그러한 흔적은 작가가 인물들의 대화 부분, 특히 지금도 이 작품의 국제적 명성에 이바지하는 몇몇 핵심 문장에 대해서 표현력과 명료함을 신경 썼다는 것을 보여준다. 우리는 또한 유럽과 미국에서 조종사로서 유명했던 앙투안 드 생텍쥐페리가 자신이 추구하는 거창하지 않은 시적·도덕적 보편성과 반대되는 자전적 이야기를 덜어내기 위해 노력했다는 것도 알 수 있다. 마지막으로, 출판에 채택되지 않은 장면이나 인물은 작품 전체의 구성을 두고 작가가 망설였던 부분을 짐작케 한다.

여기 모아놓은 원고들은 이미 책(갈리마르, 2013)으로 출간된 바 있는 자필 원고를 일부 보완해준다. 게다가 자필 원고가 전시되는 것은 2022년 파리 장식 미술관 전시가 처음이었다. 덕분에, 개인 소장품이었거나 최근에야 경매에 나와 사실상 대중에게 지금까지 공개되지 않았던 몇 장의 원고도 추가될 수 있었다. 이 책에 수록된 글과 그림은 작가의 문학적 프로젝트의 탄생을, 그중에서도 몇 주 혹은 몇 달의 집중적 시기를 보여준다. 그래서 우리는 하나의 단서에서 또 다른 단서로 옮겨가면서 경이로운 순수를 지향하는 문학 창작의 예상치 못한 여정을 짐작할 수 있다.

놀라운 점은 자서전적 원고의 사본뿐 아니라 일부 삽화 원본까지 한데 모아놓았다는 것이다. 이 삽화 원본들은 실제로 미국 출판사에서 썼던 것으로, 종전 후에 콘수엘로 드 생텍쥐페리가 뉴욕에서 가지고 왔다. 이 자료가 이처럼 놀라운 규모로 복원된 것은 처음이다. 채택되지 않은 원고의 일부 장면 역시 작가가 그린 것이다. 드디어 그것들이 세상과 만난다!

(오른쪽)
앉아 있는 어린 왕자.
《어린 왕자》 준비 그림, 26장.
뉴욕/아샤로켄(롱아일랜드), 1942.
잉크와 수채, 뉴욕,
모건도서관·박물관.

'금종이'에 그린 그림

노란색 미제 어니언스킨지(콘수엘로 드 생텍쥐페리는 '금종이'라고 불렀다) 위에 그려진 자세 표현 연습에서 우리는 꽃과 대화를 나누는 어린 왕자(나비가 그려져 있다), 다수의 장미, 절벽 위에서 먼 곳을 바라보는 모습 등을 볼 수 있다. 《어린 왕자》의 독자들에게는 친숙한 장면들이다. 인물이 줄기가 유독 긴 꽃 위에 앉은 새나 달팽이와 함께 그려진 그림, 혹은 개의 목줄을 잡고 산책시키는 그림은 좀 더 놀랍다. 그 그림들의 의미와 목적이 궁금하다. 위협적으로 한 손을 번쩍 든 어린 왕자, 오선지 위에서 아슬아슬하게 균형을 잡고 있는 어린 왕자도 의문을 자아낸다. 작가-삽화가는 이미 자기 작품의 주요 장면을 구성해 두었거나 염두에 둔 상태로 이 그림들을 그렸을 것이다.

언덕, 꽃이 만발한 평원도 이 기초 연습에 자주 등장하는 배경이다. 머지않아 어린 왕자와 장미가 살게 될 행성은 아직 등장하지 않았다. 그러나 행성의 동그라미 모양은 그래픽의 통일감이라든가 어린 왕자의 여행 배경의 독창성이라는 면에서 매우 중요하다. 생텍쥐페리의 차원은 보통 사람들과 달랐기 때문에 사실상 설정된 한계나 범위라는 것이 없다. 어린 왕자가 자신의 너무 작은 행성을 벗어날 필요성을 느꼈던 이유는 자신이 다른 곳을 가치 있다고 여기는 지리적 환상에 빠져 있었기 때문이다. 인간과 세계의 비례를 깨뜨리고 턱없이 협소한 소행성에 사는 인물을 설정함으로써 생텍쥐페리는 인간의 모험을 중심으로 삼는 태도와 거리를 두고("우리가 방황하는 행성에 사는 것이다.") 관계를 포기하고 자신의 광기에 빠져 사는 섬 같은 인간들의 고독을 강조한다. 무엇보다 그림을 통해, 그가 바라본 인간의 모습을 보여줌으로써 세상을 사는 또 다른 방식을 넌지시 암시한다.

(193~199쪽)
《어린 왕자》를 위한 습작,
뉴욕, 1942, 잉크,
개인 소장.

첫 문장

문학에는 유명하고 인상적인 첫 문장들이 넘쳐난다. 마르셀 프루스트의 "오랫동안 나는 일찍 잠자리에 들곤 했다"(《잃어버린 시간을 찾아서》). 알베르 카뮈의 "오늘 엄마가 죽었다. 아니 어쩌면 어제"(《이방인》). 혹은 루이페르디낭 셀린의 "그건 그렇게 시작됐다"(《밤 끝으로의 여행》)는 또 어떠한가.《어린 왕자》의 첫 문장은 "나는 그림을 그릴 줄 모른다"가 될 수도 있었다. 채택되지 않은 이 자필 원고는 그러한 반어적 표현으로 시작한다. 뉴욕 모건도서관·박물관 소장본에 포함되지 않은 이 원고는 작품 1장의 초기 모습을 보여준다.

앞에서 우리는 그림이 이 작품에서 얼마나 중요한지 말한 바 있다. 세상을 거울처럼 비추는 표상과 세상과의 관계에 대한 시적 표현은 뚜렷이 나뉜다. 전자는 유사성이 절대적으로 우선시되지만, 후자는 의식이 지각하고 체험한 방식에 대해서 알려주는 것이 무엇보다 중요하다. 앙투안 드 생텍쥐페리의 체계에서 전자는 전문가와 어른의 영역이다. 요컨대, 인간이 존재나 사물과 맺는 관계의 밀도를 더 이상 느끼지 못하게 된 이들의 영역이다. "나는 그림을 그릴 줄 모른다." 화자는 자신이 그쪽으로는 젬병이라고 고백하는 것이다. 후자의 영역, 즉 정서적 표현의 영역은 그의 안마당이다. 게다가 여기서 말하는 사람은 생텍쥐페리가 아니라 화자인 조종사다. 화자와 어린 왕자의 만남은 진실의 그림, 마음으로 볼 수 있는 것을 보여주는 그림의 영향 아래 위치할 것이다. 적어도, 지상의 두 인물, 어린 왕자와 조종사만은 보아뱀 속의 코끼리와 구멍 뚫린 상자 안의 양을 짐작할 수 있을 것이다.

이 원고의 마지막 문장(역시 채택되지 않았다)은 특히 감동적이다. 아이는 조종사가 되어서 비행기를 그렸는데 그의 친구들은 알아보지 못했다! 이 무슨 오해요, 불행인가! 여기서 이해해야 할 것이 있다. 비행기 그림이 실제 비행기를 닮지 않을 수 있는 것처럼, 조종사라는 인물도 또 다른 인물을 감추고 있을 수 있다…. 조종사를 현대의 영웅으로, 정서적이고 상상적인 삶이 아닌 기계와 사물을 지배하는 인물로만 바라보는 사람들은 그것을 볼 수 없다! 생텍쥐페리는 그런 인물이 아니었으므로 참으로 잔혹한 오해였다.

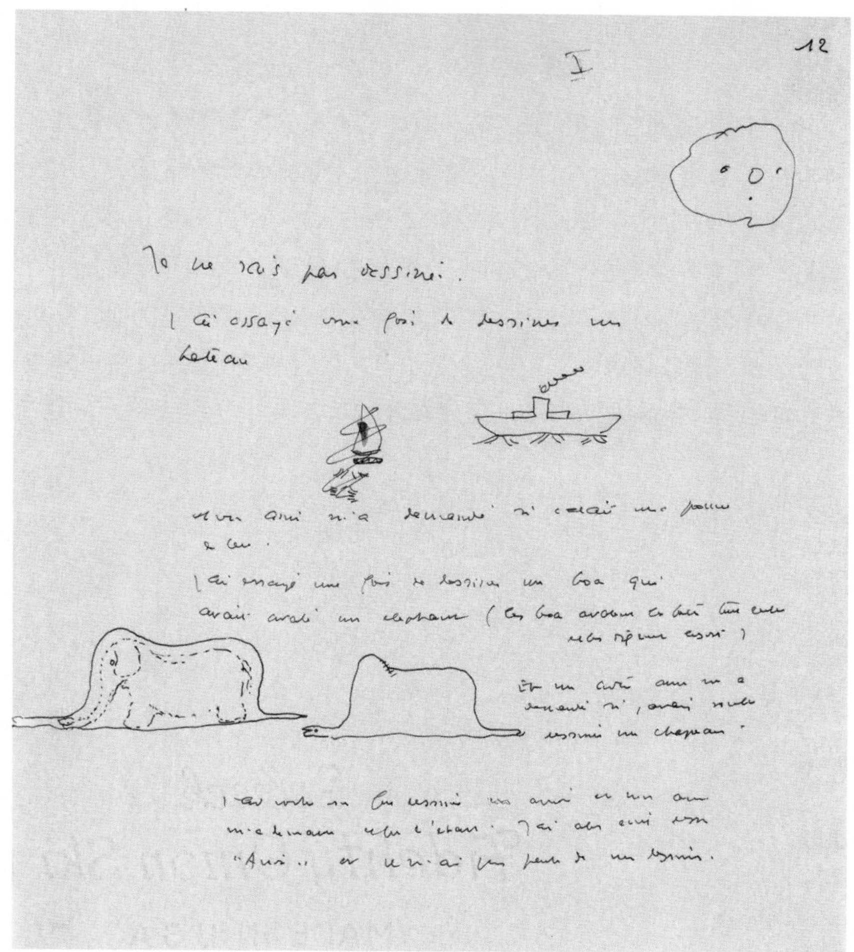

《어린 왕자》 1장 원고,
뉴욕, 1942, 자필 원고, 빈터투어,
예술문화역사재단.

나는 그림을 그릴 줄 모른다.

한번은 배를 그려보았는데 친구가 감자냐고 물어봤다.

한번은 코끼리를 삼킨 보아뱀을 그렸다(보아뱀은 [짐승을] 씹지 않고 통째로 삼킨 다음 천천히 소화시킨다). 또 다른 친구가 나에게 모자를 그리고 싶었느냐고 물었다.

하루는 비행기를 그린다고 그렸는데 내 친구가 그게 뭐냐고 물어봤다. 그래서 나는 그림 위에 '비행기'라고 쓰고 그 후로 다시는 내 그림에 대해서 말하지 않았다.

지구에서 슬퍼한다

“어린 왕자는 서둘러 돌아오기를. 지구에서 슬퍼한다.” 정서하기 힘들 만큼 흘려 쓴 이 준비 노트는 모건도서관·박물관 소장본에 포함되지 않았다. 앙투안 드 생텍쥐페리는 여기서 어린 왕자와 조종사가 만나는 그 유명한 장면을 그려낸다. “나에게 양 한 마리를 그려줘. / 왜? / 그 이유는! / 발끈해서는 / 이건 양이 들어 있는 상자야.” 작가는 여기서 화가가 그림을 손질하듯 자신의 우화에 몇 가지 지표를 마련한다. 우물, 꽃…, 그리고 어린 왕자에게는 그가 떠난 것을 슬퍼하는 행성을 도와달라고 호소한다. 이로써 신화의 기본 토대는 놓였다.

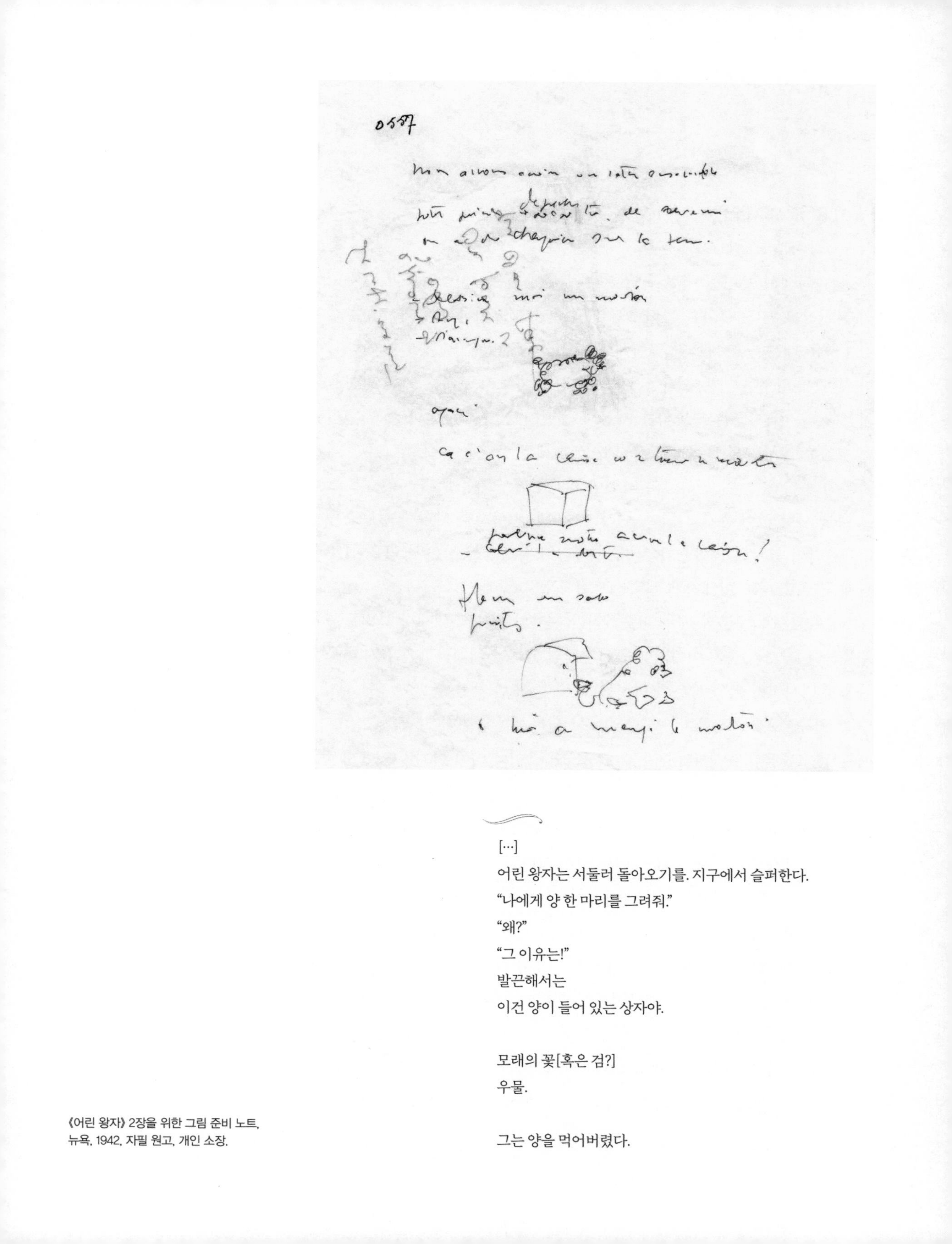

[…]

어린 왕자는 서둘러 돌아오기를. 지구에서 슬퍼한다.

“나에게 양 한 마리를 그려줘.”

“왜?”

“그 이유는!”

발끈해서는

이건 양이 들어 있는 상자야.

모래의 꽃[혹은 검?]

우물.

그는 양을 먹어버렸다.

《어린 왕자》 2장을 위한 그림 준비 노트,
뉴욕, 1942, 자필 원고, 개인 소장.

그렇게 해서 나는 어린 왕자를 알게 되었다

생텍쥐페리는 어린 시절과 어른이 된 후의 삶에 대한 화자의 고백으로 책의 첫머리를 연다. 우화를 들려주기 전에 일종의 방법론부터 제시하는 셈이다. 어른들은 대부분 아이들의 그림에서 드러나는 상상의 세계를 이해하지 못한다. 반면에 화자는 어른이 되어서도 사회가 알아보지 못하는 귀한 진실을 잃지 않고 있다. 이 서론은 조종사를 세상과 동떨어진 외로운 인물로 그려낸다. 기기 고장으로 사막에 불시착한 처지도 그가 세상 사람들 틈에서 살아갈 때의 처지와 비슷하다. 여기서 하나의 역설이 발생한다. "그렇게 나는 진심으로 대화를 나눌 사람 없이 홀로 지냈다. 그러다가 6년 전 사하라 사막에서 사고를 당했다." 사막이 고독의 돌파구가 된다…. 어린 왕자와 조종사는 그림을 매개 삼아 관계를 맺고, 서로 이해하게 된다(생텍쥐페리의 표현).

이 원고는 최종본과 매우 비슷하지만 저자의 의도에 대해서 알려주는 바가 풍부하다. 작가는 자기 이야기에서 자전적인 성격을 배제하고 싶었기 때문에 지나치게 명시적인 이 문장을 누락시켰다. "나는 또한 책을 썼고 전쟁을 했다." 반대로, 최종본(4장, 천문학자 장면 다음)에서 서툴지만 열심히 그림을 그렸다는 고백("나는 그림 물감 한 상자와 연필 몇 자루를 샀다.")이나 이 이야기가 그에게 중요하다는 것을 알려주는 부분은 좀 더 부각되었다. 그는 이 만남을, 친구가 건넨 절반의 고백에서 깨달은 바를 전할 수 없을까 봐 걱정한다. 자신이 어린 시절의 대사가 되기에는 이미 그 시절에서 너무 멀리 와버린 것은 아닐까 두려워한다.

생텍쥐페리의 삭제와 첨언은 자신이 사용하는 단어의 적확성과 문장들의 균형에 무척 공을 들였음을 보여준다. 일례로, 조종사가 자신이 가장 이해받을 수 있다고 신뢰하는 사람들은 "친절하고", "깨어 있으며", "통찰력 있는" 이들로 묘사된다. 기질에서 의식으로 넘어가는 것이다. 마지막으로, 조종사가 여기서 어린 왕자와의 만남을 4년 전으로 설정했는데 최종본에서는 6년 전으로 바뀌었다는 것도 알 수 있다. 이게 하나의 단서다. 6년은 1942년(동화의 시대적 배경으로 추측되는 해)과 1936년(리비아 사막 사고가 일어난 해, 109쪽 참조) 사이의 기간이다.

(205~209쪽)
그림이 있는
《어린 왕자》 1장, 2장, 5장 원고
뉴욕, 1942,
연필, 자필 원고,
모건도서관·박물관.

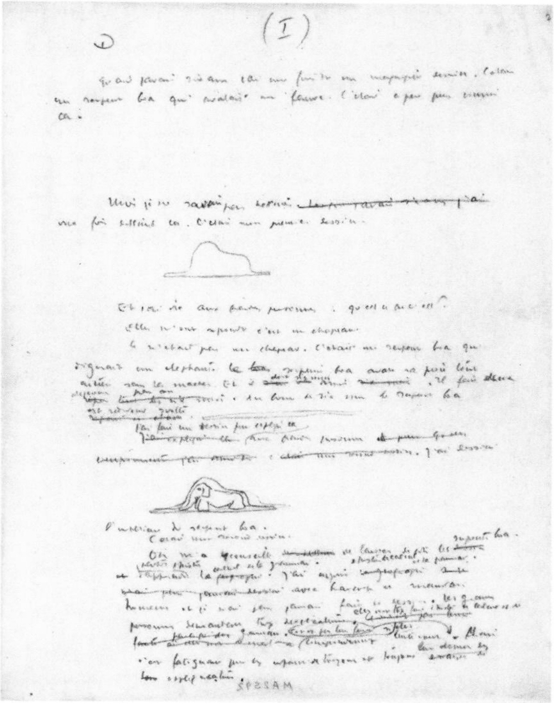

여섯 살 때 굉장한 그림을 보았다. 맹수를 삼킨 보아뱀 그림이었다. 그 그림은 대략 다음과 같다.

하지만 나는 그림을 그릴 줄 몰랐다. [나는] 한번은 그걸 그렸다. 이게 나의 첫 번째 그림이었다.

[속이 안 보이는 보아뱀 그림]

나는 어른들에게 말했다. 이게 뭐게요?

그들은 내게 모자라고 했다.

그건 모자가 아니었다. 코끼리를 소화시키는 보아뱀 그림이었다. 보아뱀은 먹이를 씹지도 않고 통째로 삼킨다. 그러고는 여섯 달 동안 잠을 잔다. 일 년에 딱 두 번만 식사를 하는 것이다. 여섯 달 후면 보아뱀은 다시 날씬해진다.

[날씬해진 보아뱀 그림]

나는 어른들에게 설명하기 위해 아래 그림을 그렸다. 보아뱀의 배 속을 그린 것이다.

[속이 보이는 보아뱀 그림]

이게 나의 두 번째 그림이다.

어른들은 나에게 보아뱀 그림을 집어치우고 역사, 산수, 문법을 배우라고 했다.

나는 내키지 않는 기분으로 역사, 산수, 문법을 배웠고 그림은 더 이상 그리지 않았다. 어른들은 설명을 너무 많이 요구한다. 어른들은 역사, 산수, 문법을 너무 많이 공부한다. 그들이 이해가 느리다고 해도 그들 잘못은 아니다. 하지만 허구한 날 어른들에게 설명을 한다는 건 아이들에게 피곤한 일이다.

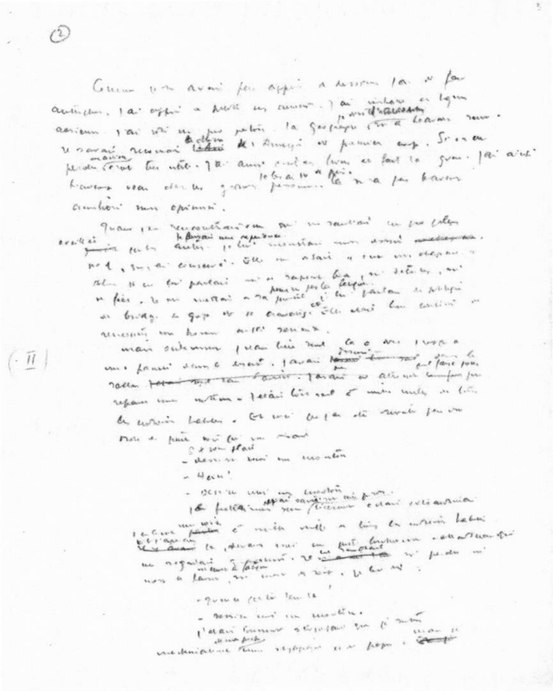

나는 그림을 배우지 않았기 때문에 다른 일을 해야만 했다. 나는 비행기 조종을 배웠다. 나는 항공 노선을 수립했다. 거의 세상 모든 곳을 날아다녔다. 고백하자면, 지리 공부가 많은 도움이 되었다. 나는 중국과 아메리카를 한눈에 구별할 줄 알았다. 비행 중에 길을 잃었을 때 지리 공부는 큰 도움이 되었다. 나는 또한 책을 썼고 전쟁을 했다. 나는 어른들과 함께 많이 지내봤다. 어른들을 아주 가까이서 보았다. 그런 사실이 나의 견해를 많이 바꿔놓지 못했다.

조금 깨어 있는 어른을 만날 때면 나는 항상 시험을 해보았다. 내가 지니고 다니는 데생 1호를 보여주었다. 그러면 그 어른은 "모자로군요"라고 대답했다. 그러면 나는 보아뱀이나 별이나 요정에 대해서 말하지 않았다. 상대를 피곤하지 않게 하기 위해 그의 이해 범위에 나를 맞추었다…. 나는 그에게 브리지게임이나 골프나 넥타이 이야기를 했다. 그러면 그 어른은 꽤 진중한 사람을 만났다고 아주 만족스러워했다.

(II)

다만 나는 영 혼자였다. 사막에서 비행기가 고장 날 때까지 그러한 사정이 이어졌다. 나는 사막에 불시착했다. 엔진 수리를 하려면 날이 밝을 때까지 기다려야 했다. 나는 사람들이 사는 모든 땅에서 천 마일이나 떨어진 곳에 홀로 잠들었다. 그러다 이렇게 말하는 이상한 목소리에 잠에서 깼다.

"제발 양 한 마리만 그려줘."

"뭐라고!"

"양 한 마리를 그려줘."

나는 두 눈을 비비고 펄쩍 뛰었다. 목소리가 들리다니 정말 희한한 일이었다. 나는 사람 사는 땅에서 천 마일이나 떨어져 있었다. 그리고 내 앞에 이상하게 생긴 작은 꼬마가 나를 응시하는 모습을 보았다. 꼬마는 길을 잃은 것 같지도 않았고, 죽도록 굶주리거나 죽도록 피곤하거나 죽도록 목마른 것 같지도 않았다. 나는 그에게 말했다.

"여기서 뭐 하니?"

"양 한 마리만 그려줘…."

나는 너무 어이가 없어서 기계적으로 주머니에서 만년필과 종이를 꺼냈다. 하지만 나는

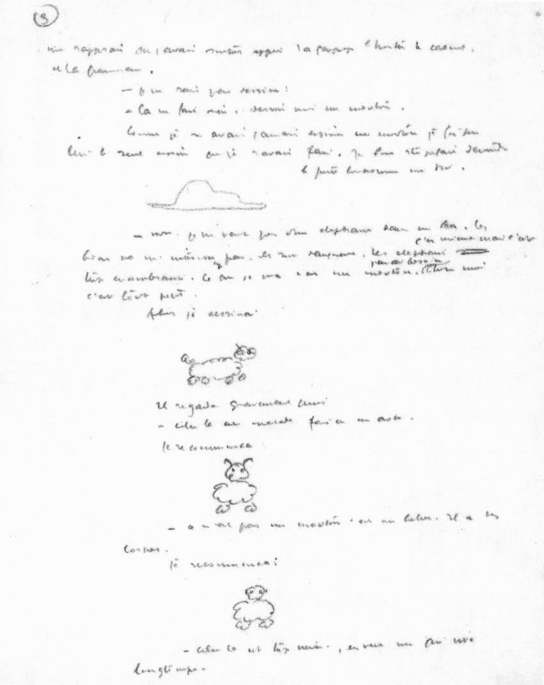

내가 주로 지리, 역사, 산수, 문법을 공부했다는 것을 기억했다.

"나는 그림을 그릴 줄 몰라."

"괜찮아. 양을 한 마리 그려줘."

나는 양을 그려본 적이 없었으므로 내가 그릴 줄 아는 유일한 그림을 그려주었다. 하지만 그 아이가 나에게 대답하는 말을 듣고 어안이 벙벙해졌다.

[속이 안 보이는 보아뱀 그림]

"아냐, 나는 보아뱀 속에 들어간 코끼리 같은 건 싫어. 보아뱀은 너무 위험해. 코끼리는 좀 낫지만 너무 거추장스러워. 내가 원하는 건 양이야. 나는 양이 필요해. 내가 사는 곳은 아주 작아."

그래서 나는 그림을 그렸다.

[첫 번째 양 그림]

그는 찬찬히 바라보고는

"이 양은 병들었으니까 다른 양을 그려줘."

나는 다시 그리기 시작했다.

[두 번째 양 그림]

"이건 암양이 아니라 숫양이네. 뿔이 있다고."

나는 다시 그리기 시작했다.

[세 번째 양 그림]

"얘는 너무 늙었어. 나는 오래 살 양을 갖고 싶어."

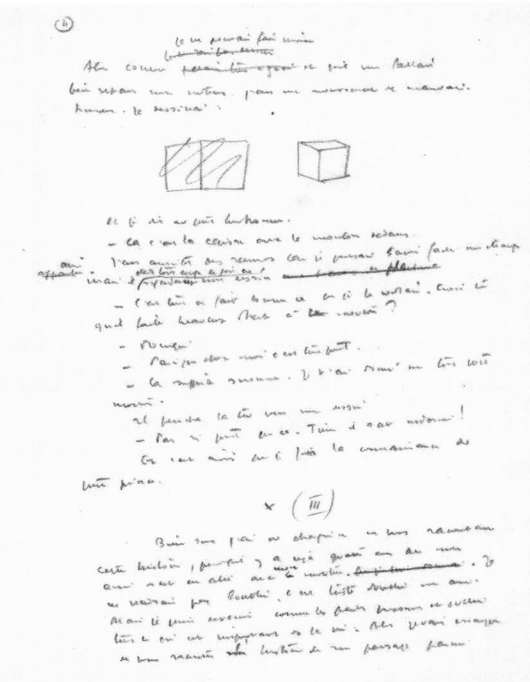

나는 더 잘 그릴 수도 없었고 얼른 엔진도 수리해야 했으므로 내키지 않았다. 나는 이렇게 그리고

[두 개의 상자 그림]

꼬마에게 말했다.

"자, 이건 양이 들어 있는 상자야."

나는 이상한 친구의 마음을 상하게 했다는 생각에 금세 후회가 들었다. 그렇지만 꼬마는 내 그림을 보고 얼굴이 벌게질 정도로 기뻐했다.

"내가 갖고 싶었던 게 바로 이런 거야! 이 양한테 풀을 많이 주어야 할까?"

"왜?"

"내가 사는 곳은 아주 작거든."

"틀림없이 풀은 넉넉할 거야. 내가 준 건 아주 작은 양이니까."

그는 그림으로 고개를 숙였다.

"그렇게 작지도 않은데. 봐, 잠들었어!"

그렇게 해서 나는 어린 왕자를 알게 되었다.

(III)

물론 나는 이 이야기를 하면서 슬픔을 느낀다. 내 친구가 내가 그려준 양과 함께 떠나버린 지 벌써 4년이다. 나는 그를 잊고 싶지 않다. 친구를 잊는다는 건 슬픈 일이다. 하지만 나도 어른들처럼 되어 인생에서 중요한 모든 것을 잊을 수도 있다. 그래서 나는 여러분에게 어린 왕자가

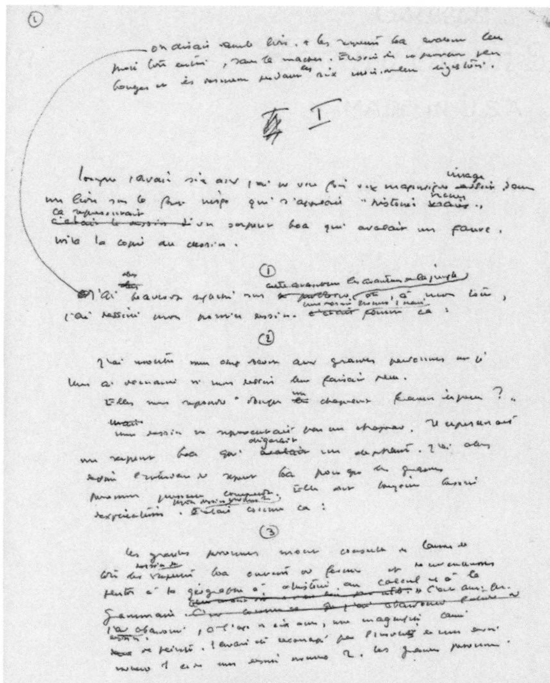

[모건도서관·박물관 소장본의 다음 부분]

안타깝게도 너무 짧게 우리 사이에 머물다 간 이야기를 해보려 한다. 나는 가능한 한 가장 비슷한 그림들을 그려보려 한다. 하지만 나는 정말 자신이 없다. 이 그림은 괜찮다 싶으면 다른 그림은 닮지 않았다. 나는 옷 색깔도 기억이 잘 나지 않는다. 그래서 나는 이렇게 저렇게 시도해본다. 내가 놓친 세부 사항도 많다. 어린 왕자는 나에게 아무 설명도 하지 않았다. 그는 아마 내가 자기와 같다고 믿었던 것 같다. 하지만 나는 상자 속의 양을 꿰뚫어볼 줄 모른다. 어쩌면 나도 이미 어른인가 보다. 나도 모르는 사이에 조금 늙었나 보다.

여러분이 괜찮다면 나는 이 이야기를 동화처럼 시작할 것이다. 내 인생의 가장 아름다운 만남이 동화 같기를 바란다. 여러분이 괜찮다면 이렇게 시작하련다.

"옛날에 어린 왕자가 살았다…"

옛날에 어린 왕자가 아주 작은 행성에 살고 있었다. 그 행성에서 어린 왕자는 무척이나 따분했다.

이 그림들은 기념물이다

다음 원고는 조종사의 그림 일화에서 바로 소행성 위의 어린 왕자 이야기로 넘어가는, 도입부의 압축된 버전을 보여준다. 하지만 이 축약본에도 시적인 정취와 익살은 빠지지 않는다. 아침에 빗자루로 땅을 쓸 때 일어나는 별의 먼지, 어린 왕자의 목욕, 그의 텃밭…. 무엇보다 최종본에는 채택되지 않았지만 아주 의미심장한 이 문장이 있다. "이 그림들은 기념물이다." 이 말은 언제나 "마음은 다섯 살, 여섯 살인" 성숙한 사내에게서 나온 것이다. 우리는 여기서 "나는 내 어린 시절에서 왔다"는《전시조종사》의 고백의 메아리를 듣는다.《어린 왕자》는 자신의 과거, 혹은 과거에 대한 감정이 사라진다는 생각에 결코 익숙해지지 않는 작가의 작품이다. 그의 그림에는 영원의 흥취가 있다.

다음 장에 있는 발표되지 않은 그림은 원고의 직접적 반향으로, 그의 취향에 비해 지나치게 협소한 행성에서 따분해하는 어린 왕자의 모습을 보여준다! 어린 왕자는 가느다란 실로 풍선 붙잡듯 다른 행성과 연결되어 있다. 지나치게 난해하고 상징적인 그림이어서 작가 본인이 삽화에서 제외한 것일까? 이 그림의 의미는 무엇일까? 어쩌면 우리가 어린 시절과 맺는 관계는 한 가닥 실(생텍쥐페리에게 소중한 이미지인 거미줄)과도 같고, 전부를 다 잃은 것이 아닌지도 모른다. 이것이 조종사의 불안에 응답하는 방식이다. "내 친구는 결코 설명을 하지 않았다. 그는 아마 내가 자기와 같다고 믿었던 것 같다. 하지만 나는 불행히도 상자 속의 양을 꿰뚫어볼 줄 모른다. 나도 어쩌면 이미 어른인가 보다. 나이가 들었나 보다."

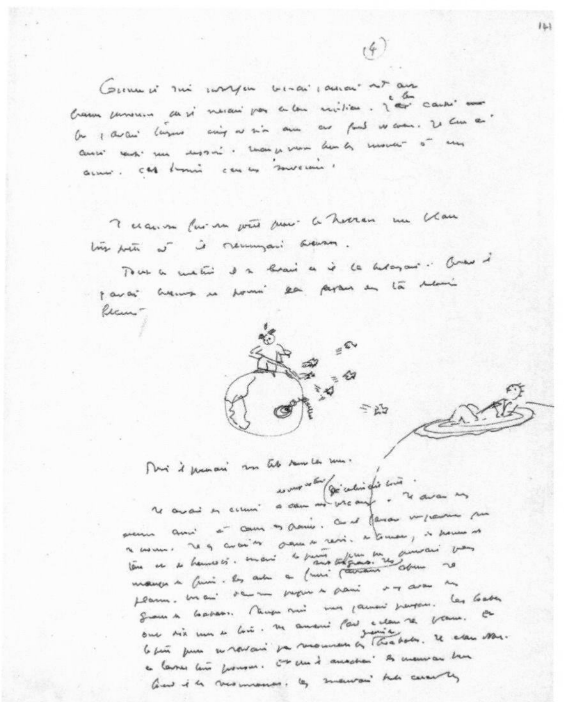

그림이 있는 《어린 왕자》 1장, 2장, 4장 원고,
뉴욕, 1942, 연필, 자필 원고, 뉴욕,
모건도서관·박물관.

나는 너그러운 사람이라 어른들에게 내가 그들 중 하나가 아니라는 말을 결코 하지 않았다. 그들에게 내가 마음은 여전히 다섯 살, 여섯 살이라는 사실을 숨겼다. 나는 그들에게 내 그림도 숨겼다. 하지만 어떤 친구에게는 보여주고 싶다. 그 그림들은 기념물이다.

옛날에 어린 왕자가 아주 작은 행성에 살고 있었다. 그 행성에서 어린 왕자는 무척이나 따분했다.

그는 매일 아침 일어나 빗자루로 땅을 쓸었다. 먼지가 너무 많이 일어나면 별똥별이 잔뜩 생겼다.

[청소하는 어린 왕자 그림]

그다음에 바다에서 목욕을 했다.

[목욕하는 어린 왕자 그림]

그는 사방을 더럽히는 두 개 [혹은] 세 개의 화산 때문에 골머리를 앓았다. 그는 또 씨앗 때문에도 골치가 아팠다. 텃밭에서 자기가 먹을 채소를 길렀기 때문이다. 그곳에는 무, 토마토, 감자, 강낭콩 씨가 있었다. 과실수는 너무 컸다. 그 나무들이 행성을 망가뜨릴 수 있었다. 하지만 그의 씨앗 꾸러미에는 바오밥나무 씨앗도 있었다. 그 이유는 아무것도 완전하지 않기 때문이다. 바오밥나무는 둘레가 10[미터] 나 된다. 그 나무는 행성을 터뜨려버릴 수도 있었다. 그리고 어린 왕자는 바오밥나무 씨앗을 알아보지 못했다. 그는 일단 전부 뿌려 싹을 틔울 수밖에 없었다. 그다음에 나쁜 싹이라는 것을 알아보고 뽑아냈다.

"옛날에 어린 왕자가 아주 작은 행성에
살고 있었다. 그 행성에서 어린 왕자는
무척이나 따분했다.",
뉴욕/아샤로켄(롱아일랜드),
1942, 연필, 선을 뭉개는 기법,
자필 원고, 개인 소장.

지우는 손

작품을 준비하면서 그린 이 수채화는 앞에서 보여준 다른 수채화들(114~115쪽 참조)에 첨부된 것이다. 이걸 보면 작가도 한때는 조종사를(망치를 든 손만이라도) 작품에 등장시킬 생각을 했던 것 같다. 그러나 화자의 모습을 등장시키는 것이 자기 이야기에 도움 될 것이 없다고 판단했는지 그러한 생각을 접었다. 이 그림은 아마도 어린 왕자와 처음 만난 장면 아니면 이후의 장면, 가령 조종사가 꽃의 존재를 알게 되는 다섯째 날 장면일 것이다. "다섯째 날, 이번에도 양 덕분에 어린 왕자의 삶의 비밀이 내 앞에 드러났다. … 그때 나는 비행기 엔진에서 너무 꽉 조여진 나사를 푸는 데 골몰해 있었다. 나는 무척 걱정에 차 있었다. 비행기 고장이 매우 심각해 보이기 시작했고, 마실 물도 다 떨어져 가서 최악의 사태가 두려워졌기 때문이다. … 어린 왕자는, 내가 손에 망치를 들고 손가락에는 기름때를 까맣게 묻힌 채, 그가 보기에는 아주 추하게 생긴 물건에 몸을 숙인 모습을 보고 있었다."

어린 왕자와 조종사, 《어린 왕자》 2장 혹은 7장 삽화로 준비했으나 삽입되지 않은 수채화, 뉴욕/아샤로켄(롱아일랜드), 1942, 잉크와 수채, 뉴욕, 모건도서관·박물관.

위엄 있는 초상

이 수채화 원화는 생텍쥐페리 전문가와 팬 들에게 '모나리자'와도 같다. 이 그림은 미국에서 나온 초판 인쇄에 쓰였고, 1943년 이후로는 작가의 자료 보관처에 고이 잠들어 있었다. 그래서 지금까지 수억 부 팔린 책이나 상품에 인쇄된 형태로만 알려졌다. 드디어 이 원화가 처음 색상대로 복원되었다(애초에 빛에 노출되지 않았기 때문에 손상이 별로 없긴 했지만). 판화로 제작되기 전, 왕자의 망토는 옥색과 붉은색이다. 내친김에, 작가가 두 장화 사이로 비치는 망토 안감을 색칠하는 것을 깜박 잊었다는 것도 지적해두자. 이 실수는 판화 제작에서 바로잡혔다.

앙투안 드 생텍쥐페리는 이 원화를 본인이 직접 서명한 테두리 종이와 투명 필름에 끼워서 보관했는데, 현재는 작품 보호 차원에서 필름을 제거했다. 준비 과정에서 그린 소묘나 습작과 달리, 책에 들어가기로 확정된 수채화 원화들만 이렇게 신경 써서 보관한 것으로 보인다. 최근 몇 년 사이에 경매에 나온 수채화 원화들, 가령 1920년의 천문학자 그림(4장)도 그런 경우다. 작가는 하나의 테두리 종이에 여러 점의 그림을 모아놓기도 했다. 작가가 그 그림들을 특별하게 여겼기 때문에 정성스럽게 보관한 것이다. 본인이 특히 공들여 그린 그림들이니까! "물론 가능한 한 가장 비슷한 초상화들을 그려볼 것이다. 그러나 잘될지는 정말 자신이 없다. 이 그림은 괜찮다. 그런데 다른 그림은 닮지 않았다. 크기도 조금 헷갈린다. 이쪽의 어린 왕자는 너무 크다. 저쪽에 그린 어린 왕자는 너무 작다. 옷 색깔도 망설여진다. 그래서 나는 그럭저럭, 이렇게도 그려보고 저렇게도 그려보면서 모색한다."

"이것은 훗날 내가 그릴 수 있었던
가장 잘된 초상화다.",
'어린 왕자의 위엄 있는 초상',
《어린 왕자》 2장을 위한 최종 수채화,
뉴욕/아샤로켄(롱아일랜드),
1942, 잉크와 수채,
저자 서명이 들어간 테두리 종이,
개인 소장.

표지 그림

이 수채화는 《어린 왕자》 미국판(1943)과 프랑스판(1946) 초판의 표지 그림으로 채택되었다. 어린 왕자의 실루엣은 천 장정본 표지의 압인 제작에도 밑그림으로 사용되었다. 여기서 어린 왕자는 나비넥타이를 하고 있다. 그의 눈빛은 우울해 보이고 매우 당황스러운 것 같기도 하다.

소행성 B612의 어린 왕자,
《어린 왕자》 표지와 3장을 위한
최종 수채화, 잉크와 수채,
개인 소장.

튀르키예 천문학자는 근시가 심한 네덜란드 천문학자가 되었을 수도!

다음 원고에서 앙투안 드 생텍쥐페리가 소행성 B612를 처음으로 관측한 천문학자를 어디 출신으로 할지 망설였고(화자의 이야기에 신빙성을 더한다는 면에서 중요한 세부 사항이었다) 관측 시기도 1915년으로 설정했다가 1909년으로 바꾸었다는 것을 알 수 있다. 결과적으로는 논리적인 선택이다. 앞에서 말한 튀르키예 천문학자가 국제 천문학 대회에서 발표를 했다고 했는데 그 대회는 1911년에 열렸기 때문이다. 하지만 그의 옷차림 때문에 아무도 그의 발표를 진지하게 받아들이지 않았다. 이 자필 원고는 이어서 "믿을 만한"(다시 말해, "믿음이 갈 만큼 따분한") 과학자가 그 소행성을 다시 한번 관측하고 ACB316으로 명명했다고 말한다. 이 버전은 최종판에서 채택되지 않았고 튀르키예 천문학자가 1920년에 다시 한번(이번에는 서양식 양복을 차려입고) 발표를 해서 소행성 B612가 학계의 인정을 받았다는 설정으로 바뀌었다.

이러한 연도 수정은 1911년 10월 23일부터 26일까지 파리 국립천문대에서 국제 천문학 대회가 열렸다는 사실을 작가가 염두에 두었음을 보여주는 것이기도 하다. 당시 앙투안은 열한 살 소년이었다. 하지만 이 대회에서 비로소 전 세계 차원으로 천체력 제작이 합리적으로 논의되었고 천체 위치 계산이 다양한 영역의 연중 일정에 활용되기 시작했다.

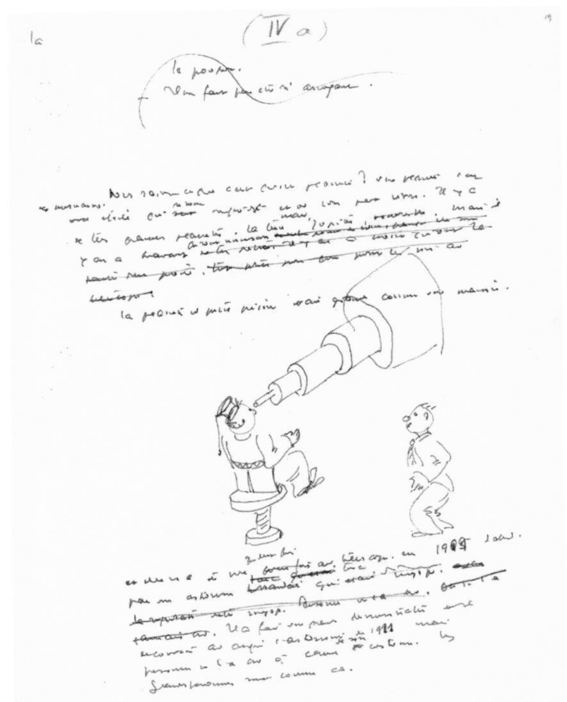

여러분은 행성이 무엇인지 아는가? 행성은 차게 식은 별의 조각으로, 우리가 살 수 있는 곳이다. 큰 행성들이 있다. 지구, 화성, 목성이 그렇다. 하지만 아주 작은 행성이 많다.

어린 왕자의 행성은 집 한 채보다 클까 말까 했다.

[천문학자와 인물 그림]

그 행성은 두 번밖에 관측되지 않았는데 일단 1909년에 튀르키예의 천문학자가 관측을 했다. 그는 1911년 천문학 대회에서 자신의 발견을 거창하게 발표했지만 그의 옷차림 때문에 아무도 믿어주지 않았다. 어른들은 그런 식이다.

그림이 있는 《어린 왕자》 4장 원고,
뉴욕, 1942, 잉크,
자필 원고, 뉴욕,
모건 도서관 · 박물관.

바오밥나무의 비극

《어린 왕자》는 최초로 우주에서 찍은 지구 사진(1972년 12월 7일 아폴로 17호에서 촬영한 블루마블)이 나오기 30년 전에 출간되었다. 1990년 2월 14일 보이저 1호가 약 64억 킬로미터 거리에서 찍은 '창백한 푸른 점pale blue dot'을 기준으로 거의 50년 전이다. 지구는 측량할 수 없이 광대한 우주에서 '창백한 푸른 점'에 불과하다. 이 사진들은 지구를 공동의 터전으로 제시하고 인간들의 전능을 상대화함으로써 인간들이 지구와 맺는 관계를 완전히 바꾸어놓았다. 인간은 연약한 존재들이고 보편적인 집단 책임, 아니면 적어도 폭넓게 공유하는 책임이 있음을 일깨운 것이다. 앙투안 드 생텍쥐페리는 조종사였기 때문에 자기 눈으로 행성이 둥글다는 것을 확인했고(그의 그림들에도 자주 등장하듯이) 그러한 감성을, 마치 예감처럼 품고 있었다.

《어린 왕자》는 내면적이고 정서적인 것에 대한 성찰을 지구의 집단적 미래에 대한 강력한 의문과 뒤섞는다. 이 책의 5장이 그 증거다. 어린 왕자와 조종사는 우리를 둘러싼 것들에 일상적으로 베풀어야 하는 보살핌의 중요성에 대해 이야기를 나눈다. 바오밥나무의 뿌리는 매일 뽑아줘야 한다. 그러지 않으면 어린 왕자의 행성을 온통 차지해버리기 때문이다. 그래서 화자는 심각한 어조로, 호소하듯이 말한다. "이건 어린 바오밥나무를 뽑는 어린 왕자다. 이건 가짜다. 이건 바오밥나무가 클 때까지 내버려둔 게으름뱅이다. 이제 나무가 그의 별을 터뜨려버릴 지경이다. 한두 그루가 아니라 스무 그루의 바오밥나무를 내버려둔다면 무슨 일이 일어날지 상상해본다면 어떨까? 나는 내 친구의 지시대로 이 두 장의 그림을 그렸다. 아저씨 행성의 어린이들에게 이 위험을 잘 설명해야 해. 언젠가 그 아이들이 여행을 떠날 때 도움이 될 거야. 그들에게 그림을 그려줘."(《어린 왕자》 원고)

그리고 최종본에는 다음과 같은 문장이 들어와 있다. "그래서 나는 어린 왕자가 알려준 대로 그 별을 그렸다. 나는 도덕주의자의 말투를 쓰는 걸 별로 좋아하지 않는다. 하지만 바오밥나무의 위험은 거의 알려져 있지 않고, 길을 잃어 소행성에 들어간 사람이 겪게 될 위험은 너무 엄청난 것이므로, 나는 딱 한

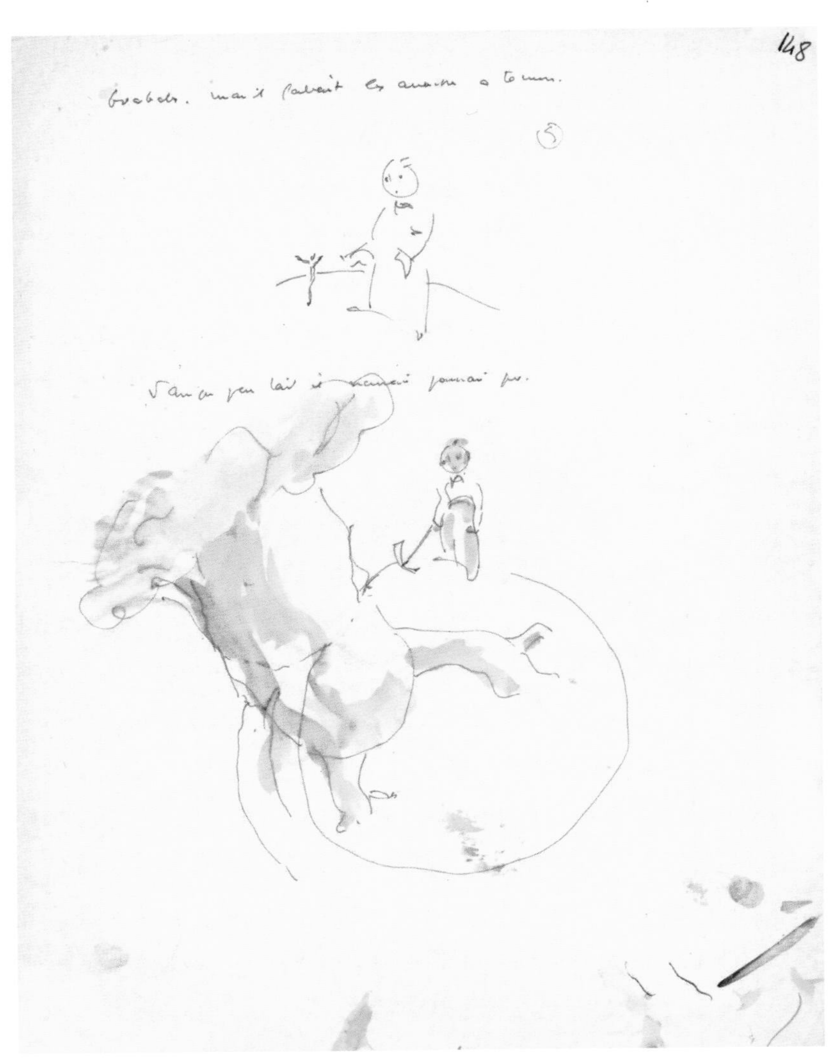

… 바오밥나무들. 하지만 이 나무들을 제때 뽑았어야 했다. 나중에는 뽑으려야 뽑을 수 없게 되므로.

그림이 있는 《어린 왕자》 5장 원고,
뉴욕, 1942, 잉크와 수채,
자필 원고, 개인 소장.

번만 내 조심성에 예외를 두겠다. 그래서 나는 이렇게 말하겠다. '아이들아! 바오밥나무를 조심하거라!'"

앙투안 드 생텍쥐페리는 여기서 작금의 기후 위기를 내다보기라도 한 듯 생태주의 담론을 펴고 있는 것일까? 저자의 글에서 그렇게 판단할 근거를 찾을 수 없지만 그렇게 생각해선 안 될 근거도 찾을 수 없다. 별 그림이 천체물리학자의 증거가 아니듯 식물적 은유(바오밥나무)가 딱히 생태주의 투쟁의 증거가 되진 않는다. 하지만 여기서 집단적 관심사를 떠올리지 않기는 힘들다. 그러한 관심사는 정치적 야만(나치즘과 전체주의의 탄생, 153쪽 참고)과 관련된 것일 수도 있고 푸르른 행성 지구를 위험에 빠뜨리는 과학 기술 중심주의, 풍요 사회의 산업 및 소비 지상주의와 관련된 것일 수도 있다.

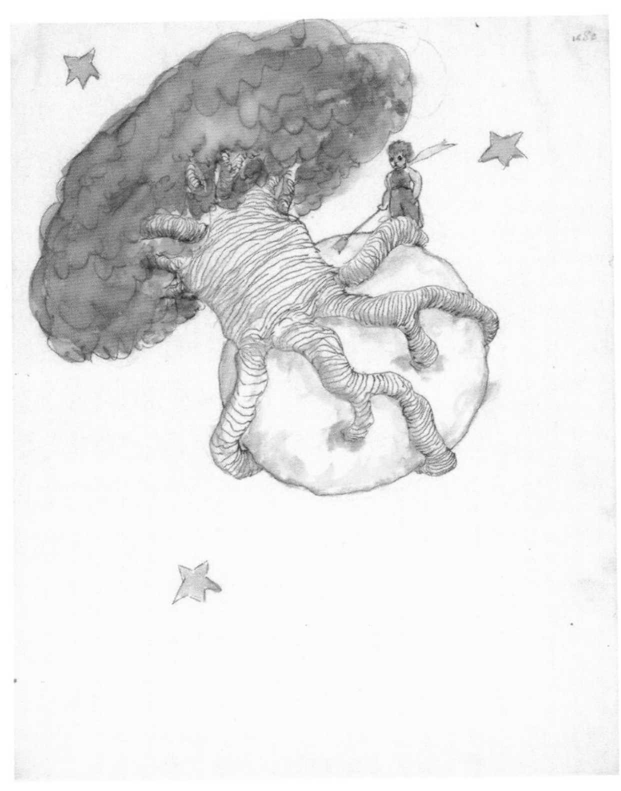

(위, 오른쪽)
바오밥나무에 잠식당한
행성의 어린 왕자,
《어린 왕자》 5장을 위한 그림,
뉴욕/아샤로켄(롱아일랜드),
1942, 잉크와 수채, 뉴욕,
모건도서관·박물관.

(아래)
자기 행성에서 바오밥나무 싹을 뽑는
어린 왕자, 《어린 왕자》 6장을 위한 그림,
뉴욕/아샤로켄(롱아일랜드), 1942,
잉크와 수채, 뉴욕,
모건도서관·박물관.

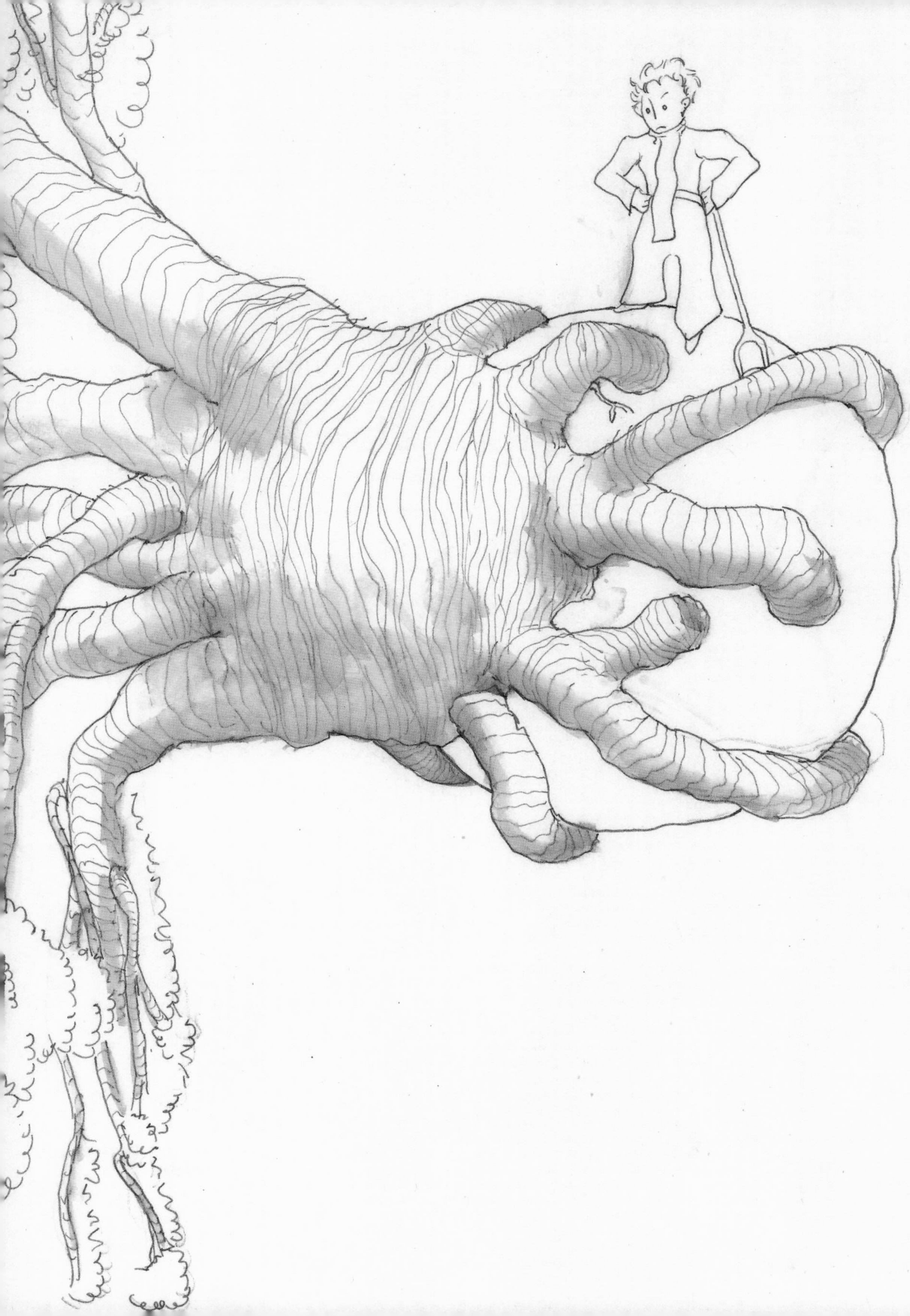

우울

이 빼어난 수채화는 책 속에서 흑백으로만 실렸고, 그림의 지구 표면에 해당하는 동그라미 안에 본문이 삽입되었다. 그래서 원화의 색을 살려 여기에 싣는다. 따뜻한 붉은색 석양이 갈대와 꽃 무더기에 가려져 있다. 우주와 소행성이 때 묻지 않은 흰색으로 표현된 것도 인상적이다. 어린 왕자의 외로운 세상은 장식들로 꽉 찬 배경이 아니지만 추상적 공간도 아니다. 그렇지만 공백과 침묵에 마땅한 자리를 남겨둠으로써 존재감을 만들어낸다. 우리는 이 최종 이미지를 모건도서관·박물관 소장본에 첨부된 준비 그림과 비교하면서 작가가 단순화를 꾀하고 순수성을 추구했음을 느낄 수 있다. 이 삽화에 상응하는 자필 원고를 여기 옮겨놓는다.

아! 어린 왕자야, 나는 조금씩 네 삶이 우울했던 이유를 이해하게 되었단다. 오랫동안 너에게 위안거리라곤 해가 지는 광경의 감미로움밖에 없었다는 것을. 나는 나흘째 아침에 네가 그렇게 말했을 때 비로소 알게 되었지.

"나는 해가 지는 광경을 정말 좋아해. 같이 석양을 보러 가자…."

"하지만 기다려야 해…."

"뭘 기다려?"

"해가 지기를 기다려야지."

처음에 너는 아주 놀란 표정이었어. 그다음엔 너 자신이 한 말을 두고 웃었지. 너는 말했어.

"맞아. 내가 아직도 내 행성에 있는 줄 알았지 뭐야!"

미국이 정오일 때 프랑스에서는 해가 진다. 일 분 안에 프랑스에 갈 수 있다면 해넘이를 충분히 볼 수 있을 것이다.

불행히도 프랑스는 아주 멀다. 그렇지만 너의 작은 행성에서는 의자를 몇 발짝 끌어당기는 것으로 충분했지. 그래서 너는 보고 싶을 때면 언제든지 저녁놀을 바라보곤 했어….

"어느 날엔가는 해가 지는 걸 마흔네 번이나 봤어!"

그리고 잠시 후 너는 이렇게 덧붙여 말했지.

"있잖아…, 누구나 너무 슬플 땐 해 지는 풍경을 좋아하게 돼…."

"그럼 그날은 그렇게나 많이 슬펐던 거야?"

그러나 어린 왕자는 대답을 하지 않았다.

"어느 날엔가는 해가 지는 걸 마흔네 번이나 봤어!",
자기 행성에서 석양을 바라보고 있는 어린 왕자.
《어린 왕자》 6장을 위한 최종 수채화,
뉴욕/아샤로켄(롱아일랜드), 1942, 잉크와 수채,
장마르크 프로브스트 소장품.

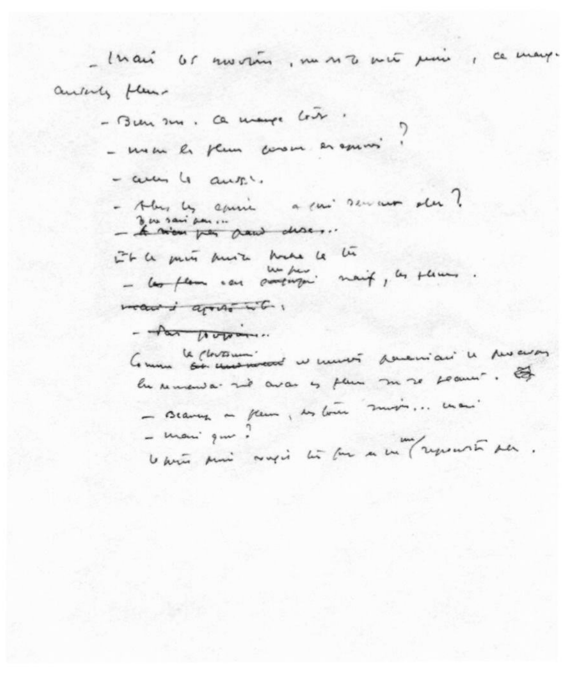

"하지만 양은 꽃도 먹지?"

"물론이지. 양은 다 먹어 치워."

"가시가 있는 꽃들도?"

"그렇지."

"그렇다면 가시는 무슨 소용이 있는 거야?"

"나도 몰라…."

어린 왕자는 고개를 흔들었다.

"꽃들은 너무 순진해."

어린 왕자가 양들의 식탐에 신경을 쓰는 것 같기에 [나는] 그의 행성에도 꽃이 있는지 물어보았다.

"꽃은 많아, 아주 소박한 꽃들이…. 하지만."

"하지만, 뭐?"

어린 왕자는 얼굴을 몹시 붉히고 더 이상 대답하지 않았다.

어린 왕자는 얼굴을 몹시 붉혔다

이 원고는 모건도서관·박물관 소장본보다 먼저 쓰였을 것이다. 《어린 왕자》의 중요 장면 중 하나에 해당하는 이 원고에서 조종사는 어린 손님이 던지는 질문들이 그냥 제멋대로 하는 말이 아니라는 것을 이해하기 시작한다. 그 질문들은 절반의 고백처럼, 그리움과 후회와 죄책감에 젖어 있는 개인적 이야기와 내면의 심경을 밝혀준다. 이 일화는 어린 왕자가 자기 행성에서 출발하는 장면과 호응한다. 그 장면에서 장미는 유리 덮개로 보호받기를 거부하고 네 개의 날카로운 가시를 발톱처럼 드러낸다. 어린 왕자는 지구를 여행하면서 자신의 과오를 깨닫는다. "나는 말이 아니라 행동으로 그 꽃을 판단했어야 했어. 꽃은 나를 향기롭게 해주고 환하게 밝혀주었지. 나는 절대로 달아나지 말았어야 했어! 그 꽃의 가련한 술책 뒤에 가려진 애정을 알아차렸어야 했는데. 꽃들은 정말 모순투성이거든! 하지만 나는 너무 어려서 꽃을 사랑할 줄 몰랐던 거야."

《어린 왕자》 7장 원고, [뉴욕, 1942], 자필 원고, 개인 소장.

그리하여 꽃이 태어났다

조종사는 거듭되는 절반의 고백들을 통하여 어린 왕자의 비밀을 알게 된다. 그가 사막에서 닷새간 함께 지낸 이 소년이 양이나 장미 가시에 대해서 질문을 했던 이유는("어린 왕자는 한 번 질문을 던지면 결코 포기하지 않았다.") 하나뿐인 장미를 자기 행성에 두고 왔기 때문이다. 단 한 겹의 꽃잎들로 꾸민 소박한 꽃들과 달리 장미는 신비스러운 치장을 마치고 어느 날 아침 모습을 드러냈다(첫사랑의 이미지).

8장은 장미의 등장을 상세히 묘사한다. "그런데 이번 꽃은 어느 날 알 수 없는 어딘가에서 실려 온 씨앗에서 움튼 것이었다. 어린 왕자는 다른 싹들과 닮지 않은 그 싹을 아주 가까이서 감시했다. … 어린 왕자는 큼직한 봉오리가 맺히는 것을 지켜보았다. 거기서 어떤 기적적인 출현이 일어날 것만 같은 느낌이 들었다. 그런데 그 꽃은 초록색 방에 숨은 채 끝없이 치장만 하고 있었다. … 그리고 바로 어느 날 아침, 해가 뜨는 바로 그 시각에 모습을 드러내었다." 이 감동적인 기적은 머지않아 꽃의 "다소 까다로운 허영심"에 퇴색되고…, 어린 왕자는 "애정 어린 호감에도 불구하고 이내 꽃에게 의심을 품게 되었다". 작가가 그림을 그린 종이 뒷면에 써놓은 다음 두 문장은 그 상황을 잘 요약하고 있다.

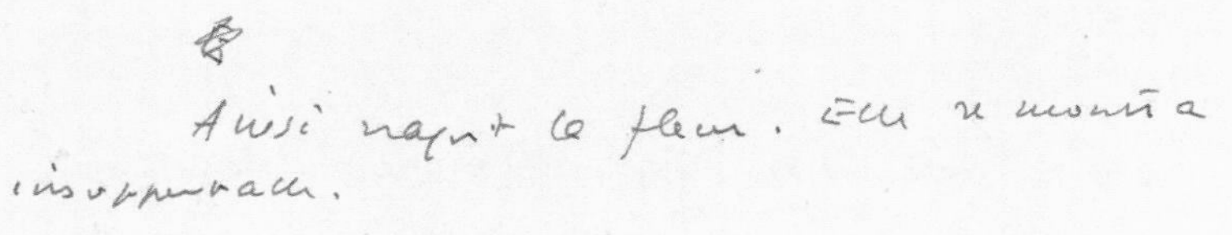

Ainsi naquit la fleur. Elle se montra insupportable.

그리하여 꽃이 태어났다. 꽃은 참아주기 어려운 모습을 보였다.

(왼쪽)
어린 왕자와 장미,
《어린 왕자》 8장 삽화를 위한 연필화,
뉴욕, 1942, 잉크, 개인 소장.

(오른쪽)
《어린 왕자》 8장 원고, 뉴욕, 1942,
자필 원고, 개인 소장.

탈주

조종사는 9장에서 어린 왕자와 장미의 이별 이야기를 한다. 이 두 점의 수채화 원화는 어린 왕자에게 가슴 아픈 추억으로 남았을 우울한 장면에 해당한다. 그는 어떻게 위험한 바오밥나무 씨앗과 덮개도 없이 바람과 짐승의 위협에 시달릴 장미를 남겨두고 떠날 수 있었을까…. 위의 그림은 책의 속표지에도 사용되었다.

모건도서관·박물관 소장본을 보면 작가는 어린 왕자가 들오리들의 이동을 이용해서 소행성을 떠나는 것으로 설정하려 했던 듯하다. 들오리들은 "이따금 어린 왕자의 소행성에 내려와 잠시 쉬었다 가곤" 했다!

"어린 왕자는 철새들의 이동을 이용해 자기 행성에서 빠져나온 것 같다.", 어린 왕자의 비행, 《어린 왕자》 속표지와 9장을 위한 최종 채택된 수채화, 뉴욕/아샤로켄(롱아일랜드), 1942, 잉크와 수채, 테두리 종이 아래 보관, 개인 소장.

(오른쪽)
"그는 활화산들을 정성껏 청소했다.", 자기 행성을 떠나는 날 아침의 어린 왕자, 《어린 왕자》 9장에 최종 채택된 수채화, 뉴욕/아샤로켄(롱아일랜드), 1942, 잉크와 수채, 서명이 들어간 테두리 종이 아래 보관, 개인 소장.

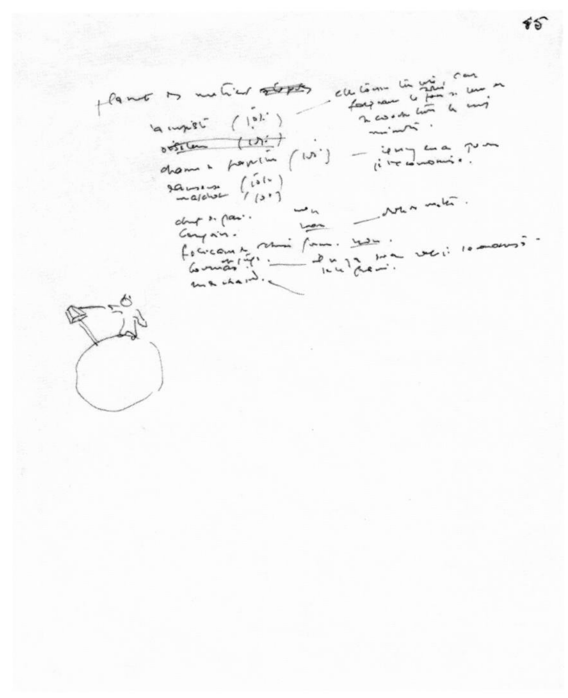

(왼쪽)
가로등 켜는 사람과 다른 인물들, 《어린 왕자》를 위한 소묘, 뉴욕, 1942, 자필 원고, 개인 소장.

(오른쪽)
'직업들의 행성', 《어린 왕자》를 위한 그림이 있는 노트, 뉴욕, 1942, 잉크, 자필 원고, 개인 소장.

[지워진 글자: 어리석은] 직업들의 행성

점등원(멋짐). 행성은 빠르게 돈다. 5분마다 일어나고 잠자리에 들어야 하니 몹시 피곤한 일이다.

[지워진 글자: 새잡이(멋짐)]

나비 잡는 사람(멋짐). 나비는 하나뿐이라서 아껴둔다.

무용수(멋짐)

선원(멋짐)

역무원. 아니다.

은행가. 아니다. 이상한 직업.

… 제조인. 아니다.

간수이자 판사. … 는 없다. 아껴둔다.

나는 예고했다.

장사꾼.

직업들의 행성

《어린 왕자》 집필을 준비하면서 남긴 이 메모는 작업 중인 생텍쥐페리를 보여준다. 아마도 뉴욕 소장본보다는 훨씬 이전의 글일 것이다. 10장 초반부 소행성 325번에서 330번까지의 방문은 아직 명확히 정해지지 않았다. 작가는 "어리석은" 직업들의 행성을 설정했다가 그중 어떤 직업들은 우습지 않을 수도 있다는 희망의 여지를 남기기로 했던 듯하다. 그 목록 중 맨 처음 등장하는 것이 점등원lampiste인데 최종본에서는 '가로등 켜는 사람allumeur de réverbères'으로 바뀌었다. 비록 그의 반복적 작업은 바보 같은 행성에서 로봇이 움직이는 모양새와 비슷하지만 앙투안 드 생텍쥐페리는 이 인물을 '멋지다joli'고 본다. 작가가 뭔가 사랑스럽고 정이 가지만 연약하고 보잘것없는 것에 대해서 쓰는 표현이다. 가로등 켜는 사람은 의무감과 너그러운 행위로 구원받는다. 비록 그 행성에 자기 혼자뿐일지라도 누군가에게 세상을 밝혀 보여주고 싶으니까 꼬박꼬박 가로등에 불을 붙이는 것이다…. 무용수, 새잡이, 선원, 나비 잡는 사람도 이 구원의 형용사를 누릴 자격이 있다. 하지만 이 네 인물 모두 동화의 최종본에는 등장하지 않는다.

반대로, 처음에는 배제되었던 은행가가 사업가라는 꼴사나운 모습을 덧입고 가로등 켜는 사람과 마찬가지로 자기 행성을 가진 인물로 등장한다. 역무원(철로 관제사)과 (갈증을 없애는 약을 파는) 장사꾼은 지구에서 어린 왕자와 잠깐 스치듯 만나는데 이 두 인물은 현대 세계의 헛된 열망을 상징한다. 마지막으로 《어린 왕자》 16장에서 생텍쥐페리는 지구를 20억 명의 어른이 사는 직업들의 행성으로 그린다. 다시 말해, 지구에는 왕도 있고 지리학자, 사업가, 술꾼, 허영쟁이가 모두 있다. 누가 세상을 구원할 것인가? 그로써 누가 우리 인간들을 구원할 것인가?

나비 잡는 사람

나비 잡는 사람이라는 인물은 《어린 왕자》 최종본이나 모건도서관·박물관 소장본에 등장하지 않는다. 하지만 채택되지 않은 이 수채화를 보건대, 앙투안 드 생텍쥐페리는 주인공의 여행 이야기에서 이 인물에게 한자리를 할애할 생각이었던 것 같다. 이 그림은 작가가 1943년 4월 2일에 미국을 떠나기 전 친구 실비아 해밀턴에게 맡긴 원고 뭉치 속에 들어 있었다. 삽화는 작가의 준비 메모의 내용과 호응한다. 메모 속에는 한 마리뿐인 나비를 잡으려 하는 이 '멋진' 인물에 대한 언급이 있으니 말이다. "하나뿐이라서 아껴둔다." (이 언급은 왕을 방문하는 장면에서도 늙은 쥐에 대해 등장한다.) 그러나 이 삽화는 더 많은 것을 보여준다. 나비 잡는 사람의 행성에는 꽃이 네 송이 있다. 그중 세 송이에는 위협적인 애벌레가 있다. 그러나 네 번째 꽃은 마치 장미의 유리 덮개처럼 외부 위험을 차단할 수 있는 기발한 보호 장치가 있다. 이렇듯 이 행성은 9장의 출발 장면에서 어린 왕자가 떠나온 행성의 특성을 공유한다. "나비와 사귀고 싶다면 애벌레 두세 마리는 견딜 수 있어야겠지요. 나비는 정말 아름다운 것 같아요. 나비가 아니면 누가 나를 찾아오겠어요?" 장미는 그렇게 말했고 어린 왕자는 유리 덮개를 씌우지 못한 채 그 꽃을 차가운 밤바람과 야생동물의 위협에 내놓고 떠나왔다. 꽃은 그래도 네 개의 가시를 "발톱"처럼 드러냈고 "그렇게 쉽게 감기에 걸리진 않을" 거라고 했다…. 뒤에 가서 어린 왕자는 숱하게 피어 있는 장미들에게 그의 장미가 특별한 것은 자기가 그 꽃을 위해 "나비가 될 두세 마리는 빼고" 애벌레들을 잡아 없애주었기 때문이라고 말한다. 여기서 우리는 앙투안 드 생텍쥐페리가 나비 잡는 사람이라는 인물에 애착을 느꼈지만 어린 왕자가 자기 행성에서 하나뿐인 장미와 맺는 관계를 충실하게 강조하기 위해 결국 배제하기로 했으리라 짐작할 수 있다.

마지막으로, 나비 수집가가 생텍쥐페리에게 진정성을 띠는 긍정적인 상징이라는 점을 지적해둔다. 《어린 왕자》의 자필 원고 중 4장 최종본에는 포함되지 않았지만 의미심장한 대목을 볼 수 있다. "어른들은 숫자를 좋아한다. 어른들에게 새로 사귄 친구 얘기를 하면 그들은 결코 중요한 것을 묻지 않는다. '그

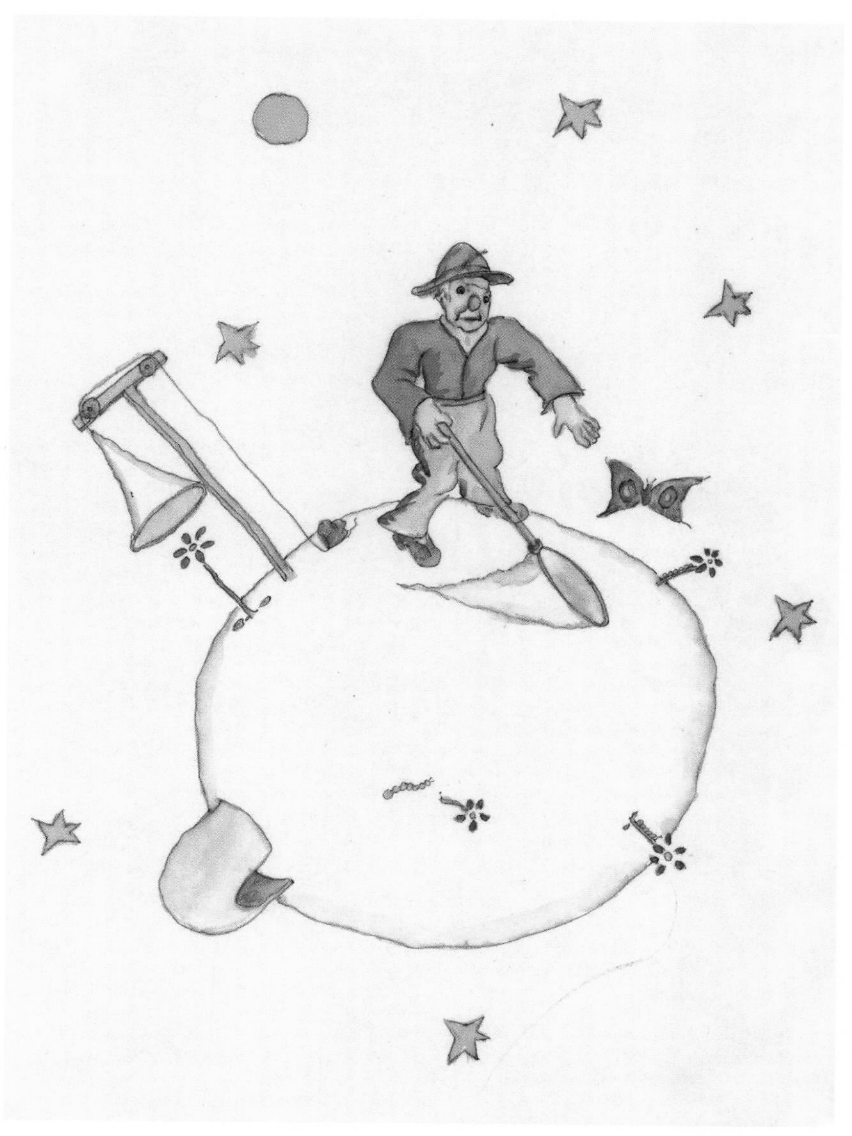

나비 잡는 사람, 《어린 왕자》를 위한 그림, [뉴욕, 1942], 연필과 수채, 뉴욕, 모건도서관·박물관.

친구 목소리는 어떠니? … 그 친구는 나비를 수집하니?' 같은 질문은 하지 않고 이렇게 묻는 것이다. 몇 살인데? 형제자매는 몇 명이고? 몸무게는 얼마인데? 아버지는 무슨 일을 한대? 그러고서 그 친구를 안다고 생각한다. 여러분이 어른들에게 내가 창턱에 제라늄 화분이 있고 지붕에는 비둘기가 사는 장미색 벽돌집을 좋아한다고 하면 그들은 이해하지 못할 것이다. 그들에게는 2만 달러짜리 집을 봤다고 얘기해야 한다. 그러면 어른들은 '그거 참 멋지구나!'라고 탄성을 지른다."

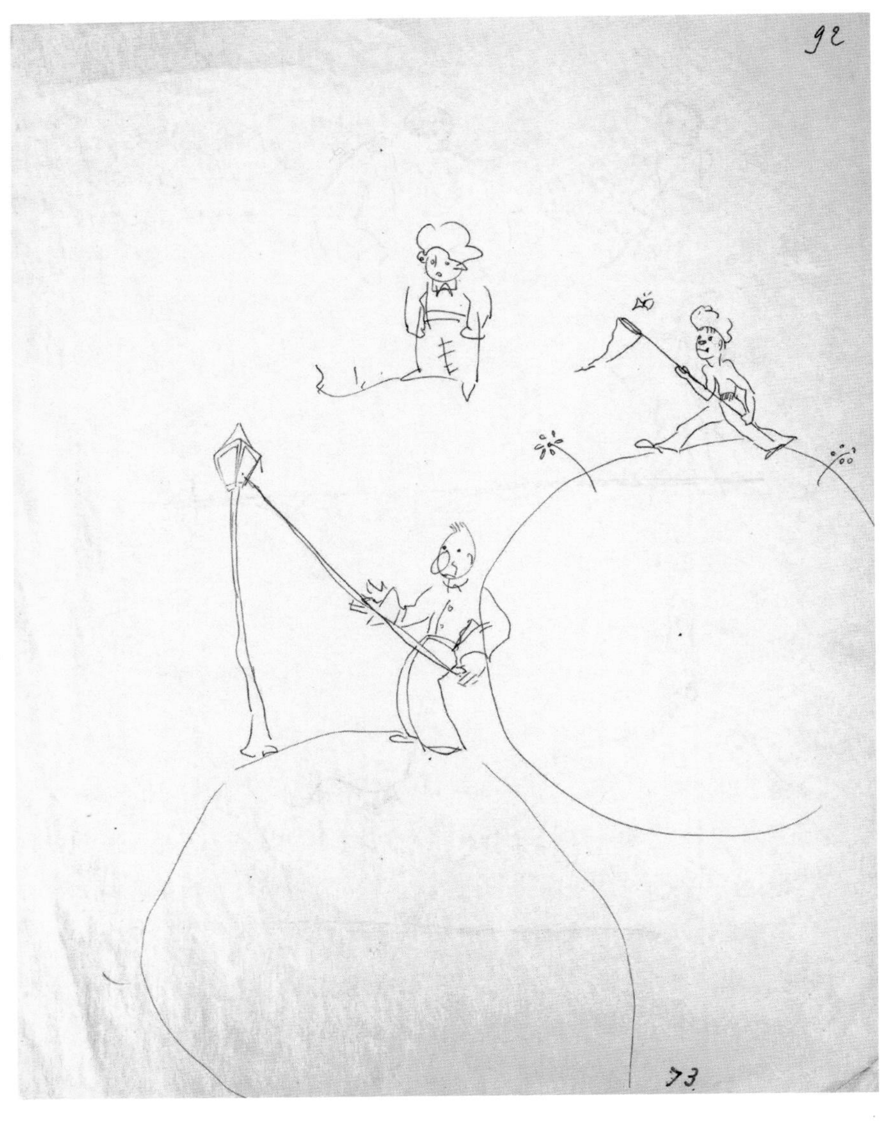

나비 잡는 사람과
가로등 켜는 사람과 어린 왕자,
《어린 왕자》 준비 그림, 뉴욕,
1942, 잉크, 개인 소장

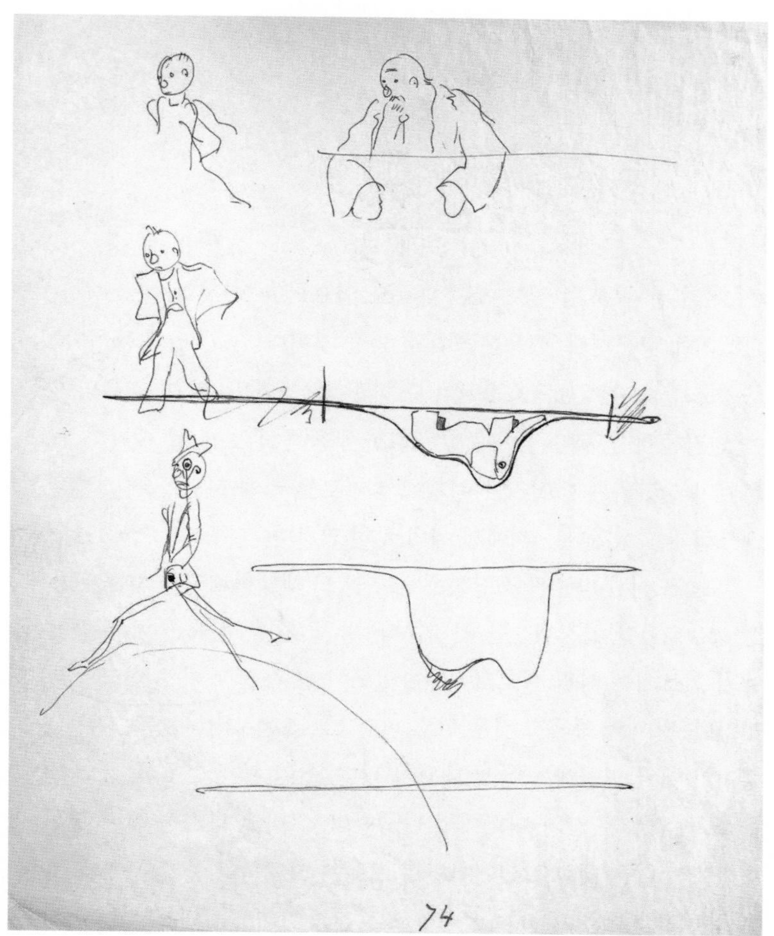

사업가와 보아뱀과 그 외 인물들, 《어린 왕자》 준비 그림, [뉴욕, 1942], 옆면 그림의 뒷장, 잉크, 개인 소장.

인물 진열실

앙투안 드 생텍쥐페리는 종이 앞면에 자신이 애정을 품은 세 인물을 그려 놓았다. 그는 가로등 켜는 사람과 나비 잡는 사람에게 너그러운 심정이었다. 두 개의 행성, 꽃이 핀 언덕, 두 송이 꽃, 한 마리 나비, 동화의 무대는 설치되었다. 작가의 머릿속에서 나비 잡는 사람이 어린 왕자와 정말로 별개의 인물이었는지 그것도 우리는 알 수 없다…. 이 종이 뒷면에서 인물 진열실은 완성된다. 작가는 코끼리를 소화하는 보아뱀을 그리는 도중에 사업가의 초상(모건도서관·박물관 소장본에는 소유주propriétaire라고 되어 있다), 그리고 지팡이와 외알박이 안경으로 미루어보건대 처음에는 허영쟁이를 멋쟁이 신사로 설정하지 않았을까 추측할 수 있다.

다른 소행성으로

어린 왕자는 "할 일도 찾고 배움도 얻으려고" 여섯 개의 소행성(325-330)을 차례차례 방문한다. 배움은 제대로 얻을 것이다! 자기 안에 틀어박혀(어린 왕자가 중요시하는 진정한 풍요는 보지 못한 채) 권능, 쾌락, 영광, 소유의 환상을 키우는 인간들의 상황이 얼마나 부조리한지 똑똑히 보게 될 테니까. 이 놀라움과 혼란이 참담하게 이어지는 여행에서 가로등 켜는 사람만은 반복적 과업을 존경스럽게 수행한다는 점에서 예외로 칠 만하다.

모건도서관·박물관 소장본은 앙투안 드 생텍쥐페리가 처음에는 네 개의 행성(325-328)만 설정했음을 알려준다. 왕, 허영쟁이, 술꾼, 소유주의 행성이다. 여기 선보이는 자필 원고로 알 수 있듯이 왕은 원래 아주 땅딸막한 인물로 그려졌다. 왕이 길쭉해진 것은 원고 편집 2교 즈음부터다. 작품 전체적으로도 그렇지만 이 장면들에는 특히 대사가 많다. 어린 왕자의 모험, 그의 만남과 배움은 모두 인물들 간의 대화에서 탄생한다. 그리고 화자는 어린 왕자가 하나의 대화에서 다른 대화로 넘어가면서 그에게 말해준 것을 독자에게 전한다. 이러한 방식 덕분에 이야기는 생생하고 점진적으로 구성되지만 묘사가 끼어들 여지는 별로 없다. 그렇지만 작가의 수채화가 대화의 흐름을 지연시키지 않으면서도 우화의 상상적 무대를 설정하는 데 도움을 준다. 우리는 모건도서관·박물관 소장본 훨씬 이전부터 작가가 주인공과 술꾼의 대화, 혹은 주인공과 왕의 대화를 단편적으로 구상했다는 것을 알 수 있다. 그가 글을 쓰는 동안 어린 왕자의 세계가 그의 눈앞에 드러났다…. 이제 막 그린 행성, 탁자, 상자, 그렇게 하나의 세계가 창조되었다.

왕, 《어린 왕자》 10장 준비 그림,
뉴욕/아샤로켄(롱아일랜드), 1942,
잉크와 수채, 파리,
에어프랑스 박물관.

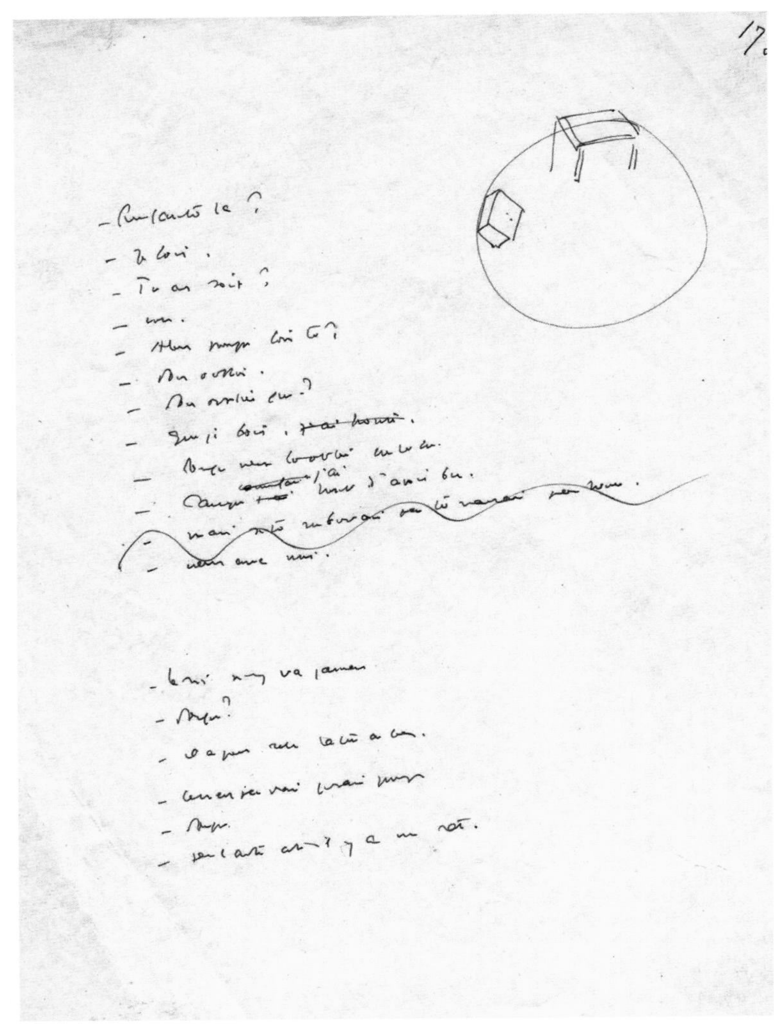

"여기서 뭐 하세요?"
"술을 마시지."
"목이 마른가요?"
"아니."
"그런데 왜 술을 마셔요?"
"잊으려고."
"무얼 잊으려고요?"
"내가 술을 마신다는 걸."
"왜 술을 마신다는 걸 잊으려고 해요?"
"술을 마신다는 게 부끄러우니까."

"왕은 거기 안 가."
"왜?"
"머리를 아래로 두는 게 두렵거든."
"그건 사실이 아냐, 왠지 알아?"
"왜?"
"반대쪽에 쥐가 있어."

그림이 있는 《어린 왕자》 10장과 12장 원고,
뉴욕, 1942, 잉크, 자필 원고, 개인 소장.

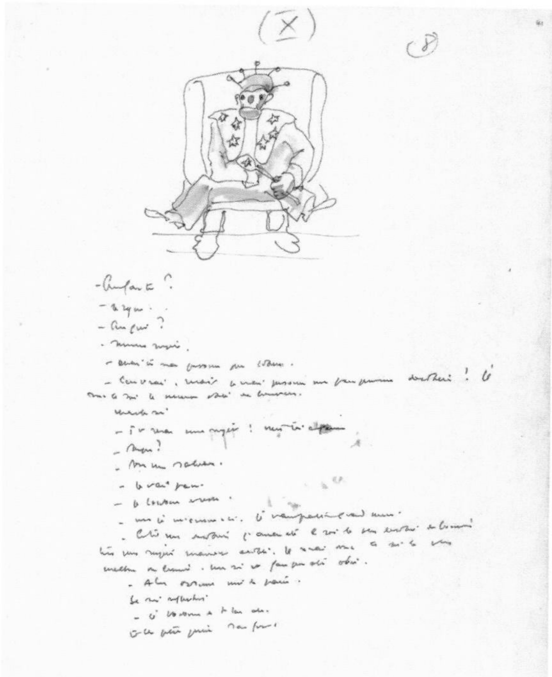

[왕좌에 앉아 있는 늙은 왕 그림]

"뭐 하세요?"

"다스린다."

"무엇을 다스리는데요?"

"내 백성들."

"하지만 여긴 복종할 사람이 없는데요."

"그 말은 맞다. 하지만 나에게 불복종할 사람도 없지! 나는 우주에서 가장 복종을 누리는 왕이야."

그는 왕이었다.

"내 백성이 되거라! 얘야, 이리 오련."

"왜요?"

"내게 인사를 올려야지."

"저는 떠날 거예요."

"여기 머물 것을 명한다."

"저는 여기가 따분해요. 어쨌든 전 갈 겁니다."

"네가 나에게 복종하지 않는다면 나는 우주에서 가장 복종받지 못하는 왕이 된단다. 모든 백성이 내게 복종하지 않은 셈이니까. 그러면 나는 우주에서 가장 불행한 왕이 될 거야. 왕은 복종해야 할 대상이거든."

"그렇다면 저에게 떠나라고 명령해주세요."

왕은 잠시 생각에 잠겼다.

"너에게 떠날 것을 명한다."

그래서 어린 왕자는 떠났다.

그림이 있는 《어린 왕자》 10장 원고,
뉴욕, 1942, 잉크, 자필 원고,
모건도서관·박물관.

145

(왼쪽)
술꾼, 《어린 왕자》 12장 준비 그림,
뉴욕/아샤로켄(롱아일랜드), 1942,
잉크와 수채, 모건도서관·박물관.

(위)
사업가, 《어린 왕자》 13장 준비 그림,
뉴욕/아샤로켄(롱아일랜드), 1942,
잉크와 수채, 모건도서관·박물관.

(아래)
왕, 《어린 왕자》 10장 준비 그림,
뉴욕/아샤로켄(롱아일랜드), 1942,
잉크와 수채, 파리, 에어프랑스 박물관.

그들은 누구인가?

이 두 그림은 어린 왕자가 방문한 행성의 인물들로 추정되지만 정체를 알 수 없다. 앙투안 드 생텍쥐페리는 이 책에서 묘사에 심취하지 않고 인물의 실루엣, 옷차림, 장신구를 많이 언급하지 않는다. 대화 중심의 이야기에서 묘사의 역할을 이어받는 것은 그가 직접 그린 수채화들이다.

첫 번째 인물은 옷을 잘 차려입었고 그리 싹싹해 보이진 않는다. 그래서 초기 원고에는 있었지만 나중에 사업가로 바뀐 소유주를 맨 먼저 떠올리게 된다. 아니면 허영쟁이의 초기 모습으로 그때는 모자가 없었는지도 모른다. 황갈색 양복을 갑갑하게 입고 있는 남자는 어쨌든 부유해 보이고 자신의 동그란 실루엣에 신경을 쓰는 것 같다. 그는 다른 사람이 아무도 없고 배경이라고 할 만한 것도 없는 행성에 홀로 존재한다. 이 상대적 익명성을 이용하여 어린 왕자가 만난 인물들의 생김새(크고 붉고 둥그런 코, 비죽비죽 솟은 머리, 움푹 파였거나 그로테스크한 얼굴)가 어린 왕자의 조화롭고 순수한 모습과 뚜렷이 대비된다는 것을 주목하자. 그들은 생텍쥐페리가 학창 시절에 즐겨 그렸던 캐리커처 스타일을 계승하는 한편, 그가 뉴욕이나 다른 곳에서 가까운 지인들에게 과장되게 그려줬던 초상과도 닮았다.

두 번째 인물은 아마 술꾼일 것이다. 비록《어린 왕자》속의 술꾼은 이보다 더 비참한 모습으로 그려진 반면, 이 인물은 행색이 좋고 자기에게 매우 만족한 듯 보이지만 말이다. 하지만 술꾼과 마찬가지로 이 인물은 모자를 쓰고 있고 그의 앞에는 탁자와 마실 것이 놓여 있다. 작가는 인물의 실루엣, 특히 다리를 꼰 자세를 거의 측면에서 본 모습으로 그리기가 불편했던 것 같다. 어린 왕자가 돌담에 걸터 앉은 모습을 그린 삽화에서도 작가가 어려워했던 것을 느낄 수 있다.

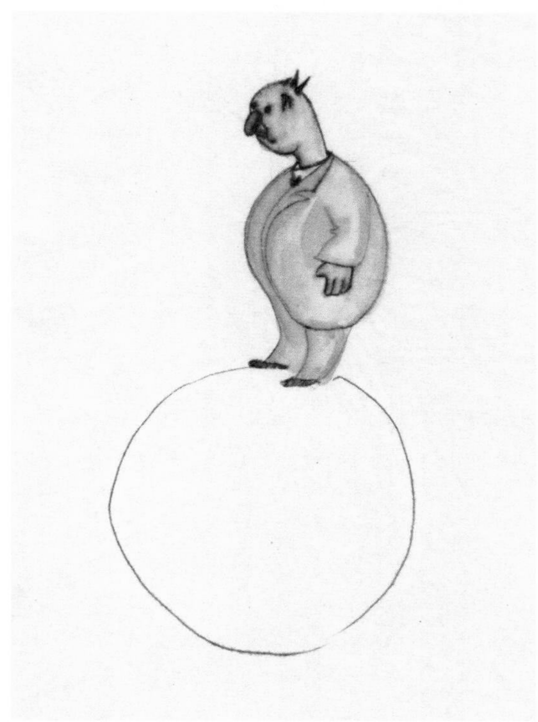

(왼쪽)
자기 소행성에 있는 인물,
《어린 왕자》 준비 수채화,
뉴욕/아샤로켄(롱아일랜드), 1942,
잉크와 수채, 개인 소장.

(오른쪽)
자기 소행성에 있는 인물,
《어린 왕자》 준비 그림, [뉴욕, 1942],
잉크와 수채, 빈터투어,
예술문화역사재단.

161

그래서 일곱 번째 행성은 지구였다

1930년대부터 생텍쥐페리의 그림에 자주 나타났던 지구 비행이라는 주제는 문학 작품과 조종사로서의 활동의 연장선에서 모건도서관·박물관 소장본에 첨부된《어린 왕자》준비 수채화들에서도 찾아볼 수 있다. 이 그림들은 작가가 최종본에 남기지 않았고, 어린 왕자가 지구에 접근하는 모습인지 지구 위를 비행하는 모습인지도 불분명하다. 그렇지만 따로 놓고 보더라도 인물이 새로운 행성을 처음 발견하고 둘러보는 것 같다는 인상을 분명히 해준다. 사막처럼 황량하고 척박한 공간, 희한하리만치 사람은 보이지 않는다. 인간들은 어디 있을까? 굴뚝에서 연기가 모락모락 피어오르는 저 집 안에 있는 걸까?

어린 왕자가 인간들을 만날 가능성이 있는 곳은 그의 도착 지점(자필 원고에 아프리카의 사막이라고 되어 있다)이 아니었다…. 모래, 선인장, 뼈, 돌멩이밖에 없는 척박한 땅에서 그가 처음 만난 수수께끼의 대화 상대는 뱀이었다. 생텍쥐페리는 한때 달팽이와의 대화를 상상했을까(작가는 1936년에 사막에서 달팽이를 발견한 적이 있다)? 몇몇 그림을 보면 그런 상상이 들지만 확신할 수는 없다.

지구 위를 나는 날개 달린 어린 왕자.
《어린 왕자》 10장 준비 그림.
뉴욕/아샤로켄(롱아일랜드), 1942.
잉크와 수채, 뉴욕,
모건도서관·박물관.

지구 위를 나는 어린 왕자,
《어린 왕자》 12장 준비 그림,
뉴욕/아샤로켄(롱아일랜드),
1942, 잉크와 수채, 뉴욕,
모건도서관·박물관.

(위)
어린 왕자와 달팽이,
《어린 왕자》 준비 그림,
뉴욕/아샤로켄(롱아일랜드), 1942,
잉크와 수채, 뉴욕,
모건도서관·박물관.

(아래)
사막의 어린 왕자,
《어린 왕자》 16장 준비 그림,
뉴욕/아샤로켄(롱아일랜드), 1942,
잉크와 수채, 뉴욕,
모건도서관·박물관.

높은 산에 올라

"히말라야에 올라갔을 때 오랫동안, 몇 주에 걸쳐 눈밭을 걸었다."

조종사는 그의 친구가 지구 여행에 대해서 별 얘기를 하지 않았다고 하지만 원고에는 어린 왕자의 히말라야 횡단을 암시하는 표현이 여러 번 나온다. 그는 "세상 다른 곳보다 거기에 대해서 더욱 조심스러운" 태도를 취한다. 그렇지만 그와 얘기를 나누면서 금세 "거리는 그에게 전혀 문제가 되지 않았다"는 것을 깨닫는다. "그는 나에게 히말라야에 대해서 말했다. 그다음에는 유럽의 한 도시에 대해서, 그러고는 태평양에 대해서, 마치 그것들이 다 한 덩어리인 것처럼 말했다." 하지만 작가는 독자의 상상력이 날개를 펴려면 자기가 너무 많이 말하거나 보여주어서는 안 된다는 것을 경험으로 알고 있었다. 그래서 최종본에서는 이 상세한 언급들이 전부 빠졌다.

하지만 채택되지 않은 이 수채화는 아마 어린 왕자의 히말라야 여행에 해당할 것이다. 어린 왕자는 낭떠러지 아래가 바로 내려다보이는 길을 따라 올라

산허리에서 풍경을 바라보는 어린 왕자.
《어린 왕자》 19장 준비 수채화,
뉴욕/아샤로켄(롱아일랜드), 잉크와 수채,
뉴욕, 모건도서관·박물관.

벼랑 끝에서 별을 바라보는 어린 왕자.
《어린 왕자》 준비 수채화,
개인 소장.

가다가 별을 보고 멈춰 선 모습이다. 이 그림은 '해밀턴 연작'(〈인생의 시간들〉, 11쪽 참조)을 생각나게 한다. 그렇지만 구렁에서 튀어나와 인물을 집어삼키려는 괴물 같은 뱀은 보이지 않는다.

모건도서관·박물관 소장본에 첨부된 또 다른 수채화는 어린 왕자가 별이 아니라 석양 아래 황량한 사막 같은 지구의 풍경을 바라보고 있는 뒷모습을 보여준다. 이 그림은 19장의 삽화와 좀 더 직접적으로 관련이 있다. 최종본 삽화 속에서 어린 왕자는 가장 높은 산의 뾰족한 봉우리에 올라서 있다. "이 행성은 온통 메마르고, 온통 뾰족뾰족하고, 온통 삭막해." 그는 그 높은 곳에서도 밑에서와 마찬가지로 인간들을 보지 못한다. 그의 유일한 대화 상대는 메아리다.

왕자 한 사람을 위한 오천 송이 장미

사막과 히말라야를 건넌 어린 왕자는 "우연히" 아마도 유럽 어딘가에서 언덕을 발견한다. "야트막한 언덕은 상냥하다. 우리가 사는 곳에서 제일 상냥한 게 언덕이다. 언덕에는 늘 장난감 비슷한 것들이 잔뜩 있다. 꽃이 핀 사과나무. 양들. 크리스마스처럼 전나무도 있다." (모건도서관·박물관 소장본) 그렇지만 이 언덕은 사라지고(여우와의 만남 장면 삽화에 흔적은 남아 있다) 최종본에는 정원만 나온다. 여기서 오천 송이 장미가 등장하고 어린 왕자에게 한 목소리로 말을 건다. 다음 장에 작가가 서명한 수채화 원화를 싣는다.

일견 사랑스러워 보이는 배경이지만 여기서 어린 왕자에게는 가혹한 사실이 폭로된다. 인간의 의지로든 자연의 법칙으로든 그의 장미와 똑같이 생긴 꽃이 이렇게나 많다면 어떻게 그 꽃이 유일무이한 것이 될 수 있을까? 진정한 충격은 세상의 사막이 아니라 구별되지 않는 존재들과 무생물들에 있다. "어린 왕자는 자신이 몹시 불행하게 느껴졌다. 그의 꽃은 그에게 자기는 이 세상에 하나밖에 없는 품종이라고 말했었다. 그런데 이제 보니 단 하나의 정원에도 똑같이 생긴 꽃들이 오천 송이나 있었던 것이다!"

자필 원고의 첫 번째 버전에서 작가는 이 정원 방문을 작품 전체의 결정적 장면으로 삼았다. 어린 왕자는 크나큰 슬픔을 겪지만 다른 인물의 도움 없이 마음을 추스르고 자신의 장미가 왜 유일무이한지 깨닫는다. "나는 다 똑같은 꽃들에 둘러싸여 풀밭에 앉아 있었어. 적어도 그 꽃들은 잘난 체하지는 않았지…. 나는 몹시 실망했어…. 그러다가 드디어 이해하게 됐어."

앙투안 드 생텍쥐페리는 결국 어린 왕자에게 진실을 밝혀주는 다른 인물을 등장시키기로 결심을 한다. 그 인물이 바로 여우다.

숲 옆의 어린 왕자.
《어린 왕자》 준비 수채화.
뉴욕/아샤로켄(롱아일랜드), 1942.
잉크와 수채, 개인 소장.

오천 송이 장미 정원,
《어린 왕자》 20장을 위한 최종 수채화,
뉴욕/아샤로켄(롱아일랜드), 1942,
잉크와 수채, 저자 서명이 들어간
테두리 종이에 보관, 빈터투어,
예술문화역사재단.

나무 몸통에 기대어 앉아 있는 어린 왕자,
《어린 왕자》 준비 그림,
뉴욕/아샤로켄(롱아일랜드), 1942,
잉크와 수채, 개인 소장.

142

"그래서 어린 왕자는 풀밭에 엎드려 울었다.",
《어린 왕자》 20장을 위한 소묘,
뉴욕/아샤로켄(롱아일랜드), 잉크와 수채,
뉴욕, 모건도서관·박물관.

(왼쪽)
"그래서 어린 왕자는 풀밭에 엎드려 울었다.",
《어린 왕자》 20장을 위한 준비 수채화,
뉴욕/아샤로켄(롱아일랜드), 잉크와 수채,
뉴욕, 모건도서관·박물관.

관계를 만들다: 여우의 지혜

앙투안 드 생텍쥐페리는 여우를 자신의 동화에 등장시키면서 기존의 규칙을 뒤엎는다. 전통적으로 아첨, 거짓, 잔꾀와 결부되던 동물을 지혜로운 스승이자 진정성의 사도로 바꾸어놓은 것이다. 닭을 몰래 잡아먹는 꾀바른 야생 동물이 진실한 관계, 인내와 의례, 풍요롭고 충만한 시간의 주창자가 된다. 길들지 않은 동물은 하늘에서 뚝 떨어진 새 친구에게 기꺼이 길들여진다. 그 친구가 동물들에 대한 여느 인간들의 생각에 물들지 않은 순수한 마음과 정신을 지녔음을 감지했기 때문이다. "난 여느 발걸음 소리와는 다른 발소리를 알게 되겠지. 그게 바로 너의 발소리일 거야. 나는 발소리를 들으면 땅속으로 숨어들어. 내 심장을 뛰게 하는 발소리가 있으면 좋겠어. 너는 황금빛 머리칼을 가졌구나. 네가 날 길들이면 정말 근사할 거야."

어린 왕자는 이 친구를 만나 행복했을 것이다. "산책하러 가자. 내가 널 보호해줄게. 사냥꾼에게 너는 내가 기르는 개라고 할 거야!" 최종본에서 빠진 이 문장은 앙투안 드 생텍쥐페리가 어린 왕자가 여우에게 목줄을 채워 데리고 다니는 그림을 왜 그렸는지 알려준다(257쪽 아래 그림과 259쪽 그림).

여우는 소크라테스적인 대화를 통해 조금씩 진실을 드러내면서 어린 왕자에게 인간에 대해서 많은 것을 가르쳐준다. "인간들은 이상해. 네 나이 또래 인간들은 아직 뭘 좀 알아. 아이들 말이야. 하지만 다른 인간들은 자기가 찾던 것을 잊어버렸어. … 그들은 아무것도 길들이지 않아. 아무것도 그들을 길들이지 않고. 그들은 그냥 돈을 주고 사지."

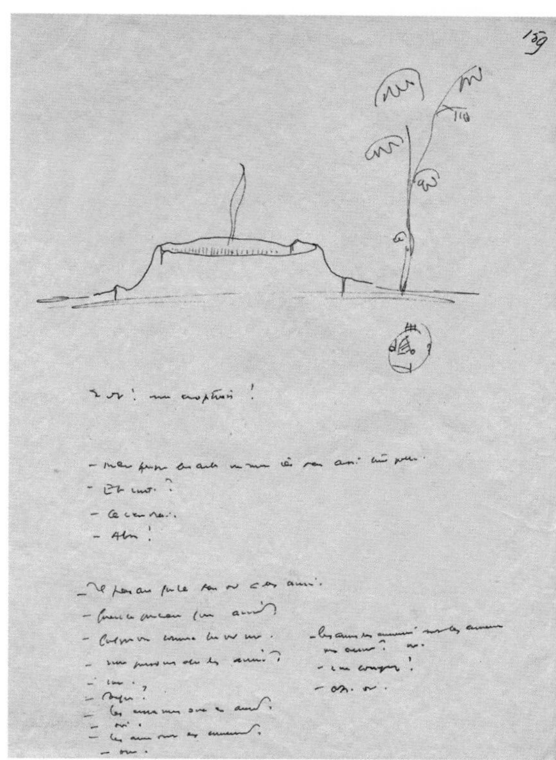

"너의 행성에는 친구가 있나 보다."

"친구가 뭔데?"

"너와 나 같은 사이."

"우리가 친구가 될 수 있을까?"

"아니."

"왜?"

"적에게도 친구가 있어?"

"그럼."

"친구에게도 적이 있고?"

"그럼."

"적의 친구는 친구의 적이야?"

"그렇게 생각해?"

"오, 그렇고 말고!"

(위)
분출하는 화산과 나무 그림이 있는
《어린 왕자》 21장 원고, 뉴욕, 1942,
자필 원고, 개인 소장.

(아래)
어린 왕자와 여우, 《어린 왕자》 21장 준비 그림,
뉴욕/아샤로켄(롱아일랜드), 1942, 연필,
뉴욕, 모건도서관·박물관.

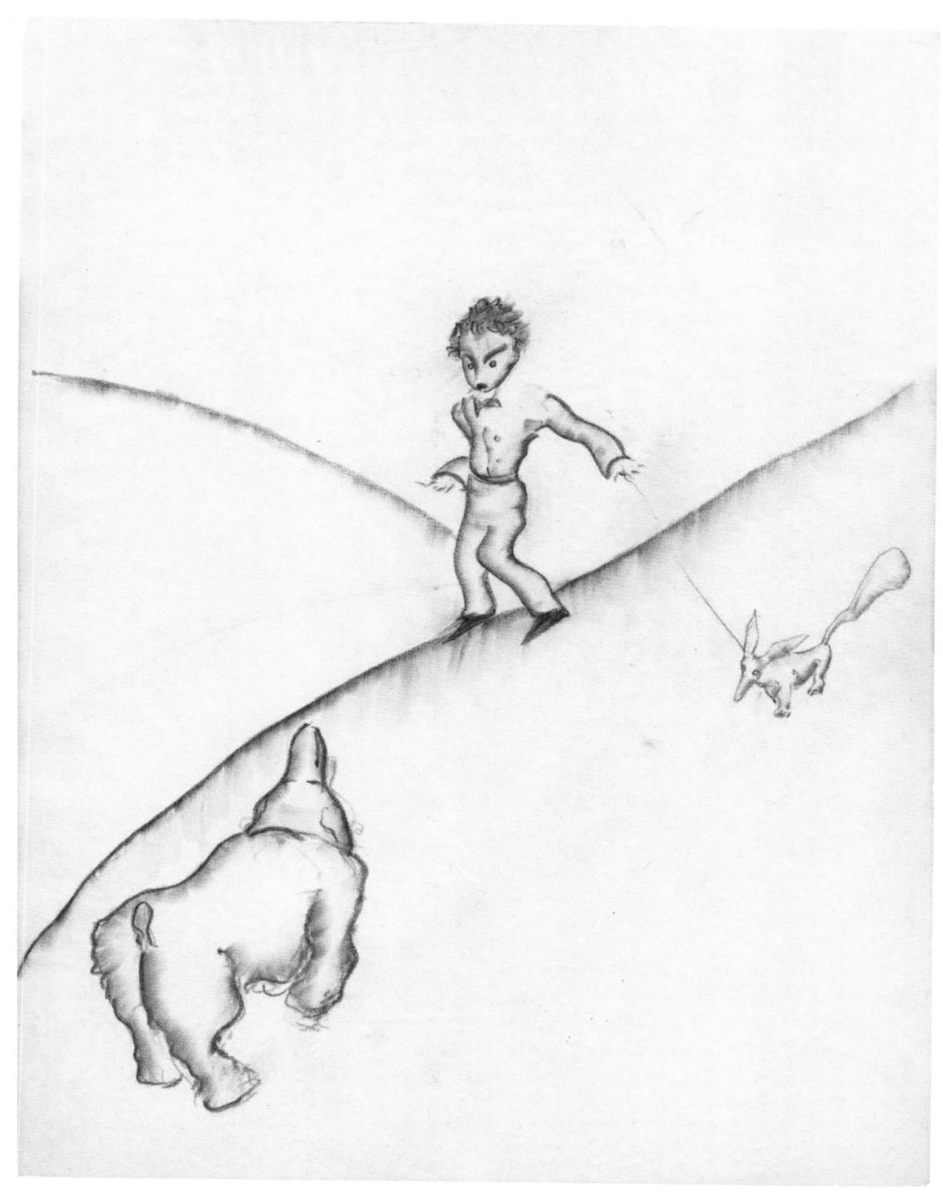

다른 동물을 만난 어린 왕자와 여우.
《어린 왕자》 21장 준비 그림.
뉴욕/아샤로켄(롱아일랜드), 1942.
연필, 선을 뭉개는 기법, 개인 소장.

(왼쪽)
어린 왕자와 여우의 만남.
《어린 왕자》 21장 준비 그림.
뉴욕/아샤로켄(롱아일랜드), 1942.
빈터투어, 예술문화역사재단.

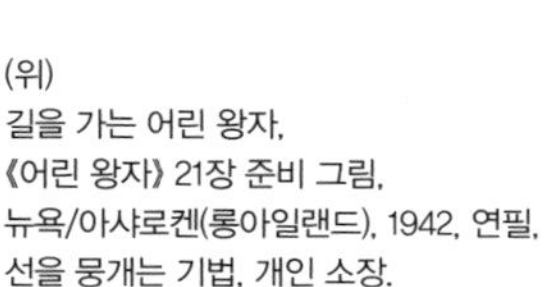

(위)
길을 가는 어린 왕자,
《어린 왕자》 21장 준비 그림,
뉴욕/아샤로켄(롱아일랜드), 1942, 연필,
선을 뭉개는 기법, 개인 소장.

(아래)
"결코, 결코 여우들은 돌아오지 않는다.",
《어린 왕자》 21장 원고, 뉴욕, 1942,
자필 원고, 개인 소장.

어린 왕자와 여우의 만남,
《어린 왕자》 21장 준비 그림,
뉴욕/아샤로켄(롱아일랜드), 1942,
빈터투어, 예술문화역사재단.

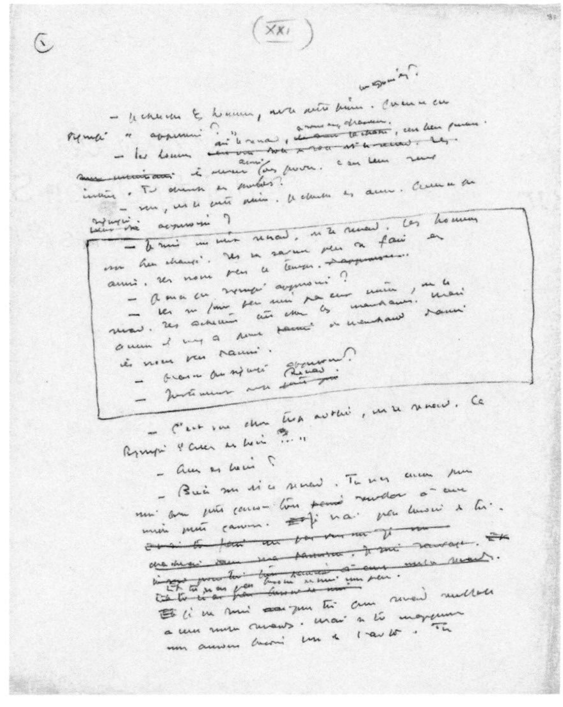

“나는 인간들을 찾고 있어. 그들은 어디 있지? ‘길들인다’는 건 무슨 말이야?” 어린 왕자가 말했다.

“인간들은 사냥을 해. 그게 그들의 전쟁이야. 그러면서 닭도 기르고. 그게 인간들의 유일한 관심사야. 닭을 찾고 있니?” 여우가 말했다.

“아니, 나는 친구를 찾고 있어. 길들인다는 건 뭐야?”

“나는 나이가 아주 많은 여우야. 인간들은 그새 많이 변했어. 그들은 더 이상 친구를 사귈 줄 몰라. 이제 그럴 시간이 없거든.”

“길들인다는 게 뭔데?”

“인간들은 이제 스스로 할 수 있는 게 없어. 뭐든지 상점에 가서 사기만 해. 하지만 친구를 파는 상점은 없으니까 인간들에게 친구가 없는 거야.”

“길들인다는 게 뭐냐니까?”

“그냥,” 여우가 말했다.

“사람들이 너무나 잊고 있는 것. ‘관계를 만든다’는 뜻이랄까….” 여우가 말했다.

“관계를 만든다고?”

“물론이지. 나한테 너는 아직 십만 명의 여느 아이들과 똑같은 어린아이일 뿐이야. 그래서 나는 너를 필요로 하지 않아.

그리고 너도 나를 필요로 하지 않지.

나도 너에게 십만 마리의 여우들과 비슷한 한 마리 여우일 뿐이니까. 하지만 네가 나를 길들이면 우리는 서로를 필요로 하게 될 거야. 너는

《어린 왕자》 21장 원고, 뉴욕, 1942,
자필 원고, 뉴욕, 모건도서관·박물관.

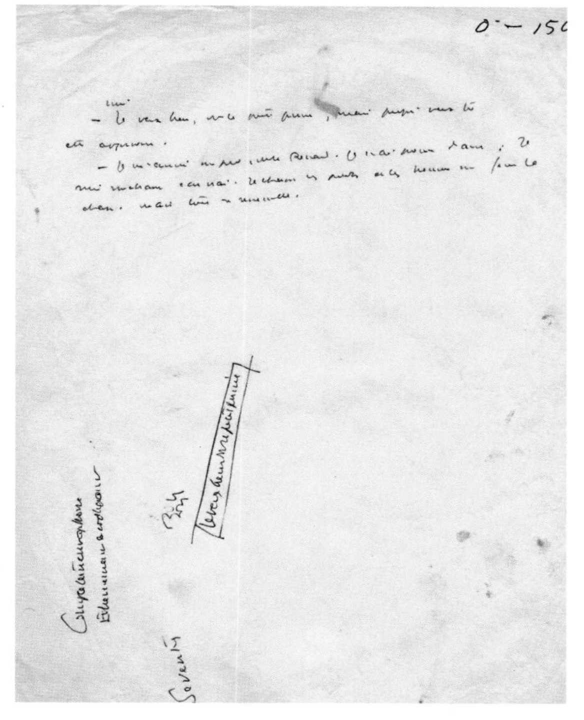

《어린 왕자》 21장 원고, 뉴욕, 1942,
자필 원고, 개인 소장.

친구

"그래, 네가 원한다면. 하지만 너는 왜 길들여지고 싶은데?"

"난 조금 심심해. 나는 친구도 없어. 나는 심술궂어, 그건 사실이야. 나는 닭을 사냥하고 인간들은 나를 사냥하지. 하지만 모든 게 비슷비슷하다고."

[종이 하단: 완전히 소리가 안 남 / 극도로 불친절 / 나도 그러고 싶어 어린 왕자가 말했다. 칠십]

본질적인 것은 눈에 보이지 않아

《어린 왕자》의 자필 원고를 잘 살펴보면 앙투안 드 생텍쥐페리의 책에서 가장 수수께끼 같은 이 문장이 즉각적인 영감에서 나온 것이 아니라 여러 번 고쳐 쓰면서 얻은 결실이라는 것을 알 수 있다. 원고 초기 상태에는 '가장 중요한 것은 눈에 보이지 않는 것이다'로 되어 있었고 원고 곳곳에서 '중요한 것은 볼 수 없다', '본질적인 것은 언제나 보이지 않는다', '중요한 것은 언제나 보이지 않는다', '가장 중요한 것은 보이지 않는다', '마음으로만 볼 수 있다'로 표현이 조금씩 달라진다. 최종 완성된 표현은 훨씬 나중에, 본문을 정리하는 과정에서 비로소 나온다. "오로지 마음으로 보아야 잘 보여. 본질적인 것은 눈에 보이지 않아."

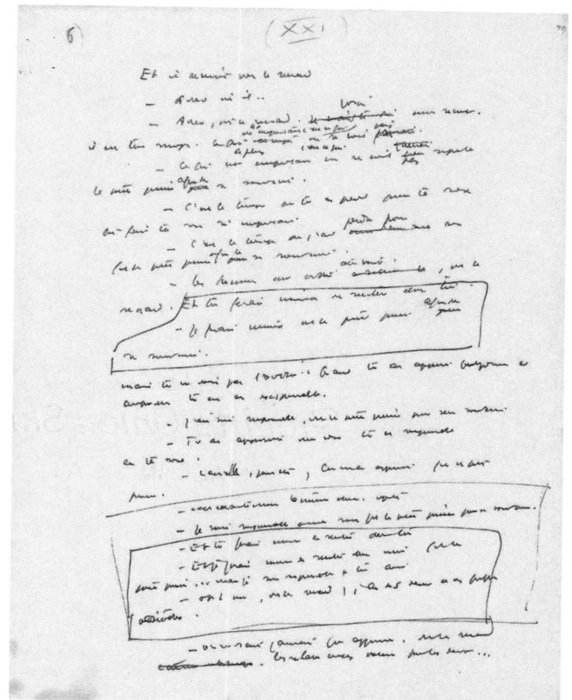

《어린 왕자》 21장 원고, 뉴욕, 1942, 자필 원고, 뉴욕, 모건도서관·박물관.

그는 여우에게 돌아왔다.

"잘 있어…." 어린 왕자가 말했다.

"잘 가. 내가 주는 비밀은 이거야. 아주 간단해. 가장 중요한 것은 보이지 않아."

"가장 중요한 것은 보이지 않는다." 어린 왕자는 잊지 않기 위해 따라서 말했다.

"네가 너의 장미를 위해 쏟은 그 시간이 그토록 중요한 거야."

"내가 나의 장미를 위해 쏟은 그 시간이 그토록 중요한 거야." 어린 왕자는 잊지 않기 위해 따라서 말했다.

"인간들은 이 진리를 잊어버렸어. 너는 네가 살던 곳으로 돌아가는 게 좋을 거야." 여우가 말했다.

"나는 내가 살던 곳으로 돌아가는 게 좋을 거야." 어린 왕자는 잊지 않기 위해 말했다.

하지만 너는 잊으면 안 돼. 너는 네가 길들인 것에 대해 책임이 있어.

"나는 책임이 있어." 어린 왕자는 잊지 않기 위해 말했다.

"그리고 너는 네가 살던 곳으로 돌아가는 게 나아."

"나는 내가 살던 곳으로 돌아가는 게 나아…. 하지만 난 너에 대해서도 책임이 있어." 어린 왕자가 말했다.

"오! 아니야. 나는 무서운 이빨과 발톱이 있는걸." 여우가 말했다.

"누가 누구를 길들였는지는 모르는 거야. 실제 관계는 양쪽 모두에게…." 여우가 말했다.

인물이 없는 풍경

"저길 봐! 밀밭이 보이지? 난 빵을 먹지 않아. 나한테 밀은 쓸모가 없어. 밀밭이 내 머릿속에 떠오르게 하는 건 아무것도 없어. 그건 슬픈 일이지! 하지만 네 머리칼은 밀밭 같은 황금색이야. 그러니 네가 날 길들이면 참 근사할 거야! 황금빛 밀이 너에 대한 추억을 떠올리게 할 테지. 그리고 나는 밀밭에 부는 바람 소리를 좋아하게 될 거야…."(여우가 어린 왕자에게 하는 말, 21장)

앙투안 드 생텍쥐페리는 어린 왕자의 지구 여행 삽화를 그리면서 사막과 산이라는 배경을 택했다. 거칠고 메말라서 사람이 살기 힘든, 나아가 위협적이기까지 한 세상(뱀)에서 장미 정원과 여우를 만나게 되는 초록 풀밭은 예외적이다.

작가는 어린 왕자의 지구 여행을 실제 삽화로는 그리지 않으려 했지만(본문에서 자세하게 묘사하지도 않는다) 이 풍경 구상으로 미루어보건대 처음에는 그렇게 할 생각도 있었던 듯하다. 언덕을 따라 지평선으로 사라져가는 길이라는 모티프는 작가의 펜이나 연필 아래 곧잘 나타나곤 한다. 하지만 삽화로 채택되지 않은 이 수채화는 인물이 전혀 없고 밀밭을 보여준다는 특징이 있다. 《어린 왕자》의 독자라면 민감하게 알아차릴 것이다. 이 배경이 작품에서 매우 커다란 중요성을 차지하기 때문이다. 바람이 스치고 가는 눈부신 밀밭의 풍경이 어린 왕자의 이미지가 되기 전까지는 여우에게 아무 의미도 없었다. 그러나 이제 밀밭은 그의 황금빛 머리칼의 상징이다. 인간에게 절망과 권태의 땅일 수도 있는 지구가(넬리 드 보귀에에게 그려준 268쪽 왼쪽 그림에 나타난 《어린 왕자》 속 죽음의 상징들이 증명하듯이) 사람들로 다시 가득 채워진 이유도 다르지 않다. 그렇게 부재는 가장 강력의 의미에서의 현존이 된다.

어린 왕자는 떠날 때 자기가 길들인 여우가 느낄 슬픔을 걱정하게 될 것이다. 그렇다면 여우가 이 만남에서 얻은 거라고는 눈물과 후회뿐일까? 여우는 어린 왕자에게 수수께끼 같으면서도 위로가 되는 말을 해준다. "난 얻은 게 있어. 밀밭 색깔이 있으니까." 별들의 방울과 마찬가지로 밀밭을 지나는 바람 소리 같은 배경의 중요성을 여기서 알 수 있다.

밀밭 풍경,
《어린 왕자》 준비 그림,
1942, 잉크와 수채, 개인 소장

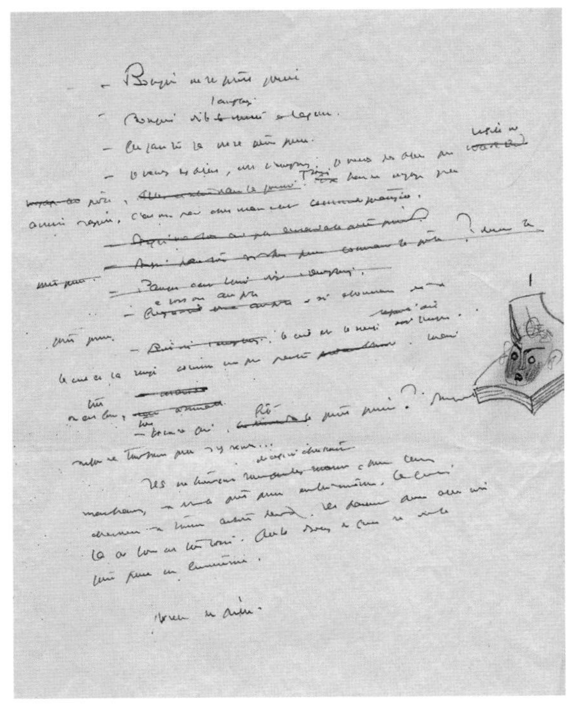

"안녕하세요." 어린 왕자가 말했다.

"안녕." 역무원이 말했다.

"여기서 뭐 해요?"

"열차표를 팔고 있어. 극지방 여행 열차표야. 특급 열차로 세 시간 코스. 좀 비싸긴 하지만 실용적이야."

"극지방에서 무슨 놀라운 것을 볼 수 있는데요." 어린 왕자가 말했다.

"하늘과 눈. 경사진 들판이랑 하늘과 눈. 하지만 아주 멀어."

"무엇으로부터 아주 먼데요? 열차만 타면 갈 수 있다면서…."

그들은 그들이 찾는 것을 전혀 발견하지 못하는구나. 그게 그들의 불행이야. 어린 왕자는 속으로 생각했다. 그들이 찾는 것은 바로 주위에 있는데 아주 먼 곳에 가서 보려고 돈을 내는구나. 정말 이상한 사람들이야. 어린 왕자는 속으로 생각했다.

(왼쪽)
"이래저래 그녀는 지루했다.",
사막의 여인, 잉크,
생텍쥐페리–다게재단.

(오른쪽)
《어린 왕자》 22장 원고, 뉴욕, 1942,
자필 원고, 개인 소장.

여행들: 책에서 빠진 장면

어린 왕자는 지구에 도착해서 두 명의 인간을 만난다. 한 명은 철로 관제사이고 다른 한 명은 장사꾼이다. 그들과의 짧은 만남은 22장과 23장에서 몇 줄로 간단하게 처리된다. 모건도서관·박물관 소장본을 보면 철로 관제사와의 만남은 여러 개 버전이 있다. 여행과 멀리 떠나는 것(서구인의 사고 방식에서 극지방보다 더 먼 곳은 없다)의 허무함을 좀 더 직접적으로 다룬 이 버전도 그중 하나다. 진정한 낯섦, 내면의 탐색이라는 진짜 모험이 여기에 대비된다. 앙투안 드 생텍쥐페리는 비행기 조종사였으므로 이동 수단의 발전에 대해서 누구보다 잘 알았다. 그러한 발전은 이 세계에 더 이상 이국적인 것은 없다는 느낌을 강화했다. 세상이 더 가깝게 느껴질수록 미지의 것을 향한 인간적 갈망에 부응하는 다른 곳에 대한 근원적인 관점에서 멀어진다. 다다를 수 없다는 전제가 있기에 정복 정신이 고양되고 만족을 얻고자 하는 희망은 유지되는 것이다. 이 역설에 대해서는 하나의 답, 하나의 위안밖에 없다. 자기 안이 아니라 내게 존재하는 그대로의 세상으로 돌아가는 것.

미국에 있는《어린 왕자》원고에는 냉각도 하고, 볼링도 치고, 연기를 내뿜는, 극지방에 가는 기계를 만든 발명가와 주인공이 만나는 일화도 볼 수 있다.

뭐든지 팔리고 뭐든지 살 수 있다

《어린 왕자》 28장에는 장사꾼이 등장한다. 그는 지구에 살면서 크게 시간을 절약할 수 있는 최신 알약을 판매한다. 인간이 관계를 맺음으로써 자기 자신을 구성하는 순수한 시간의 희열을 자연스럽게 추구하는 어린 왕자가 보기에는 어리석고 쓸데없는 물건이다.

생텍쥐페리가 그림을 통해 처음 선보인 또 다른 장사꾼이라는 인물은《어린 왕자》의 미국 원고에만 등장한다. 이 장사꾼은 하나의 행성을 혼자 차지하고 있다. 그는 손잡이가 달린 기계를 아주 비싼 값으로 파는데 그 용도는 매우 불분명하다. 이 인물은 풍요 사회에 대한 비판을 나타낸다. 그 사회는 물건을 만들어내고 광고를 통해 정신들을 도착시켜 욕망을 빚어낸다. 장사꾼은 거리낌 없이 냉소적인 태도로 이 어린 방문객에게 조지 오웰을 연상케 하는 격언을 남긴다. "너는 제공되는 상품이 마음에 들 때만 자유롭게 구매하게 될 거야."

장사꾼, 《어린 왕자》 준비 수채화, 뉴욕/아샤로켄(롱아일랜드), 1942, 잉크와 수채, 개인 소장.

《어린 왕자》 21장 원고,
뉴욕, 1942, 자필 원고,
뉴욕, 모건도서관·박물관.

상점에서

“손님이군요!”

“안녕하세요, 이게 뭔가요?”

“이건 아주 비싼 기계야. 손잡이를 돌리면 땅이 흔들리는 소리가 나지….”

“그걸 뭐에 써요?”

“땅 갈라지는 소리를 좋아하는 사람들이라면 좋아하겠지.”

“나는 안 좋아해요.”

“흠! 흠! 네가 땅 갈라지는 소리를 좋아하지 않는다면 나는 기계를 팔지 않겠지. 그러면 산업과 판매가 마비될 거야. 자, 이건 광고 책자야. 이걸 잘 연구해보면 지진 소리를 좋아하게 될 테고 내 기계를 얼른 사고 말 거야. 기억하기 좋은 슬로건이 잔뜩 있어.”

“책을 읽게 해주는 기계를 원한다면요?”

“그런 건 없어. 그건 혼란을 만들지. 너는 혁명가구나. 기계를 좋아해야 해. 장사꾼이 제공하는 상품을 좋아하지 않는다면 결코 행복해질 수 없어. 게다가 너는 자유 시민이 될 거야.”

“그게 무슨 말이에요?”

“너는 제공되는 상품이 마음에 들 때만 자유롭게 구매하게 될 거야. 네가 혼란을 빚어낼 수 있어. 광고 책자를 잘 읽어봐.”

인간들의 집에서

책에서 어린 왕자는 결코 다른 인간들과 함께 있는 모습을 보이지 않는다. 조종사는 모습이 등장하지 않고(그가 그림을 그리는 것으로 설정되어 있으니 어찌 보면 당연하다) 어린 왕자가 여행 중에 만난 인물들도 (어린 왕자의 눈에 비친 모습으로) 단독으로 그려져 있다. 채택되지 않은 위의 수채화는 그래서 예외적이다. 이 그림은 정말로 예외적이다! 어린 왕자가 평범한 가정 안에 들어와 있는 모습 아닌가. 한 부부가 식사 중이고 아이는 없다. 어린 왕자가 계제에 맞지 않게 찾아왔는지 반갑게 맞이하는 기색은 아니다. 거절이다. 낯선 이가 들어설 자리가 없는 이 집은 어린 왕자에게 영원히 살갑지 않은 기억으로 남을 것이다. 그는 다른 가정을, 친구를 찾아 다시 떠나야 한다. 이 장면은 미국 소장본에 있고 22장에 해당한다. "나는 너의 지구 여행에 대해서 별로 알지 못한다. 어린 왕자는 나머지 것보다 그 일에 대해 더욱 조심스러웠다."

인간들의 집 방문,
《어린 왕자》를 위한 수채화,
뉴욕/아샤로켄(롱아일랜드), 1942,
연필과 수채, 개인 소장.

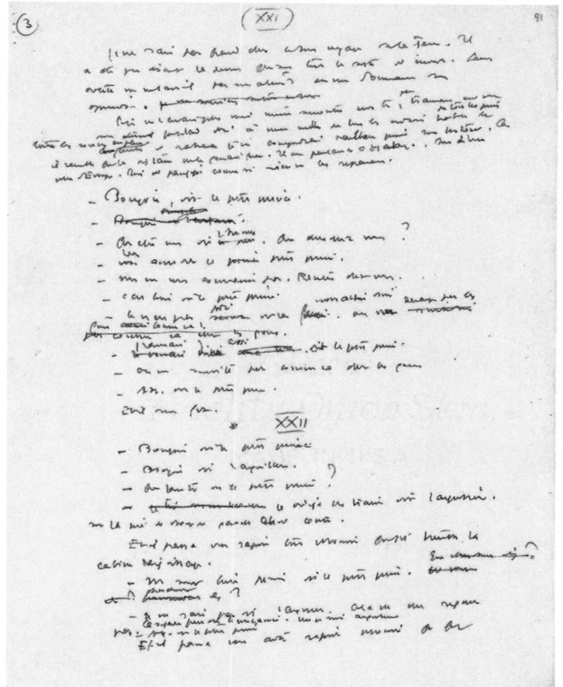

《어린 왕자》 21장 원고,
뉴욕, 1942, 자필 원고,
뉴욕, 모건도서관·박물관.

그는 그가 선택한, 여느 집들과 똑같은 집 식당 문간에 서서 미소를 지었다. 남자와 여자가 그를 돌아보았다.

"안녕하세요." 어린 왕자가 말했다.

"당신은 누구요? 뭘 찾고 있는 거지?" 남자가 말했다.

"저 좀 앉고 싶은데요." 어린 왕자가 말했다.

"우리는 모르는 사이입니다. 당신 집으로 돌아가요."

"집이 멀어요." 어린 왕자가 말했다.

"당신은 예의가 없군요. 우린 저녁을 먹을 거예요. 사람을 이런 식으로 방해해선 안 되죠!" 여자가 말했다.

"저도 저녁을 먹고 싶어요." 어린 왕자가 말했다.

"그런 식으로는 초대받을 수 없습니다."

"아." 어린 왕자가 말했다.

그러고서 그는 떠났다.

그들은 이제 자기네가 뭔가를 찾고 있다는 것도 몰라. 어린 왕자는 생각했다.

아흐레 되는 날

조종사는 어린 왕자와 함께 온종일 우물을 찾아 헤맨 후 발견한 어느 우물의 도르래를 노래하게 했다. 그러고 나서 우물 옆 낡은 돌담에 걸터앉은 어린 왕자가 "30초 안에 사람을 죽일 수 있는 황색 뱀 한 마리"와 대화를 나누는 모습을 본다. 모건도서관·박물관 소장본에 첨부된 수채화는 돌담에 걸터앉은 어린 왕자만 보여준다. 그는 지구에 온 지 1년이 되는 날을 하루 앞두고 뱀에 물릴까 봐 두려워한다. "오늘 밤이면 일 년이 돼. 내가 작년에 떨어졌던 바로 그 자리 위에 내 별이 뜰 거야…."

조종사가 전하는 장면은 감동적이다. "나는 아슬아슬하게 때맞춰 돌담에 다다랐고, 하얀 눈처럼 창백해진 나의 작은 어린 왕자를 두 팔로 안았다. 나는 어린 왕자가 항상 두르고 다니는 황금빛 목도리를 풀어주었다. 관자놀이를 적셔주고 물도 마시게 했다. 이제는 감히 어떤 말도 물을 엄두가 나지 않았다. 그는 심각하게 나를 쳐다보더니 두 팔로 내 목을 껴안았다. 마치 죽어가는 새처럼 그의 심장이 팔딱거리는 것을 느꼈다." 그 순간 조종사는 이 어린 친구에게 깊은 애정을 느낀다. 그리고 친구는 조종사를 달래기 위해 여우가 전해준 것을 그에게 넘긴다.

"밤이 되면 별들을 쳐다봐. 나는 그 별들 중 하나에서 살고 있을 테니까, 그리고 그 별들 중 하나에서 웃고 있을 테니까, 그러면 아저씨에겐 모든 별들이 다 웃고 있는 것과 마찬가지일 거야. 아저씨는 웃을 줄 아는 별들을 갖게 될 거야! … 있잖아, 그건 아주 멋진 일이 될 거야. 나도 별들을 바라볼게. 모든 별이 녹슨 도르래가 달린 우물이 될 거야. 그러면 모든 별이 내게 마실 물을 부어줄 테고…."

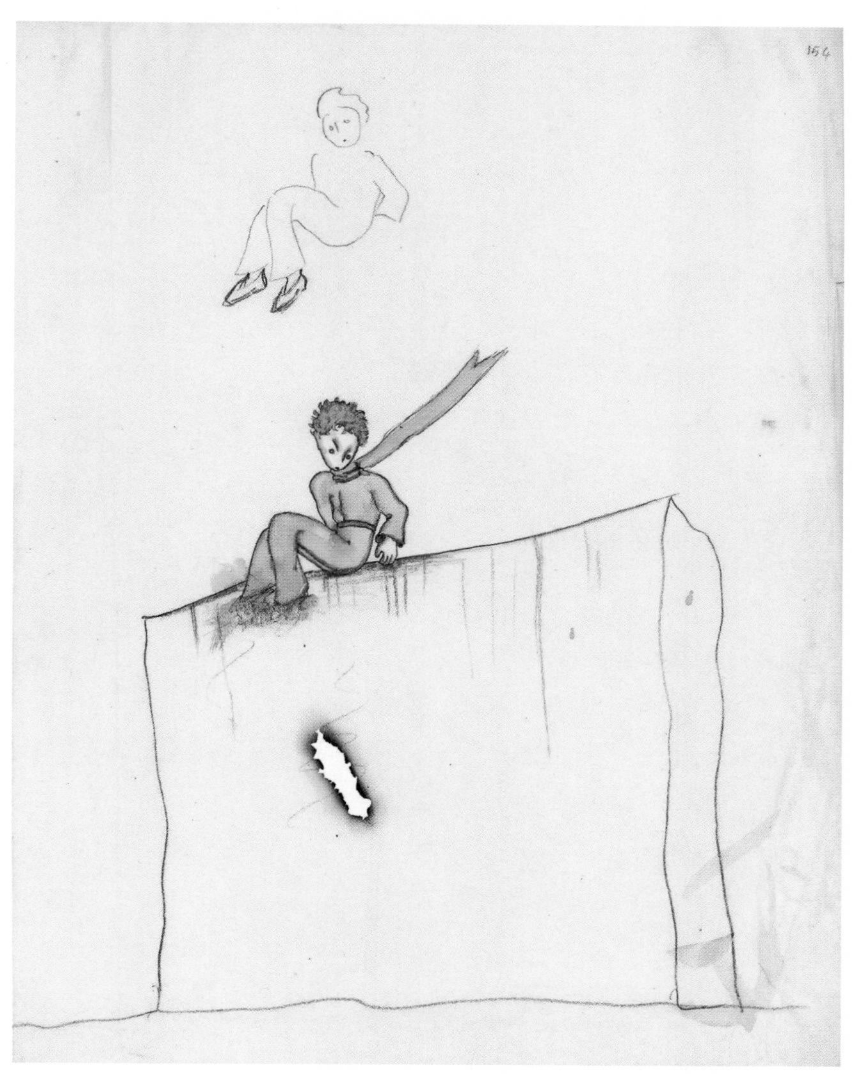

"이젠 저리 가…. 난 내려가고 싶어!",
《어린 왕자》 26장 준비 수채화,
뉴욕/아샤로켄(롱아일랜드), 1942,
잉크와 연필과 수채, 뉴욕,
모건도서관·박물관.

"이젠 저리 가…. 난 내려가고 싶어!",
《어린 왕자》 26장을 위한 최종 수채화,
뉴욕/아샤로켄(롱아일랜드), 1942,
잉크와 연필과 수채, 개인 소장.

(오른쪽)
"그러고는 그가 입을 다물었다.
울고 있었기 때문이다.",
지구를 떠나는 날 저녁의 어린 왕자,
《어린 왕자》 26장을 위한 최종 수채화,
뉴욕/아샤로켄(롱아일랜드), 1942,
잉크와 수채, 서명이 들어간
테두리 종이에 보관, 개인 소장.

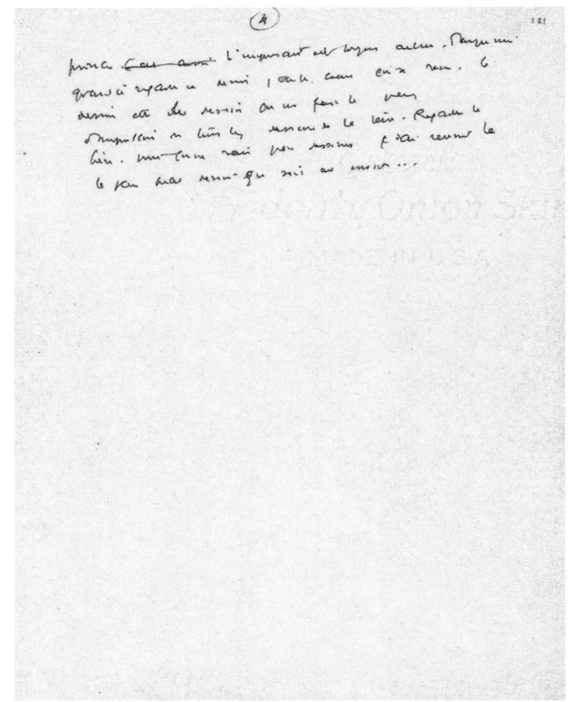

《어린 왕자》 21장 원고(f. 130, 131), 뉴욕, 1942, 자필 원고, 뉴욕, 모건도서관·박물관.

… 때때로 나는 먼 여행을 한다. 어린 왕자가 사라진 곳에 가본다. 그가 거기서 떠났으니까 거기로 돌아올 수 있지 않을까? 그곳에 가기는 매우 어렵기 때문에 아주 가끔만 간다. 하지만 그곳에 도착하면 풍경을 알아볼 수 있다. 나는 그림을 본다. 그가 별에게 죽임 당한 그곳의 풍경 그림이다. 적어도, 별과 함께 죽은 건 맞다. 보다시피 세상에서 제일 무서운 풍경이다. 나의 어린 왕자, 그가 옳았다. 중요한 것은 언제나 다른 곳에 있다. 이 그림을 바라볼 때면 내 가슴이 미어지기 때문에 하는 말이다. 이게 지구의 모든 그림 중에서 내게 가장 깊은 인상을 남긴 그림이다. 이 그림을 잘 보라. 나는 그림을 그릴 줄 모르지만 세상에서 가장 아름다운 그림을 그려낼 수 있었다….

앉아 있는 어린 왕자,
《어린 왕자》 26장 준비 그림,
1942, 잉크와 수채, 개인 소장.

작품을 헌정 받은 친구 레옹 베르트

"우리를 갈라놓는 것처럼 보이는 시간과 공간이 당신을 더욱 가까이 느끼게 합니다."

《어린 왕자》는 레옹 베르트Léon Werth에게 헌정되었다. 이 헌사는 자필 원고나《어린 왕자》 미국판이나 프랑스판의 교정쇄에서는 찾아볼 수 없다. 작가는 막바지에야 출판사에 헌사를 넘겼을 것이다. 디디에 도라에게 바치는《야간 비행》의 헌사도 비슷했다. 작품의 첫머리에 다는 헌사로서는 매우 독특하다. 여기서 작가는 "어린이들을 위한 책"(처음에는 "어린이들의 책"이라고 썼다. 의미심장한 말실수일까!)의 첫머리로는 그리 적절하지 않은 성격임을 의식해 다소 난처함을 드러낸다. 하지만 우리는 이것이 문학적 절차라는 것을 상기해야 한다. 앙투안 드 생텍쥐페리는 이 책을 "어린 소년이었을 때의" 친구에게 헌정함으로써 이 어린이책이 사실은 모두를 대상으로 삼는다는 사실을 이해시키는 절묘한 방법을 찾았다. "어른들은 누구나 처음에는 어린이였습니다. 그러나 어른들 중에 그걸 기억하는 사람은 드뭅니다." 이것은 이 책이 자기를 위한 것이 아님을 알면서도 직접적으로 자기와 관련이 있다고 느끼는 어른 독자에게 전하는 말이다! 그러므로 이 헌사가 어린이들만 보라고 쓴 게 아님은 분명하다. 이 동화의 주요한 쟁점 중 하나를 단도직입적으로 제기하는 헌사다. 우리는 인류에게 무엇을 했는가?

앙투안 드 생텍쥐페리는 레옹 베르트와 열렬한 우정으로 맺어진 사이였다. 레옹 베르트는 두 번의 세계 대전 사이에 활약한 문학평론가이자 작가이자 에세이스트로서, 반식민주의 · 반군국주의에 입각한 절대자유주의 운동과 예술평론 기사들로 알려져 있었다. 《어린 왕자》의 작가는 쥐라 지방의 생타무르 자택에 칩거 중인 그 유대인 친구가 독일군의 프랑스 점령으로 위기에 처해 있음을 알고 있었다. 그는 뉴욕에서 친구와 그 아내 쉬잔, 그들 사이의 아들 클로드를 걱정했다. 더욱이 생텍쥐페리는 레옹 베르트가 1940년 6월 탈출에 대해서 썼으나 프랑스에서 발표할 수 없었던 《33일Trente-trois jours》을 뉴욕 브렌타노스 출판사 프랑스 부서에서 내기로 했을 때 서문을 쓰기도 했다. 앙투안 드 생텍쥐페리는 1943년 초부터 작업에 착수해 '레옹 베르트에게 보내는 편지'를 썼고 그 원고와 교정쇄를 헤다 스턴에게 맡겼다. 하지만《33일》은 미국에서 출간되지 못했다. 미국 측에서는 프랑스에 남아 있는 레옹 베르트의 안위를 걱정했던 듯하다.

하지만 앙투안 드 생텍쥐페리는 그 서문을 다시 손보아 친구의 작품과는 별개로《어느 인질에게 보내는 편지》로 출간했다. 그 과정에서 친구에 대한 직접적 언급을 모두 수정했다. 1943년 3월에 캐나다에서 일부 발표된 이 작품은 그해 6월, 생텍쥐페리가 알제리로 떠나고 난 후에 서점가에 나왔다. 작가의 가장 아름다운 책 중 하나로, 그가 집필에 매우 수고를 들인 책이다. 그 자신도 "우정과 문명에 대한 … 중요한 책"이라고 말한다(앙투안이 콘수엘로 드 생텍쥐페리에게 보낸 편지, 1943년 초).

《어린 왕자》를 레옹 베르트에게 헌정하겠다는 결심은 아마《33일》의 미국 출간이 좌절된 때부터, 일종의 보상 심리로 자리 잡았을 것이다. 인류의 형제애, 문명의 소중한 관계, 정서적 삶의 중요성에 바치는 이 두 권의 책은(한 권은 우정과 소속감에 더 천착하고, 다른 한 권은 애정에 더 천착한다는 차이가 있지만) 보이지 않는 실로 연결되어 있다. 앙투안 드 생텍쥐페리는 유대인 친구 레옹 베르트를 헌정 대상으로 삼음으로써 자신의 동화를 시대의 고통 속에 아로새겼다.《어린 왕자》는 전 지구적인 문명의 위기 속에서 위안의 책이 되었다.

레옹 베르트

Dédicace à imprimer de préférence en hauteur dans un cadre étroit.

A LEON WERTH

Je demande pardon aux enfants d'avoir dédié ce livre à une grande personne. J'ai une excuse sérieuse : cette grande personne est le meilleur ami que j'aie au monde. J'ai une autre excuse : cette grande personne peut tout comprendre, même les livres ~~d'~~pour enfants. J'ai une troisième excuse : cette grande personne habite la France où elle a faim et froid. Elle a bien besoin d'être consolée. Si toutes ces excuses ne suffisent pas, je veux bien dédier ce livre à l'enfant qu'a été autrefois cette grande personne. Toutes les grandes personnes ont d'abord été des enfants. Mais peu

d'entre elles s'en souviennent.
Je corrige donc ma dédicace :

A LEON WERTH QUAND IL ETAIT PETIT GARCON.

레옹 바르트에게 바치는
《어린 왕자》의 헌사.
타자기로 정서한 원고. 개인 소장.

537 TRENTE-TROIS JOURS GAL. 57

LETTRE A LEON WERTH

par

Antoine de Saint Exupéry

Pour Hedda Stern
Avec ma profonde et fidèle amitié
Saint-Exupéry

I

Quand en Décembre 1940 j'ai traversé le Portugal pour me rendre aux Etats-Unis, Lisbonne m'est apparue comme une sorte de paradis clair et triste. On y parlait alors beaucoup d'une invasion imminente, et le Portugal se cramponnait à l'illusion de son bonheur. Lisbonne, qui avait bâti la plus ravissante exposition qui fût au monde, souriait d'un sourire un peu pâle, comme celui de ces mères qui n'ont point de nouvelles d'un fils en guerre et s'efforcent de le sauver par leur confiance : « Mon fils est vivant puisque je souris... » « Regardez, disait ainsi Lisbonne, combien je suis heureuse et paisible et bien éclairée... » Le continent entier pesait contre le Portugal à la façon d'une montagne sauvage, lourde de ses tribus de proie : Lisbonne en fête défiait l'Europe : « Peut-on me prendre pour cible quand je mets tant de soin à ne point me cacher ! Quand je suis tellement vulnérable !... »

Les villes de chez moi étaient, la nuit, couleur de cendre. Je m'y étais déshabitué de toute lueur et cette capitale rayonnante me causait un vague malaise. Si le faubourg d'alentour est sombre, les diamants d'une vitrine trop éclairée attirent les rôdeurs. On les sent qui circulent. Contre Lisbonne je sentais peser la nuit d'Europe habitée par des groupes errants de bombardiers, comme s'ils eussent de loin flairé ce trésor.

Mais le Portugal ignorait l'appétit du monstre. Il refusait de croire aux mauvais signes. Le Portugal parlait sur l'art avec une confiance désespérée. Oserait-on l'écraser dans son culte de l'art ? Il avait sorti toutes ses merveilles. Oserait-on l'écraser dans ses merveilles ? Il montrait ses grands hommes. Faute d'une armée, faute de canons, il avait dressé contre la ferraille de l'envahisseur toutes ses sentinelles de pierre : les poètes, les explorateurs, les conquistadors. Tout le passé du Portugal, faute d'armée et de canons, barrait la route. Oserait-on l'écraser dans son héritage d'un passé grandiose ?

J'errais ainsi chaque soir avec mélancolie à travers les réussites de cette exposition d'un goût extrême, où tout frôlait la perfection, jusqu'à la musique si discrète, choisie avec tant de tact, et qui, sur les jardins, coulait doucement, sans éclat, comme un simple chant de fontaine. Allait-on détruire dans

'레옹 베르트에게 보내는 편지' 교정쇄, 레옹 베르트의 《33일》의 미국 출간본을 위한 서문, 헤다 스턴에게 보낸 원고 뭉치에 첨부됨, 뉴욕, 1943, 자필 메모가 든 교정쇄, 워싱턴, 스미소니언 협회, 아카이브 오브 아메리칸 아트.

29

Dictaphone
5 exemplaires

~~C'est peut-être pourquoi, Léon Werth, j'ai tellement besoin de~~ ton amitié. J'ai soif d'un compagnon qui, au-dessus des litiges de la raison, respecte en moi le pèlerin d'un même ~~patrie~~. J'ai besoin de goûter par avance la chaleur promise, et de me reposer, ~~quelquefois~~, un peu ~~au-dessus~~ de moi-même, en le ~~point de vue qui est~~ nôtre.

Je puis entrer chez toi sans m'habiller d'un uniforme, sans me soumettre à la récitation d'un Coran, sans renoncer ~~à rien de ma liberté~~. Auprès de toi je n'ai pas à me disculper, je n'ai pas à plaider, je trouve la paix, comme à Tournus. Au-dessus ~~des mots~~ maladroits, au-dessus des raisonnements qui me peuvent tromper, tu considères en moi simplement l'Homme. ~~Je suis accepté tel que je suis.~~ Tu honores en moi l'ambassadeur ~~d'une patrie intérieure,~~ de ~~ses~~ croyances, de ~~ses~~ coutumes, ~~de ses~~ amours particulières. Si je diffère de toi, loin de te léser, je t'augmente. Tu m'interroges comme l'on interroge le voyageur. ~~Nous sommes alors comme deux sages. Il nous suffit, pour nous entendre, de connaître que nous recherchons par des voies diverses la même vérité.~~

~~J'ai besoin, Léon Werth, d'être accepté tel que je suis. Je me sens pur en toi.~~ J'ai besoin d'aller là où je suis pur. Ce ne sont point mes formules ni mes démarches qui t'ont jamais

ANTOINE DE SAINT EXUPÉRY

Lettre à un Otage

BRENTANO'S

(위)
'레옹 베르트에게 보내는 편지' 타자기 정서본.
레옹 베르트의 《33일》의 미국 출간본을 위한 서문.
뉴욕, 1943. 타자기 정서와 자필 메모.
워싱턴, 스미소니언 협회,
아카이브 오브 아메리칸 아트.

(아래)
《어느 인질에게 보내는 편지》, 뉴욕, 브렌타노스,
1943년 6월.

출판 연대기

페기 히치콕의 증언에 따르면, 그녀의 남편이자 출판사 대표인 커티스 히치콕은 앙투안 드 생텍쥐페리가 시도 때도 없이 그려대는 아이 캐릭터를 보고서 그 캐릭터를 주인공 삼아 동화를 써보면 어떻겠느냐고 물었다. 작가가 이 제안을 수락하고 작업에 착수한 시기가 아마 1942년 여름일 것이다. 작가의 친구 실비아 해밀턴은 자신의 파크애비뉴 아파트에서 생텍쥐페리가 글을 쓰는 것을 보았고 그에게 삽화도 직접 그리라고 권했다.

레이날앤드히치콕 출판사와 앙투안 드 생텍쥐페리가 계약서에서 명시한 날짜는 1943년 1월 26일이다. 이날까지 작가는 작품 원고와 삽화를 모두 넘기기로 되어 있었다.

안타깝게도 날짜가 적혀 있지 않지만 생텍쥐페리가 출판사 대표에게 보낸 편지가 한 통 있는데, 여기서 그는 이미 석 달 전에 자신의 에이전트 막시밀리언 베커에게 삽화를 넘겼으나 작품의 페이지 배치에 필요한 지시 사항을 아직도 전달하지 못했다고 불만을 토로한다. '석 달 전'이라는 단서로 미루어보아 생텍쥐페리는 롱아일랜드에서 돌아오자마자, 다시 말해 1942년 10월 말에는 《어린 왕자》의 완성 원고와 삽화를 출판사에 보냈을 것으로 짐작된다. 그런데 1943년 1월이 되도록 출판사는 삽화 복제를 하지 못해서 아무것도 못 하고 있었다. 작가는 책의 본문이 어떤 모양새로 나와야 한다는 구체적인 생각이 있었기 때문에 조급했을 것이다.

컬러 삽화가 들어가는 페이지만 뽑아서 만든 가제본 교정쇄에 작가는 연필로 이렇게 써놓았다. "내 작업이 이렇게 늦어진 이유는 그림 없이 글만 보낼 수 없었기 때문이고 출판사가 그림을 복제하는 데만 무려 넉 달이 걸렸기 때문입니다(굉장히 예쁘게 나왔지요…)." 이 고백은 중요하다. 글이 그림보다 훨씬 먼저 나왔다는 사실을 알려주기 때문이다. 교정쇄가 1943년 2월이나 3월 초 이후에나 나왔으리라고 가정하면 원고의 작품 완성은 1942년 가을로 거슬러 올라갈 수 있다.

물론 작품을 영어로 번역하느라 몇 주가 소요되었다. 번역은 캐서린 우즈가 맡았다. 생텍쥐페리 전담 번역가였던 루이스 갈랑티에르는 항공 사고를 당해 이 작업을 맡을 수 없었다.

작가는 삽화 없이 프랑스어 텍스트만 따로 뽑아놓아 주의 깊게 다시 읽고 최종 원화 작업을 했다. 앙투안 드 생텍쥐페리는 이 텍스트도 앞에서 언급한 교정쇄와 마찬가지로 각별한 친구였던 아나벨라 파워에게 선사했다. 아나벨라 파워의 본명은 쉬잔 샤르팡티에로, 프랑스에서 배우로 활동하다가 할리우드로 건너갔고 거기서 타이런 파워를 만나 1939년에 결혼했다. 아나벨라는 생텍쥐페리가 1941년 캘리포니아에서 회복기를 가질 때 매우 친해졌다. 그녀는 동화 작업이 어떻게 진전되는지 전화로 늘 물어봤고 작가 역시 밤늦은 시각도 개의치 않고 전화를 걸어 이제 막 잉크가 마를까 말까 한 글을 읽어주곤 했다!

텍스트에 한해서는 최종본과 거의 일치하는 이 교정쇄는 두 가지 중요한 사실을 가르쳐준다. 레옹 베르트에게 바치는 헌사는 아직 앉혀있지 않았다. 또 작품의 세계적 명성에 일조한 어린애 글씨 같은 표지 제목 서체도 아직 채택되기 전이다. 그 서체는 아마도 나중에 표지 디자이너 웬델 루스가 그려서 제목에 적용했을 것이다. 오프셋 인쇄는 저지시티(뉴저지)에서 이루어졌고 제본은 콘월(뉴욕)에서 했다.

1943년 4월 6일, 영어판과 프랑스어판이 동시에 미국 서점가에 깔렸다. 두 판본 모두 맨 처음에 인쇄한 책은 수작업으로 번호를 매기고 저자의 친필 서명을 넣었다(영어판은 525부, 프랑스어판은 260부). 이 책들은 폴리에틸렌 원단으로 장정한 후 그 자리에서 삽화 인장을 찍고 컬러 삽화가 있는 커버를 씌웠다. 대중을 위한 페이퍼백 판본도 나왔다. 《어린 왕자》는 그야말로 선풍을 일으켰지만 아쉽게도 작가는 그러한 상황을 지켜볼 수 없었다. 페이퍼백 판본은 초판본에 이어서 나왔다고 저작권 페이지에 언급되어 있다.

책은 서점가에서 날개 돋친 듯 팔렸다. 미국 평단에서도 호의적이었는데 특히 《메리 포핀스》의 저자 패멀라 L. 트래버스가 매우 근사한 서평을 써주었다. "《어린 왕자》는 어린이들을 위한 책이 지녀야 하는 세 가지 근본 소양을 모두 갖추고 있다. 이 책은 심오한 의미로 진실하고, 구구절절 설명하지 않으며, 메시지를 담고 있다. 더욱이 이 메시지는 아이들보다 어른들에게 더 와닿는다는 점에서 매우 특별하다. 고통과 사랑을 통하여 자기를 넘어서는 지경까지 바라보는 영혼을 지녀야만 포착할 수 있는 메시지다."

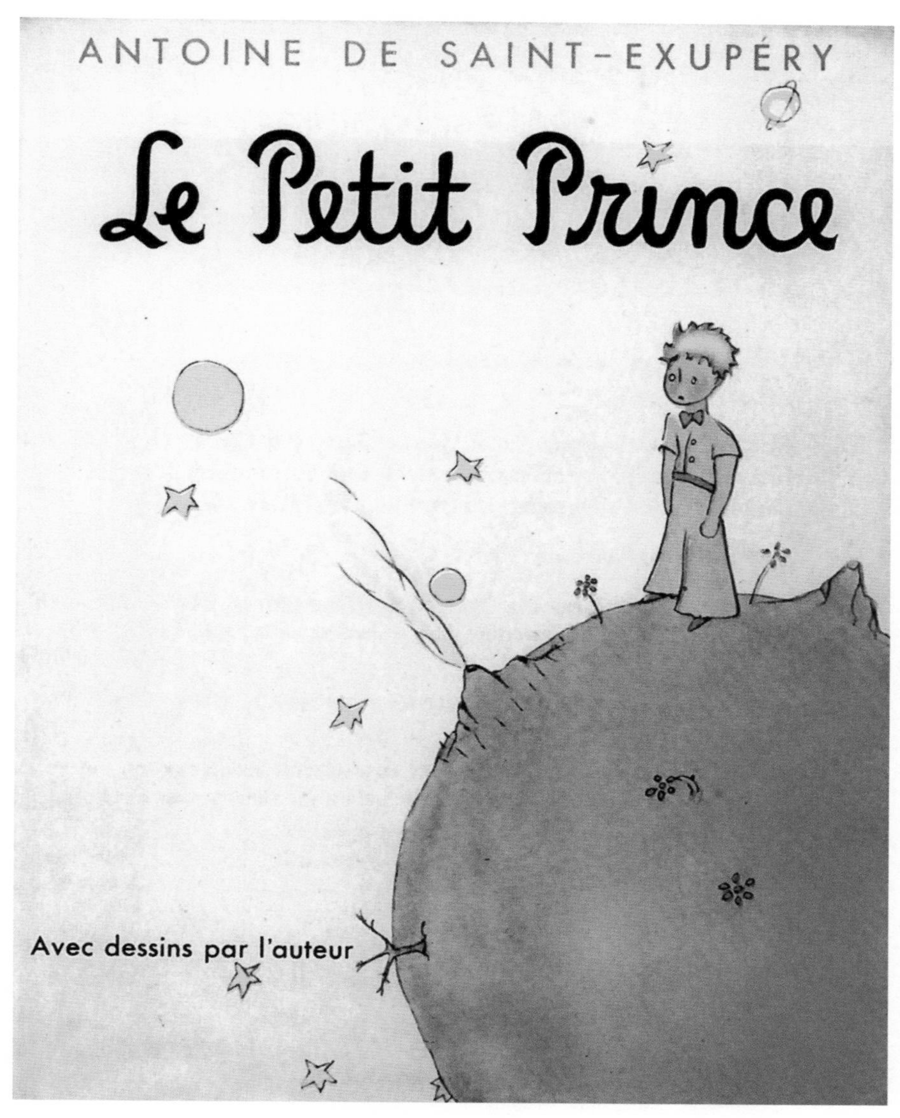

미국에서 출간된 《어린 왕자》 프랑스어판 초판 표지. 뉴욕. 레이날앤드히치콕. 1943.

"He fell as gently as a tree falls. There was not even any sound . . .

Cher ami

Je ne comprends absolument rien aux explications que me donne Becker et je crois qu'il ne comprends absolument rien à ce qu je lui demande depuis trois mois.

Lorsque je lui ai remis mes dessins je lui ai dit:

"Je desire absolument avant que tout travail soit entrepris décider moi meme a) les emplacements des dessins

b) leur taille relative

c) le choix de ceux a tirer en couleur

d) les textes a joindre aux dessins

Lorsque j'ecris par exemple :"Voila le plus joli dessin que j'ai reussi a faire de lui..." Je sais parfaitement quel dessin je désire placer là , si je le desire grand ou petit , en noir ou en co couleur, confondu avec le texte ou distinct. Je crois qu'il est tres important pour ne pas perdre trop de temps par des cOrrections laborieuses d'etre d'abord parfaitement d'accord sur la future maquette du livre."

Je n'ai jamais reussi a me faire clairement entendre de lui et n'ai jamais eu l'occasion de numeroter mes dessins .pour specifie leur role.

앙투안 드 생텍쥐페리가 《어린 왕자》 관련하여
미국인 출판사 대표에게 보낸 편지, 뉴욕,
1943년 1월, 타자 정서, 개인 소장.

(왼쪽)
미국에서 출간된 《어린 왕자》
영어판 컬러 인쇄 페이지,
레이날앤드히치콕, 저자 제공용, 뉴욕,
1943년 초, 컬러 삽화가 들어가는 페이지만
뽑아서 철한 교정쇄, 개인 소장.

(위)
"나는 이 작은 책을 이해할 수 있는 친구들만을 위해서,
아나벨라 파워 같은 친구들만을 위해서 썼습니다.
만약 그녀가 이 책을 재미있어하지 않는다면
나는 이 그림 속 인물보다 더 큰 슬픔을 느낄 테지요….
깊고 오랜 우정을 담아 키스를 보내며, 생텍스."

미국에서 출간된 《어린 왕자》 영어판 부분 교정쇄,
작가가 친구이자 배우인 아나벨라 파워를 위해
자필 헌사와 함께 증정, 레이날앤드히치콕, 뉴욕, 1943.

(아래)
미국에서 출간된 《어린 왕자》 프랑스어판 본문 교정쇄,
뉴욕, 1943, 저자가 아나벨라 파워에게
자필 헌사와 함께 증정, 개인 소장.

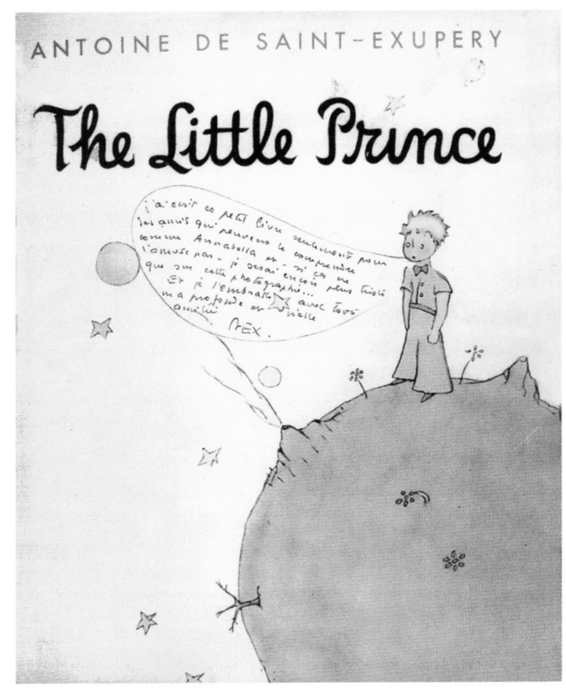

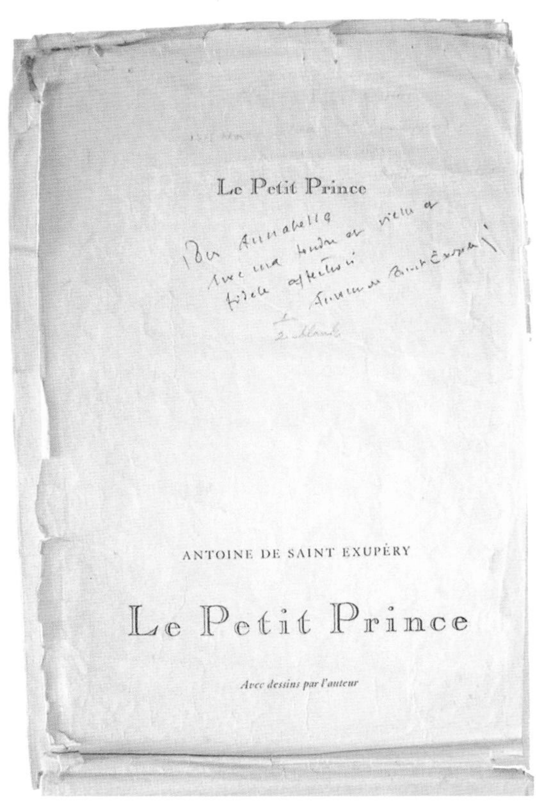
Le Petit Prince

ANTOINE DE SAINT EXUPÉRY

Le Petit Prince

Avec dessins par l'auteur

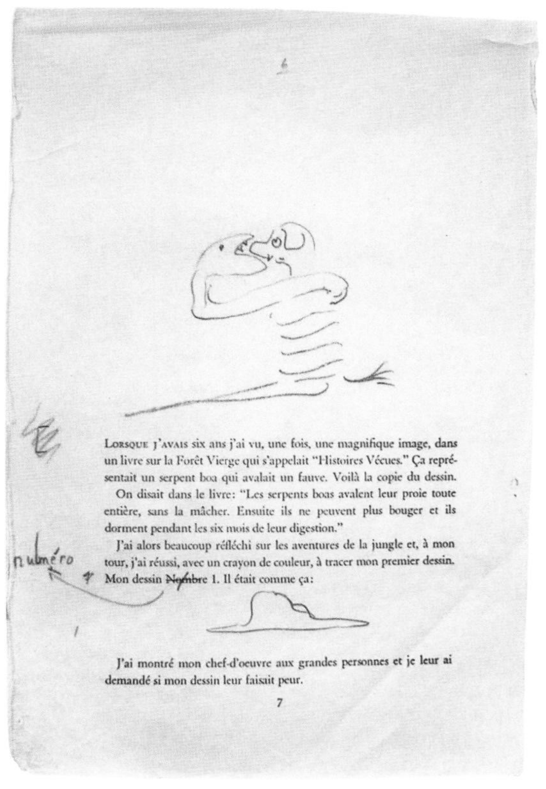
LORSQUE j'avais six ans j'ai vu, une fois, une magnifique image, dans un livre sur la Forêt Vierge qui s'appelait "Histoires Vécues." Ça représentait un serpent boa qui avalait un fauve. Voilà la copie du dessin.

On disait dans le livre: "Les serpents boas avalent leur proie toute entière, sans la mâcher. Ensuite ils ne peuvent plus bouger et ils dorment pendant les six mois de leur digestion."

J'ai alors beaucoup réfléchi sur les aventures de la jungle et, à mon tour, j'ai réussi, avec un crayon de couleur, à tracer mon premier dessin. Mon dessin Nombre 1. Il était comme ça:

J'ai montré mon chef-d'oeuvre aux grandes personnes et je leur ai demandé si mon dessin leur faisait peur.

7

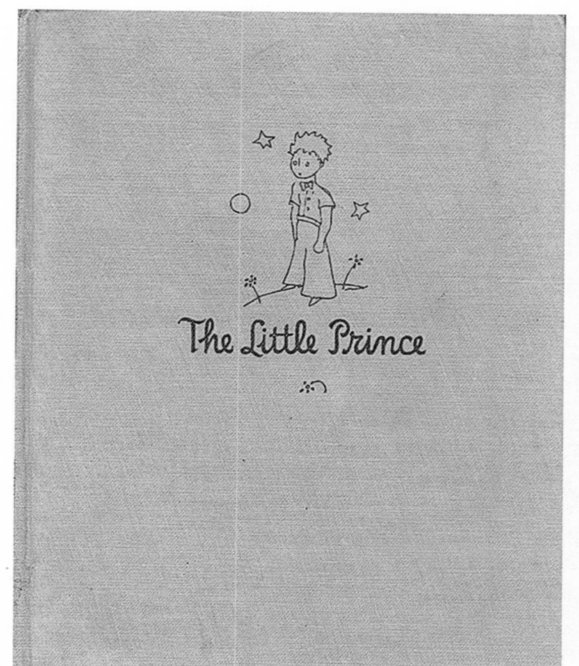

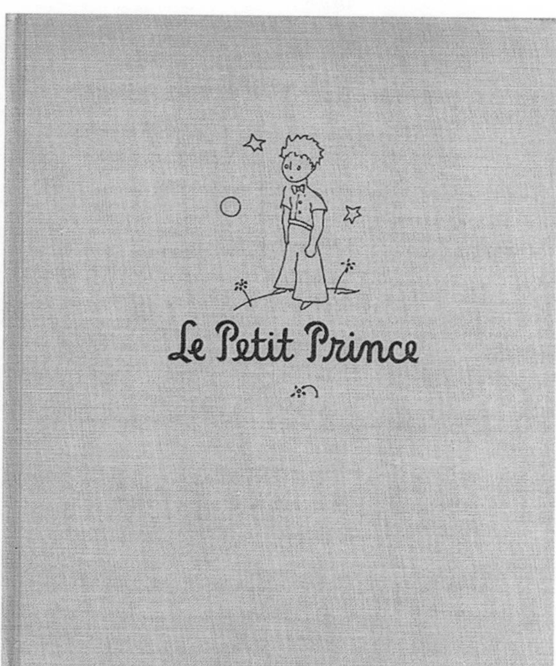

미국에서 출간된 《어린 왕자》 영어판과 프랑스어판.
뉴욕, 레이날앤드히치콕, 1943.

ANTOINE DE SAINT-EXUPÉRY
begins his new book:–

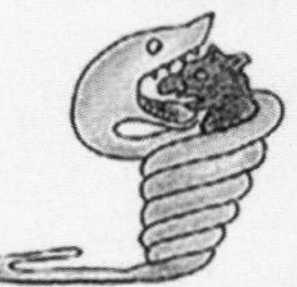

ONCE when I was six years old I saw a magnificent picture in a book, called *True Stories from Nature*, about the primeval forest. It was a picture of a boa constrictor in the act of swallowing an animal. In the book it said: "Boa constrictors swallow their prey whole, without chewing it. After that they are not able to move, and they sleep through the six months that they need for digestion."

I pondered deeply, then, over the adventures of the jungle. And after some work with a colored pencil I succeeded in making my first drawing. My Drawing Number One. It looked like this:

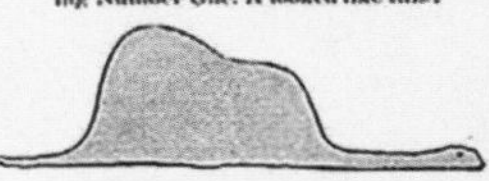

I showed my masterpiece to the grown-ups, and asked them whether the drawing frightened them.

But they answered: "Frighten? Why should any one be frightened by a hat?"

My drawing was not a picture of a hat. It was a picture of a boa constrictor digesting an elephant. But since the grown-ups were not able to understand it, I made another drawing: I drew the inside of the boa constrictor, so that the grown-ups could see it clearly. They always need to have things explained. My Drawing Number Two looked like this:

The grown-ups' response, this time, was to advise me to lay aside my drawings of boa constrictors, whether from the inside or the outside, and devote myself instead to geography, history, arithmetic and grammar. That is why, at the age of six, I gave up what might have been a magnificent career as a painter. ~~I had been disheartened by the~~ failure of my Drawing Number One and my Drawing Number Two. Grown-ups never understand anything by themselves, and it is tiresome for children to be always and forever explaining things to them.

So then I chose another profession, and learned to pilot airplanes . . .

I LIVED my life alone, without anyone that I could really talk to, until I had an accident with my plane in the Desert of Sahara, six years ago. Something was broken in my engine. And as I had with me neither a mechanic nor any passengers, I set myself to attempt the difficult repairs all alone. It was a question of life or death for me: I had scarcely enough drinking water to last a week.

The first night, then, I went to sleep on the sand, a thousand miles from any human habitation. I was more isolated than a shipwrecked sailor on a raft in the middle of the ocean. Thus you can imagine my amazement, at sunrise, when I was awakened by an odd little voice. It said:

"If you please—draw me a sheep!"

"What!"

"Draw me a sheep!"

I jumped to my feet, completely thunderstruck. I blinked my eyes hard. I saw a most extraordinary small person, who stood there examining me with great seriousness. Nothing about him gave any suggestion of a child lost in the middle of the desert. When at last I was able to speak, I said to him:

"But—what are you doing here?"

And in answer he repeated, very slowly, as if he were speaking of a matter of great consequence:

"If you please—draw me a sheep..."

ABSURD as it might seem to me, I took out of my pocket a sheet of paper and my fountain-pen. But then I remembered how my studies had been concentrated on geography, history, arithmetic and grammar, and I told the little chap (a little crossly, too) that I did not know how to draw. He answered me:

"That doesn't matter. Draw me a sheep . . ."

I had never drawn a sheep. So I drew for him one of the two pictures I had drawn so often. It was that of the boa constrictor from the outside. And I was astounded to hear the little fellow greet it with, "No, no, no! I do not want an elephant inside a boa constrictor. A boa constrictor is a very dangerous creature, and an elephant is very cumbersome. Where I live, everything is very small. What I need is a sheep. Draw me a sheep."

. . . And that is how I made the acquaintance of the little prince.

To preserve his memories of the little prince, Saint-Exupéry made some forty watercolors. These are reproduced in the book; some in black and white, but most of these in full color.

By ANTOINE DE SAINT-EXUPÉRY

Translation by Katherine Woods

THE LITTLE PRINCE

Published in English and in French in identical editions. $2.00

REYNAL & HITCHCOCK

미국에서 출간된 《어린 왕자》 신문 광고, 1943, 개인 소장.

Across the Sand Dunes to the Prince's Star

The Author of "Wind, Sand and Stars" writes a Fairy Tale for Grown-Ups and Children

THE LITTLE PRINCE. By Antoine de Saint-Exupery. Translated by Katherine Woods. . . . *91 pp.* . . . *New York: Reynal and Hitchcock. . . . $2.*

Reviewed by
P. L. TRAVERS
Author of "Mary Poppins"

IN ALL fairy tales—and I mean fairy tales and not tarradiddles — the writer sooner or later gives away his secret. Sometimes he does it deliberately, sometimes unconsciously. But give it away he must, for that is a law of the fairy tale's being—you must provide the key. Antoine de St. Exupery, in his new book "The Little Prince," has honorably obeyed the law. He makes us wait for the secret no longer than the second chapter.

"So I lived my life alone," he says, "without any one I could really talk to." There it is. A clear and unequivocal statement, a confession as bitter as aloes and familiar as the day. Most of us live our lives alone without anybody we can really talk to. We eat the indigestible stuff of our own hearts in silence, for we have not learnt to find the hidden companion within ourselves. Poets, and writers of fairy tales, are luckier. It may be that the substance of their minds is less dense than that of other men. Or perhaps they are more willing to slough its protective outer husk in order to get down to the essential bone. I don't know—I am only sure that you have to be bare and naked in some ultimate sense before you can hear the secret princely voice. Moreover, it is imperative that the prince should speak first. The etiquette of fairy tales and the court circles of the heart demand it. You may not command that voice. It will speak only to the ear that is humbly tuned to listen.

"Draw me a sheep'!' cried St. Exupery's prince in the silence of the desert. And so the friendship began.

Yet for us, if not for the author, there had been earlier intimations of his coming acquaintance with that royal boy. Was there not "The Wild Garden" with its proud delicate princesses and the snakes beneath the dinner table? And the sleeping child in the last chapter of "Wind, Sand and Stars," that small Mozart indwelling in all men, whom all men consistently murder. Here, surely, were the first seeds of "The Little Prince." Indeed, it seems to me that each of his books has been a path leading across the sand dunes to the prince's citadel. Whatever happens hereafter in St. Euxpéry's external world will be clarified and sweetened for him by the memory of this desert meeting.

I cannot tell whether it is a book for children. Not that it matters, for children are like sponges. They soak into their pores the essence of any book they read, whether they understand it or not. "The Little Prince" certainly has the three essentials required by children's books. It is true in the most inward sense, it offers no explanations and it has a moral. But this particular moral attaches the book to the grown-up world rather than the nursery. To be understood it needs a heart stretched to the utmost by suffering and love, the kind of a heart that, luckily, is not often found in children. "Tame me," says the fox to the prince, "so that I may accept the ties of love and be, for one single person, unique in all the world.' "Mine," says the fox, "is a very simple secret. It is only with the heart that one can see rightly; what is essential is invisible to the eye." Indeed, yes. But children quite naturally see with the heart, the essential is clearly visible to them. The little fox will move them simply by being a fox. They will not need his secret until they have forgotten it and have to find it again. I think, therefore, that "The Little Prince" will shine upon children with a sidewise gleam. It will strike them in some place that is not the mind and glow there until the time comes for them to comprehend it.

Yet even in saying this I am conscious of drawing a line between grown-ups and children, in the same way that St. Exupéry himself has done. And I do not believe that line exists. It is as imaginary as the equator. Yet separate camps are here declared and the author stands with the children. He leans upon the barricades, gently and ironically sniping at the grown-ups, confident that the children are standing by to pass the ammunition. Yet children themselves draw no such line. They are too wise. They do not feel any more derisive toward growns-ups than they do toward animals. The child very seldom sits in judgment. To him the grown-ups are objects of wonder, often, even, of pity. He sees them as creatures not deliberately guilty but trapped, rather, by fatal circumstance. "When I am older," he thinks to himself, "I shall be much wiser than they. It is astonishing to me and not a little sad that they have been through so much and yet know so little. I shall deal better with life."

We cannot go back to the world of childhood. We are too tall now and must stay with our own kind. But perhaps there is a way of going forward to it. Or better still, of bearing it along with us; carrying the lost child in our arms so that we may measure all things in terms of that innocence. Everything St. Exupéry writes has that sense of heightened life that can be achieved only when the child is still held by the hand. In "The Little Prince" he has given the boy a habitation—Asteroid B-612—and a title. But the burning, freezing, golden face must have been with him as long as memory.

Delicately, with impish irony, the prince's journey is traced from star to star; his universe is mapped by St. Exupéry's own charming illustrations. He seeks his dream among the meteors but it is not until he arrives upon the planet, Earth, that his heart begins to glow. As he wanders in the empty desert there come to him the things he sought—the man, the fox and the serpent. Each of them out of his own nature brings him a gift—the man a drawing of a sheep, the fox a tamed and faithful heart, and the serpent the cruel loving stroke that frees him from mortality and returns him to his star. That is all. The gentle allegory is compressed into a few clear, colored pages. A short book, but long enough to remind us that we are all involved in its meaning. We, too, like the fox, have need to be tamed by love; we, too, must return to the desert to find our lonely princes. All fairy tales are portents, and life continually renews them in us. We have no need to mourn for the Brothers Grimm when fairy tales like "The Little Prince" may still he heard from the lips of airmen and all who steer by the stars.

Illustrations by Antoine de Saint-Exupery
From "The Little Prince"

패멀라 L. 트래버스,
'모래 언덕을 넘어 왕자의 별까지',
《뉴욕 해럴드트리뷴 위클리 북리뷰》,
1943년 4월 11일 자, 기사 스크랩,
개인 소장.

최초의 음악 프로젝트

1930년대에 오케스트라 지휘자로 활동하면서 미국에서도 명성을 떨쳤던 음악가 나디아 불랑제Nadia Boulanger(1887~1979)는 작가가 뉴욕에서 가깝게 지낸 프랑스인 친구 중 하나였다. 그녀는 1940년 11월 6일에 미국에 도착해서 음악 교육자이자 지휘자로서 활동을 지속했다.

작가는《어린 왕자》의 타자 정서 원고를 나디아 불랑제에게 맡겼고 이 작품에 감동한 그녀는 작가가 알제리로 떠나기 전에 이 동화에서 받은 영감을 토대로 음악을 만들자고 제안했다. 현재 이 원고는 프랑스 국립도서관이 소장 중이다. 안타깝게도 나디아 불랑제의 프로젝트는 실현되지 못했다.

122 Bay State Road Boston Mass.

Bu-8-5873

9h30

Madame Boulanger est là

Madame Maturet

Veuillez bien excuser ce griffonnage que j'ai pris au téléphone. Madame Boulanger sera demain à l'adresse ci-dessus, Boston. Jusqu'à 9h30 ce soir, veuillez lui téléphoner Bu-8-5873 chez Madame Maturet (qui aurait grand plaisir à vous rencontrer). Madame Boulanger voudrait vous parler au sujet de votre nouveau livre à mettre en musique et récitatif : elle a le compositeur et parait enthousiasmée. Après 9h30 ce sera trop tard, elle sera dans le train pour Boston.

L'avant dernier et dernier rouleau n'étaient pas très clairs ... aussi la ponctuation.

앙투안 드 생텍쥐페리의 비서가 작가를 위해 남긴 메모, [뉴욕, 1943], 타자 정서 원고, 개인 소장.

(오른쪽)
앙투안 드 생텍쥐페리가 나디아 불랑제에게 준 타자 정서 원고에 그려준 그림, 저자의 자필 헌사, 파리, 프랑스 국립도서관.

I
Exemplaire à
remettre à madame
Maria Boulanger qui
vous téléphonera

어린 왕자 속 작가의 초상

"이것은 저자 자신이 그린 초상이다."

앙투안 드 생텍쥐페리는 공군 부대에서 다시 복무할 수 있을지 확정되지 않은 상태로 1943년 4월 20일경 알제에 도착했다. 그렇지만 그는 이 자유 도시에서 불안을 달래고 점점 더 커지는 의심을 바로잡을 여지를 찾지 못했다. 한 번의 사고, 그리고 그의 건강과 나이 때문에 첫 번째 비행 허가는 도무지 떨어지지 않았다. 드골주의자들과의 갈등에도 불구하고 1944년 5월에 2/33 중대로 돌아가기까지는 사방천지를 뒤흔드는 노력이 필요했다. 그는 사르데냐와 코르시카섬에서 출발하여 머지않아 해방될 프랑스 본토를 항공 정찰하는 임무를 맡았다. 그리고 1944년 7월 31일에 마르세유 난바다 상공을 비행하던 중 실종되었다. 신체적으로나 정신적으로나 깊은 절망뿐이었던 18개월 동안, 어린 왕자는 작가에게 소중한 동행이었을 것이다. 작가는 대서양을 건널 때 짐가방 속에《어린 왕자》한 부를 챙겨갔다. 그러고는 알제에 도착하자마자 파리의 사교 모임인 앵테랄리에 모임Cercle Interallie에서 만난 프랑스 외교관의 아내 이본 드 로즈에게 그 책을 맡겼다. 그녀는 일기에 이렇게 썼다. "어제저녁에는 생텍쥐페리의 동화《어린 왕자》를 읽었다. 너무 감동적이어서 눈물까지 흘렸다….

그 동화는 웅숭깊은 인간성에서 흘러나온, 사금이 가득한 맑은 물이다. 그 절절한 감상을 전하고 싶어서 오늘 아침 생텍스에게 전화를 했다." 그녀는 자신이 아메리카 대륙 밖에서 처음으로 그 책을 읽은 독자가 되었다는 사실을 짐작이나 했을까? 유명 조종사의 아내 앤 모로 린드버그가 자기보다 몇 주 전에 이미 그렇게 절절한 감상을 토로했다는 사실을 알기나 했을까? 어린 왕자는 그렇게 작가의 뚜렷한 문학적 분신이 되었다. 작가는 어린 왕자를 자신의 편지에 자주 등장시켰고 아내에게, 여자 친구들에게, 동료들에게 어린 왕자의 입을 빌려 속내를 털어놓기도 했다. 미국 문화계를 떠나온 작가는 자기 책이 뉴욕에서 어떻게 받아들여지고 있는지 잘 모른 채 걱정했고 친구들에게 나눠줄 증정본을 받아보지 못해 속상해했다. 그는 겨우 자기 손에 들어온 증정본 몇 부를 지인들에게 보내면서 그가 자신의 작품을 얼마나 중요하게 생각하는지 알려주는 메모를 첨부하곤 했다.

앙투안 드 생텍쥐페리는 진심으로 언젠가 뉴욕에 있는 콘수엘로나 프랑스에 있는 가족과 재회하기를 바랐지만 자신이 "끝난 것과 다름없다"는 것을 잘 알고 있었다. 그는 곧 마지막 임무를 받게 될 터였다. 다행스러운 우연 덕분에 《어린 왕자》 출간과 비슷한 시기, 즉 1943년 4월 그는 아내에게 그들의 사랑 이야기와 그 이야기가 세월과 눈물을 넘어 살아남게 될 시적인 수단을 남기고 미국 땅을 떠날 수 있었다. 상서로운 우연의 일치라 하지 않을 수 없다. 아니, 차라리 세심한 배려라고 해야 할까.

18개월 후에도 마음은 그대로였다. 이 작품의 유언으로서의 가치는 사적 영역의 범위를 훨씬 넘어선다. 작가는 끝이 다가옴을 느꼈고 그 책을 얼마나 중요하게 여기는지, 그 책이 얼마나 진실한지, 얼마나 본질적인 진리들로 가득 차 있는지 충분히 말하기에는 턱없이 시간이 부족했다. 그 작품의 주인공으로 등장하는 인물이 다름 아닌 자기 자신이라고 말하기에도…. 작가는 인물과 작별을 고한다. 그 인물의 역할을 맡기 위해서, 아주 오랫동안 말이다.

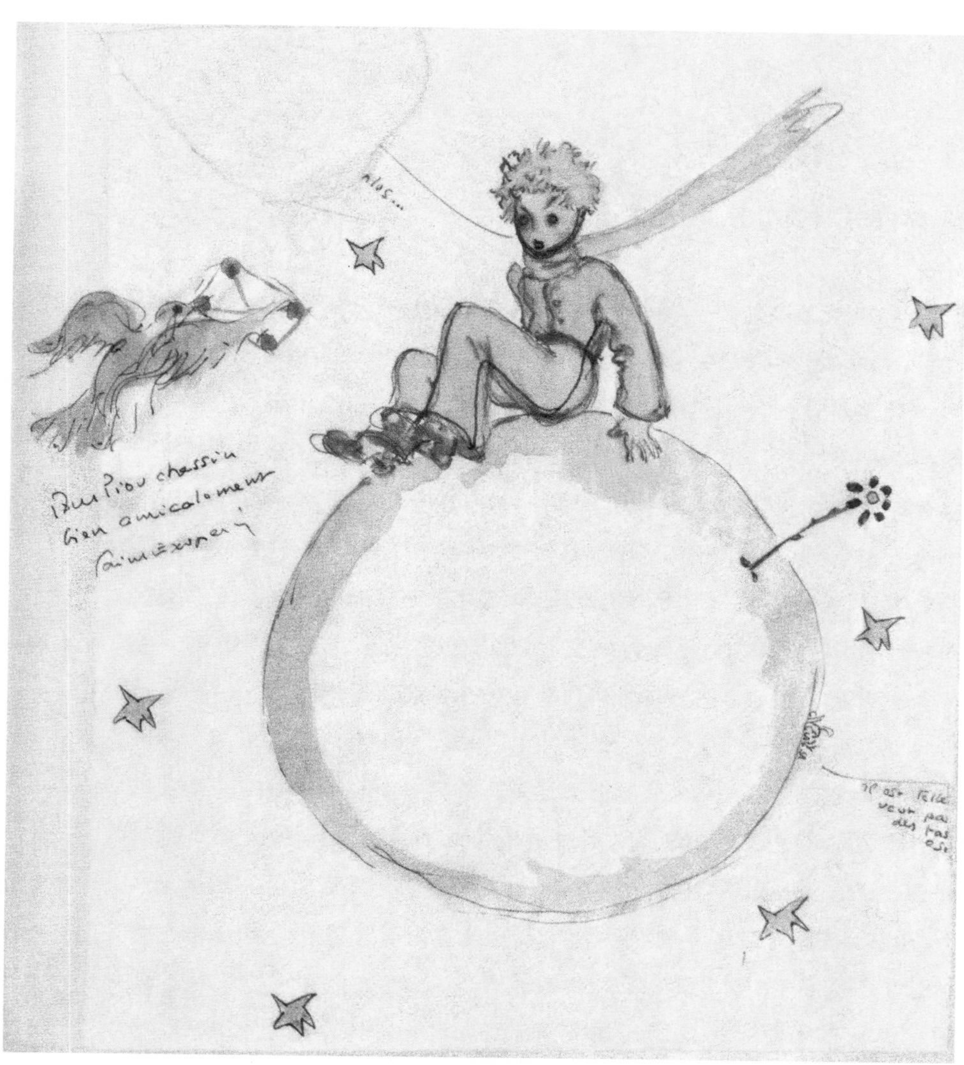

피우 샤생에게 그려준 그림.
[1943], 잉크와 수채,
개인 소장.

작가의 자화상

2016년 12월 3일 카조 경매에 나온 다음의 책은 미국에서 나온 프랑스어 초판 2쇄에 해당할 뿐 아니라 특별한 사연을 담고 있어 더 의미가 있다. 일단, 이 책은 앙투안 드 생텍쥐페리가 북아프리카 체류 중에도 미국에서 보내는 증정본을 수령했음을 알려준다. 어떻게 도착했는지는 모르지만 그는 이 책에도 자신의 영감과 진정성의 표시를 남겼다! 다른 한편으로, 이 책은 작가가 리오넬막스 샤생 대령(1902~1970)에게 크나큰 우애를 품고 있었음을 보여준다. 앙투안 드 생텍쥐페리는《남방 우편기》를 발표하기 전, 그러니까 아에로포스탈사에서 일하면서 1929년에 브레스트에서 고등 비행 과정 수업을 들을 때 그의 교육을 받았다. 비행술과 낙하산에 특히 관심이 많았던 이 전직 해군은 1935년에 공군으로 옮겨와 사령부에서 눈부신 커리어를 쌓았다. 1942년 말 북아프리카에 공군 인사 참모부장으로 발령을 받았고 1944년 4월에는 제31폭격연대의 지휘를 맡았다. 이 연대에는 사르데냐주 빌라치드로의 이탈리아 전선에 배치된 모로코인 집단도 포함되어 있었다. 그는 이곳을 거점으로 적의 영토 상공에서 여러 임무를 수행했다. 따라서 적어도 이 책에 그려진 그림 중 하나는 샤생 대령의 임무를 명시적으로 참조하고 있다고 볼 수 있다. 그 그림은 1944년 봄에 그려진 것으로, 두두(막스)와 피우(피에르)의 아버지 샤생 대령은 작전 수행 중이다. 실제로 샤생 대령은 그때까지 연합국 고위직들에 의해 모든 군사행동에서 배제된 채 목 빠지게 대기 중이던 앙투안 드 생텍쥐페리를 사르데냐로 오게 한 장본인이었다. 대령은 친구가 2/33 중대에 합류해 1944년 5월 16일부터 (결국 그의 목숨을 앗아갈) 항공 정찰 임무에 다시 복귀할 수 있도록 다른 조력자들과 함께 힘을 썼다.

더욱이, 작가가 대령의 장남에게 보낸 메모에서 사용한 표현을 주의 깊게 봐야 한다. 아이에게 써준 이 글에서 작가와 인물의 동일시는 다정하고 재미있게 표현되긴 했지만 너무나 노골적이다. 그러한 동일시는 이미 뉴욕에 남겨둔 자료들에서, 그리고 미 대륙을 떠난 후 생텍쥐페리의 몇 달 동안의 삶에서도 알아볼 수 있다. 이제 어린 왕자는 그의 영혼을 비추는 거울로서 동행이 아니라 그 자신의 시적 존재, 상상과 현실의 연결고리였다. 그리고 이 메모는 드물게 작품에 대한 작가 자신의 증언을 담고 있다. 그는 이 책을 "참된 이야기"라고 칭한다. 우화는 진정성의 영토다. 단지 "어린 왕자는 나다"라고 하는 게 아니다. 거짓된 진정성밖에 만들어내지 않는 일상적 삶의 오해와 우발적 사태를 뛰어넘어, "이게 진정한 나다"라고 말하는 것이다. 작가가 여기서 참된 정신을 말하는 것인지, 참된 체험적 성격을 말하는 것인지 그것을 알 수는 없다. 그래도 한 가지는 확실하다. 이 우화는 가르칠 만하다.

마지막으로, 앙투안 드 생텍쥐페리가 임무 중인 대령을 자기 캐릭터로 표현하기를 주저하지 않았다는 점도 짚고 넘어간다. 동료 조종사들을 비행기에 탄 모습으로 그리기보다 구름 위에 위치시키거나 날개를 달아줬던 것처럼 그는 이 캐릭터도 그렇게 표현했다. 비행기는 하늘을 나는 기계가 아니라 하늘을 나는 인간이다. 그리고 그의 마음, 가장 마음속 깊이 품고 있던 것의 요람인 어린 왕자가 여기서 작가 자신이 아닌 타인을 나타내고 있다. 여기서 작가의 너그러움이 엿보인다.

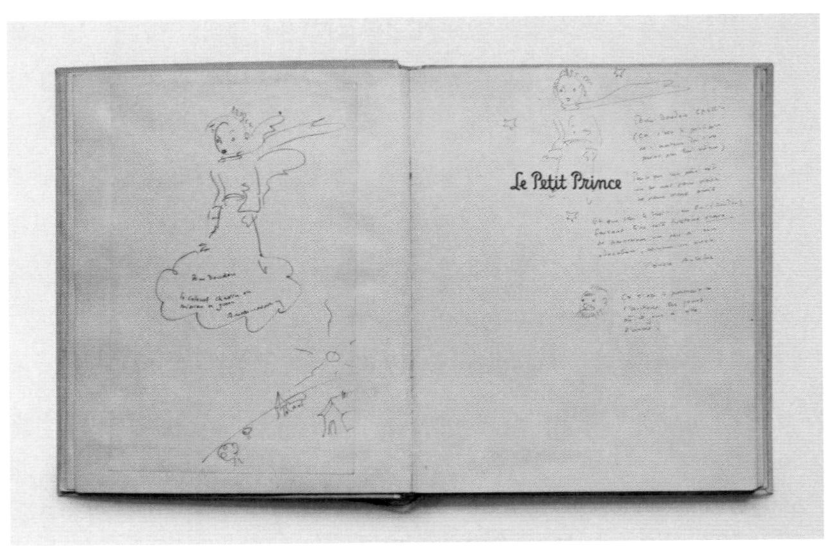

두두 샤생에게,

(이건 이 책의 작가가 직접 그린 자화상이란다.)

네 아버지는 우리의 가장 오래되고 소중한 친구 중 한 사람이거든.

그리고 나는 이 '참된' 이야기를 읽게 함으로써 마치 삼촌처럼 그(두두)의 교육에 조금은 관여할 권리가 있지.

앙투안 삼촌
이건 작가가 삼촌 노릇을 할 때의 초상이야.

[자기 행성에 있는 어린 왕자 그림]
피우 샤생에게
우정을 담아
생텍쥐페리

[구름 위에 있는 날개 달린 어린 왕자 그림]
두두에게
전쟁 임무 중인 샤생 대령
A. 드 생텍쥐페리

《어린 왕자》, 레이날앤드히치콕, 뉴욕, 1943년 4월, 작가가 두두 샤생에게 쓴 자필 메모와 책 첫머리에 피우 & 두두 샤생을 위해 작가가 그린 그림 두 점 포함, [1943], 초판 2쇄본, 개인 소장.

가장 참된 이야기

미국에서 출간된 《어린 왕자》 프랑스어 초판의 다음 3쇄본은 앙투안 드 생텍쥐페리가 북아프리카에 있을 때 자필 서명을 한 것이다. 3쇄본이 어떤 상황에서 작가에게 도착했는지, 작가가 자신의 정부이자 후원자였던 넬리 드 보귀에에게 직접 준 것인지 다른 사람을 통해 전달했는지 그건 알 수 없다. 어쨌든 넬리 드 보귀에가 1943년 8월부터 11월 초까지 알제에 있긴 했다.

이 책의 중요성은 작가의 자필 메모뿐 아니라 수신인의 정체와도 관련이 있다. 앙투안 드 생텍쥐페리가 넬리 드 보귀에에게 보낸 편지들은 그녀가 (피에르 셰브리에라는 가명으로) 1994년에 《전쟁 서신Écrits de guerre》을 출간하면서 선별했기 때문에 단편적으로만 알려져 있다. 어쨌든 1943년 11월 이후로 주고받은 편지들에서 어린 왕자의 모습으로 그려진 작가를 간간이 볼 수 있다.

작가가 느꼈던 고립감은 돌이킬 수 없는 지경에 이르렀던 것 같다. 알제의 드골주의자들과의 반목도 여기에 한몫했다. 그들은 작가가 뉴욕 체류 당시 미 당국에 자기네들의 대의를 적극적으로 옹호하지 않았다고 비난했다. "내가 이 행성에서 할 일이 뭐가 있을까요? 그들은 나를 원치 않는데?"(《생텍쥐페리 전집Œuvres complètes》 2, 963쪽) 하지만 이 고립감은 이 세상에서, 그리고 사랑에서도 평온한 정서적 분위기를 찾을 수 없다는 데서 오는 것이기도 했다. 그러한 분위기는 "섬광처럼" 나타났는가 싶으면 사라질 뿐, 결코 지속되지 않았다. 작가는 어디서나 소통 불가능성, 오해, 배은망덕과 부딪혔다. 지구는 인간의 위대함에 사로잡혀 잘하고 싶은 마음이 너무 큰 사람이 살 수 없는 곳이 되어버렸다. 그런 사람은 이 끔찍한 사실을 확인하고야 만다. "나는 보이지 않는 것의 도래에만 관심이 있습니다."(《생텍쥐페리 전집》 2, 977쪽)

이 끊임없는 불만족에, 가까운 이들에 대한 치열한 걱정("칼에 찔리는 것 같은 아픔")이 가중되어 그의 사회 생활은 지옥이나 다름없었다. 그들은 그의 동포들일 수도 있고, "네 개의 가시 말고는 아무것도 없는" 그의 아내일 수도 있다. "한꺼번에 모든 신호를 향해 헤엄칠 수는 없었던" 작가에게는 자기희생, 목숨을 바치면서까지 세상의 불행을 짊어지는 아주 특별한 방식 외에는 다른 돌파구가 보이지 않았다. 자기 희생, 오직 그것만이 그의 안식이 될 것이었다. 오직 그것만이 콘수엘로의 괴로움, 소중한 이들의 괴로움을 갚아줄 것이었다. 오직 그것만이 방황하는 행성에 탑승한 인류를 하나의 팀으로 만들리라.

"어떤 식으로는, 죽음이라기보다는 결혼입니다." 앙투안 드 생텍쥐페리는 마지막 장에 나타나는 어린 왕자의 죽음의 의미를 친구에게 밝히면서 이렇게 쓰기에 이른다. 위안을 구하지 못한 이는 이 상징적 죽음에서 구원을 발견한다. 죽음은 실존에 이르지 못하는 또 다른 존재 상태의 상징이다. 그는 또 이렇게 쓴다. "희망 없이 사랑한다는 것, 그건 절망이 아닙니다. 그저 무한에서야 만날 수 있다는 뜻일 뿐. 그 여정에서 별은 닳지 않습니다."(《생텍쥐페리 전집》2, 959쪽)

넬리 드 보귀에에게 책에 써서 보낸 글은 그들이 주고받은 편지들로 알려진 마지막 순간을 좀 더 이해할 수 있게 해준다. 작가는 그녀에게 이보다 더 참된 이야기를 쓴 적이 없다고 고백하면서 《어린 왕자》의 실존적 의미와 유작으로서의 의미를 더욱 드높인다. 그것은 나중을 위한 책, 그가 이 땅에 잠시 다녀간 의미를 알려주는 책이다. 또한 자신의 죽음에 눈물 흘리지 말라고 위로하는 책이기도 하다. 모두가 그렇듯 사랑하는 이들과는 무한에 이르러서야 만날 수 있으니. "난 아픈 것같이 보일 거야…. 죽어가는 것같이 말이야…."

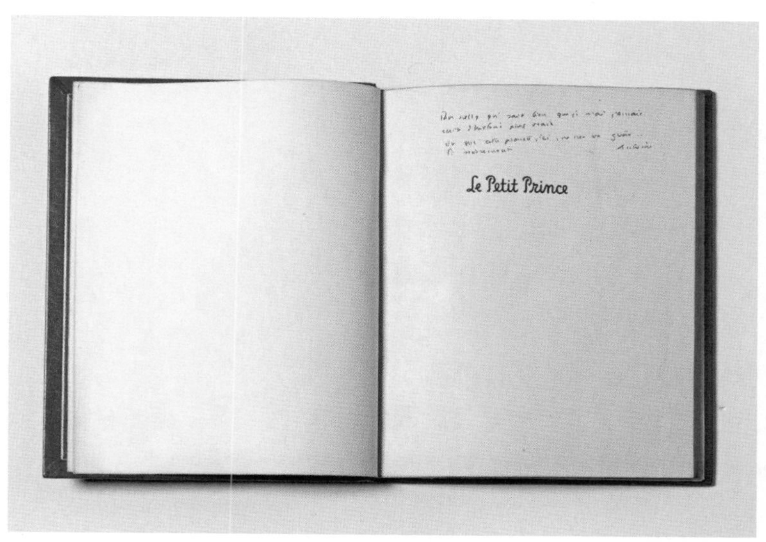

내가 이보다 더 참된 이야기를 쓴 적 없다는 것을,
그리고 이 행성이 내게 잘 맞지 않는다는 것도…
잘 아는 넬리에게.
애정을 담아,
앙투안

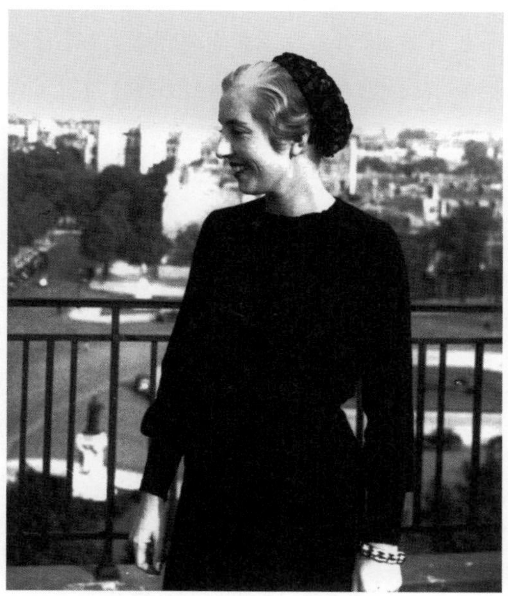

(위)
《어린 왕자》, 레이날앤드히치콕,
뉴욕, 1943년 4월,
작가가 넬리 드 보귀에에게 쓴
자필 메모, [알제, 1943 혹은 1944],
초판 3쇄본, 개인 소장.

(아래)
넬리 드 보귀에,
파리 보방 광장 15번지
생텍쥐페리의 아파트 테라스에서
찍은 사진, 1937년경.

무수히 많은 어린 왕자

알제는 1942년 11월 영미 연합군의 상륙 이후로 자유 프랑스 지식인들의 주요 거점 중 하나가 되었다. 토착민 문화 엘리트와 프랑스나 미 대륙에서 건너온 엘리트는 영향력 있는 인물들을 중심으로 힘을 키웠다. 그러한 인물들로는 출판 및 서점 사업가 에드몽 샤를로, 작가 쥘 루아, 막스폴 푸셰, 알제리 카바일의 시인 장 암루슈 등이 있었다. 특히 장 암루슈는 앙드레 지드의 작품을 무척 우러러보았고 지드의 큰아들이 북아프리카에 정착했을 때 친구가 되었다. 정확히는 1943년, 알제에 사는 친구 안 외르공의 집에 머물 때였다. 안 외르공은 유명한 지식인 모임 '퐁티니 데카드'의 창시자 폴 데자르댕의 딸이다.《배덕자들》의 작가 앙드레 지드는 1943년에 알제에서 새로운 문학 잡지《라르슈》의 창간 작업을 장 암루슈에게 맡겼다. 그래서 이 잡지는 지드의 문학적 후원과 드골주의 성향을 특징으로 했다. 앙투안 드 생텍쥐페리는 알제에 도착했고 이후에도 그 도시를 여러 번 왔다 갔다 했다(그는 알제에 올 때마다 친한 의사 조르주 펠리시에의 집 당페르로슈로 17번지에 묵었다). 장 암루슈로서는 앙드레 지드와도 가까운 이 명망 높은 작가와 교우할 기회였다. 알제에서의 개인 일정 기록을 보면 장 암루슈와의 전화 통화, 그리고 1943년 11월 19일 점심 약속에 대한 언급이 있다. 이 그림들은 그 점심 자리에서 그린 걸까? 어쨌든《라르슈》창간호에《어느 인질에게 보내는 편지》를 게재한다는 얘기가 그 자리에서 나온 것은 분명하다. 장 암루슈는 작가를 설득해야만 했다. 앙투안 드 생텍쥐페리는 행여 자신과 드골주의자들 사이의 무익한 대립이 또다시 불거지는 계기가 되는 게 아닌가 걱정하고 망설였기 때문이다. "나에 대해서 하는 말, 나에 대해 말해보라고 하는 것도 남이 내 얘기를 하는 것도 일절 듣고 싶지 않습니다." (넬리 드 보귀에에게 보낸 편지,《생텍쥐페리 전집》2, 963쪽) 1943년 11월 7일, 장 암루슈는《어린 왕자》를 읽고 나서 이 감동적인 편지를 보냈다. "당신의 이야기는 세상에서 가장 아름다운 이야기 중 하나입니다. 당신에게 어린 왕자는 어쩌면 죽었을지 모르지만 바로 그 죽음으로 인해 앞으로 무수히 많은 어린 왕자가 나타날 겁니다. 그들은 모두 그를 닮았지만 저마다 자기만의 시선과 친구가 있는 유일무이한 존재들일 테지요. 인간에게 별 아래 사막에서 어린 왕자를 만나는 것보다 중요한 일은 아무것도 없습니다." (아데르 피카르 타장 경매, 드루오, 1984년 7월 6일, 품번 28-2).

(307~309쪽)
장 암루슈에게 그려준 어린 왕자 그림들,
알제, 1943, 종이와 담뱃갑 포장지에 잉크,
자필 메모, 개인 소장.

앙투안 드 생텍쥐페리의 개인 다이어리,
어린 왕자 그림들, 알제리/모로코,
1943년 4월~1944년 7월,
자필 메모, 생텍쥐페리-다게재단.

다이어리

1943년 4월부터 1944년 7월까지 북아프리카에서의 교우와 인맥(알제의 앵테랄리에 모임, 앙드레 지드, 안과 자크 외르공, 장 가뱅, 조제프 케셀, 쥘 루아, 막스폴 푸셰, 아벨 베르뒤랑, 리오넬막스 샤생, 앙리 콩트, 르네 레만, 피에르 마생 드 미라발, 디오메드 카트루 등)을 보여주는 이 다이어리에서 네 점의 어린 왕자 연필화를 찾아볼 수 있다. 자기 사람들과 멀리 떨어져 지내는 작가에게 어린 왕자는 충직한 동반자였다.

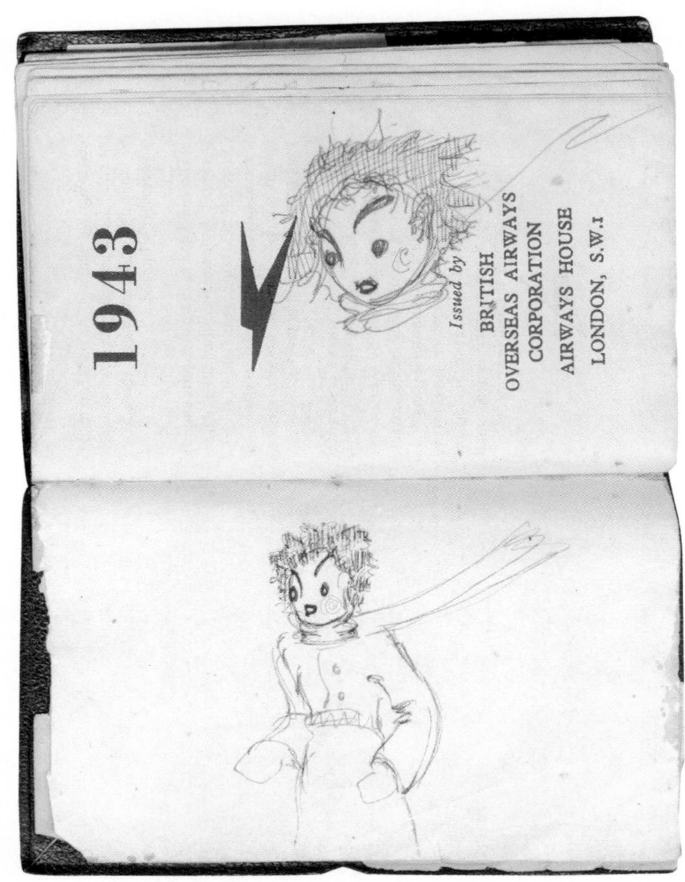

장미 나무여, 안녕히!

앙투안 드 생텍쥐페리가 어떤 여자와 알제와 오랑을 연결하는 기차 안에서 만났고 작가가 그녀에게 다음의 편지, 쪽지, 그림 들을 주었다는 얘기가 있다. 오랑에서 남편과 살고 있던 그녀는 적십자단 간호사이자 자유 프랑스의 장교였다. 그녀의 신원은 끝내 밝혀지지 않았다. 하지만 그건 중요하지 않다. 인상적인 것은, 이 절망적인 편지(편지글에서 작가의 병적 조바심을 엿볼 수 있다)를 예쁜 그림들이 장식하고 있고 거기서 어린 왕자가 중심 역할을 차지한다는 것이다. 어린 왕자의 얼굴은 이제 작가의 서명을 대체하기에 이르렀다. 그는(작가라고 해도 좋고 어린 왕자라고 해도 좋다) 자기 여자 친구를 대체할 어린 공주를 거리낌 없이 상상한다. 그녀는 현실에서나 꿈의 영역에서나 그를 만족시키기에 충분할 것이다. 사실 그 두 영역은 하나일 뿐이다. 그가 "만들어낸 소녀"는 생텍쥐페리가 1920년대에 르네 드 소신에게 보내는 편지에서 언급했던 "만들어낸 여자 친구"를 연상케 한다. 그는 편지에서 자기가 진짜 여자 친구에게 글을 쓰는 것인지 자기 여자 친구라고 결정하고 꿈꾸는 상대에게 글을 쓰는 것인지 모르겠다고 고백한다.

여기서 작가는 몽상과 경험의 구분을 포기한다. 그는 자기 이미지대로, 자신과 똑 닮게 창조한 인물에게서 온전한 자기 자신을 본다. 알제에서 그린 이 어린 왕자는 시간의 밀도 속에서 그가 꿈꾸었던 삶이다. 세상의 따뜻함과 삶의 기쁨에 대한 경험과 약속. "모든 꽃과 모든 열매를 따고 싶다. 모든 들판의 공기를 들이마시고 싶다. 논다. 이게 노는 건가? 놀이가 어디서 시작하고 어디서 끝나는지는 알 수 없다. 그래도 다정하다는 것은 안다. 행복하다는 것은 안다."

하지만 그런 행복이 얼마나 드문가! 갈수록 얼마나 희박해지는가! 숨쉬기가 힘들어졌다. 일상의 쓰라린 경험, 그것은 여자 친구의 답장이나 애정의 표시조차 없고 "더 이상 꿈꿀 것"도 없는 "텅 빈 시간"이다. 인간이 세상에서 후퇴했기에 세상은 그 실체 자체를 잃었다. 그러므로 어린 왕자는 이 무관심의 우울한 고리에서 빠져나가기 위해 스스로 새로운 여자 친구를 상상하는 수밖에 없다. "이제 어린 왕자는 없습니다. 어린 왕자는 죽었습니다. 그게 아니면, 그는 완전히 의심에 빠진 겁니다. 의심에 빠진 어린 왕자는 더 이상 어린 왕자가 아닙니다. 그를 망가뜨린 당신을 원망합니다."

작가는 플랫폼에 남아 있다. 손가락을 찔린 그는 여자 친구에게 "장미나무여, 안녕히!"라고 말한다. 다른 봄, 다른 출발, 다른 여행의 기약, 거닐 만한 다른 정원이 있을까? 이 세상에서, 아니면 꿈의 세상에서? 여자 친구에게도 썼듯이 "동화는 인생의 유일한 진실"이라는 것을 아는 사람에게 결국 그 두 세상은 마찬가지다. 다시 말해, 생텍쥐페리에게 세상에 존재하고 세상을 기술하는 방식은 결국 하나뿐이었다.

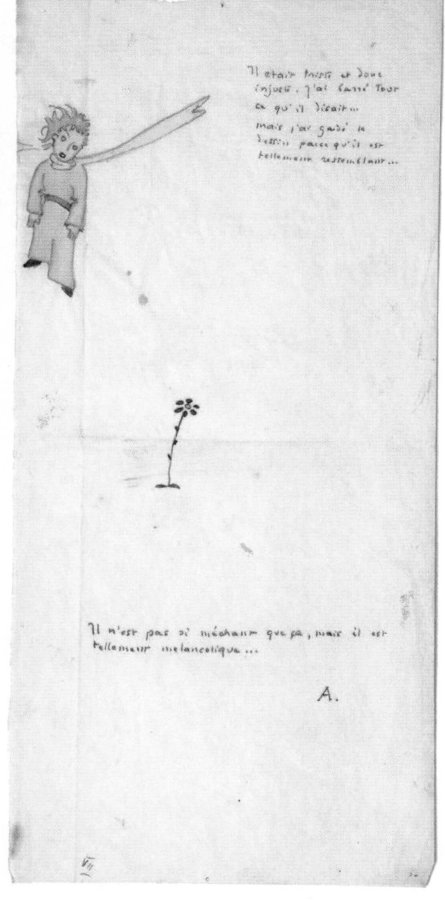

(313~317쪽)
알려지지 않은 여인에게 보낸 편지들,
알제, 1943~1944, 잉크와 수채,
자필 원고, 개인 소장.

Elle n'est jamais là quand on
l'appelle... Le soir elle n'est jamais
rentrée non plus... Elle ne telephone
pas...
Je me brouille avec elle !

C'est triste… on ne pense
pas à me téléphoner…
IV

Pardon! J'écris à une amie qui m'a tout à fait oublié...
Alors ta lettre, c'est fini ou non! Il faut maintenant que j'l'emporte...

Petite fille j'ai essayé de vous téléphoner (par exemple hier soir, au numéro indiqué, jusqu'à 9h30, mais vous n'étiez pas rentrée. Ce n'est pas sérieux... Et puis ce matin à l'autre numéro et à 11h moins dix... et vous étiez déjà partie ! C'est encore moins sérieux...)

Je vous ai aussi envoyé un mot de quatre lignes mais vous n'avez pas accusé le coup. C'est pourquoi, petite fille invisible, je me suis inventé la petite fille ci-jointe dont je vais me faire une amie, comme du Petit Prince, et dont je vais raconter l'histoire. Et elle a des tas de choses ravissantes à me raconter elle aussi. Elle est toute mélancolique parce qu'elle ne sait pas encore que je suis pour elle un grand ami. Mais je crois que sur un des prochains dessins elle va sourire. (Et elle est bien plus gentille que vous !)

Dépêchez-vous de me téléphoner si vous ne voulez pas que je sois tout à fait infidèle...

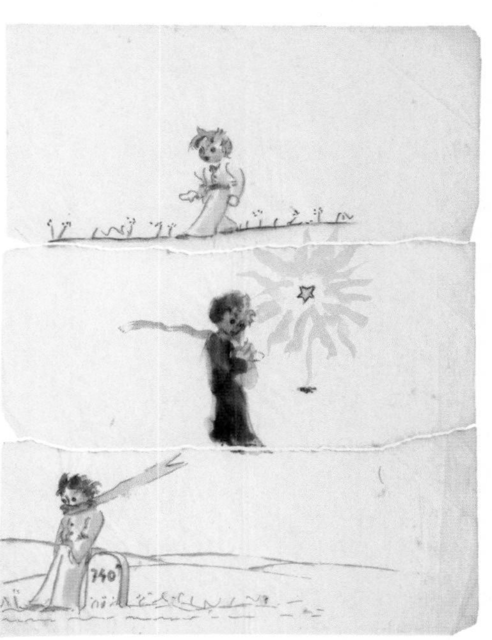

친구들의 식탁에서

작가가 두 번의 공군 복무 시기 사이에 알제나 카사블랑카에 체류할 때면 소일거리가 없지 않았다(1943년 5~7월, 1944년 5~7월). 알제에서 자유 프랑스를 대표하는 인물들에 비하면 그는 주변인이었다. 그들은 그가 뉴욕에서 투쟁적 태도를 취하지 않은 대가를 (그가 반프랑스적 입장이라는 오해를 받는 것도 방관하면서!) 치르게 했다. 그래도 작가는 프랑스인, 미국인 집단과 친하게 지내고 그들과의 교우에서 즐거움과 편안함을 누렸다.

그가 손수 그린 이 유머러스한 메뉴판이 그 우정의 증거다. 그는 알제에서 머피 임무의 재정 책임을 맡고 있던 피에르 마생 드 미라발이 주최한 저녁 식사에서 이 메뉴판을 그렸다.

그 식사 자리는 1944년 1월 13일 목요일에 열렸다. 어린 왕자는 다시 한번 손님들 사이에, 평소보다 덜 우울한 모습으로 등장해서는, 손님들에게 그들 모두가 돼지를 나누게 될 거라 설명한다! 식탁에 둘러앉은 얼굴들은 어른들의 '사실적' 초상 느낌으로(어린 왕자가 방문했던 소행성 주민들과 비슷한 화풍으로) 그려져 있다.

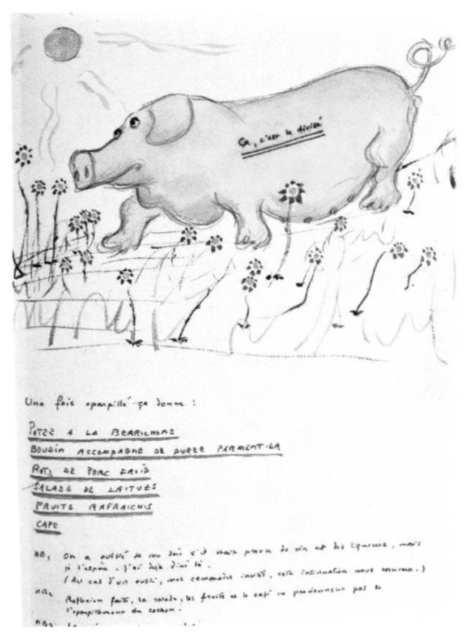

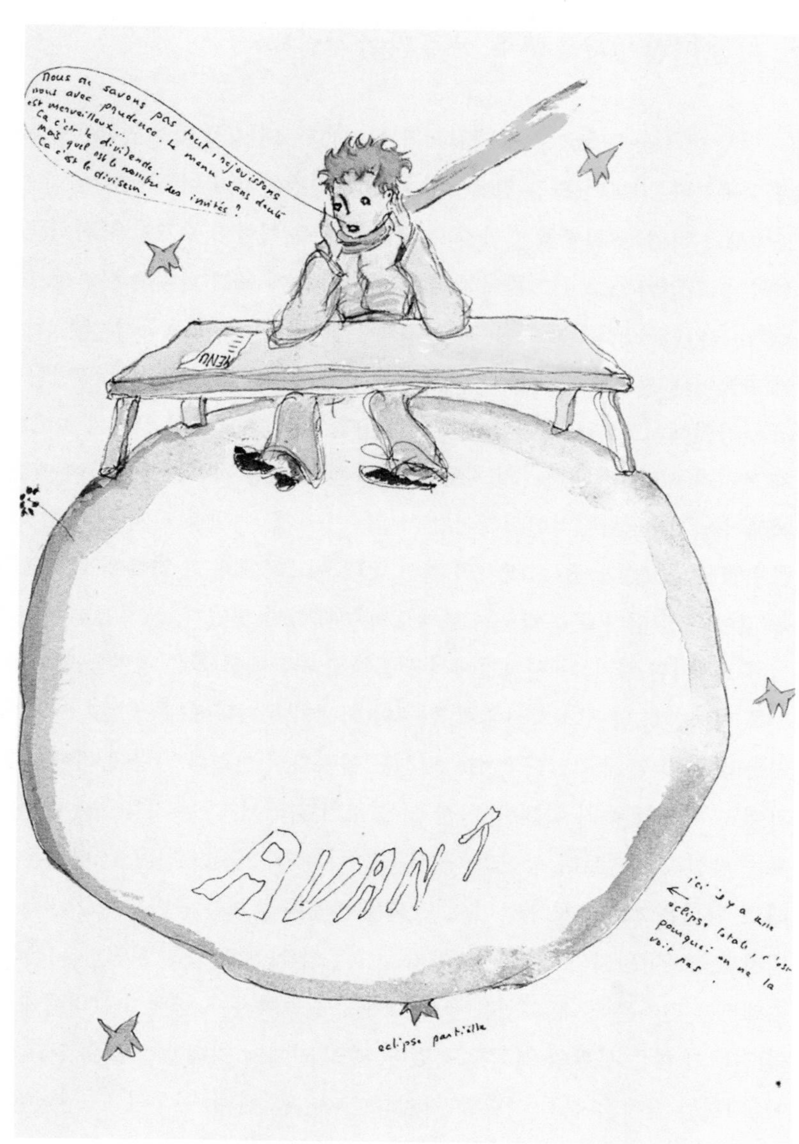

'돼지의 메뉴', 알제, 1943~1944,
잉크와 수채, 자필 원고,
생텍쥐페리-다게재단.

다들 어린 왕자를 아주, 아주 많이 사랑해

앙투안과 콘수엘로 드 생텍쥐페리는 1943년 4월 2일 이후로 두 번 다시 만나지 못한다. 비크먼 광장 집에서의 재회가 영원한 이별이 되고 말았다. 그 후 조종사가 비행 중 실종될 때까지 14개월 동안 두 사람이 주고받은 편지들은 애절하기 그지없다. 그 편지들에서 혼란의 시대 속에 울려 퍼지는 사랑의 송가를 들을 수 있다. 그것은 언제나 사랑을 좇지만 서로 마음이 통하지 않는 두 사람이 만들어낸 신기루, 조각조각 이어붙인 망상이 아니다. 그들이 주고받는 말은 더욱 강렬해지고 상냥해지고 신비로워진다. "이제는 당신이 말해서 알아요. 장차 우리가 하나의 몸, 하나의 지평, 하나의 행성이 될 거라는 것을." 더 이상 "박제해서 남기고 싶은, 비현실적이고 마법적인 요정" 역할을 하지 않기로 작정한 콘수엘로는 그렇게 썼다. 작가의 지인 몇몇은 그녀에게 그 역할을 맡기고 싶었을 것이다. 그러나 콘수엘로는 토니오의 아내이고 싶었다. 콘수엘로는 뉴욕에서 홀로《어린 왕자》가 서점가에서 성공하고 평단에서 좋은 평가를 얻을 수 있도록 힘쓰면서 남편이 자신에게, 현재와 미래의 독자들에게 남기고 간 것의 가치를 더욱 잘 알게 되었다. "여보, 당신은 돌아와서 신뢰와 사랑에 대한 책을 쓸 거예요. 계시를 주기 위해서, 마실 것을 주기 위해서. 나는 하늘, 빛, 사랑을 퍼붓는 당신의 시정보다 당신의 내어줄 줄 아는 능력을 더 믿어요. 당신은 위로해요. 당신은 기다리게 만들어요. 당신은 존재를 존재하게 만드는 인내를 빚어내지요." 어린 왕자와 장미의 이야기는 그들의 관계에서 촉매 역할을 했다. 콘수엘로는 편지를 통해, 그림을 통해 그에게 길들여졌다. 남편이 그녀에게 그들의 견디기 힘든 사랑의 열쇠를 주었다. 멀리 떨어져 지내는 오늘을 위해, 그들이 '재결합'할지 영원히 이별할지 밝혀질 내일을 위해. 앙투안 드 생텍쥐페리는 아내에게 그 책을 그녀에게 헌정하지 않은 것을 후회하노라고, 심지어 "가장 큰 후회"라고 고백한다. 그리고 자신을 그의 우주로 둘러싸인 소행성에서 "나의 콘수엘로는 어디 있지?"라고 질문하는 어린 왕자로 그린다. 물론 작가는 아내에게만 자신을 어린 왕자로 그려 보이지 않았다. 그는 편지를 주고받는 다른 여자 친구들과 친구들에게도 이러한 애정과 우정의 표시를 아끼지 않았다.

현실의 인간으로서의 작가는 그림들을 거듭 그려가면서 차츰 자기 희생을 위한 사심 없는 순수한 행위 속에, 생을 끝내려고 결심한다. 그렇게 자신을 비판하는 사람들에게 답하고 자기 마음의 평화를 찾으려고. 그래서 자기 사람들에게 영원한 이별의 준비를 시킨다. 그가 자기 뒤에 남겨둔 것은 황량한 사막이 아니라 부재하는 것의 존재감으로 다시금 마법에 빠진 세상이다.

이로써《어린 왕자》가 작가의 눈에 얼마나 중요한지 다시금 알 수 있다. 물론, 앙투안 드 생텍쥐페리는 언제나 자기 글이 어떻게 받아들여질지 출간 전후로 전전긍긍하는 사람이었다. 그래서 가까운 사람들에게 원고를 보여주면서 끊임없이 감상을 물어보고 조언을 구하곤 했다. 하지만《어린 왕자》는 그가 세상에 남긴 것이라는 사실이 중요했다. 작가는 알제리, 모로코, 사르데냐의 친구들에게 그 책을 증정할 수 없거나 어쩌다 가끔 힘들게 한 부 주는 게 속상했다. 그는 아내에게 소식을 전해달라고, 자기 책을 보내달라고 애원한다. 하지만 그러한 호소는 효과가 없었다. 그래서 그는 어린 왕자를 그리고 또 그렸다.

콘수엘로는 남편의 실종 소식을 신문에서 보고 알았다. 그리고 몇 달은 그가 살아 돌아올지 모른다는 기대를 버리지 못했다. 위대한 음악가 나디아 불랑제는 작가의 사망이 알려지고 몇 달 후에 콘수엘로에게 연민을 가득 담아 이런 글을 보냈다. 그녀는 뉴욕에서 작가와 친하게 지냈고《어린 왕자》를 음악으로 작곡하려는 계획도 가지고 있었다. "내게는 당신을 무척이나 걱정하는 목소리가 들린다는 것을, 당신이 믿어주었으면 합니다. 그 목소리는 당신의 고독, 당신의 혼란이 얼마나 극심한지 잘 알고…, 기적이 당신에게 평화를 안겨주기를 바랍니다." 기적? 콘수엘로는 그런 것까지는 바라지도 않았다. 그녀는 남편에게 보내는 마지막 전신에도 이렇게만 썼다. "당신을 내 손으로 만지고 싶어요."

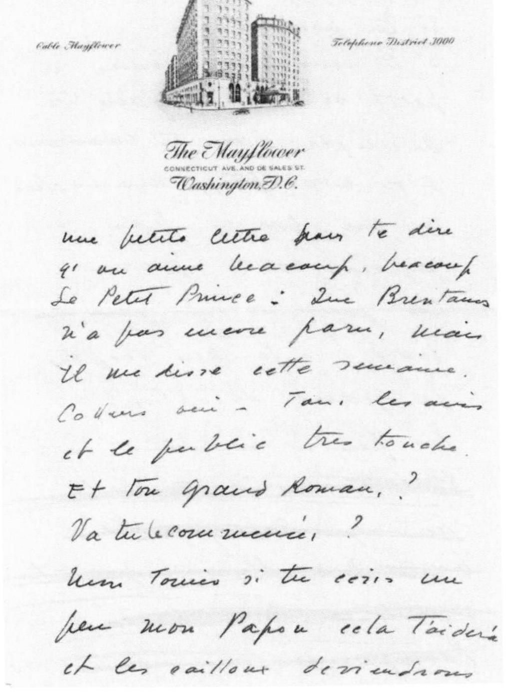

Cable Mayflower

Telephone District 3000

The Mayflower
CONNECTICUT AVE. AND DE SALES ST.
Washington, D.C.

une petite lettre pour te dire
qu'on aime beaucoup, beaucoup
Le Petit Prince : Que Brentanos
n'a pas encore paru, mais
il me dise cette semaine.
Colleurs ... - Tous les amis
et le public très touché.
Et ton Grand Roman ?
Va tu le commencé ?
Mon Tonnio si tu écris un
peu mon Papou cela t'aidera
et les cailloux deviendrons

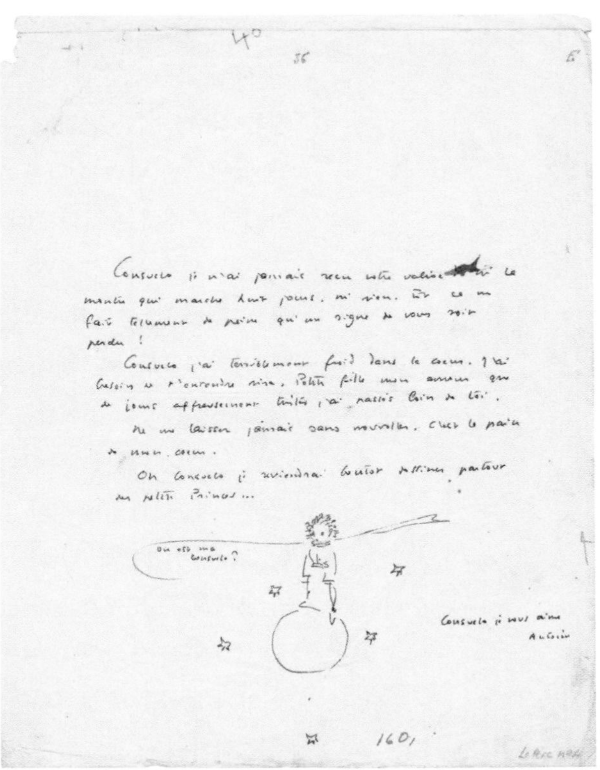

Consuelo je n'ai jamais reçu cette valise ni le manteau qui marche huit jours, ni rien. Ça me fait tellement de peine qu'un signe de vous soit perdu !

Consuelo j'ai terriblement froid dans le cœur. J'ai besoin de t'entendre rire. Petite fille mon amour que de jours affreusement tristes j'ai passés loin de toi.

Ne me laissez jamais sans nouvelles. C'est le pain de mon cœur.

Oh Consuelo je reviendrai bientôt dessiner partout des petits Princes...

(왼쪽)
"다들 어린 왕자를 아주, 아주 많이 사랑해.",
콘수엘로가 앙투안 드 생텍쥐페리에게 보낸 편지,
워싱턴, 1943년 6월, 자필 편지, 개인 소장.

(오른쪽)
"오 콘수엘로, 머지않아 사방에
어린 왕자를 그리러 돌아갈 겁니다.",
앙투안 드 생텍쥐페리가 콘수엘로에게 보낸 편지,
그림 포함, 알제, 1943년 11월, 잉크, 자필 편지, 개인 소장.

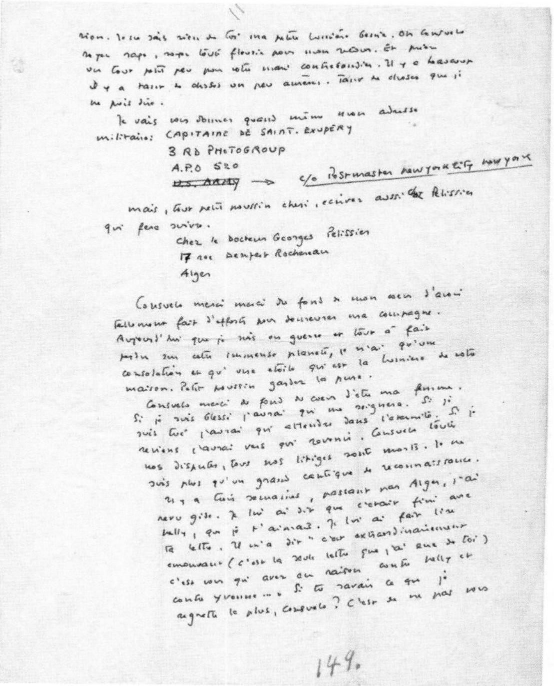

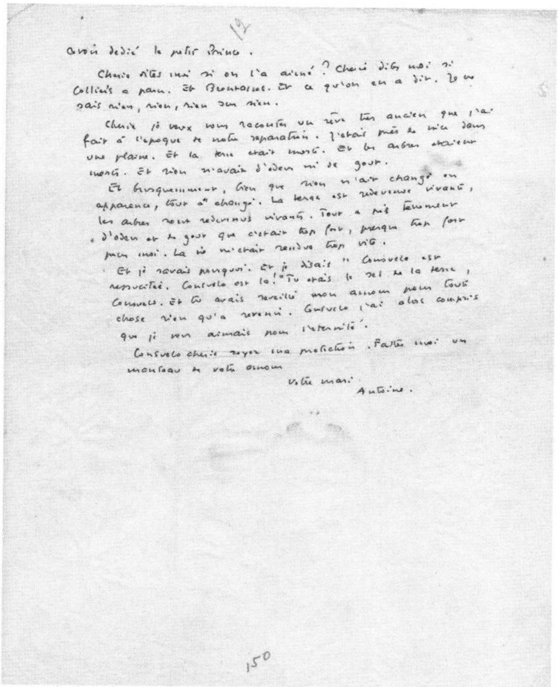

콘수엘로, 나의 동반자로 남기 위해 애써준 그대에게 마음으로부터 고맙고 또 고맙습니다. 지금 나는 전쟁 중이고 이 거대한 행성에서 완전히 헤매고 있어요. 나의 위안은 오직 하나, 나의 별은 당신 집의 불빛뿐입니다. 귀여운 병아리, 그대 순수를 간직해주세요.

콘수엘로, 나의 아내로 살아준 데 마음 깊이 감사합니다. 내가 상처를 입는데도 나를 돌봐줄 사람이 있습니다. 내가 죽는데도 영원히 기다려줄 사람이 있습니다.

내가 돌아간대도 나는 돌아갈 상대가 있습니다. 콘수엘로, 우리의 모든 다툼, 우리의 모든 분쟁은 죽었습니다. 나는 이제 크나큰 감사의 노래일 뿐입니다.

삼 주 전 알제를 지나는 김에 지드와 재회했어요. 그에게 나와 넬리는 이제 끝났다고, 나는 당신을 사랑한다고 했습니다. 그에게 당신의 편지를 읽어줬습니다. 그가 말하더군요. "아주 특별한 감동이 있구려. (내가 지니고 다니는 당신의 유일한 편지 말입니다.) 당신이 넬리[드 보귀에]와 척지고 이본 [드 레스트랑주] 과 척진 건 잘한 일이었소…." 내가 제일 후회되는 게 뭔지 당신이 알까요? 《어린 왕자》를 당신에게 헌정하는 않은 거에요.

앙투안 드 생텍쥐페리가
콘수엘로에게 보낸 편지,
우지다(모로코), 1943년 6월 15일경,
립스틱 자국이 있는 자필 편지,
개인 소장.

(위)
콘수엘로 드 생텍쥐페리의 사진,
뒷면에 메모, "날 잃지 말아요!
당신 자신도 잃지 말아요.
곧 만나요! 콘수엘로.",
뉴욕, 1943, 당시의 은판 사진,
잉크, 자필 메모, 개인 소장.

(아래)
콘수엘로 드 생텍쥐페리,
사진을 보고 그린 자화상,
뉴욕, 캔버스에 유채,
개인 소장.

Feather Hill Ranch
~~Arrowhead Woods~~
Santa Barbara.
~~Lake Arrowhead~~
~~California~~ California
7 nov. 1944

Chère Madame,

Ne pas vous avoir encore écrit m'est intolérable, mais vous écrire l'est plus encore. Car, ce que la raison me commande de comprendre, mon cœur ne peut l'accepter — et, je ne sais que dire.

Laissez-moi pourtant m'approcher de vous, de votre affreuse angoisse, de la lueur qui l'éclaire parfois — et vous dire que je pense à vous — si fidèlement — et de tout cœur.

Vous savez sans doute quels profonds sentiments vous font si proche de moi. Tant de conversations à votre sujet hantent ma mémoire. Et je voudrais les mériter, en vous étant de quelque secours — j'y trouverais un répit à mon inquiétude — car je sais que c'est la seule manière de répondre à une confiance d'un si grand prix pour moi — et parce que je mesure votre souffrance.

Mais que peut un vieux cœur lointain, — et pour vous inconnu ?

Il m'est doux d'espérer que vous voudrez bien croire, peut-être, que j'écoute la voix qui se préoccupait tant pour vous — qui savait ce que pourrait être votre solitude, votre désarroi, et qui souhaitait ... le miracle qui pourrait vous apporter la paix.

Je vous apporte ici mon dévouement, hélas si inutile — et je prie avec vous pour que l'incommensurable malheur suspendu sur nous tous — et sur vous si intimement, ne nous soit pas infligé.

Que Dieu vous donne la force de supporter cette attente —— et qu'Il vous soutienne.

Du meilleur de mon cœur, votre

Nadia Boulanger

페더 힐 랜치
샌타바버라
캘리포니아
1944년 11월 7일

친애하는 부인,

여태껏 부인께 편지를 쓰지 않으려니 견디기 힘들었지만 내 속을 다 쓰려니 그건 더 견디기 힘듭니다. 이성은 내게 이해하라 하지만 마음은 도저히 받아들일 수 없기 때문입니다. 무슨 말을 해야 할지 모르겠네요. 내가 당신께, 당신의 끔찍한 불안에, 그 불안을 이따금 밝혀주는 빛에 다가가도록 허락해주세요. 진심으로, 충실하게, 당신을 생각한다고 말하고 싶습니다. 당신은 아마 얼마나 깊은 감정이 당신과 나를 가깝게 하는지 알 겁니다. 당신에 대해 나눴던 수많은 대화가 내 기억에서 떠나지 않습니다. 내가 당신에게 조금은 도움이 됨으로써 그 기억을 누릴 자격이 있기를 바랍니다. 거기서 내 불안의 유예를 찾으렵니다. 그것만이 나에게 크나큰 가치가 있는 신뢰에 부응하는 유일한 방법이기도 하고, 내가 당신의 고통을 짐작하는 까닭입니다.

그러나 멀리 있는 늙어빠진 마음이, 당신과는 지인도 아닌데, 무엇을 할 수 있을까요?

내게는 당신을 무척이나 걱정하는 목소리가 들린다는 것을, 당신이 믿어주었으면 합니다. 그 목소리는 당신의 고독, 당신의 혼란이 얼마나 극심한지 잘 알고…. 기적이 당신에게 평화를 안겨주기를 바랍니다.

나의 헌신을, 안타깝게도 쓸모가 없는 이 마음을 당신께 드립니다. 측량할 길 없는 불행이 우리 두 사람의 머리 위에서 멈추기를, 우리를 아프게 하지 않기를 기도합니다.

하느님께서 당신께 이 기다림을 버틸 수 있는 힘을 주시기를, 그분이 당신을 붙잡아주시기를 바랍니다.

충심을 다하여, 당신의
나디아 불랑제

나디아 불랑제가 콘수엘로 드 생텍쥐페리에게 보낸 편지, 샌타바버라, 1944년 11월 7일.

콘수엘로 드 생텍쥐페리,
'어린 왕자와 장미', 목탄,
개인 소장.

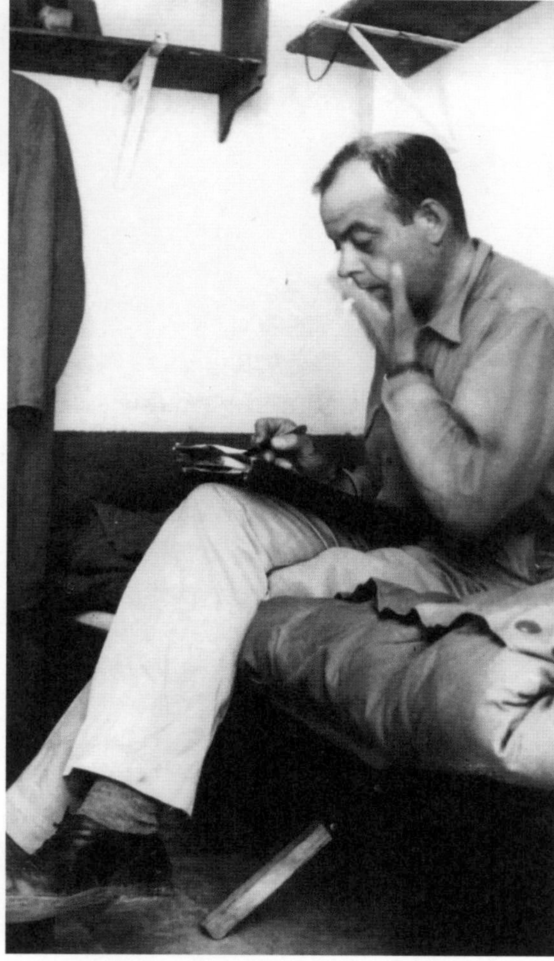

(왼쪽)
록히드 P-38 라이트닝기 조종석의
앙투안 드 생텍쥐페리, 알게로,
존 필립스 촬영.

(오른쪽)
알게로(사르데냐) 내무반에서
작업 중인 작가, 1944년 5월,
존 필립스 촬영.

|《어린 왕자》 깊이 읽기 1 |

앙투안 드 생텍쥐페리와 그의 어린 왕자

안 모니에 반리브(책임 편집)

파리 장식미술관은 20세기 초부터 어린이들과 그들의 물건에 관심을 기울여왔다. 국가가 소장한 옛날 장난감들을 전시하는 것은 물론, 예술 교육의 전통에 충실하며 장식미술관 도서관 역시 아동서를 상당수 소장하고 있다.《어린 왕자》는 이 장르에서 단연 돋보이는 걸작이자 거의 500여 개의 언어와 방언으로 번역되어 전 세계에서 2억 부 이상 팔린 프랑스 문학 사상 초유의 베스트셀러다.《어린 왕자》는 대중적으로 놀라운 사랑을 받은 책이자 그 이상으로 독특한 책이다. 장식미술관이 기획한 아동청소년 문학전에서 오직 그 한 권만으로도 전시회를 열 만한 가치가 있을 정도로 말이다.

오랫동안 연구되었던 대중 문학의 상당수가 그렇듯《어린 왕자》는 아직도 저자에 대해서나 이 작품의 미스터리에 대해서나 많은 부분을 역설적으로 드러낸다. 저자는 이 책이 출간되고 얼마 지나지 않아 사망했기 때문에 작품에 대한 자기 생각을 피력할 기회가 없었다. 중요한 것은, 다 함께 어린 왕자를 만나러 가는 것이다.

앙투안 드 생텍쥐페리와 그의 예외적인 행보를 모르고서는《어린 왕자》를 진정으로 이해하기가 쉽지 않다. 오늘날 인간으로서나 작가로서의 생텍쥐페리는, 비행에 흥미 있는 사람들을 제외하면, '어린 왕자'라는 캐릭터에 가려진 감이 있다. 어린 왕자가 저자의 사후 분신 역할을 하는 셈이다. 이 혼동은 작품 속의 두 인물이 지닌 위상과 그들이 이 저자와 맺는 관계로 인해 공고하게 유지된다. 생텍쥐페리는 매우 문학적인 방식으로 비행사라는 인물로 구현되지만 어린 왕자로, 생을 순수하고 호기심 어린 눈으로 바라보고 그 순수한 의미를 이해하는 아이의 모습으로 구현되기도 한다. 책을 둘러싼 신화와 성공 역시 독서와 이해에 걸림돌이 될 수 있다. 특히 프랑스에서 조국에 목숨을 바친 생텍쥐페리는 엄청난 특권을 누린다. 교과서에 작품이 실리고 유로화 이전 50프랑짜리 지폐에 초상이 들어간 유명 작가지만 역설적으로 그의 어린 왕자에 비하면 그의 다른 작품들, 비행술 초기 개척자로서의 위치, 정치적, 철학적 참여는 그리 잘 알려져 있지 않다.

그렇지만 앙투안 드 생텍쥐페리의 모든 경험은《어린 왕자》속에서 제자리를 찾았다. 인물들의 만남이 사막에서 이루어지는 것은 우연이 아니고 행동을 분리함으로써 서사를 원활히 하려는 의도는 더욱더 아니다. 저자가 사하라를 경험했기 때문에, 그리고 그 시절이 자신의 개인적 발전과 작가로서의 발전에 미친 영향을 평생 강조했기 때문에 그곳을 배경으로 삼은 것이다. 1927년, 생텍쥐페리는 비행기 고장으로 사막 한가운데, 몇 달이나 세상과 단절된 요새에서 정신을 모은다. 그의 첫 번째 소설《남방 우편기》의 주인공 베르니스처럼. 이 하늘에서 떨어진 손님들은 어린 왕자와 그의 행성 여행을 예고한다. 휴머니즘에 불타는 탐험가 생텍쥐페리가 사람들을 만나러 가듯 어린 왕자는 다른 행성들을 보러 간다. 만나야 할 사람들이 있는 한, 어떤 임무도 그에게는 너무 위험하게 여겨지지 않았다. 무어족들과 어울리며 항공 우편의 대사 노릇을 하는 임무도, 스페인 혁명가들을 만나는 임무도.

어린 왕자나 생텍쥐페리처럼, 그의 책에 등장하는 다른 조종사들처럼, 하늘을 여행하는 이에게 위에서 내려다본 지구는 종종 한 채의 집, 혹은 장난감이 잘 정리된 아이 방처럼 보인다. 질서정연한 풍경의 작은 행성은 어린 왕자가 잘 정리하고 떠나온 집과 같은 그 소행성과 그리 다르지 않다. 이 지구를 이해하기 위해서는 실제로 지리학을 알아야 했다. 노트르담드생트크루아 예수회 기숙학교에서의 지리학 수업은 지도와 비행 계획에 숙달된 동료의 상세하고 비범한 설명으로 바뀌었다. 생텍쥐페리에게는 앙리 기요메가 바로 그 동료였고《남방 우편기》의 베르니스에게는 화자가 그런 존재다.

《어린 왕자》에서 지리학의 중요성은 주인공에게 지구에 가보라고 권하는 중요한 인물이 지리학자이고, 그가 하는 일이 "직업다운 직업"으로 천명된다는 점으로 알 수 있다. 이 인물의 중요성은 생텍쥐페리의 일상에서 그러한 앎이 차지하는 비중에 해당한다.

지리학과 별의 도움에도 불구하고 비행의 개척자들은, 그것이 실제 비행이든 상상의 비행이든, 사막이나 산악지대에 불시착하곤 했다. 파손된 비행기의 조종사가 혼자일 때는 다른 사람들이 난파기를 수색하고 조종사의 생존을 돕기 위해 찾아왔다. 조종사는 그들을 통해서 자신이 버티고 끝내 돌아가야 할 이유를 찾았다. 생텍쥐페리는 1931년에《야간 비행》으로 페미나상을 받은 후 수상 연설에서 아무도 기다리지 않는 사람은 살아남을 수 없지만 기다려주는 사람들이 있으면 난관을 극복할 수 있다고 했다. 그의 친구 기요메가 안데스산맥에서 사고를 당한 후 기적적으로 구조되었던 것처럼 말이다. 어린 왕자는 여행 내내 자기 행성에서 장미가 기다려주기를 바라고 책의 끝에서 그 꽃을 만나기 위해 돌아간다.《어린 왕자》를 관통하는 중심 주제들은 생텍쥐페리의 다른 책들은 물론, 그의 토막글, 편지, 낙서에서도 볼 수 있다. 그 모든 것이 이 궁극의 작품을 앞서 예고한다.

《어린 왕자》를 읽는다는 것

《어린 왕자》는, 적어도 프랑스에서는, 어린이를 위한 책으로 통했지만 이 책을 나이 들어 다시 읽으니 생텍쥐페리의 메시지가 달리 보이더라는 독자가 많다.《어린 왕자》를 처음 읽기에 적합한 나이에 대해서는 왈가왈부가 있다. 어떤 어른들은 초등학생이 읽기에는 좀 어렵다고 생각한 반면, 어떤 부모는 스

(위)
앙투안 드 생텍쥐페리, 1935.

(아래)
발터 리모, 영화 <남방 우편기> 촬영장 사진,
1936 혹은 1937.

스로 글을 읽을 줄 모르는 어린아이에게도 스스럼없이 이 책을 읽어준다. 어린이책 특유의 세대를 초월하는 전달과 공유라는 차원은 《어린 왕자》의 경우에도 매우 중요하다. 한 권의 《어린 왕자》가 여러 사람 손을 거치면서 긴 세월 전해지곤 했다. 《어린 왕자》는 유행을 타지 않는 보편적인 책이자 매우 특수한 어린이책이다. 하지만 이게 진짜 어린이책이 맞을까? 이 책을 쓰기 시작할 무렵의 앙투안 드 생텍쥐페리는 예술과 정치의 핵심 인사였다. 1929년에서 1939년까지 그는 비행기 조종사라는 후광을 입은 작가로서 《남방 우편기》《야간 비행》《인간의 대지》를 발표하는 족족 뜨거운 성원을 받았다. 이중에서도 마지막 저작은 미국에서 《바람과 모래와 별Wind, Sand, and Stars》이라는 제목으로 번역, 출간되어 큰 인기를 끌었다. 기요메가 수상비행기로 뉴욕-비스카로스 무착륙 횡단 비행에서 28시간 27분 기록을 세울 때 그가 함께 있었던 점도 그러한 인기에 이바지했다. 그 비행은 생텍쥐페리가 큰 기대를 걸고 있던 상업 항공로 개통을 위한 것이었다. 생텍쥐페리는 이 명성에 힘입어 1940년대 말에 프랑스를 떠나 뉴욕으로 갔다. 그가 실제로 참여했던 전투에서 패배한 후, 미국 정부의 참전을 설득하기 위해서였다. 그는 전선에서 멀어질 수밖에 없는 직위를 모두 거절하고 자신의 명성을 전쟁 선전에 이용하지 못하게 했다. 생텍쥐페리는 제2차 세계대전 초기만 해도 정찰비행대에 소속되어 있었다. 그가 이 일을 하면서 관찰한 전투와 피난민의 절망은 프랑스와 미국에서 출간된 첫 소설 《전시 조종사》의 밑거름이 되었다. 그는 1943년 4월, 《어린 왕자》가 뉴욕에서 출간되고 며칠 후에 미국을 떠났다.

'생텍쥐페리 같은 거물이 왜 하필 이 시기에 어린이책을 썼을까'라는 의문을 품을 수 있다. 1920년대부터 여러 연구, 특히 발터 벤야민의 《어린이책을 바라보는 관점Aussicht ins kinderbuch》(1926) 이후로 아동 문학의 위상이 서서히 달라지기 시작했지만(벤야민 자신이 이 장르의 대단한 수집가였다) 그래도 주류는 아니었다. 어린이책은 계몽주의 시대부터 있었지만(코메니우스의 《세계도해Orbis Sensualium Pictus》(1658)라든가 페늘롱이 루이 14세의 손자이자 자기 제자를 위해서 쓴 《텔레마코스의 모험》(1699)처럼 훨씬 전에 나왔지만 조심스럽게 이 장르에 집어넣을 수 있는 책들이 있다) 이 장르의 중요성과 책임을 서서히 깨달은 것은 20세기의 일

(위)
구름 위에서 땅을 내려다보는 날개 달린 인물, [1940], 잉크, 개인 소장.

(아래)
베르나르 라모트의 미국판 《아라스로의 비행》(뉴욕, 1941) 삽화, 생텍쥐페리-다게재단 소장.

이다. 책과의 첫 만남이 좋아야 한다. 그래서 어린이책은 중요하다. 그리고 어린이책이라는 장르가 새로워진 것 역시 20세기에 들어서부터다.

19세기의 어린이책은 1693년 존 로크의《교육론》에서 탄생한, 허구와 도덕적 교훈이 어우러진 앵글로색슨 전통을 계승했다. 프랑스에서는 1833년에서 1882년 사이에 초등 교육이 의무화되면서 아동 문학이 발전했다. 교과서 출판사들이 점점 늘어났고 그들이 제공하는 다양한 소설은 으레 학생들에게 상으로 주어지곤 했다. 그러한 출판업자 중 한 사람이었던 루이 아셰트는 1856년에 교재 출판이라는 틀에서 벗어나 '삽화와 함께 보는 장미 문고'를 내놓았는데, 특히 세귀르 백작부인의 작품들로 큰 성공을 거두었다. 쥘 베른과의 독점 계약으로 성공을 쌓아올린 경쟁 출판업자 장피에르 헤첼은 애서가들을 위한 호화 장정판에 주력했다. 특별히 일요일에 출간되는 선물용 고급 책과 조심성 없이 다뤄도 되는 저렴한 책, 이렇게 각기 예술적 의지와 민주화로 갈라진 두 출판사의 입장은 19세기 프랑스 아동 문학사를, 그리고 19세기 후반 내내 텍스트와 삽화의 질을 높이고자 했던 노력을 요약적으로 보여준다.

1930년대는 명실상부한 전환점이었다. 이 전환점에는 폴 포셰의 '페르 카스토르 그림책 시리즈'가 있었다. 이 시리즈는 작은 판형에 부담스럽지 않은 가격이었지만 명성 높은 화가들에게 삽화를 맡겼다. 특히 알렉산드라 엑스테르, 표도르 로잔콥스키, 나탈리 파랭, 이반 빌리빈처럼 파리로 망명한 러시아 전위파 화가들이 삽화를 선보였다. '페르 카스토르 그림책 시리즈'는 교육적 야심을 예술 분야에 국한하지 않았고 생텍쥐페리의 친구 폴에밀 빅토르도 자신의 극지방 탐험을 바탕으로 1948년에 이 시리즈에서《에스키모 아푸치아크의 일생》을 선보였다. 평소 어린이를 위한 작품 활동을 하지 않았던 다른 화가와 작가 들도 서서히 이 특수한 독자층에 관심을 두게 되었다. 시인 트리스탕 드렘은 보아뱀과 코끼리 꿈을 꾸는 소년 파타슈를 탄생시켰다. 이것들이《어린 왕자》에 적잖은 영향을 미쳤을 것이다. 앙드레 모루아는《어린 왕자》를 자신의《3만 6000개 의도의 나라Le Pays des trente-six mille volontés》에 나오는 '시간의 요정'과 비교하기도 했다. 전위파 지식인 거트루드 스타인도 1938년에《세계는 둥글다The World is Round》(338쪽 참조)를 썼는데, 여기에 작은 장미와 코끼리들

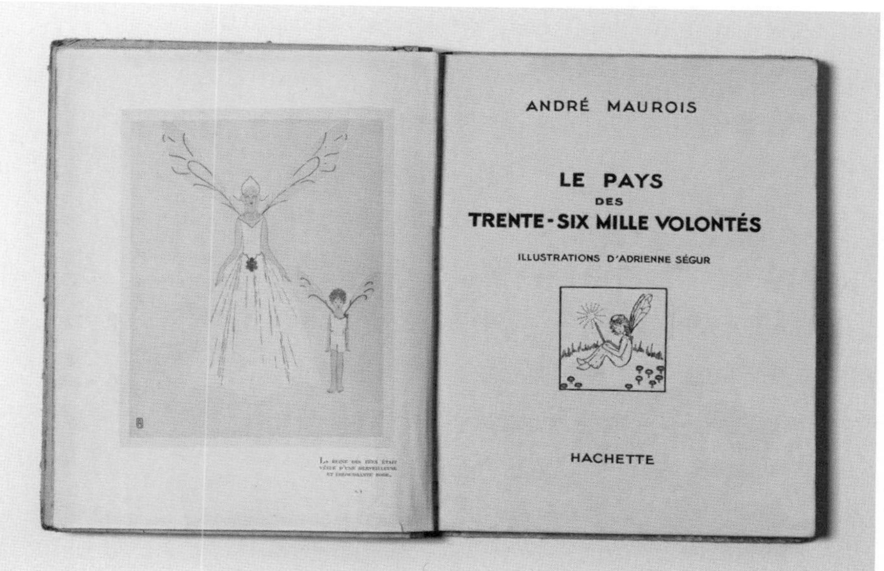

(위)
트리스탕 드렘, 소년 파타슈,
앙드레 엘레 삽화,
파리, 에밀폴 프레르, 1929.

(가운데)
알리스 피게, 천문학자 티렐리,
알렉산드르 세레비아코프 삽화,
파리, 갈리마르, 1935.

(아래)
앙드레 모루아,
《3만 6000개 의도의 나라》,
아드리엔 세귀르 삽화,
파리, 아셰트, 1931.

이 돌아다니는 둥근 세계가 나온다.《어린 왕자》는 시대를 초월하는 독특한 작품이면서도 이처럼 그 시대의 감수성에 충실하다.

아동 문학의 쇄신은 생텍쥐페리에게 특별한 의미가 있었다. 그는 평생 자신의 개인사에서 어린 시절이 차지하는 중요성을 강조했다. 1941년 4월《하퍼스바자》와의 인터뷰에서도 어린 시절의 독서가 훗날 자신의 작품에 미친 영향을 짚고 넘어간다. 그에게 처음으로 깊은 인상을 남긴 책은《안데르센 동화집》이었다. 하지만 그가 처음으로 읽은 인쇄물로 기억에 남은 것은 포도주 제조에 대한 브로슈어였는데, 네 살 나이로는 이해할 수 없는 글이었는데도 마음을 빼앗겼다고 한다. 조금 더 커서는 기술 혁신의 아이디어가 가득한 쥘 베른의 이야기들이 그를 사로잡았다.

생텍쥐페리는 어린 시절이 일종의 장소나 고장이기라도 한 것처럼 '어린 시절에서 오다'라는 표현을 곧잘 썼다. 그곳은 축제의 고장, 우리의 출신으로서 우리의 정체성을 규정하는 곳이다. 어린 시절 자체에 장차 펼쳐질 삶의 열개가 있다. 생텍쥐페리의 어린 시절이 그 증거다. 어릴 적 그는 친구들에게 시를 써주고, 어머니에게 그림 그리기를 배우고, 기계와 실험에 매혹되었고, 1912년에는 처음으로 비행기를 타보았다. 1930년에 남아메리카에서 고독과 슬픔에 사무치던 시절 어머니에게 보낸 편지는 "어린 시절에서 추방당했다"는 표현으로 불행한 심정을 토로한다.

그림, 제2의 언어

어린 생텍쥐페리는 동화와 소설을 무척 좋아했지만 그가 문인으로 첫걸음을 내디딜 무렵 약혼녀 루이즈 드 빌모랭에게 쓴 편지에서는 동화보다는 현시대의 장대한 모험들을 이야기해야 한다고 주장한다.* 그는 한때 보들레르, 말라르메, 에레디아 같은 낭만주의와 상징주의의 시인들을 우러러보았지만 정

* 앙투안 드 생텍쥐페리가 루이즈 드 빌모랭에게 보낸 편지, 1926년 10월.

작 글쓰기에 투신한 후부터는 순전한 허구보다는 경험을 이야기하는 편을 선호했다. 행동을 말할 수 있으려면 실제로 살아내야 한다. 생텍쥐페리는《남방 우편기》와《야간 비행》의 등장인물들 뒤에 자신을 숨겼지만《인간의 대지》에서는 주인공이자 화자의 역할을 맡는다.

허구와 이야기라는 이분법에서《어린 왕자》는 어디에 속할까? 조종사와 어린 소년이 실제로 사막 한복판에서 만났을 리는 없다. 그러나 이야기의 힘, 풍부한 세부 묘사, 화자의 생생한 감정은 경험의 사실성을 입증한다.《어린 왕자》의 진정한 성격을 엿보게 하는 단서는 생텍쥐페리 자신이 제공한다. "나는 이 이야기를 동화 같은 방식으로 시작하고 싶었다. 이렇게 말이다. '옛날 옛적에 자기보다 좀 더 클까 말까 한 별에 어린 왕자가 살고 있었습니다. 그 왕자는 친구가 필요했습니다.' 인생을 아는 사람들에게는 이 편이 훨씬 더 진실하다는 인상을 줄 것이다."** 생텍쥐페리는 동화에 등을 돌린 지 20년 만에, 비로소 자기만의 동화를 썼다.

이 전격적 선회는《어린 왕자》가 아주 특별한 시기에 집필되었기 때문이다. 그것은 격랑의 시기이자 무기력의 시기, 그리고 자기 내면을 들여다보기에 적합한 시기이기도 했다. 생텍쥐페리가 편지와 친필 원고에 여기저기 그려 넣은 그림들이 그의 심리 상태를 보여준다.《어린 왕자》의 경우, 그림은 중심 이야기에 힘을 더해준다. 생텍쥐페리는 고독한 작중 인물처럼 자기 나라에서 먼 곳에 와 있었고 유배당한 듯한 기분을 여러 차례 호소했지만 미국에서 그가 말한 것처럼 고립되어 지내지는 않았다. 그는 찰스와 앤 모로 린드버그, 아나벨라와 타이런 파워 같은 유명인들과 장 르누아르, 피에르 라자레프, 드니 드 루주몽 같은 문화계 인사들을 자주 만났을 뿐 아니라《보그》와《하퍼스바자》같은 미국의 정기 간행물, 그리고 러시아 귀족 나탈리아 팔레이와의 관계로 알 수 있듯이 사교계에도 진출했다.

생텍쥐페리는 베르나르 라모트, 헤다 스턴, 조셉 코넬 같은 미술가들과 특히 가까웠다. 그들의 영향은 아마 그가 쓰고 있는 동화에서 그림이 차지하는

** 앙투안 드 생텍쥐페리,《어린 왕자》, 갈리마르, 1999, 24쪽.

위치와 무관하지 않을 것이다. 《어린 왕자》의 수많은 판본은 하나같이 '저자의 그림'을 수록했다는 점을 자랑하고 저자의 측근들도 그가 거의 광적으로 삽화에 공을 들였다고 증언한다. 미국 출판사에 삽화 원본과 관련하여 쓴 편지도 텍스트와 이미지가 동시에 구상되고 상호작용하에 진전되었음을 시사한다. 생텍쥐페리는 자기 책에 삽화를 그렸다기보다는 그림을 그리면서 책을 구상한 것이다. 그는 각각의 그림이 어느 위치에 어떤 크기로 들어가야 하는지 정확히 알고 있었고 그 책이 그의 머릿속에 있는 그대로 나오지 않는 경우는 상상할 수 없었다.

실제로 《어린 왕자》는 그림에서 탄생했다. 생텍쥐페리는 미국에 체류하는 동안 《성채》의 집필에 계속 매달렸다. 그는 이미 몇 년 전부터 일종의 철학적 천일야화라고 할 수 있는 그 작품을 붙들고 있었다. 그가 여기저기 그림을 즐겨 그리는 것을 알고 있었던 미국 출판사 대표가 기분 전환도 할 겸 동화를 한번 써보지 않겠느냐고 제안했다. 원래는 1942년 크리스마스 출간을 계획했으나 생텍쥐페리의 완벽주의 때문에 일정이 지연되었다. 1943년 초에 그는 아나벨라 파워에게 (그녀에게 헌정하여 개인 소장품이 된) 교정쇄들에 대해서 편지를 쓴다. "내 작업이 이렇게 늦어진 이유는 그림 없이 글만 보낼 수 없었기 때문이고 출판사가 그림을 복제하는 데만 무려 넉 달이 걸렸습니다(굉장히 예쁘게 나

(왼쪽)
행성 위의 코끼리 떼,
《어린 왕자》 5장을 위한 수채화 원화,
뉴욕, 1942, 개인 소장.

(오른쪽)
거트루드 스타인, 《세계는 둥글다》,
클레먼트 허드 삽화,
뉴욕, 윌리엄 R. 스콧 Inc.,
1939년경.

왔지요…).” 말과 이미지의 융합에 집요하게 매달린 이 작업은 생텍쥐페리 살아생전에 마지막으로 출간된 작품이라는 점에서 더욱 감동적으로 규명되고, 이에 우리는 어린 왕자와 그의 메시지를 진정으로 만날 수 있다. 텍스트와 삽화의 결합이 아동 문학의 중심에 있다. 생텍쥐페리의 시대에도, 그 이전에도 베아트릭스 포터, 엘사 베스코브, 장 드 브뤼노프처럼 글과 그림을 모두 맡는 아동 문학가는 극히 드물었다. 글과 삽화를 혁명적으로 결합한《이상한 나라의 앨리스》(1865)의 경우(본문은 그림이 들어갈 위치를 고려해 배치되었고 본문 중앙에 그림을 넣기도 했다. 앨리스의 성장을 설명하는 2장 첫머리에서는 앨리스의 긴 목과 상응하도록 본문을 기둥 모양으로 배치했다) 루이스 캐롤은 전문 삽화가를 구하긴 했지만 원안에는 자기가 직접 그림을 그렸다.

그림은 어린이책에서 중요한 의미를 갖지만 생텍쥐페리에게는 원래 즐기던 활동이었다. 그는 옛날부터 편지, 원고, 초안에 자질구레한 크로키를 그려 넣곤 했다. 그의 재능은 수채화에 능숙했고 자식들의 예술 교육에 직접 나섰던 모친의 수업 덕분에 계발되었다. 단지 두 점의 그림만 남기고 ‘화가의 훌륭한 커리어’를 포기한 조종사의 비극은 그의 그림 그리기 습관에 여운을 남겼다. 생텍쥐페리는 어머니에게 그림을 곁들인 편지를 보내면서 곧잘 주저하고 더 잘 그리지 못하는 자신에게 화를 낸다.

그림은 작가에게 오해를 피하고 특정 메시지에 무게를 더할 수 있는 제2의 언어이기도 했다.《어린 왕자》에서 가장 ‘거창한’ 삽화는 언뜻 무해해 보이지만 엄청난 손실을 불러올 수 있는 바오밥나무 그림이다. 이 나무는 1920년대와 1930년대의 파시스트 사상을 암시한다. 화자와 어린 왕자는 독자들에게 그러한 위험을 반드시 알려야 했고, 그 급박한 심정에서 그 인상적인 그림이 나왔다.

《어린 왕자》는 어린이책일 수도 있고 아닐 수도 있지만 진지한 주제를 다룬다는 점은 분명하다. 생텍쥐페리는 “내 책이 가볍게 읽히는 건 싫다”* 고 했고,《어린 왕자》는 지극히 단순하면서 지극히 심오하다는 바로 그 점이 역설적이다. 이 책은 작가의 그러한 바람을 받아들여 실제로《어린 왕자》를 가볍게

* 앙투안 드 생텍쥐페리,《어린 왕자》, 갈리마르, 1999, 24쪽.

읽기란 불가능하다는 것을 보여주는 다양한 출처의 자료를 망라한다. 진지한 일에 심히 몰두했던 생텍쥐페리가 전쟁 중에 일부러 시간을 들여 글을 썼다는 것 자체가 그 글의 중요성을 시사한다. 어느 연령대에서든《어린 왕자》를 읽는 것은 결코 시간 낭비가 아니다.

《어린 왕자》는 결국 진지한 것, 본질적인 것, 존재하는 것에 대한 책이거나, 진지하지도 중요하지도 않은 책이다. 여기에 대해서는 어른과 아이의 생각이 다르고, 사업가라는 캐릭터가 보여주듯이 어른들 대부분과 생텍쥐페리의 생각이 다르다. 성공한 사업가를 우러러보아야 한다는 말에도 불구하고 별의 개수를 헤아리는 그의 활동은 어린 왕자의 눈에 턱없이 부조리해 보이고, 왕자는 그가 기껏해야 웃기는 사람, 나쁘게는 술꾼과 매한가지라고 생각한다.

어디에서나 상업적 거래를 마주할 수밖에 없는 불편함을 생텍쥐페리는 여러 차례 피력했다. 가령 아르헨티나 남부 비행과 유정油井을 중심으로 형성된 음산하고 비인간적인 도시들을 회상한 글이 그렇다. 지구의 창자를 소유하려 한다는 것은 별을 소유하려는 것만큼 말이 안 되지 않나? 작가는 평생 돈이 궁했음에도 자기 일에서 가장 돈이 되는 측면들, 그를 진짜 작업에서 떼어놓는 시나리오 집필이라든가 신문 기사 작성에 비판적이었다.《어린 왕자》는 이렇듯 자본주의와 소비, 비인간화되는 우리 사회에 대한 비판과 맞닿아 있다. 필요하지도 않은, 갈증을 없애는 약을 만들어 파는 상인의 캐릭터에서 이 비판은 절정에 도달한다.

"나의 불행을 진지하게 여겨주기를 바란다."* 화자는 그렇게 말하고 저자는 그렇게 썼다. 1944년 7월 31일에 마지막 임무를 위해 비행기에 오른 사람은 지치고 피곤한 사내였다. 그는 친구 피에르 달로즈에게 마지막으로 보낸 편지에 이렇게 썼다. "나는 내려간다 해도 후회가 없을 거야. 사람들로 우글대는 곳에 가게 될까 두려워. 로봇 같은 그들의 미덕이 싫어. 나는 정원사가 됐어야 할 사람이야." 어린 왕자는 그렇지 않다는 것을 잘 알고 있었다. 그는 여전히, 80년 동안, 자신의 벗 생텍쥐페리의 휴머니스트적 희망의 메시지를 품고 있다.

* 앙투안 드 생텍쥐페리,《어린 왕자》, 갈리마르, 1999, p.27

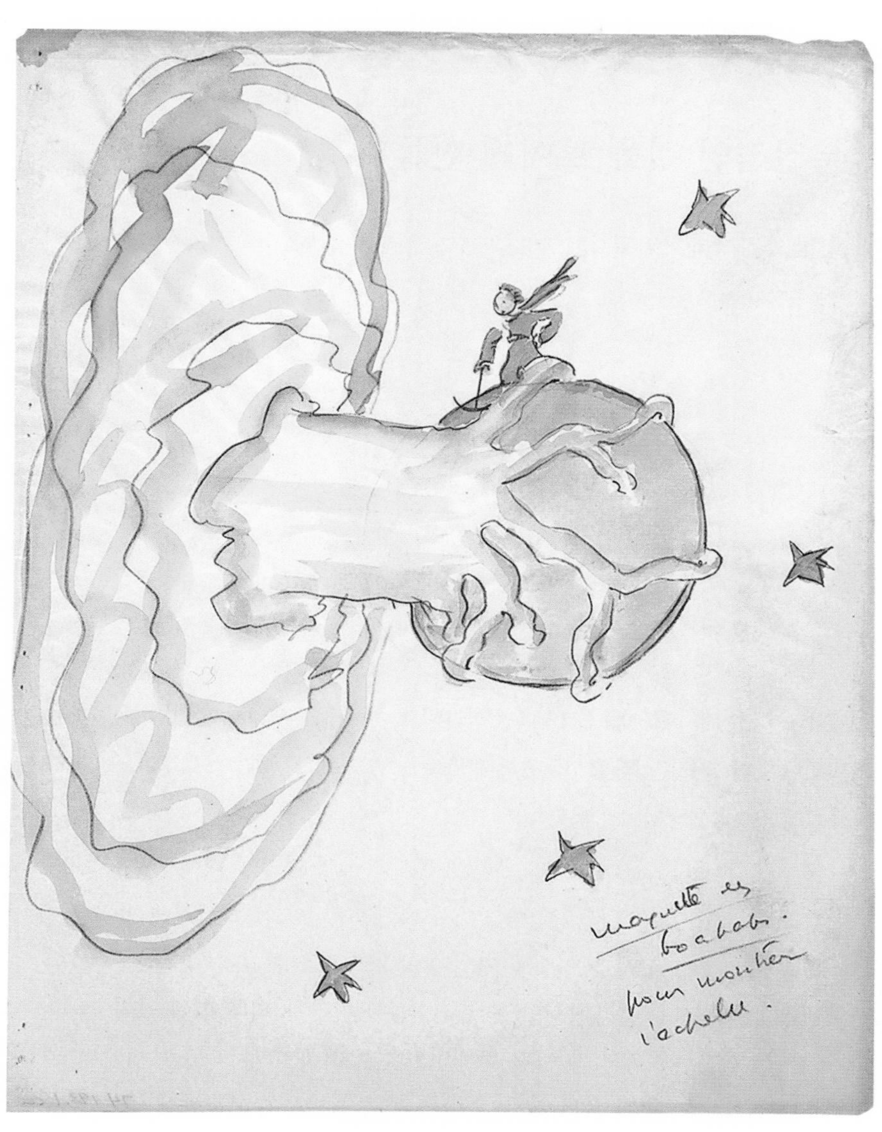

스케일을 보여주기 위한
바오밥나무 삽화 원본.
연필과 수채.
번역자 루이스 갈랑티에르에게
보낸 그림. 오스틴, 텍사스대학교,
해리 랜섬 인문학 연구센터.

|《어린 왕자》 깊이 읽기 2 |

본질적인 것을 보이게 만들다

알방 스리지에(책임 편집)

"뭔가가 남기를 바라시오? 그렇다면 잘라내고, 지어내고, 꾸미시오. 그 일에 골백번 이고 경이를 더하시오. 신화를 만들면서 티끌로 돌아갈 운명을 모면하고, 현실을 왜곡하면서 자신을 오래오래 남기는 법이니."

_ 레지스 드브레, 2022

"본질적인 것은 눈에 보이지 않아." 이 고통스러운 진실이 앙투안 드 생텍쥐페리가 1943년 4월 뉴욕에서 처음 출간한《어린 왕자》의 중심에 있다. 딱 잘라 표현된 이 진실은 우리가 어떤 존재인가를 고려하지 않는 듯 보이기에 불안과 절망을 불러일으킬 수도 있다. 우리는 언제나 세상의 사물들에 영향을 받을 뿐 아니라 다양한 양태로(잔존, 관찰, 인식, 행동과 일, 관조, 욕망과 희열, 사랑과 우정…, 그리고 미지의 것으로 뛰어드는 모험까지!) 창조에 참여하는 감각적 존재들 아닌가. 이 생생한 경험들이 전부 부수적인 것들의 지하 감옥에 들어가야 할 것들이라고? 애달픈 소식 아닌가.

하지만 본질적인 것이 여기 있지 않고 다다를 수도 없는 것이라면 세상을 횡단하고 새 땅을 밟은들, 더없이 풍부한 부를 획득하고 축적한들, 출생으로 주어진 조건을 변화시킨들 무슨 소용이 있을까? 육신과 감각을 지닌 우리가 부수적인 것을 피해 도망가야 할 곳이 감각의 왕국 아니면 그 어디란 말인가? 꿈의 나라, 신들의 영역? 숙명론적 태도는 도처에 도사리고 있다. 앙투안 드 생텍쥐페리는 짧은 생애의 가장 암울한 시기에 그 태도를 마주 맞닥뜨렸다.

그러나 조종사이자 작가였던 그는 비록 사막에서나 하늘을 가르는 비행기에서 자주 고독에 잠기곤 했어도, 내무반보다는 자기 방에서 지내기 좋아하는 남자였어도, 결코 은둔자는 아니었다. 그는 개성 넘치는 생애 속에서 적어도 이 보이는 것의 세상을 경험했다. 그에게는 민간기와 군용기를 조종하는 사람다운 용기와 희생 정신이, 그리고 언제나 지상의 양식을 음미할 수 있는 미식가의 식욕이 있었다. 그는 전우애가 있었고 다른 조종사들을 구하러 기꺼이 사막으로 달려갔다. 기름때 찌든 엔진을 만지고, 자연이 일으킬 수 있는 모든 위험에 맞섰다. 여자들을 유혹하고 그들에게 자신의 마음과 어깨를 맡기고 싶어 하는 한편, 자기 가족을 보호하고자 했다. 작은 동물들을 안아주고, 석양을 바라보고, 친구의 아들딸이나 대자, 대녀를 마술이나 노래나 스무고개, 자기가 지어낸 이야기나 익살로 재미있게 해주고 싶어 했다. 기술자의 정신을 지닌 과학도로서 자연 현상의 비밀을 꿰뚫어 보고 자신의 발견을 정식화하는 것도 좋아했다. 그리고 행복하고 자유로우며 상처받기 쉽지만 위대한 일을 능히 할 수 있고 집단의 서사를 통해 자기를 초월하는 인류의 풍요로운 시간을 당연히 노래했다. 그는 이러한 주장을 펴기 위해 오해와 불신의 위험에 기꺼이 자신을 노출했다.

그런데 왜 그 고통스러운 진실이 우선이었을까? 이 진실의 의미와 도달 범위는 무엇이었을까? 확실한 것은, 인간 사회에 대한 당혹감과 체념이 깊이 느껴진다는 것이다(《어린 왕자》는 전쟁과 객지 생활 중에 탄생한 작품이다). 그러한 정서는 앙투안 드 생텍쥐페리를 한시도 떠나지 않았다. 뉴욕이나 알제의 거리에서도 그랬지만 사하라 사막과 안데스의 설원에서는 아마 더욱 절절했으리라. 《어린 왕자》는 이 불편한 감정에서 탄생했다. 동화의 주인공이 되어 얼굴과 실루엣이 확정되기 이전, 풀이 무성한 언덕 위의 소년은 먼 곳을 바라보며 무슨 일이 일어날지, 그 일의 의미는 무엇인지 내다보려 했다. 하지만 헛수고였다. 그의 눈길이 닿는 곳마다 자기 목소리의 절망적인 메아리, 가시적 세상의 불투명성을 마주할 수밖에 없었으니. 지구에 온 어린 왕자가 산꼭대기에 서서 마주한 것들도 다르지 않았으리라.

그러니까 본질적인 것은 눈에 보이지 않는다…. 그렇지만 알다시피 작가는 이 무거운 진실에 멈추지 않는다. 그는 자신의 인물인 어린 왕자를, 나아가 독자를 (그리고 어린 시절 어른들에게 이해받기를 포기하고 따로 떨어져 나온 조종사 자신도) 세계와의 분리나 다름없는 이 첫 번째 움직임에서 끌어내기 위해 노력한다. 그 이유는 다시 '본질적인 것을 보이게 하기' 위해서다. 그것이 그의 작가로서의 계획이었다. 이 계획이 작품의 첫 장부터 충격적인 결말에 이르기까지 미묘하게 일관된 음색과 음역, 말과 상징을 통해 끊임없이 표현된다. 여기선 모든 것이 의미가 있다. 모든 것이 통일된 시정에 힘입어 상징적 소우주를 담아낸다. 각각의 에피소드, 각각의 인물, 배경의 디테일 하나하나가 은유다. 독자는 이 대화의 문체와 이야기의 서사적 배치는 물론, 저자가 중심 위치에 집어넣은 수채화가 조성하는 몽환적 분위기에 휩싸여 감정의 상승 운동을 경험한다. 1950년대에 제라르 필리프가 녹음하고 촬영한 유명 버전의 해석도 그 점을 잘 고려하고 있다. 시인의 예술 자체로, 유례없이 널리 퍼진 이 독특한 문학 작품은 위로의 마법을 부리고 모두에게 말을 걸되 한 사람 한 사람과 대화한다.

그러니 이 신비의 원천에 가까이 가보자. 비록 작가와 그의 내적 성향에 고유한 특성을 부각하는 것밖에 되지 않더라도…. 이 책에 망라한 자료들이 그러한 접근을 도와줄 것이다. 그중 일부는 한 번도 공개되거나 다른 책에 수록된 적 없다.

실비아 해밀턴의 집에서 찍은 앙투안 드 생텍쥐페리, 뉴욕, 1942~1943.

스케일 바꾸기

어린 왕자는 세상을 보러 가기로 결심하면서 아주 작은 행성을 떠나왔다. 어느 날 그 소행성이 너무 좁게 느껴졌고 매일 하는 자질구레한 일들과 도저히 맞춰줄 수 없는 장미의 변덕에 넌더리가 났기 때문이다. 다른 곳에 대한 욕망! 생텍쥐페리는 그 욕망이 어떤 것인지 잘 알고 있었다. 어린 왕자를 먼 곳으로 데려간 철새들의 비행에 그 자신도 의지했었으니까. 1926년의 아에로포스탈, 1943년 4월 2일 뉴욕을 떠나 아내 콘수엘로와 다시 멀어지게 한 군대의 호출이 그러한 비행에 해당했다. 어린 왕자는 '자신의 세계'를 눈 아래 두지 못하게 되면서부터 정말로 그 세계를 자신과 연결하는 것이 무엇인지 깨닫는다. 몇 장의 그림에서 어린 왕자가 가느다란 실로 행성을 닮은 풍선을 잡고 있는 모습을 볼 수 있다. 탐험 가능한 세계가 아무리 크고 대단할지언정 그 익숙한 우주와 그에 대한 밀도 높은 감정은 결코 대신하지 못한다. 생텍쥐페리에게서 먼 것은 가까운 것에 의미를 준다. 무한히 큰 것은 끊임없이, 그러나 환원적이지는 않은 방식으로, 아주 작은 것을 환기한다(가늘고 과장되게 기다란 줄기의 별 모양 꽃 그림이 자주 나오는 것도 같은 맥락에서다. 그 줄기가 뿌리와 가지를, 하늘과 땅을 연결한다. 마치 생명의 나무가 가장 단순한 형태로 표현된 것처럼). 더욱이 이것은 조종사-작가가 수백 번 되풀이했던 모험의 의미다. 가족을 떠나 미지의 땅을 돌아보는 일은 우리에게 친근한 것을 더욱 강렬하게 느끼게 하고 우리를 망각에서 보호할 때만 의미가 있다. 멀리 떠나는 사람을 너무 원망해서는 안 된다. 거리가 반드시 필요할 수도 있다.

그리하여 어린 왕자는 아찔하도록 광대한 세상과 마주하러 간다. 바라보는 자와 시선을 받는 것의 관계는 불균형의 극치다. 자그마한 아이가 눈을 들어 무수히 많은 별을 바라보거나 고개를 숙이고 비슷비슷한 천 송이 장미를 바라본다. 모든 것은 우발적이고, 불확실하고, 실망스러운 것이 된다. 어린 왕자는 금 사냥꾼이 아니다. 영토를 정복할 생각도, 보물을 파낼 생각도 없다. 하지만 새로운 고독과 이 스케일 바꾸기 덕분에 이전의 작은 세계는 팽창하고 반드시 필요하다고 여겨졌던 모든 것은 하찮게 보인다. 이건 그리 유쾌한 경험이 못 된다. 처음에 만났던 상대들은 그를 더욱 슬프게만 했다. 섬 같은 행성에 홀로 사는 '사람-섬'들은 광기 어린 의식을 우스꽝스럽게 나타낸다. 그들은 저마다 자기 방식으로 세계와 마주하면서 본인의 헛된 열망을 만족시키려 든다. 그들은 영광, 부, 포만감을 바란다. 아무것도 중요하지 않다.

화단에 서 있는 인물, 1940년경,
잉크와 연필, 파리,
자크 두세 문학도서관.

본질적인 것에 대해서는 합의가 이루어져야 한다. 중요한 것은 사물과 존재의 본질, 본성일 수 있다. 앙투안 드 생텍쥐페리는 이 문제에 대해서 그 이상의 관심은 갖지 않은 것 같다. 혹은, 이 문제를 오로지 특수한 각도에서, 정신적이고 실천적인 차원에서만 접근했다고 할까. 세계와의 관계를 사물에 대한 지배라는 각도에서만, 즉 관찰(천 송이 장미가 핀 정원)에서 점유(사업가, 술꾼)까지의 인식 영역에서만 본다면 인간은 좌절할 수밖에 없다. 장미가 한 송이만 있는 게 아니라 (거의) 똑같은 천 송이가 있기 때문에 그 구별되지 않음에 유일함은 묻히고 만다. 한 푼 더 들어온다고 이미 축적된 부에 의미가 더 생기진 않는다. 한 잔 더 마신다고 갈증이 사라지고 결핍이 해소되지는 않는다. 가로등 켜는 사람은 가로등을 한 번 더 켜거나 끄는 일을 통해 세상에 대해 뭔가를 더 배우지 않는다. 인간은 세상의 진열창에 얼굴을 바짝 대고 구경하면서 세상의 체제에 숙명적으로 지배당할 위험에 노출된다. 이 체제 안에서 가시적 세상의 무한성과 모종의 배반 때문에(적어도 일차적 분석으로는!) 결핍과 권태의 악순환에 빠지게 마련이고 결국 포기 어린 감정과 슬픔을 피할 수 없다. 그것이 인간의 고독이다.

주비곶과 푼타 아레나스를 누비던 사람, 영광스러운 아에로포스탈의 주인공이 우리에게 창조된 세상은 쪼갤 수 없는 하나라고, 그 세상은 호의적이고 활력 넘치고 따뜻하다고 말해주었다면 좋았을 것이다. 아니, 오늘날에도 역시 그런 말을 듣고 싶을 것이다. 세상이 각 사람에게 관조와 만족을 선사한다고, 석양의 감흥과 달콤한 과즙이 넘치는 열매라는 보상을 준다고 말해준다면 오죽 좋으랴. 하지만 영 그렇지 않다. 앙투안 드 생텍쥐페리의 머리에서 떠나지 않는 세상의 이미지는 낭떠러지, 벽, 사막이었다.《어린 왕자》의 삽화를 위한 스케치, 그 몇 년 전부터 그렸던 그림 들이 그 증거다. 진실은 세상 그 자체가 우리에게 하는 말은 아무것도 없다는 것이다. 아니, 세상은 우리가 어떤 존재인지를 착각하게 만들 수도 있다. 우리가 경험에서 '본질적인 것'이 세상이라고 너무 성급하게 생각해버린다면 말이다. 우리의 약점이나 제약 때문에 그렇게 생각해버릴 수 있다.

이 때문에 생텍쥐페리의 초기 사유는 분리와 현실 부정의 양태를 취했다.

그로써 어린 왕자의 여정이 시작되었다. 인간들이 사물과 자기만 바라보고 분별력을 발휘하지 못하는 세상에 갑자기 떨어진 어린 왕자는 분노한다. 그가 하는 말은 사람들에게 가닿지 못한다. 그는 비난을 퍼붓는다.

본질적인 것을 보이게 한다는 것은 일단 사물들의 체제와 거리를 두는 것이다. 다시 말해, 그게 그것처럼 보이는 무차별성, 우리가 사물을 지배할 수 있다는 착각과 거리를 두는 동시에 사물을 결정지을 뿐 아니라 우리에게도 적용되는 인과성의 메커니즘과 거리를 두어야 한다. 거리 두기는 한 발 물러서는 것이지 후퇴가 아니다. 현실을 밖에서 보려는 시도는 본질적인 것으로 통하는 문을 열기 위한 하나의 방법일 뿐 그 자체가 목적이 아니다.

그리고 그 문의 열쇠는 사막의 여우에게 있다.

자기 소행성에 있는 어린 왕자와 그 위를 나는 새, 적십자기가 꽂혀 있는 지구와 여전히 가는 실로 연결되어 있다. 뉴욕/아샤로켄(롱아일랜드), 1942~1943, 잉크, 연필, 수채, 개인 소장.

(위)
소행성과 실로 연결되어 있는
지구상의 어린 왕자,
뉴욕/아샤로켄(롱아일랜드),
1942–1943, 연필, 뉴욕,
모건도서관·박물관.

(아래)
비행기 수리 중인 조종사가 바라본
사막의 어린 왕자, 《어린 왕자》 2장을
위한 스케치, 뉴욕/아샤로켄(롱아일랜드),
1942, 연필과 수채, 개인 소장.

보는 법을 배우다

"마음으로만 볼 수 있어." 어린 왕자가 지구에서 지낼 때 여우와의 만남에서 드러난 계시는 이 입문 이야기에서 매우 중요한 것을 전해준다. 세계와의 관계는 감각적인 것으로 불충분하다는 사실을 확인한 사막의 여우는 인간들에게 사물과 존재를 바라보는 시선을 바꾸어 지금껏 보지 못했던 것을 보라고 권한다. 인간들은 기계적인 업무, 모든 것을 획일화하고 그들의 존엄마저 짓밟는 시대의 야만에 매몰되어 있다. 이 시선의 변화가 전향은 아니다. 앙투안 드 생텍쥐페리는 인간을 자유로운 존재가 아닌 그 무엇으로 만들 생각이 없기 때문이다. 그보다는 저자 특유의 휴머니스트적인 시각에서(다른 시각들도 가능하다. 알다시피, 그건 문제가 안 된다) 제대로 감상하기라고나 할까. 이것이 인간 조건의 독창성이요, 그로써 자기 자신과의 참다운 관계, 세계와의 참다운 관계가 가능하다. 이 배움은 쉽지 않다. 이 배움의 끝에서, 어린 왕자는 언젠가 자기 행성으로 돌아가 그곳을 지킬 이유를 찾을 것이고 거기서 행복하게 살기를 바랄 수 있을 것이다.

얼마 전 작고한 이탈리아의 에세이스트 로베르토 칼라소는 알프레드 히치콕 감독의 영화 〈이창〉을 "시각적 수단들로 진행시키는 완전히 심리적인 과정"이라고 평했다. 앙투안 드 생텍쥐페리의 이 시적인 우화에 대해서도 그렇게 말할 수 있을 것이다. 《어린 왕자》는 집에서 먼 곳에서 스스로 드러나는 어떤 의식(혹은, 보편적 인간 의식)의 소설이다. 더욱이 생텍쥐페리가 구성한 이야기에는 만남들에서 이루어진 대화를 바탕으로 하는 반성적 측면이 있다. 우리는 여기서 자신의 의심, 자신의 유령에 사로잡힌 인물들로 구체화되는 의식을 보고 싶을 것이다. 이 이야기가 전해지는 것은 (그림으로 표현되는) 어린 왕자와 (생텍쥐페리가 절대로 그림으로 보여주지 않는) 조종사의 대화를 통해서다. 우화 전체가 말하고 체험된 것, 이야기된 것에 대한 대담의 복원이다. 만남은 자기 행성으로 돌아간 어린 왕자와 그 자신이 얻은 교훈에서, 그의 이야기를 듣는 사람들, 화자-조종사에게서 결론을 찾는다. 여우의 가르침과 몸소 겪은 시험(여러 행성들, 오천 송이 장미들)이 어린 왕자에게 그랬던 것처럼, 어린 왕자의 이야기와 그의 사라짐은 조종사에게 일종의 계시였다. (실제 절친이었던 레옹 베르트에게 바치는 헌사를 통해 책 속에 존재하는) 앙투안 드 생텍쥐페리가 자신의 책이 독자들에게 그런 의미이기를, 그런 의미로 남기를 바랐던 것처럼. 사실, 그렇게 이어진 대화들은 내면의 독백에 지나지 않고 바로 그 점에서 작품의 심원한 통일성이 나온다. 느끼고, 불안해하고, 모험에 뛰어들고, 헤매면서도 끝내 자신을 찾는 의식의 책으로서의 통일성 말이다.

그렇지만《어린 왕자》는 추상적 구성물이나 잘 팔리게 모양 낸 개념들의 교묘한 배치가 아니다. 작가는 동화를, "고유한 진실을" 그 안에나 우리 안에 전달하는 그 나름의 방식을 마음 깊이 믿었다.《어린 왕자》는 이 작품이 행복한 삶의 가능성에 대한 성찰로 읽힐 수 있다는 점에서 도덕적 차원이 분명히 있지만 복음서나 어린이들을 위한 교훈집 같은 모양새를 취하지는 않는다. 앙투안 드 생텍쥐페리는 자신을 비롯한 인간들의 연약함을 알고 있었다. 그는 사람들이 얼마나 빨리 절망하는지, 상황의 흐름이나 '난해한 언어 놀음'에 휩쓸려 삶의 갈피를 얼마나 빨리 잃어버리는지 잘 알았다.

그는 또한 인류가 신화, 이미지, 음악을 필요로 한다는 것도 알았다. 그런 것들은 어떤 계시, 어떤 감동의 순간을 자기 안에서 지속적으로 다시 태어나게 할 수 있다. "기본적으로 시는 일어나는 사태를 오래 남는 기억으로 변환하는 것"이라고 했던 폴 발레리의 말을 기억하는가. 그러므로 무대에 오르는 것은 개념들이 아니라 모래와 초원으로 이루어진 세트에서 존재하고 말하고 감동하는 특유의 방식을 보여주는 인물들이다. 바람에 휘날리는 스카프, 실크 모자, 밀밭 색깔의 머리칼. 과실수와 꽃, 금반지처럼 가느다란 뱀(뱀은 특히 불분명한 공포를 상징하는 신화적 존재다), 사하라의 낭떠러지, 남아메리카의 깎아지른 봉우리, 길의 끝에서 만나는 우물. 작가는 펜과 연필과 팔레트를 들고서 독자들의 시선과 마음에 말을 건다. 그의 의도는 독자들이 그들이 사는 세상을 외면하게 하는 것이 결코 아니다. 오히려 그 세상에서 그들이 더 이상 구별하지 못하는 것을 다시금 보게 하려는 것이다. 심미적이고 시적인 감동을 통하여 눈으로는 볼 수 없는 감정, 추억, 내면의 삶을 볼 수 있도록.

그렇게 생각하면 그림의 중요성이 이해된다. 이 책에서 보다시피 작가가

어린 왕자와 여우.
《어린 왕자》 21장을 위한 습작.
뉴욕/아샤로켄(롱아일랜드).
1942~1943.
연필, 선으로 뭉개는 기법.
개인 소장.

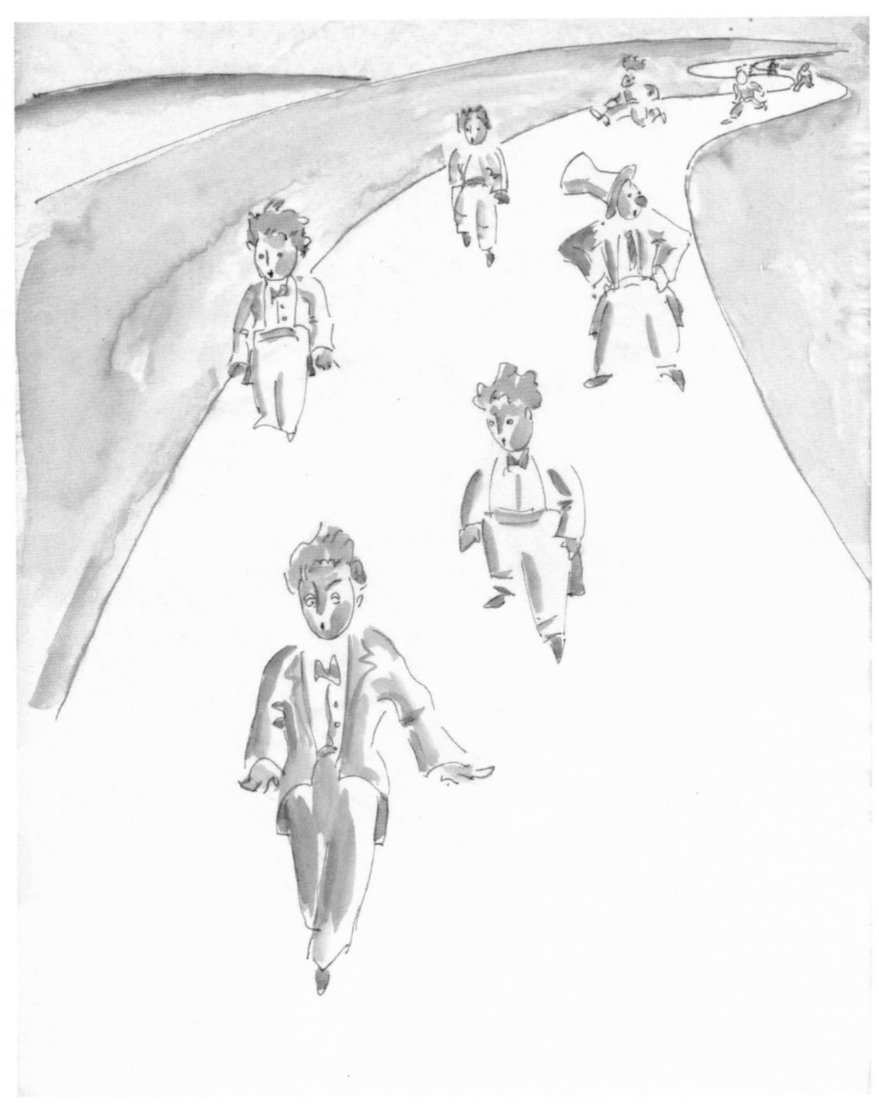

인물들의 행렬,
《어린 왕자》를 위한 습작,
뉴욕/아샤로켄(롱아일랜드), 1942,
잉크와 수채, 개인 소장.

그린 수채화들은 오랜 구상과 수고의 산물이다. 언뜻 보기에는 아이의 그림처럼 단순하지만(까다롭거나 의심 많은 사람들은 '퇴행적'이라고 비판할 정도로) 작가는 마음을 움직이기 위해 무척 공을 들였다. 장식이나 원근법을 배제하고 단순화한 배경, 미묘하게 도안화된 선, 은은한 색의 덧칠과 조심스러운 명암 표현 덕분에(영감의 기적!) 그의 삽화는 가벼움을 잃지 않으면서도 기억에 남는다. 사실적 효과를 단순화하고 현실의 색을 물에 풀어냄으로써 생텍쥐페리는 포화상태의 사회적 겉치레에, 인간극에 작별을 고했고 상징을 세상의 물질성보다 우위에 두었다. 그가《어린 왕자》를 집필하던 시기에, 세상의 물질성은 그의 어깨를 무겁게 짓누르고 있었기에.

그러므로 이 그림들을 글로 쓴 작품의 부록처럼 여겨선 안 된다. 이 그림들은 '작용하고' 있었다. 이야기에서 떼려야 뗄 수 없는 구성 요소로서 작용했다는 의미도 있고(전문 용어로는 '이코노텍스트iconotexte라고 한다), 조종사의 이야기에 빠져들어 어린 왕자의 절반의 고백을 해독하고 그의 운명의 수수께끼에 골몰하는 독자가 느끼는 감정에 중요한 영향을 끼친다는 의미도 있다. 이 모든 것에는 존재 이유가 있다. 생텍쥐페리는 세상을 표상하는 사물의 지배보다 마음의 지배가 우위에 있다고 독자를 설득할 수 없다는 것을 잘 알고 있었다. 어린 시절의 동화가 그토록 중요한 이유는 의식의 진실을 상상의 세계에 투사하기 때문이다. 의식이 너무 현실 세계로 꽉 차버리고 환멸에 빠지면 더 이상 거울 역할을 할 수 없다. 시적인 그림과 상상의 이야기는 의식이 만들어내는 이미지를 좀 더 충실하게 복원한다. 세상이 우리에게 의미하는 바가 꿈틀대는 그 이미지에는 추억, 감정, 꿈이 깃들어 있다. 앙투안 드 생텍쥐페리의 그림은 우리의 내면을 들여다보게 한다. 속이 보이지 않는 상자 속의 양을, 보아뱀이 집어삼킨 코끼리를, 밀밭에서 금빛 머리칼을, 별 속의 친구 혹은 꽃을, 산들바람 속의 어떤 존재를 짐작할 수 있게 하는 우리의 특별한 능력을 다시 생각나게 한다.

인간에게 세계의 실질적 현존이란 돌의 차가운 침묵도, 사막의 숨 막히는 적대성도, 별이 수놓은 우주의 침묵도 아니다. 그 돌, 그 사막, 그 별이 그것을 관찰하는 의식에게 나타내는 것이 세계의 현존이다. 그런 것들은 서로 구분되면서 현실성을 공유한다. 생텍쥐페리에게나 어린 왕자에게나 그러한 깨달음은 모험이 준 선물이다. 밤, 폭풍, 광막한 공간, 방황의 선물이자 참여와 연대의 선물(《전시조종사》를 읽은 사람은 알 것이다). 의식의 소설인 《어린 왕자》는 시선의 교육이기도 하다. 이야기 전체가 책의 말미에서 단 하나의 이미지로 이어진다. 인물 하나 없는 가장 단순한 이미지로. 어린 왕자는 보이지 않지만 그의 존재감은 그 어느 때보다 강렬하다. 그 이유는 그 그림이 시선 자체이기 때문이다. 스스로, 그리고 대상에 의해 드러나는 시선.

앙투안 드 생텍쥐페리에게 모험이 도피가 아니듯 상상은 빠져나갈 구멍이 아니다. 역설적으로 들리겠지만 오히려 자신이 세상에 존재함을 더욱 실감하는 방식, 자기 안의 심장이 뛰는 것을 느끼는 방법이라고나 할까. 바로 그 점에서 작가는 독자에게 다다르고 오래오래 남는다. 그는 독자를 자기 책 속에, 상상의 세계 속에 가두지 않는다. 오히려 책을 덮은 후 조금은 다른 눈으로 주위를, 자기에게 와닿는 것을 바라보게끔 부추긴다. 우리에게 그런 것을 소중하고 친숙하게 하는 것은 눈에 보이지 않는 부분이다. 세상으로 돌아가기! 인간을 환대하는 땅의 설립! 나아가, 더 멀리 나아가고자 한다면, 진흙과 정신의 화해(생텍쥐페리가 《인간의 대지》에서 직접 쓴 표현). 그때 세상은 형제애로 돌아갈 것이다. 인간은 자기 존재를, 자기에게 와닿는 것을, 자기가 기억하는 것을 포기하지 않고 자신을 육체와 정신으로서 경험할 것이다. 그러한 경험이 누구에게나 가능할 것이다. 세상은 인간을 닮지 않았지만 사람들의 심장은 거기서 자신을 찾고 피난처를 구할 것이다. 사람들이 행복하기에는 그걸로 충분하다.

"본질적인 것을 보이게 하기." 앙투안 드 생텍쥐페리의 걸작은 바로 이러한 야심을 품었고, 첫 출간 이후 80년이 되도록 여전히 새로운 독자들에게 감동을 준다. 마법은 아직도 유효하지만(이 책의 출간을 기념할 때마다 그토록 크나큰 성공의 이유를 묻게 되지만) 그 이유는 어린 왕자의 상상의 세계가 비교적 충실하게 널리 유포되었기 때문만은 아니다. 작품의 진실이 그 자체 안에 있고, 누구의 개입도 없이 독자 스스로(연령대에 상관없이) 그 진실을 밝힐 수 있다는 것이 마법의 비결이다. 이 책은 읽을 때마다, 그리고 과거의 독서를 추억할 때마다, 늘 이런 이야기를 이토록 쉽게 들려준 이에게, 점잖은 상상력으로 보편적이면서도 내밀한 이야기를 하는 이에게 고마움을 느끼게 한다.

두 가지만 더 짚고 가겠다. 신화학자 조르주 뒤메질Georges Dumézil은《일리아드》를 "의문을 제기하지 말고", 주석이나 논평에 의지하지 말고, 거의 가볍다 싶은 자세로 읽어야 한다고 했다. 작품의 이야기, 묘사, 이미지에 그냥 자기를 내맡기듯 읽으라는 얘기다. 이 조언은《어린 왕자》에 대해서도 유효할 듯싶다. 이 책에 대한 해석은 널리고 널렸다! 스스로 떠받쳐지는 작품은 사전이나 논평이 필요없기 때문이다. 이것이 문학, 아니 모든 예술의 불의 연단이요, 신명재판이다. 바로 이러한 이유에서《어린 왕자》는 아이와 어른 모두에게 적합한 책이다. 신화와 수수께끼는 개념화되거나 해독되지 않더라도 사람들에게 영향을 미칠 수 있기에 아름답다.

뒤메질이《일리아드》에 대해서 한 말은 앙투안 드 생텍쥐페리의 사상이나 기억을 배신하지 않으면서 인생에 대해서도 적용 가능할 것이다. 이 작가의 경우, 의식의 자기 회귀는 결코 자기 안으로의 침잠, 내면의 오지에 틀어박히기로 이어지지 않았다. 물론, 내면의 오지는 존재한다("내가 말하는 문장 하나하나는 꿈으로 끝나고 당신은 그 문장의 표면밖에 보지 못한다." 1927년에 생텍쥐페리는 친구 르네 드 소신에게 이렇게 썼다). 하지만 그 오지는 작가가 도피할 부르주아적 실내도 아니고 부동의 여행을 위한 은둔처도 아니다. 오히려 그 반대다. 실제 체험이 작가의 삶과 작품의 중심에 있다. 그는 비행기를 조종하면서 자기를 실현했다. 유배당한 프랑스인은 롱아일랜드의 자기 관측소에서 망원경을 들여다볼 때가 아니라 비행기를 조종할 때 독일의 족쇄에 매여 있는 동포들을 가깝게 느꼈다!《어린 왕자》라는 우화는 사생활에 파묻힌 미묘한 감정보다 저녁의 몽상에 더 유효하다. 그러한 몽상은 밤하늘의 별을 바라보던 빌라의 발코니, 혹은 생텍쥐페리가 가족과 어린 시절의 성을 생각하던 병영의 문턱에 더 어울린다. 그것은 또한 폭우가 내리치는 나날, 조종사나 엔지니어로서 전쟁에서 수행해야 하는 임무가 불러일으키는 기분이기도 하다. 그것은 일종의 책임감이다. 이 정서가《인간의 대지》와《전시조종사》의 작가를 (본인도 모르는 사이에!) 장폴 사르트르의 실존주의와 연결해준다. "마음으로만 볼 수 있어"라는 말은 자신의 자유를 (타인들의 자유도) 인간다움의 중심에 행동의 조건이자 궁극

목표로 둔다. 그래서 어린 왕자는 때때로 호락호락하지 않게, 완강하게 보이기도 한다. 그는 결코 끔찍한 시대와 타협하거나 시류에 영합하지 않는다. 하지만 그의 반순응주의는 고독한 자나 세상에서 물러난 자의 고집이 아니다. 대화와 소통은 언제나 가능하다. 그렇지 않다면 조종사는 어린 왕자를 결코 만나지 못했을 것이고(어린 왕자 입장에서도 마찬가지이고) 어떤 말도 하지 못했을 것이다. 하지만 그는 결코 양도될 수 없는 정신과 마음의 영역을 버팀목으로 삼았다. 생텍쥐페리는 그 영역을 떠날 결심을 하지 못했다. 그는 문학적 행동을 통해서나 사물, 존재, 자연과의 뜨거운 접촉을 통해서 몸소 그 영역을 경험할 터였다. 이 구별을 생략한 행동은 무위로 전락할 수밖에 없다. 이것이 가로등 켜는 사람의 루틴에 깃든 비극이요, 사업가나 왕의 한심함이다. 요컨대,《어린 왕자》는 체험이다! 젊은 조종사 겸 소설가 친구의 작품과 사람됨을 늘 좋게 보았던 앙드레 지드가 제대로 간파했듯이 생텍쥐페리는 언제나 "개인주의의 극단에서"(《일기Journal》, 1932년 2월 8일) (가령, 의무감 같은) 집단적 가치를 포함한 자신의 진리를 발견했을 것이다. 그것이 생텍쥐페리의 위용이자 트레이드마크였다.

사랑하는 법을 배우다

게다가 앙투안 드 생텍쥐페리의 동화가 저자 자신의 이야기라는 말 혹은 글은 이미 많이 있었다. 거의 암호화되지 않은 이 우화에서 작가의 생애 전부를 찾아볼 수 있다. 생텍쥐페리 자신도 어린 왕자 그림을 '사진 같은' 자화상이라고 말하면서 그런 식의 독해를 암시하기도 했고, 친구나 측근이나 아내 콘수엘로에게 보내는 편지나 쪽지에서도 어린 왕자의 입을 빌려 자기 뜻을 전한 바 있다. 이야기에 상세한 전기적 요소들은 제거되어 있지만 (뉴욕 모건도서관·박물관이 소장하고 유럽에서는 파리 장식미술관에 최초로 전시된 친필 원고를 면밀하게 검토하면 알 수 있듯이) 작가의 생애를 직접적으로 환기하는 장면들이 군데군데 등장한다. 특히 1935년 12월 리비아 사막에 그의 시문Simoun기가 불시착한 일화(《인간의 대지》에서도 유명한 일화)를 빼놓을 수 없다. 또한 맨해튼과 롱아일랜드 사이에서 집필된 《어린 왕자》는 저자가 군사 작전과 프랑스인 친구들에게서 멀리 떠나와 미국에서 느꼈던 고립감에 뿌리를 두었다. 작가는 망명한 드골주의자들의 타락에 괴로워했고 소비와 풍요의 사회 풍경을 견디기 힘들어 했다.

그리고 어린 시절의 추억이 있다. 어떤 추억은 환하게 빛나고(앵 지방의 생모리스드레망성 정원의 장미들, 혹은 예술적 조예가 깊은 어머니 마리의 보살핌 아래 여름을 함께 보냈던 리옹과 르망의 생텍쥐페리 가문 친척들) 어떤 추억은 암울하다. 특히 그의 청소년기에 갑자기 병으로 세상으로 떠나 지상에서의 "껍데기"를 박탈당한 막내 프랑수아에 대한 기억이 그렇다. 동생의 죽음은 이미 아버지를 여읜 그를 죽음과 생의 의미에 대한 끊임없는 명상으로 떠밀었다. 그 후 누이 마리마들렌과 그에게 각별했던 친구들이 하나둘 세상을 떠난 것도, 고전 독서 취미도 그러한 명상에 힘을 실었다. 《전시조종사》 21장에서 고통에 시달리며 죽어가는 어린 동생이 자전거를 물려주는 가슴 아픈 장면을 그리며 작가는 이미 이렇게 쓴다. "육신이 분해되면 본질적인 것이 드러난다." 《어린 왕자》 26장은 이 감정을 이어나가면서 조심성과 절절함을 한데 섞는다. "난 아픈 것같이 보일 거야…. 죽어가는 것같이 말이야. 아마 그럴 거야. 그러니까 그런 걸 보러 오지는 마. 올 필요 없어. … 난 죽은 것같이 보이겠지만 정말로 죽는 건 아니야." 생텍쥐페리의 도덕성은 까다롭다고, 심지어 급진적이라고 하는 말을 우리는 믿어야 한다! 어떻게 죽음의 고통을, 사라짐과 그리움의 냉혹한 사실을 부정할 수 있단 말인가? 이 지뢰밭을 건너가기 위해선 동화가 필요하다. 많은 것을 경험하고 살아낸 사람, 가족이나 친구 같은 아주 가까운 사람의 죽음을 이미 보았던 사람, 자신이 죽을 위험을 이미 겪어본 사람이 그 동화를 써야 했다.

하지만 그는 인간을 믿었다. 시간에서 빠져나와 이제는 형체도 없는 바로 그것을 가시적 세상에 임하게 할 만큼. 그는 유물론자나 그리스도인도 아닌 구체적 이상주의자로서, 어떤 이론적 대작에 기대어 말하지 않았고 그저 마지막으로 남긴 말이 정신의 삶에 의미를 지니는 것을 거부했다. 어린 왕자는 사막에서 사라졌지만("그는 한 그루 나무처럼 천천히 쓰러졌다. 모래 바닥이어서 소리조차

나지 않았다.") 오직 들을 수 있는 자에게만 들리는 별들의 영롱한 방울 소리에 힘입어 살아남을 것이다("아저씨는 어느 누구도 갖지 못한 별들을 갖게 될 거야. … 아저씬 웃을 줄 아는 별들을 갖게 되는 거야!").

앙투안 드 생텍쥐페리가 이 책을 북아프리카로 떠나기 전에, 연결 지점의 조종사 부대에 합류하여 군사 작전을 수행하게 될 것을 알고서 썼다는 사실을 잊지 말자. 그는 자신이 희생당할 수도 있음을(드골 장군 본인이 《회고록 Mémoires》에서 언급했듯이), 자신이 참여할 정찰 임무가 특히 위험하고 적군의 전투기에 요격당할 수도 있음을 알고 있었다. 더욱 의미심장한 것은, 이 책이 그가 출발을 하고 며칠 후에야 정식 출간되었다는 것이다. 저자는 출판사에서 편집 목적으로(행 길이 정리라든가) 맨 처음 인쇄한 것을 소량으로만 아주 가까운 사람에게 서명본으로 남길 수 있었다(그래서 저자 서명이 들어간 이 책의 초판은 희귀본이다). 그래서 《어린 왕자》는 작가가 응접실 원탁에서 마지막으로 작성한 고별의 편지 같다. 가까운 이들을 위로하기 위한 편지라고나 할까. "나는 죽은 것같이 보이겠지만 정말로 죽는 건 아니야." 《어린 왕자》는 자전적 작품이지만 수기나 증언처럼 읽히지는 않는다. 그러나 분명히 자전적 작품이라는 의미로 작가의 삶 속에서 제자리를 찾는다. 작가는 암울하고 위협적인 나날을 보내며 자기와 자기 사람들에게 닥칠 일을 내다보았다. 특히 1943년 4월 2일(알제의 비행 중대에 합류하기 위해 출발한 그날) 뉴욕에 혼자 남기고 온 아내 콘수엘

사과나무 아래 풀밭에 앉아 있는 어린 왕자.
《어린 왕자》 21장을 위한 습작.
뉴욕/아샤로켄(롱아일랜드), 1942.
잉크, 조셉 코넬의 소유였으나
현재는 뉴욕 모건도서관·박물관 소장.

로의 앞날을. 이 '마지막 편지'는 여러 면에서 그녀에게 바친 책이다. 콘수엘로도 그 점을 잘 알고 있었다. 그녀는 이미 1941년에 남편에게 이런 편지를 쓴 바 있다. "기적 같은 일이에요. 나는 머지않아 핌프르넬이 될 거예요. 세상은 잔인하고 양들은 어리석지만, 예쁘고 바보같고 못된 핌프르넬은 지고 말았어요…. 그녀는 죽었어요. 아름다운 핌프르넬을 풀밭으로 데려가 꽃과 노래로 치장했어요. 이제 아무도 그녀에게 상처 주지 않을 거예요. 그녀는 피로 쓴 교황님의 시가 될 거예요!"

그렇다, 장미가 있다. 책으로도 출간된(갈리마르, 2021) 작가와 그의 아내가 주고받은 편지들은 생텍쥐페리의 책이 얼마나 그들 부부의 이야기에서 많은 것을 끌어왔는지 보여준다. 그들의 혼란스러운 실제 삶과 상응하는 부분이 꽤 많은데 특히 이 우화가 그려내는 어린 왕자와 장미의 관계가 그렇다. 두 사람은 대략 7년을 같이 살다가 별거에 들어갔고 작가가 미국에서 지낸 지 1년쯤 된 1941년 크리스마스에 콘수엘로가 남편을 만나러 뉴욕에 오면서 재결합했다. 두 사람의 재회가 평탄하지만은 않았다. 부부 생활의 고비는 끊이지 않았고 서로 상대가 폭발할까 봐 두려워하는 한편 서로 상대의 잘못, 밤 외출, 무관심, 변덕, 치사함을 비난했다.

그렇지만 콘수엘로와 앙투안은 세상에서 휴식처가 될 만한 평화로운 가정을(어떤 정원을) 꾸릴 수 있기를 바랐다. "사랑하는 나의 콘수엘로, 나의 정원이 되어주오, 그대를 보호하고 싶은 욕구를 내 안에서 매일매일 더욱 힘차게 느낄 수 있도록. 그대를 꽃피우고, 그대의 경이로운 시 안에서 느긋하게 거닐고 싶게끔." 1944년 6월, 마르세유 해상 비행 중 실종되기 며칠 전에 앙투안이 콘수엘로에게 쓴 편지다. 부부 생활에서 어떤 순간은 실제로 그러한 만족감을 주었던 것 같다. 1930년 아르헨티나에서 처음으로 함께하던 때, 혹은 베빈하우스에서의 빛나던 날들은 그렇지 않았을까. 콘수엘로가 1942년 늦여름부터 초가을까지 롱아일랜드 노스포트에서 빌려 지냈던 아름다운 대저택 베빈하우스는 작가가《어린 왕자》에 수록할 수채화들을 완성한 곳이기도 하다. "당신은 인내했고 아마도 당신의 인내가 나를 구원했을 겁니다. 어린 왕자는 베빈하우스의 커다란 불에서 태어났지요."(카사블랑카, 1943년 여름)

(위)
"그는 한 그루 나무처럼 천천히 쓰러졌다.",
《어린 왕자》 17장을 위한 습작,
뉴욕/아샤로켄(롱아일랜드), 1942,
연필, 개인 소장.

(아래)
"이건 그림이 아니라 스케일을 보여주기 위한
원안입니다.", 어린 왕자와 장미,
친구이자 번역가 루이스 갈랑티에르에게
보낸 그림으로 《어린 왕자》 7장 삽화의 변형,
미국, 1943년 1월, 연필과 수채, 자필 원고,
오스틴, 텍사스대학교,
해리 랜섬 인문학 연구센터.

1942년 가을에 맨해튼으로 돌아온 부부는 다시 이스트리버 근처 비크먼 광장에 좋은 집을 빌려서 각자 한 층씩 차지하고 지내기로 한다. 하지만 그들은 다시 불화를 겪었다. 그는 콘수엘로가 늘 자기 곁에 붙어서 바깥세상의 적개심으로부터 자기를 위로하고 자기의 작가 생활을 지켜보고 지지하기를 바랐다("당신은 나의 여름, 나의 정원, 나의 피난처"라고 썼고 그녀를 '콘수엘로-콩솔라시옹*'이라고 부르기까지 했다). 한편 그녀는 그런 식의 내조를 떠맡기를 거부하고 여전히 자신이 가깝게 느끼는 사람들, 특히 초현실주의 예술가들과 자주 어울려 지냈다. 그들은 금세 한계점에 다다랐다. 앙투안 드 생텍쥐페리는 더 이상 심리적 압박을 견딜 수 없었다. 하지만 그 압박은 콘수엘로가 행사한 것이 아니라 남편이 아내에게 기대했을 법한 일이 일어나지 않거나 아주 드물게만 일어나는 데서 비롯됐다(앙투안은 그 시대의 보통 남자였다. 《어린 왕자》를 포함한 그의 작품들에서 여성들은 상석을 차지할 수 없었다. 장미는 기분에 수동적으로 휘둘리는 존재임을 거의 감추지도 않는다. 조종사의 여자들은 친절하지만 애처롭고 주체적인 삶과 거리가 멀었다. 모험과 직업은 남자들의 전유물이었다). 집필을 마치고 출간 준비 중이었던 《어린 왕자》에서 작가가 예상한 대로, 그가 다시 떠날 조건은 다 갖추어졌다. 물론, 떠나는 걸음이 즐겁지는 않았다. 아니, 오히려 무척 상심하기까지 했다. 하지만 삶은, 그의 삶은, 그들의 삶이 그렇게 생겨먹은 것을 어쩌겠는가. 그는 북아프리카로 떠나기 며칠 전에 온 힘을 다해 이렇게 썼다. "나는 자살하지 않기 위해 또다시 당신에게서 도망쳐야 할까요? 내가 없으면 당신은 더 행복할 테고 나 또한 죽음에서 마침내 평안을 찾을 것 같습니다. 평안해지는 것 외에는 아무것도 바라거나 소망하지 않습니다. 당신을 나무라는 게 아닙니다. 나를 기다리고 있는 그것에 비하면, 그 무엇도 중요하지 않아요. 나의 소녀여, 당신과 함께 있으면 나의 얼마 안 되는 초라한 자신감마저 사라집니다. … 집에선 숨 쉬기도 힘들고 차라리 죽어버리고 싶습니다. 누가 날 죽여주길 바라는 건 아니에요. 하지만 그런 식으로 눈감는 것도 기꺼이 받아들일 겁니다."(1943년 3월 29일 혹은 30일, 뉴욕.)

* '콩솔라시옹'은 프랑스어로 '위로'라는 뜻. (옮긴이)

그러므로 앙투안 드 생텍쥐페리는 지상에선 실현되지 못할 것 같은 이 사랑을 상상의 세계에 고정하고 싶었을 것이다. 그로써 자신과 콘수엘로가 그 사랑을 계속 살려놓을 수 있도록. 여기서도 본질적인 것은 눈으로 볼 수 없다. 실종되기 전 한 해 동안 알제리, 모로코, 사르데냐에서 콘수엘로에게 보낸 애절한 편지들은 (그리고 콘수엘로의 답장 역시) 두 사람이 얼마나 뜨거운 감정으로 이어져 있었는지 잘 보여준다. "당신은 나와 떼려야 뗄 수 없는 하나이기에 세상 그 무엇도 이 연을 끊을 수 없습니다. 당신은 나를 불행하게 하는 허다한 결점들에도 불구하고 경이롭도록 시적인 소녀요, 나는 그 시어를 더없이 잘 이해합니다. … 나의 조국 콘수엘로, 나의 여인 콘수엘로."(1944) 둘 중 어느 쪽도 영영 못 보는 사이가 되거나 별들과 상상의 존재들에게 의탁해서 사랑을 이어나가는 것은 바라지 않았다. 오히려 그 반대다. 그들이 주고받은 편지에는 재회를 간절히 바라는 마음이 숱하게 표출되고 함께 사는 집, 평화를 되찾은 행성, 따뜻한 가정, 서로 팔짱을 끼고 정원을 거니는 산책의 꿈이 여실히 드러난다. 하지만 이 현실적 열망과 그들이 공유하는 상상 속의 자기실현은 이제 구분조차 되지 않을 만큼 한 덩어리가 되어 있다. 알제에서 그는 "오, 콘수엘로, 머지않아 사방에 어린 왕자를 그리러 돌아갈 겁니다"라고 썼다. 이 약속은 지켜지지 못했다.

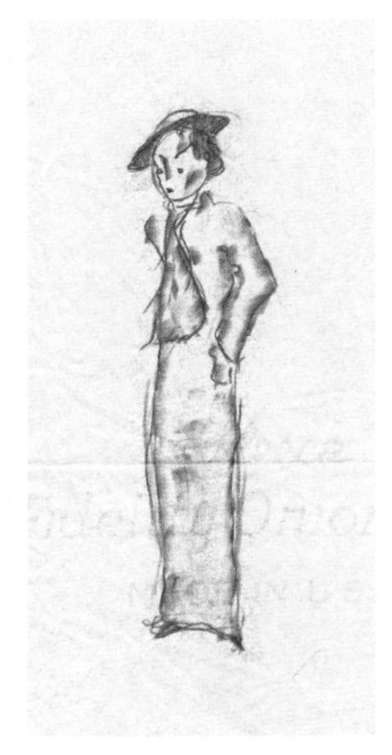

그렇지만 어린 왕자와 장미의 이미지는 그 두 사람을 잇는 독특한 사랑의 비유로만 볼 수 없다. 전설적인 두 인물의 관계에 작용한 기제는 더 광범위한 것, 이야기에서 읽어낼 수 있는 전기적 요소들(가령, 기침하는 장미와 콘수엘로의 천식)의 조사에 국한되지 않는 것이다. 이것은 인류 전체에 해당하는 "관계의 매듭"(생텍쥐페리가 여러 차례, 특히 《전시조종사》에서 썼던 표현)의 문제다. 그 문제가 어린 왕자와 장미의 연결이라는 은유 속에 작용한다. 여우가 어린 왕자에게 그가 장미를 위해서 쓴 시간의 가치나 '길들이기'의 중요성을 가르칠 때, 그것은 사랑에 대한 이야기이지만 우정에 대한 이야기이기도 하다. 앙투안 드 생텍쥐페리에게 우정은 매우 중요한 가치였다. 《어린 왕자》의 헌사에도 나타나는 유대인 친구 레옹 베르트를 위해서 쓴 《어느 인질에게 보낸 편지》의 가장 아름다운 문장은 우정을 다룬다. 또한 그 이야기는 혈연 관계, 더 넓게는 존재와

콘수엘로의 초상, 뉴욕, 1942~1943, 연필, 개인 소장.

Petite Consuelo chérie

– La fleur avait pour truc de toujours mettre le petit prince dans son tort. C'est pour ça que le pauvre est parti !

C'est pour ça, moi, que je grogne !

Si tu m'avais téléphoné " mon petit mari je suis bien contente de vous entendre, c'est très gentil de travailler ..." ç'aurait été bien paisible.

Quand je suis sorti je vous ai dit que je dînerais. Vous n'avez pas plus que moi pensé au dîner.

Quand vous m'avez téléphoné je vous téléphonais aussi. Vous n'étiez pas plus que moi à la maison.

Quand Nadia Boulanger a sonné (elle veut faire mettre le petit prince en musique) je ne pouvais

"꽃은 언제나 어린 왕자에게 잘못을 뒤집어씌웠습니다.
그래서 그 딱한 왕자는 떠났던 거예요!
그래서 내가 불평하는 거고요."

앙투안 드 생텍쥐페리가
아내 콘수엘로에게 보낸 편지, 1943년 봄,
종이에 연필, 개인 소장.

사물에 대한 우리 관계를 결정하는 정에 대한 것이다. 앞에서 썼듯이《어린 왕자》는 이런 면에서 그 단순성 자체가 의미로 충만한 책, 전체의 책이다.

그렇게 보면 그가 뉴욕을 떠나 실종될 때까지 그 15개월 동안 콘수엘로 아닌 다른 사람들에게도 어린 왕자와 장미를 곧잘 그려 보낸 것도 놀랍지 않다. 그 그림들은 콘수엘로에 대한 추억에 신의를 지키지 않았다는 증거가 아니라 (비록 앙투안이 늘 그녀에게 신의를 지키는 남편은 아니었다 해도)《어린 왕자》가 작가 자신의 영혼을 표현하는 주요한 원천이었다는 점에서 대단히 자전적이라는 사실을 확인시켜주는 증거다. 1930년대의 선량한 청년은 뉴욕 체류를 통해 어엿한 문인으로 변모했다. 그의 표현력과 매력은 한층 무르익었고 운명으로 인하여 풍요로워졌다. 하지만 작가는 여전히 일상의 동반자였고…, 자기만의 특별한 방식으로 사람들에게 그들을 사랑한다고, 그리고 자기도 그들에게 사랑받기 원한다고 말했다.

"세상은 내게 아무것도 보여주지 못했어. 그러니 생이 내게 무슨 유익을 끼칠까?" 비치보이스의 브라이언 윌슨은 〈오직 신만이 아네God only knows〉에서 이렇게 노래했다. 세상이 우리에게 아무것도 아니라면 살아야 할 필요가 있을까? 앙투안 드 생텍쥐페리는 이 보편적인 질문에 답하려 했다. 그리고 역사상 유례없이 많은 이가 그의 말에 귀를 기울였다. 지금까지 20세기가 낳은 문학 작품 중에서《어린 왕자》만큼 많은 언어로 번역되고 널리 읽힌 책은 없다. 이러한 대중성은 수많은 해석, 각색, 재독으로 점철되어 있기에 다소 현기증마저 불러일으킨다. 콘수엘로도 이 우화의 속편을 직접 쓰고 그릴 생각까지 했었다.

이러한 과유불급을 대하는 지혜로운 자세는 근원으로, 작품 자체로, 작가의 글과《남방 우편기》에서《전시조종사》에 이르는 전작들로 돌아가는 것이리라. 이 책은 작품을 다이아몬드 원석과도 같은 원안에 가장 가깝게 복원하고자 기획되었다. 저자가 작품에 집어넣은 모든 것, 그가 작품으로써 밝혀 보여준 모든 것, 그가 작품을 갈고닦기 위해 매달렸던 방법을 포착하여 그의 빛이 내일도 우리에게 다다를 수 있도록.

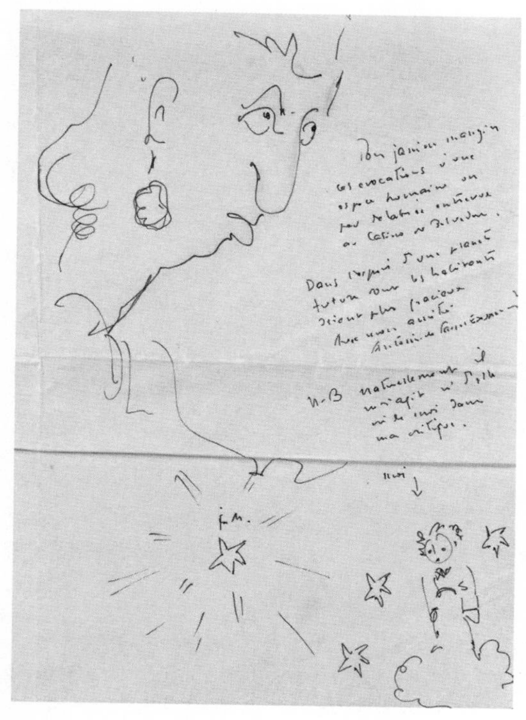

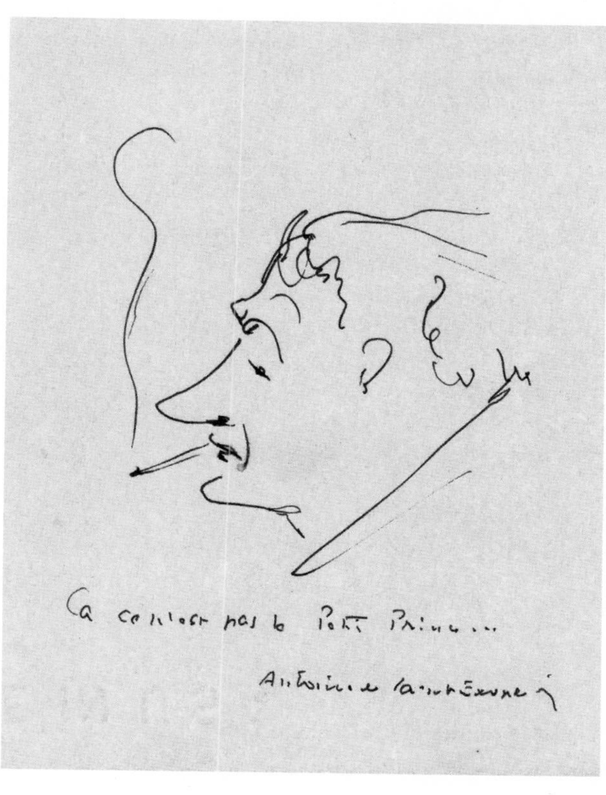

(위)
"자닌 망쟁에게. 벨베데레 카지노에서 언뜻 본,
다소 황폐해진 인간 족속에 대한 상기.
미래의 행성 주민들은 좀 더 우아하기를 바라며.
우정을 담아, 앙투안 드 생텍쥐페리.
당연히 나의 비판 속에는 그녀도,
나도 들어와 있지 않다.
나[어린 왕자 그림에 화살표],
J. M. [자닌 망쟁, 별 그림에 화살표]"

어느 여성과 구름 위에 서 있는 어린 왕자,
자닌 망쟁에게 편지와 동봉한 그림, 튀니스,
1943 [8월], 잉크, 장마르크 프로브스트 소장품.

(아래)
"이것은 어린 왕자가 아니다….",
어느 흡연가의 초상, 자필 원고, 튀니스, 1943 [8월],
잉크, 장마르크 프로브스트 소장품.

| 감사의 글 |

• 이 전시는 여러 단체와 개인 수집가들의 소장품 대여 없이는 이루어질 수 없었다. 너그러이 협조해주신 분들께 진심으로 감사드린다.

Archives nationales
Bruno Ricard, Anne Le Foll, Natacha Villeroy, Yann Potin, Isabelle Aristide-Hastir

Bibliothèque L'Heure joyeuse
Hélène Valotteau

Bibliothèque Jean Bonna
Vérène de Diesbach

Bibliothèque littéraire Jacques Doucet
Christophe Langlois, Nathalie Céréales

Bibliothèque nationale de France
Laurence Engel, Guillaume Fau, Delphine Minotti, Brigitte Robin-Loiseau

Bibliothèque publique et universitaire de Neuchâtel
Martine Noirjean de Ceuni, Marie Reginelli

Fondation Bodmer
Jacques Berchtold, Nicolas Ducimetière, Charlie Godin

La Cinémathèque française
Costa-Gavras, Isabelle Regelsperger, Cécile Touret

Fondation Jean-Marc Probst pour Le Petit Prince
Jean-Marc Probst

Éditions Gallimard
Antoine Gallimard, Marie-Noelle Ampoulié, Éric Legendre

Institut pour la mémoire de l'édition contemporaine
Nathalie Léger, Claire Giraudeau

Médiathèque Albert Camus, Issoudun
Stéphanie Gelfi

The Morgan Library & Museum, New York
Colin Bailey, Geanna Barlaam, Philip Palmer

Musée Air France
Jean Signoret, Denis Parenteau, Christine Scazza, Sonia Leprovost

Musée d'Aquitaine, Bordeaux
Laurent Védrine, Isabelle Horau

Musée Charles VII, Mehun-sur-Yèvre
Philippe Bon

Musée de l'Hospice Saint-Roch, Issoudun
Patrice Moreau

SKKG
Christoph Lichtin, Lea Peterer, Jasmin Eckhardt, Andreas Rub

Smithsonian Institution, Washington
Lonnie G. Bunch, Susan Carys

Succession Saint Exupéry-d'Agay
Olivier d´Agay,
Alexandre Tanase, Thomas Rivière

François d´Agay
Frédéric d´Agay
Pierre et Marie-Laure
Amrouche
Annette Campbell-White
Anny Courtade
Joan Giacinti
Dan, Laurent et Liora Israël Julien Roger et Stéphanie Lorenzo
Marie Sygne Lady
Northbourne
Anne-Marie Springer

작품을 대여해주신 분들은 이름을 밝히지 않기를 원했다.

• 전시 준비와 본서 출간에 도움을 주신 모든 분들께 감사드린다.

Philippe Baijot, Aurore Bayle-Loudet, Nanouk de Belabre, Jean-Baptiste Buffetaud, Christophe Dellière, Benoît Forgeot, Catherine et Hughes Hörlin, Justine Lemaire, Martine Martinez-Fructuoso, Marie Mila, Martine Mis, Christine Nelson, Claire Paulhan, Joffrey Picq, Lucas et Shinigami Vanryb, Olivier de Vilmorin.

• 마지막으로, 파리 장식미술관에 뜨거운 감사를 드린다.

la direction du développement international et de la production, en particulier Mathilde Fournier, Charlotte Frelat, Agathe Mercier et Stéphane Perl; le département des collections, en particulier Florence Bertin, Cécile Huguet, Valentine Dubard de Gaillarbois, Catherine Didelot et Benoît Jenn; le service de la régie des œuvres, en particulier Sylvie Bourrat et Luna Violante, ainsi que l'ensemble des monteurs-installateurs d'objets d'art; le pôle éditions et images, en particulier Marion Servant; le service des publics, en particulier Isabelle Grassart; la direction de la communication, en particulier Anne-Solène Delfolie, Fabien Escalona, Isabelle Mendoza, Alizée Ternisien, Nolwenn Voleon et Isabelle Waquet; le service mécénat et privatisations, en particulier Nathalie Coulon, Mélite de Foucaud et Diane Doré; les services financiers, technique et de la sécurité.

| 주요 참고 문헌 |

앙투안 드 생텍쥐페리의 모든 작품과《어린 왕자》의 여러 판본은 갈리마르 출판사와 갈리마르 어린이 출판사에서 출간되었다. 그리고 특히 참고한 책들은 아래와 같다.

Œuvres complètes, dir. Michel Autrand et Michel Quesnel, avec la collaboration de Paule Bounin et Françoise Gerbod, Gallimard, 《Bibliothèque de la Pléiade 》, 1994 (I) et 1999 (II).

Dessins, éd. Delphine Lacroix avec la collaboration d'Alban Cerisier, avant-propos d'Hayao Miyazaki, Gallimard, 2006.

Écrits de guerre (1939-1944), Gallimard, 1982 (repris en 《Folio》).

Lettres à l'inconnue, Gallimard, 2008 (repris en《Folio》).

Le Manuscrit du Petit Prince. Fac-similé et transcription, éd. Alban Cerisier et Delphine Lacroix, Gallimard, 2013.

Du vent, du sable et des étoiles. Œuvres, édition établie et présentée par Alban Cerisier, Gallimard, 《Quarto》, 2018 (réédition sous coffret, 2021).

Antoine de Saint-Exupéry, Consuelo de Saint-Exupéry. *Correspondance (1930-1944)*, édition d'Alban Cerisier, Gallimard, 2021 (prix Sévigné).

Dessine-moi Le Petit Prince. Hommage au héros de Saint-Exupéry, Gallimard, 2021.

Album Antoine de Saint-Exupéry, iconographie choisie et commentée par Jean-Daniel Pariset et Frédéric d'Agay, Gallimard, 1994.

Antoine de Saint-Exupéry, catalogue de l'exposition, Archives nationales/Gallimard, 1984.

La Belle Histoire du Petit Prince, édition d'Alban Cerisier et Delphine Lacroix, Gallimard, 2013.

Il était une fois… Le Petit Prince d'Antoine de Saint-Exupéry, éd. Alban Cerisier, Gallimard, 《Folio》, 2006.

Cerisier (Alban) et Desse (Jacques), *De la jeunesse chez Gallimard. 90 ans de livres pour enfants*, Gallimard/Chez les Libraires associés, 2008.

Chevrier (Pierre) [Nelly de Vogüé], *Antoine de Saint-Exupéry*, Gallimard, 1949.

Des Vallières (Nathalie), *Saint-Exupéry. L'archange et l'écrivain*, Gallimard, 《Découvertes》, 1998.

—, *Les plus beaux manuscrits de Saint-Exupéry*, Éditions de La

Martinière, 2003.

Forest (Philippe), 《Peter Pan et le Petit Prince》, dans *L'Enfance de la littérature*, *La Nouvelle Revue française*, n° 605, juin 2013.

Fort (Sylvain), *Saint-Exupéry Paraclet*, Pierre-Guillaume de Roux, 2017.

Heuré (Gilles), *Léon Werth. L'Insoumis 1878-1955*, Viviane Hamy, 2006.

Icare. Revue de l'aviation. Numéros spéciaux consacrés à Antoine de Saint-Exupéry (69, 71, 75, 78, 84 et 96), 1974-1984.

La Bruyère (Stacy de) [Stacy Schiff], *Saint-Exupéry, une vie à contre-courant*, Albin Michel, 1994.

Odaert (Olivier). *Saint-Exupéry écrivain*, Presses universitaires de Louvain, 2018.

Saint-Exupéry (Consuelo de), *Lettres du dimanche*, Plon, 2002.

—, *Mémoires de la rose*, Plon, 2000.

Saint-Exupéry (Simone), *Cinq enfants dans un parc*, éd. d'Alban Cerisier, Gallimard, 《Les Cahiers de la NRF》, 2000 (repris en 《Folio》).

Tanase (Virgil), *Saint-Exupéry*, Gallimard, 《Folio biographies》, 2013.

Vircondelet, Alain. *Antoine de Saint-Exupéry, histoires d'une vie*. Avantpropos de Martine Martinez-Fructuoso, Flammarion, 2012.

Werth, Léon. *Saint-Exupéry tel que je l'ai connu*, Viviane Hamy, 1994.

| 사진 출처 |

Archives Éditions Gallimard: p.33, 35, 36, 95 (l, b), 335(m)

Archives nationales, Paris: p.39, 40(t), 46, 52, 65, 66, 67, 68, 77

© Bernard Lamotte / Succession Saint Exupéry-d'Agay / Photo Éditions Gallimard: p.333(b)

Bibliothèque littéraire Jacques-Doucet, Paris: p.346

Bibliothèque nationale de France, Paris: p.95(r), 149, 172, 173, 295, 335(t)

Collection Jean-Marc Probst / Photo Éditions Gallimard: p.225, 365

Collection particulière / Photo Éditions Gallimard: p.5~15, 31(b), 32, 38, 50, 54(b), 55, 63, 69~70, 78, 79, 85, 89, 90, 91, 92, 95(l, t), 96~99, 104, 105, 107, 119, 121, 122, 123, 125, 127, 128, 129, 130, 131, 132, 133, 142, 143, 145, 146, 150, 151, 152, 154, 155, 156, 157, 158, 159, 160, 161, 162, 163, 164, 165, 166, 167, 168, 169, 170, 174, 175, 176(t), 179, 180(r), 193~199, 203, 212, 220, 226, 227, 228, 230, 234, 235, 238, 243, 249, 250, 253, 257(t), 259, 260, 263, 266, 268(r), 270, 272, 276, 277, 279, 281, 282, 287, 288, 289, 290, 291, 292, 293, 294, 299, 302, 305, 313~317, 338(l), 344, 348(b), 351, 352, 360(t), 362, 363

Droits réservés: p.72, 141, 327, 338(r)

ETH-Bibliothek Zürich, Bildarchiv / Stiftung Luftbild Schweiz / Photo Walter Mittelholzer: p.86

Fondation Martin Bodmer, Genève: p.81

Harry Ransom Humanities Research Center, Austin, Texas: p.341, 360(b)

© MAD, Paris / Christophe Dellière: p.114(t), 214, 216, 229

Musée Air France: p.37, 144, 237, 241

Neuchâtel, Bibliothèque publique et universitaire / Photo Éditions Gallimard: p.183(t)

Photo Francesca Mantovani (Éditions Gallimard): p.40(b), 43~44, 64, 307~309, 335(b)

Photo musée Charles-VII, Mehun-sur-Yevre: p.108, 110, 113

Photo Stiftung für Kunst, Kultur und Geschichte (SKKG), Winterthur: p.147, 183(b), 252, 258, 261

Succession Saint Exupéry-d'Agay / Photo Éditions Gallimard: p.28, 30, 31(t), 45, 48, 62, 71, 73, 74, 102, 103, 111, 112,

120, 124, 126(b), 134, 167(t), 176(b), 268(l), 284(b), 310, 311, 318, 319

Succession Léon Werth / médiathèque Albert-Camus, Issoudun: p.126(t), 135, 165(l), 333(t)

The Morgan Library & Museum (New York): p.41[MA 2592.30], 93[MA 8615.5], 114(b)[MA 2592.32, 115[MA 2592], 184[MA 8615.1], 185[MA 8615.2], 191, 205[MA 2592.f. 2], 206[MA 2592, f. 3], 207[MA 2592, f. 4], 208 [MA 2592, f. 5], 209[MA 2592, f. 4], 211[MA 2592, f. 141], 213[MA 2592.33], 218[MA 2592, f.19], 222(t) [MA 2592.19], 222(b)[MA 2592.20], 223[MA 2592], 233[MA 2592.9], 239[MA 2592, f. 41], 240[MA 2592.4], 241(t) [MA 2592], 244[MA 2592], 246[MA 2592.34], 247[MA 2592.5], 248[MA 2592.31], 254[MA 2592.1], 255, 257(b) [MA 8615.4], 262[MA 2592], 265[MA 2592.f. 81], 271[MA 2592.f. 94], 273[MA 2592.f. 91], 275, 278[MA 2592.f. 130 et 131], 348(t)[MA 8615.4], 358[MA8615.10]

The Smithsonian Institution, Archives of American Art, Washington: p.180(l), 186, 187, 283, 284(t)

이 책은 2022년 2월 17일부터 6월 26일까지 파리 장식미술관에서 열린 특별 전시 '어린 왕자를 만나다'를 계기로 출간되었습니다. 파리 장식미술관은 생텍쥐페리재단과 손잡고 장식미술관 국제후원회, 갈리마르 출판사, 에당 리브르, 얀 미샬스키 재단의 지원과 에어프랑스의 제휴로 본 전시를 개최했습니다.

어린 왕자, 영원이 된 순간
인간에 대한 희망으로 창조한 생텍쥐페리의 세계

초판 1쇄 인쇄 2023년 3월 16일
초판 1쇄 발행 2023년 4월 6일

지은이 앙투안 드 생텍쥐페리, 갈리마르 출판사
옮긴이 이세진
펴낸이 이승현

출판2 본부장 박태근
지적인 독자 팀장 송두나
편집 박은경
디자인 김준영

펴낸곳 ㈜위즈덤하우스 **출판등록** 2000년 5월 23일 제13-1071호
주소 서울특별시 마포구 양화로 19 합정오피스빌딩 17층
전화 02) 2179-5600 **홈페이지** www.wisdomhouse.co.kr

ISBN 979-11-0812-600-8 03860

· 인쇄·제작 및 유통상의 파본 도서는 구입하신 서점에서 바꿔드립니다.
· 책값은 뒤표지에 있습니다.